ハヤカワ文庫JA
〈JA1568〉

スター・シェイカー

人間六度

早川書房
9041

目次

スター・シェイカー

登場人物

赤川勇虎《あかがわいさとら》……………………………石川運通で働く元テレポーター

ナクサ・クータスタ・アーナンダ……対蹠者《たいせきしゃ》（ペネトレーター）の少女

磯貝《いそがい》………………………………………石川運通で働く勇虎の同僚

バンパー・グッドスピード……………グッドスピード兄妹の長男。灯火隊《トーチ》隊長

リア・グッドスピード…………………同長女

マフラー・グッドスピード……………同二男

ラジ沙門《しゃもん》…………………………………エビナＳＡの国長《くにおさ》

フレヤ・ファー……………………………国際テレポート協会《ITA》会長

白木天馬《しらきてんま》……………………………同副会長

グエン・チ・ミン…………………………同所属の対蹠者《たいせきしゃ》（ペネトレーター）

遥泰然《ヤオタイラン》……………………………………太陽公司《ターヤンコンス》ＣＥＯ

イェニチェリ………………………………翔撃隊隊長

遠崎隔蔵《とおさきかくぞう》……………………………国土交通省長官

近松千畝《ちかまつちうね》……………………………移動警察の若手総監

ジョルダン・ジャーニー………………〈炭なる月〉の“奥義者”（兵卒《ポーン》）

アハンガルラ………………………………同（城《ルーク》）

少年…………………………………………同（司教《ビショップ》）

カイリ………………………………………〈炭なる月〉の“戦士”（鹵獲部隊《アンパサン》の一員）

マイル………………………………………同“奥義者”候補（鹵獲部隊《アンパサン》の一員）

ドラゴン・サンクスギバー……………〈炭なる月〉の長（王《キング》）

赤熱した溶鉱を鋳型に流すように、液化した自意識が八立方メートルの容積を満たしていく。体が何倍にも膨れ上がったみたいだった。だがそのいびつな感覚とは裏腹に、あやふやだった自己像が、靄を晴らすようにくっきりと浮上する。

自分とそれ以外とを区別する境界線が皮膚から剝離し、WB《ワープボックス》の内壁と完全に合一したことを実感する。

自認プロセスの完了。

するとWBはすかさず脳をスキャンし、目線の高さのモニターに幾何学模様を映す。

〈DAD〉——距離《distance》、高度《altitude》、方向《direction》を示す幾何学模様——は、それを見たものに暗示を与える。

意識は、瞬く間に目的地座標へと錨を下ろす。

背面に立つ八人の客たちが、急かすような視線を飛ばしてくる。まだ二十秒も経っていないのに、まったく進歩とは恐ろしい。モニター端に表示された信号が赤から青へ変わる瞬間を、客たちは皆落ち着きのない子供のように待っている。

信号が黄色に変わると、同時に天井と側壁の圧力調整弁が開き、室外の加圧装置が唸り声を上げはじめる。

信号が、青へ。

瞬間、体は、WBから消失する。

八人の客の肉体と、潮の香りを纏う空気を引き連れて、テレポートしたのだ。

突如出現した真空に調整弁を通して空気が流れ込み、爆音まがいの音を立てて急激な加圧が行われる。

それとは真逆のことが、出現先では起こっていた。

あらかじめ真空ポンプが空気を吸い上げ、〇・二気圧まで減圧された部屋。そこに出現したときに感じる、皮膚が張り詰めるような淡い圧迫感。血圧の瞬間的な上昇が動悸となって、客たちに出雲《いずも》長浜への到着を知らしめる。

WB——それは人がテレポートするために必ず必要な、立方体の部屋。そしてまた、職業テレポーターにとっての、たった一つの商売道具でもある。

ここは富裕ベッドタウン。密集する高層ビルの灰色の壁が、海の蒼さを塗りつぶしてしまった都市。かつて沿岸部からは汀線《ていせん》が容易に見えたらしい。だが景観は産業ではなく生活の所有物となった。

客が入れ替わり、今度の目的地は西表島《いりおもてじま》だった。

島根県の出雲長浜から、沖縄西表島の複合型リゾートへ。リゾートから軽井沢のロッジを改築したコ・オフィスへ。さらに和食の名店が集結した札幌ススキノのコンセプト・モールへ——客たちを、己の自意識に抱いて、翔び回る。

体は船だった。

そしてこの国に張り巡らされた新時代の交通インフラは、四百万人の職業テレポーターの自意識によって編まれていた。


テレポート能は、基本的には誰もが平等に持つ能力だ。そして自分以外に四名までの搭乗を認めるテレポート一類免許の普及率は、人口の七十二%にのぼる。

だが、能力を持っているからといって、必ずしもそれを行使するとは限らない。疾患でテレポート能を持たない連中以外にも、制度上免許を持てない子供たちや、自発的なテレポートを忌避する富裕層は上客だ。

大型二類の免許を持つ職業テレポーターは、人を乗せるときは剛力《ゴウリキ》と名乗り、モノを載せるときは歩荷《ボッカ》と名乗る。この業界はフリーランス率が高い。細胞を酷使する覚悟さえあれば誰でも参入でき、働き方にもかなりの自由が利く。

剛力《ゴウリキ》から歩荷《ボッカ》へ。看板をつけ替え、フォンを介して依頼を受ける。

秋田の個人経営農場から、東京の無店舗型キッチンへ、約五十トンの緑黄色野菜を届けるという業務内容。こういうとき気にするのは重さではなく、比重だ。テレポートの疲労度は距離と体積に関係するから、軽くてもかさばるものの方が運ぶのに苦労する。

選別と洗浄を終えた野菜が運び込まれ、テレポートした。歩荷《ボッカ》の仕事はそこまでだ。いや、それだけ、と言うべきかもしれない。扉が開き、猫背の中年男性の職員が山積みの大型ケージをせっせと運び出していくのを、折り畳み椅子に座って待つ。

「ご苦労さん」

そう軽く言い、〝BOKKA!!〟の文字の入った水色のジャケットを翻して手を振る。

運送業に限らずほとんどの職種で一類免許が必携とされる現代で、積み下ろしやごく短距離の運送は、テレポート能のない不遇な者たちの飯の種になる。

猫背の男がケージを運び終えたら、再び床の足型に足を重ね、モニターを正面に捉える。

疲労は感じないが、細胞は確実に栄養失調へと向かっている。テレポーターの実働時間は長くても五時間ほどで、残りの就業時間は体を休めることが業務となる。

これを終えたら、今日はあがりにしよう。

自認完了をWBが感知する。

自意識が部屋に満ち、幾何学模様《DADコード》が現れる。

信号が青に変わり、いつも通りにテレポートをした。

直後、全身が海底にでもいるような強い圧迫感に見舞われ、耳の奥が痛んだ。

何かがおかしい。側壁を見ると、圧力調整弁にウォーターブルーの物体が詰まって減圧が不十分だったのだ。

慌てて床を見下ろす。両足が踏んでいる液体は、血だった。それどころか六つの面に満遍なく、血液が飛び散っている。自身の体を見回した。痛みはない。両足は定位置から動いていない。

背筋を、理解が這い上った。何かが、先んじてここに存在していたのだ。その何かを引き裂いて出現してしまった。

だがWBは電磁気で人の有無を観測し、統一交通信号網〈コンスタレーション〉が移動をトランザクション管理する以上、誤作動などということはあり得ない。

目を閉じて、深呼吸をする。

そのとき、何かが肩に落ちた。恐る恐る目を開け、両手に握る。温かい、ひだのある長い管。アンモニア臭を残して手元から滑り落ちたそれは、真っ赤な床をパシャン！　と打った。

人間の大腸だった。

強烈な勢いで、腹の底から熱いものが込み上げてくる。瞬く間に二メートル四方の床は、赤黒い血に黄土色の嘔吐物が混ざり鮮やかなピンク色になった。

息苦しかった。気圧が高すぎるせいだ。圧力調整弁に手を突っ込み、必死になって挟まったものを引き抜いた。ぶちぶちぶち、と音がして、ウォーターブルーに染められた髪の毛が束になって抜けた。圧力調整弁が動き出し、中に残された頭皮が真空ポンプに吸い出されていく。

目眩《めまい》に襲われ、左手の人差し指の先がグズグズと疼く。震えは両足から、脊椎を伝って全身に広がる。この臓器まみれの部屋から出なければ。出口のハンドルに手をかけるが、足を滑らせ、体は血と嘔吐物の海へ投げ出される。

閉ざされた立方体の中で、彼は、繰り返し考え続けた。

なぜこんなところにいるのか。どうしてこんな職業についたのか。なぜ母は異世界を目指してしまったのか——。

「おい！」

声が聞こえる。

立ち上がろうとした。だが力が入らない。

「おい、大丈夫か。意識は！」

首からIDカードを垂らした制服の男が二人、外から呼びかけていた。一人は大声で言葉をかけるが、もう一人は口を押さえていて目も合わせない。まもなく到着した警察官たちも部屋の惨状を見るや、啞然としてしばし現場を写真に収めることさえ忘れていた。

二日後、あらゆるメディアが三十一年ぶりのテレポート翔突事故を大々的に取り上げた。赤川勇虎《いさとら》は長野奥地の分離病棟でニュースを目の当たりにした。『六本木妊婦膨殺事故』というワイドショーの見出しで初めて、彼は自分が引き裂いた人間の人数を知った。

第一章　距離の存在しない世界

我々は、出会う前から知っていた。想像力によって行う未来予知に酔いしれていた。しかしいざ出会ってみると、空想が取りこぼした細部に打ちのめされた。

二〇二九年。人類は最初の〝テレポート〟と出会った。それは人間の身体機能に隠されていた潜在能力という形で現れた。気づくことさえできれば、誰もがその力を得る。距離という障害を意のままにねじ伏せ空間を自在に支配する所業は、人類を真の自由に導くものと信じられた。

だがそこには、想像力の取りこぼしがあった。テレポートという『気づき』がネットを介して急速に社会へと広まる速度に、テレポートの挙動の解明が追いつかなかった。その結果、二〇三一年、テレポートによる特殊死者数は三百人程度だったが、翌年には一千五百人、さらに翌年には三万四千人に膨れ上がった。特殊死の理由には肉体欠損と、テレポート翔突による他殺が含まれたが、前者が圧倒的多数を占めた。テレポートの危険性を決定づけたのは、二〇三三年一月二十日、就任式に赴いた第四十九代アメリカ大統領の頭から十二歳の少年が膨出《ぼうしゅつ》した、血の就任式事件である。少年に殺意はなかった。大統領の背後に立つ、シークレットサービスの父親のそばに行きたいと願ったがための、誤発動だった。

漸《ようや》くテレポートが『実用化』された四〇年代には、次のような再定義が定着した。

テレポートとは前頭葉底テレポート野が活性化した際、全身の細胞から均等にエネルギーを奪取し、別座標へと瞬間的に移動することを指す。エネルギー消費量は個人差が大きく定式化されていないが、容積、移動距離、海抜高度の値の上昇に従って増大する。またテレポートが行為された瞬間に、行為者の輪郭が重心に向けて圧縮〈縮入《しゅくにゅう》〉し、出現はその真逆のプロセス〈膨出〉を踏む。この二つのプロセスは限りなく同時に行われ、かつ限りなく零に近い時間で行われるため、出現先の空間に存在する物体は、光速に近い速度で膨張する膨出の衝撃によって、どんなものであっても例外なく裂断する。

現代物理Ⅰ　第二十二版より

ここで俎上に載せられたのが、『行為者の輪郭とはどこからどこまでか』という問題だ。この疑問への答えが出ないまま、人々が好奇心と楽観主義の虜になって野晒しのテレポートを繰り返したために特殊死者が膨れ上がったのだが、幸いにも四〇年代半ばにはすでに、この問題は解決された。

行為者の輪郭は、行為者自身の認識に依存する。

テレポートの変数は自我の認識――〈自認〉の不確実性だ。大抵の人間が自分の背中にあるホクロの数を熟知していないように、自分自身だと認識する像の客観性は乏しい。その上、体内の構造を完全に把握することは困難を極める。

自認が完全でないと、縮入時、自分と認識できていない部分が取り残される〈置き去り現象〉が起こった。特殊死の大多数は、この置き去り現象による臓器の欠損だった。

故にこの半世紀で最も重要な発明は、W　B《ワープボックス》というほかない。

この装置は使用者に『中の容積いっぱいが己の肉体の輪郭だ』と錯覚させる機能を有する。様々なスケールと用途が存在するが、立方体型が常である。その八立方メートルの空間そのものを自己の輪郭として〈自認〉することで初めて、人類はテレポートを『移動手段』として扱うことに成功したのだ。

想像力が取りこぼした障害は、どこからどこへでも行ける、という究極の自由を諦めることで除去された。

二十一世紀晩年。世界は〈線動時代《ラインエポック》〉に終止符を打ち、急激なインフラの再整備による〈テレポータリゼーション〉を迎えた。

無垢な自由を諦めた人類がそれでも強く願ったことで、この未来は引き寄せられた。

1

誰もが背中に翼が生えたと思っている。世界は、この上なく自由になったと思っている。

それは大きな勘違いだ。

腕時計に視線を落とした勇虎は、缶飲料を自販機に充填する手を早める。回収は三十分後と言われたが、無茶な話だ。中学校じゅうの自販機の充填を、たった一人で行うなんて。

でもそれが今の勇虎にできる、唯一の仕事だった。

ガラスに映る、二十六歳とは思えないほどやつれ、疲れ果てた男。それが自分だと信じたくなくて、視線を下げて早歩きで台車を押す。

ベンチを有した休憩スペースには学生がたまっていて、勇虎は猫背のまま充塡を始めた。

「この後どっか行こうぜ」

そんな声が聞こえた。男女のペアが、デートの行き先を迷っているらしかった。

「涼しいところかな」

「北は今混んでるだろ」

通学用の定期パスがあれば、免許のない高校生でも剛力《ゴウリキ》を呼んでどこへでも行くことができる。呑気なものだが、勇虎にはその会話の結末がなんとなく予想できた。

「じゃあ、どうすんだよ」

男女は顔を見合わせ、会話が途切れる。

テレポートはどこへだって行ける。それは紛れもなく、移動史の革命であり終着点だ。

しかし当然だが知っている場所にしか人は行くことはできない。そして知ることは、行くことより遥かに大変だった。

「やっぱいいや。めんどくさいし」

男子の声に、女子はため息をついた。いたたまれなくなったのか、男子は茶化すように言った。

「〝異世界〟なら行ってみたいけどな」

その言葉に、勇虎の手が止まる。

あまり良くない。

作業を即座に再開し、心を落ち着かせる。考えるな。自分に言い聞かせる。感情の波風を立てるな。大丈夫。男子が笑いながら自販機でポカリとファンタを買っていく。

勇虎は軽くなった台車を押して急ぎ戻った。

——異世界。

〈閉柱《へいちゅう》〉に囲まれた空が閉じた蓋のようにのしかかり、足が震えはじめる。

W《ワープ》B《ボックス》まで戻ると、剛力《ゴウリキ》がすでに扉を開いており、勇虎は畳んだ台車とともになんとか体を中に押し込める。

振動はやがて痙攣に近い全身の震えに変わる。事故以来、時を選ばずに襲ってくる発作が、また起きてしまった。

勇虎の異変を気にも留めず、剛力《ゴウリキ》は他の非能者ピックアップのために何ヵ所かWBを巡った。WB内の人口密度が増えるのも、あまりよくない。気づくと視界が赤かった。あの時の臭気が呼び戻され、胃を絞るような吐き気が迫《せ》り上がってくる。

五回目の膨出のおり、開かれた扉の外へと崩れ出た勇虎を、甲高い声が呼んだ。

「大丈夫ですかっ」

呟き込みながら首をもたげる。白い卵形の顔に大きな碧眼《へきがん》と薄い眉の三十代に届く女性。腕と腿の筋肉が発達しているが、なで肩で、頭を傾けた拍子に茶髪の長髪が肩を滑り落ちた。

「い、磯貝《いそがい》さん。そっか、ここは渋谷か」

同僚の磯貝は慣れた様子で勇虎に肩を貸し、剛力《ゴウリキ》の男に目くばせしてWBから離れると、風力発電装置の基部に勇虎をもたれさせる。

そこは渋谷だった。

玄関口も通路も持たずテレポートのみによって出入りが可能な超高層建築〈閉柱〉――それらが囲い込んだスリットを通る風から、発電装置が電力を掠《かす》め取っている。

遠くで加圧音が響いた後は、ビル風のささやきだけが残った。

「ごめん、大丈夫。あれを使えばすぐ……」

勇虎が右のポケットを探っている間に、磯貝が左ポケットから緑色の吸引機を抜き出し、手渡した。勇虎はそれを上唇に宛てがい、かしょん、とトリガーを引く。

しばらく薬の効き目を待つ。日が落ち、周囲が赤らむ頃、視界の赤が引き、やっと呼吸が落ち着いた。

磯貝はジャケットから缶コーヒーを取り出した。

「これ、今日の分です」

ちゃんと微糖だ。

「悪いよ」

「いえ、昨日の業績勝負の結果ですから。そして今日の業績勝負は明日の結果に」

磯貝はハキハキとしゃべりながらフォンを調べ、アプリで業績一覧をチェックする。石川運通は時代に相応しくない完全歩合制だ。

「明日はお願いしますね？」

画面の青白い光を浴びる磯貝の表情が、ニヤリと柔らかくなる。勇虎は苦笑いしながら微糖を開けた。わかりやすい甘さが体にしみる。

「別のＷＢまで歩きましょっか」

実際、そうする他なかった。発作と関連づけられたWBは、一週間は視界にも入れないほうがいい。

重い腰を上げ、閉柱ひしめく夕暮れの渋谷を進む。

道幅は二メートルもなかった。道路のないこの街では閉柱同士が極限まで隣接し合い、それらが互いにダクト状の横木で接続されている。これらの横木は等間隔で設置された心柱へと振動を受け渡し、地震や風圧による微細な振動からも電力を得る仕組みである。

空は未完成な切り絵のように見えた。

人影はない。あるはずもない。本当の意味で東京を名乗ることができるのは銀座エリアだけ。下町エリアも文化特区となり文科省下で巨大な観光地と化した。そして山手エリアと中央エリアには、もはやかつての輝きはない。文字通り電飾が消え、屋外広告が消えると、そこにはのっぺらぼうの街が残った。

テレポータリゼーションは、土地の必然性を何より求める。景観の優れた沿岸部。レジャーになりうる文化圏や緑地。農牧に適した湿潤な土地。そこになければならないものは、そこにあり続ける。だが東京は違った。東京にあるものは別に、東京になくてもよかった。だから去った。人も店も、光も音も。

――空洞東京《クウドウトウキョウ》。

一切光を灯さない閉柱は次第に漆黒の壁となって、ぶつ切りになった紫の空と同化していく。電灯と電灯の距離が遠く、フォンの光が必要になってくる。

人口密度をピーク時の十分の一にまで落とし、固定資産税緩和に群がったペーパーオフィスが立ち並ぶ、街の姿をした空洞。

そんな世界の狭間みたいな場所を、勇虎は磯貝と二人で歩いている。

妙な感覚だった。

自分がここにいる意味なんてないのに、歩かないとどこへも行けないから、歩く。それが至極不思議であり、当然にも思える。

歩荷《ボッカ》だった頃、勇虎は船だった。社会のために自意識を貸し出し、インフラと一体化することが役目だった。だからこの仕事についた時も、勇虎は前のように一人でやっていけると思っていた。

「手の震え、治りましたね」

磯貝がほがらかに笑う。勇虎は照れくさくなって顔を伏せ、くぐもった声でお礼を言った。

「気にしないでください。ここにいるのはみんな、ワケアリですから」

この国ではテレポートがなければ生きてはいけない。そんなのは真っ赤な嘘だと、磯貝は生きることによって証明し続けている。

やがて目の前に、薄ぼんやりとした乳白色の光を放つ立方体が現れる。磯貝はフォンを取り出し、アプリで剛力《ゴウリキ》を探したようだ。

「勇虎くん。今度、〝異世界〟行きましょうね」

磯貝が小悪魔的に笑う。彼女がその言葉を言っても、不思議と、発作は起こらない。

「異世界は嫌です」

冗談ですよ、と磯貝は軽い笑みを浮かべる。

やがてWBのランプが朱色に染まり、扉が開いて中から〝BOKKA!!〟のジャケットを羽織った男性が現れる。わざわざWB外に出てきて挨拶するなんて、殊勝な態度だ。

「そちらのお客さんも？」

剛力《ゴウリキ》に訊ねられ、磯貝の視線もこちらに向く。

勇虎がかぶりを振ると、剛力《ゴウリキ》は懐からフォンを取り出した。

「先に決済お願いします」

磯貝はフォンを重ねて決済すると、振り返って言った。

「異世界に一番近そうなエアーズロックに行きましょう」

剛力《ゴウリキ》に連れられ、磯貝がWBの中に消えて十秒後。青く染まったWBの上部から、巨大なゾウの鼻息のような加圧音が響いた。

再び乳白色に戻ったWBが、闇をぼんやりと照らしはじめる。

WBの誤作動が証明され、一切の過失なしと判決を受けた勇虎が、事故後急性PTSDと診断されて半年。彼の鼻は今も、部屋いっぱいに広がる鉄臭さを覚えている。

2

およそ半世紀前、テレポートは勇虎の事故が霞むほど多数の死者を出していた。その負のイメージを払拭したのが〈橋本モデル〉だった。

脳科学者である橋本足見《たるみ》がまとめた論文は、二二三〇年頃まで人間の脳が増大し続けるという見立てを示し、すでに人類の大部分が野晒しのテレポート能力を失ったことを証明した。

無論懐疑的な国家もあったが、日本はこの論証を全面的に受け入れ、そして物流の形は激変した。

現在、日本に公道は存在しない。都心の道路は全て再整備され、土地として売り出された。区に還元された売上金でWBを主体とした新たなインフラが築かれ、日本中の都市がこれに倣《なら》った。

今や自動車は、限定空間で行うスポーツのための余興品。馬と同じく、車主《しゃぬし》と呼ばれるオーナーが管理し、自前のエンジニアにメンテをさせる。カーレースは日本で五番目の公営競技になった。

しかし人々は未だに、遺産の下で暮らしている。

太い柱に支えられた空の道――高速道路。

勇虎はあの、ビルの谷間を蛇のように縫う道を見上げ、鉛のため息を吐《は》く。かつて首都高3号渋谷線と呼ばれていたその天空の道は、今は国土廃棄物と呼ばれ、崩落の恐怖を撒き散らす頭上の爆弾になった。

突風が襲った。壁に手をつかなければ飛ばされてしまいかねない強さ。

磯貝が行った後、勇虎の発作は治っていた。けれど何かが彼をこの空洞東京に引き留めた。

勇虎は再び歩き始めた。地面を踏んだ衝撃が足を伝って腰へ、さらに肩まで上がってくる。歩くことにはリズムがあり、リズムを意識しすぎると加速しすぎ、途中で意図的にゆっくり歩かねばならなくなる。その当たり前のことがたまに、体から抜け落ちる。

まだテレポーターだった頃の夢を見ているのか。

全身に吹きつける冷たい夜風は、早く歩くほど大きくなる。目的なく歩くのはいつ以来だろう。ナイターのサーフィンに出た母を追いかけ、夕暮れの浜辺を歩いた古い記憶。足の裏に絡みつく砂の感覚が、すごく懐かしい。

気づくと三区画も歩いていた。頭上には滑らかにカーブした高速道路が並走している。勇虎は月がよく見える角度に入って煉瓦塀にもたれると、剛力《ゴウリキ》を呼ぶためにフォンを取り出した。

目の前で鈍い音が鳴る。ブリキのダストボックスと、ごみ回収用の薄型WBがあるだけだ。だが音と揺れは、二度鳴った。

一歩ずつ近づく。ダストボックスに鍵がかかっているのが見える。四桁のナンバー錠。しかし鍵は開いていて、閂《かんぬき》の役割しか果たしていない。

勇虎は錠を外し、ひと思いに取っ手を持ち上げる。

そして——勢いよく水溜まりに尻餅をついた。

「なんだ！　なんだこれっ！」

少女が、ゴミの中に沈んでいた。工事用の雨避けシートのようなものを纏う、幼い少女であった。肌は褐色で、艶やかな銀の髪は肩ほどまで伸び、額にはエスニックな髪飾りをつけている。

死んでいるのか。

立ち上がり、恐る恐る少女の方に手を伸ばした。

すると、刃のように鋭い目尻がゆっくりと傾いて、真紅に染まった瞳が現れる。

よかった。生きている。生きては、いるが……。

「おい、大丈夫なのか」

少女は、力強い眼力で勇虎を見上げる。何を乞うわけでもなく、ただ一切の迷いなく見開かれたその瞳を、ゆらりと赤く輝かせながら。

「もしかして、怪我をしているのか……？」

ウインドウショッピングなどというものは、もう存在しない。人は街に出歩かず、街もまた出歩かれるような設計はされていない。では学生か……？　いや、学園のほとんどは閉柱と同様テレポートでしか出入りできない箱庭的構造をとっている。

ここに少女が迷い込む道理など、ないはずだ。

「私を助けるな」

不意に放たれたのは、紛うことなき日本語の、流暢な標準語だった。

「蓋を閉めて消えて。私に会ったことは忘れて日常に戻れ」

月光を受けとめ紅蓮に輝く瞳が、勇虎を射抜く。

小枝のような手足に、ガラス細工の胴体をした少女の、意志だけは握った拳のように固く、言葉は不自然なほど凄みを持っている。全身を脱力させ、この狭い鉄箱がまるで自分の寝床であるかのように落ちつき払っている。

まるで自分は全てを知っている。

そんな態度が、気に食わなかった。

「何だ、その言い方。お前……知ってるのか。外から鍵がかけられてたんだぞ。一人じゃ朝まで出られなかった。それに、俺の足音を聞いて中からガンガンと蹴ったじゃないか。あれが助けてくれという意味じゃなくてなんだったたんだ！」

それでも、少女は何も答えず、憮然としてこちらを睨む。

勇虎もしばらく見つめ返したが、それも途中で馬鹿馬鹿しくなった。

「そうかよ。眠ってたところ悪かったな」

勇虎はダストボックスの蓋を静かに閉めると、踵《きびす》を返して歩き出した。どんな理由であれ、少女がゴミ箱に捨てられていいはずがない。酷い仕打ちだ。だが……そんなのは、知ったことか。救われる気もないやつを救おうと思うほど、余裕なんてない。

その時だった。

不意に爆音が響いた。

勇虎は足を止めた。音は次第に大きく、リズミカルになる。目を凝らした。暗がりを駆ける幾つもの光。爆音の正体は、二輪車の駆動音だった。

「――――！」

勇虎は来た道をそのまま戻り、月明かりの脇道に戻った。そして今度はためらいなく蓋を開けると、ギョッとする少女の腕を掴んで引きずり出し、そのまま左肩に担いだ。

少女の体は軽かった。

「ねえ、ねえ！　何するん――むもッ」

握り拳で腹を叩かれながら、勇虎は少女の口を右手で塞ぎ、耳元で告げた。

(声、出すな)

光と爆音が目の前の路地を横切る。

少女の口から離した掌には、深い噛み跡が刻まれている。

(何のつもりよ)

殺した声で少女が言う。

（空走族《くうそうぞく》）

（何よそれ）

（見ての通りだ）

知識としては知っている。あれは二輪車が、動力源の熱機関を爆発させる音だ。だが、実際に間近で聞くと、これほどまでに暴力的で凄まじい音なのか。

族の一人が周りをキョロキョロとしながら、木製バットで建物のガラスを叩き割り、発煙筒をバルコニーに投げ入れた。

煙に乗じて勇虎は路地を飛び出し、左折して細い通路を走る。音を頼りに賽《さい》の目状の街を縫うように進むが、公衆ＷＢの乳白色の光は一向に見当たらない。

呼吸を保つため脇道に入る。少女を下ろし、しゃがんで肩を上下させていると、巨大な胴長の車が目の前を通り抜けた。車は数十メートル先で停止し、中から現れた人影が建物の中に入っていく。

（あれは国交省系列の倉庫……？　国の設備にも手を出すのか）

その時バイクの減速音が聞こえ、勇虎はとっさに少女と自分の体をダストボックスの陰に押し込んだ。

鋭い音が連続して炸裂した。ダストボックスを無闇やたらに殴っているらしい。背骨に衝撃が伝わり、顎が震えた。だがあと少しでも動けば、少女の爪先が族に見えてしまうかもしれない。

足音が遠ざかり、後頭部に手を当てると、血が出ていた。

「痛むの？」

少女の冷たい小さな手が、首筋と頭頂部に触れる。

「別に、大したことないよ」

少女は有無を言わさず勇虎の背後に回り込むと、髪の毛を引っ摑んで、剝き出しの後頭部を月光に晒した。

「えぐれたような痕がある。抜けかかっていたネジにやられたのかも」

「ほらみろ、大したことない」

「すぐに消毒しないとダメ。破傷風になるわ」

勇虎は首を振って少女を体から引き剝がし、大丈夫だ、と荒っぽく言うと、少女の両肩をガッチリ摑んで訊いた。

「なんであんなところにいたんだ。渋谷のビルはほとんどダミー・オフィスだ」

切っ先の瞳がわずかに揺らぐも、返答はない。

「家出か」

勇虎は吐き捨てるように言った。

「馬鹿なことしやがって。これだけは言っとくぞ。お前はどこへも行けやしない。親が失踪届を出せば警察はすぐ移動記録を洗い出す」

人はどこにも逃げられない。皆、頭でそうわかっているから『異世界』などという幻想に浸る。

人は所詮、行くところに行くだけ。

「テレポートに自由なんかない。そういう社会なんだよ」

だから、無心に走る。今はそれしかなかった。

取り壊し予定の廃墟には、電飾ももはや9の字しか残っていない。しかしそれは紛れもなく109だった。

「ここは道玄坂か」

やがて漆黒の塀が消え、吉野家にカラオケ、パチンコ、アディダスが現れ、薄れた歩道のペイントが足元を埋める。ノスタルジックな渋谷。目前に広がる巨大な虚空。ビル街をその部分だけ抉って作った人工盆地のようにも見えるその空間は、確かにかつてスクランブル交差点と呼ばれていた場所だ。

勇虎は左腕に抵抗を感じて足を止めた。苦しそうに息を切らす少女を、大盛堂書店のシャッター下まで連れて行く。

「もう少しで駅のＷＢに着く。中に入りさえすれば、誰も手出しはしてこない」

笛のような音を立てる彼女の折れ曲がった体の、どこに触れようか迷いながら最後には肩に手を置く。

しかし少女はその手を払いのけて、声を絞り出した。

「彼らが来るわ」

勇虎は少女の腕を強く摑むが、再度振り払われる。少女の覚悟に引き絞られた目尻が、矢で狙うように睨みつけてくる。

「私を置いていけばいいのよ」

シンプルな話だった。

得体の知れない家出少女を守ってやる義理はない。

「自力でなんとかなるわ」

「お前のことなんて……ちくしょう、どうだっていいんだよ。置いていくほうがいいって、わかってんだ」

左手の人差し指の第一関節の先がじくじくと痛む。再生医療によって生え変わった指先は他の指と違って異様に色が白く、それゆえいびつだ。

容易い。置いていくことは。でももしそうすればこの先、自分がどういう思いをするのか予想がついた。こんなみすぼらしい少女のために、今後の人生で後悔し続けるなんて、絶対にごめんだった。

勇虎は少女を担ぎ上げ、再び走り出した。

背後から轟音が迫ってくる。

少女の体が前後に揺れるに従い、勇虎の体も揺れる。それが体力を削った。駅構内が見えてくると、音もまた大きくなる。歩荷《ボッカ》だった頃は三千キロを一瞬にして移動した。しかし今や、数百メートルの距離が永遠のように遠い。

二〇六一年放映の配信ドラマの垂れ幕がいまだにかかった構内で、ぽつりと乳白色の光を放つ常設WBの認証器にフォンをかざす。

同時に背後から襟元を掴まれ、引っ張られた。勇虎は半開きの扉に少女を投げこみ、背中からアスファルトに倒れこんだ。

「大人しくしてろ!」

頭上で怒鳴る族。まぶたの裏に焼きつく、ヘッドライトの暴力的なまでの眩しさ。

そこへ近づくもう一つの足音。

「やめなさい」

　穏やかな男の声が飛ぶと、族の持っていたパイプが地面に落ちる音が耳元に響く。

「彼は違います。少なくとも今はまだ」

　勇虎はしばしその男がまたがる鉄塊の、太鼓のような重低音に聴き入っていた。

「シャモン、連れていきますか？」

「強引にしても意味がありません。来る刻《とき》を待つのみです」

　ボン！　と乳白色の照明弾が、闇を引き裂いて瞬いた。

「撤退です」

　穏やかな声が言うと、族はこちらを見下ろしてから、一礼して、バイクに戻った。勇虎が睨み返す頃には、燃えるガソリンの異臭と熱気だけが路上に残されていた。

　WBの床に伏した少女を抱き起こす。

「くそっ……」

　勇虎はシャツを脱ぎ少女の肩にかけてやると、壁に背中を擦り付けるようにしてしゃがみ込んだ。

3

少女が目覚めたのは、白くてふかふかしたベッドだった。

暖かくて滑らかな布団はなかなか少女の体を解放してくれない。なんとかして片足を出すと、足の裏が何かブヨブヨしたものに触れる。一旦引っ込めたが、意を決して再び降ろすと、さっきとはまた違った、コリコリした感覚が足の裏に当たる。何かがいる。

今度は少し力を込め、爪先でつついてみる。

「アァッ」

爪先は男の額に当たり、彼を深い眠りから引きずり出した。少女は危険を感じ、ベッドの端へと退いた。

その男は眉間を歪《ゆが》ませながら上体を起こした。

「脳細胞が減ったら、どうしてくれんだ」

男の表情と声色で、ぼやけていた思考が鮮明になる。意識は、あの立方体型WBの中で途切れている。

「いや、そんなこと心配する必要、もうないのか。会社に電話入れないと」

立ち上がった男は充電スタンドに差し込まれた小型端末を抜き取り、電話をかけたようだ。低頭しながら、上司らしき人物に欠勤の旨を伝えている。

少女は日本語を理解できた。日本で暮らした経験はほぼなかったが、家族に堪能な者がおり、幼少より教わってきたからだ。

男は端末をフローリングに投げると、その場にへたれ込んだ。

「どこ」

少女は男と出会った時のように思考の言語ベースを日本語に切り替え、そして驚いた。声が、全然反響しない。

これまで過ごしたどの施設でも、放った声は長い廊下に響き渡り、こだまになって戻ってきたのに。

「俺の家だけど」

男はこちらを睨みながらそう告げる。

「そうじゃないわ。位置」

「ああ、ここは東京都、港区の――」

男は言いかけると、おもむろに立ち上がる。少女はベッドの端に寄り、掛け布団を引き寄せた。

「ま、待て！　それ以上やるな」

言葉は理解できている。しかし男の意図がわからない。

「だから、それ以上、引っ張らないで。それに、あんまり端に行かないで」

「あなたが寄ってくるから」

「なにもしないよ。なにもしてないだろ、お前は昨日のままの格好だ。そう、だからこそ、早くベッドから出てくれないか」

「どうして」

「それは俺のベッドだ。まだ買って間もない。一方でお前は、なんていうか……」

男は深呼吸をし、腹筋で空気を押し出すように言った。

「汚いし、臭う。少し」

直撃の言葉。ここ数日間、路上で命を繋いできた少女にとって、それは意識の外のことだった。英語の反論が口から漏れる。すると男は狼狽《うろた》え、語気を強めて返してきた。

「ベッド貸してやったんだぞ！　おかげでこっちは背中と首がバキバキだ」

「頼んでないじゃない！　あなたが勝手にやったことだわ！」

「独身アラサーに予備の寝具なんてない。それにお前は熱を――」

男はリビング壁面のアルミラックから赤外線温度計を出してきて、雨避けシートの上から少女の肩を摑んだ。少女は男のあまりの真剣さに押し切られ、なすがままに体を寄せた。

「六度五分。よかった」

男はベッドの端に腰を下ろし、カーテンで覆われた壁を見つめながら言った。

「なあお前、とりあえず風呂入りなよ」

少女が立ち上がろうとすると、男はその動きを腕で制した。

「俺が顔、洗った後に」


突如、ザザァ……、と遠くから音が聴こえてきて、少女はベッドの上で縮こめていた体を起こした。紛れもない自然音だった。ベッドから降りてドアを潜ると、WBや土間とひと続きで、寝室や書斎、ユニットバスなどに繋がる広い空間がある。壁のアルミラックには紙の本と、映画のパッケージ、そして鮮やかに塗装されたプラモデルが並んでいる。

四面と天井を覆う虹色のディスプレイが、映像と音の発信源のようだった。

ザザァ、という幻聴のような音は次第に実体を持ち始め、気づくと足元は砂場に替わっており、そこに透明な波が寄せる。ザザァ、ザブゥン……。穏やかで、独特のリズムだった。恐る恐る砂場の上に踏み出すと、浜辺のしゃりしゃりとした、少しくすぐったい感覚が足の裏に伝わる。どこからか潮の香りがし、白い泡を吹きながら波が押し寄せる。ひんやりとした感覚が爪の間にまで入り込み、少女は息を吞んだ。

「瀬戸内海だ」

肩にタオルをかけ通路から現れた男がそう告げる。セトナイカイ、と頭の中で繰り返してみる。悪くない響きだ。

「これ、どういうこと」

少女は足元を指さして訊ねる。

男は冷蔵庫から透明なボトルを出して口に運んだ。

「景色板と感覚床《かんかくゆか》で再現してるんだ。日本百景。寒くなってきたからな、季節に抗ってるつもりで」

無限に続くように見える砂浜を眺めながら少女は呟いた。

「こんな穏やかな海、知らない」

ザザァ……、という音が、どんな悩みでも流し去ってしまうようだった。

「着替え、俺のしかないけど。下着は、どうしたらいいかわからん。一応トランクスの新品を置いておくけど」

男に導かれ風呂場に入る。

鍵をかけて、纏っていた雨避けシートを脱ぎ、ご丁寧に、ここに捨てろ、という張り紙がされたダストボックスの中へと放り込む。ふと鏡の中にみすぼらしい女の、ひび割れた褐色の肌が目に入りそうになり、顔を背けた。

温められた浴室にも海辺の演出が及んでいて、蛇口をひねると、弾けるお湯が一週間におよぶ逃避行の疲労を流し去る。

何より、シャンプーとリンスが十分にあるのは助かった。

「こまかい男。潔癖すぎよ」

少女は曇った鏡に向けて呟いた。

〈学舎〉では、訓練で服が汚れることなどしょっちゅうだった。どんな姿をしていても、キングは心で判断してくれた。

浴槽の側面の鉄球から発せられる微弱な電気が、硬くなった筋肉を解きほぐす。両手いっぱいに澄んだお湯をすくい、頭上に舞いあげて降らせた。バシャバシャと水面を叩いたりもした。長く浸かっていては髪飾りが錆びるかとも思ったが、考えないことにした。

「入るぞ」

脱衣所に侵入する声に、とっさに両腕で胸を抱き込む。

「えっ、でも鍵」

「ごめん、鍵は壊れてる。でも大丈夫」

「大丈夫なわけないでしょ！」

「子供のくせに自意識過剰なやつめ。この服がお気に入りだって思い出したんだ。家出少女はこっちで十分だ」

ドアが閉まる音で、少女はやっと肩の力を抜いた。

鉄条網のように荒れていた髪がさらさらになるまでドライヤーをかけると、髪飾りをつけなおし、半袖のシャツとぶかぶかのジャージに着替えた少女は、鍵の壊れたドアの隙間から顔を出した。

「あの」

リビングのテレビが速報で、空走族が虎ノ門付近に出現したことを報じている。

「あのー！」

「どうした?」

突然、視界の左隅から現れた男が近寄ってくる。扉をピシャリと閉め、内側からくぐもった声で答える。

「ながそで」

しばらくの沈黙があって、男が言った。

「明日は三十三度だぞ」

「冷え性なの」

足音が聞こえると、扉のわずかな隙間から差し出された男の手には無地のロングTシャツがあった。

勇虎は、奇妙なやつだと思いながら、寝室で布団の身ぐるみを剝がし、シーツと一緒に大型の洗濯かごへと放り込んだ。

そのうちに指先を長袖の下に隠した少女が、琥珀色の肌と銀色の頭から湯気をあげ風呂場から出てくる。

「さっぱりしたか」

「……うん」

テレビは中国企業太陽公司《ターヤンコンス》が推し進める伝送回廊政策の話題に切り替わっていた。テレポートインフラの規格の輸出・整備は日本にも及んでおり、日本の重工業会社が事実上の下請けとして使われている問題、さらに日米安保撤退に伴う内閣の中国傾倒に十万人規模のデモが起こっていることを保守派の議員が指摘すると、アジア団結派が猛反論を始める。

「今、公共キッチンを注文したから、きっかりあと十分《じっぷん》ある。俺の聞きたいことを教えてくれ」

勇虎は浜小屋の立体プロジェクションを纏った机に近づき、椅子を一つ引いて、もう一つに憮然と座った。

「何が聞きたいの？」

「最低限のことだ。出身地、あそこにいた理由、あとお前は何者かってこと。ゴミ箱の中に隠れるなんて普通じゃない。返答次第では児相《じそう》か警察か、あるいは公安局か、変わってくるしな」

腕を組み、頭から湯気を立ち上らせる少女を見つめる。

「知るべきじゃない」

「そうはいかないだろ」

瞳に再び燃えるような反骨心を滲ませ、乾いた拒絶を吐く少女のその毅然とした態度に、勇虎はいつの間にか声をあげていた。

「そうやって背負い込もうとするやつに限って、一人じゃ何もできない。人は行くところにしか行かない。自分の人生から逃げきることはできないんだ。現に今だって……」

「じゃあ、あなたが助けてくれるの？」

消え入るような声だった。

それから少女は玄関と一体化したＷＢへ向かい、中に入って地団駄を踏んだ。「おい！」そして端っこの一点にしゃがむ。どうやったのか、床のハッチが開いていた。少女が中に手を突っ込むと、程なくしてプッンと音を立てて中の明かりが落ちる。

ＷＢの電源を完全に落とすことは保安上できないはずだった。

「点検用の緊急停止よ。メーカーによって方法が違う」

「どうして電源を落とした」

「盗聴」

暗がりの中から出てきた少女が、唖然とする勇虎を見上げる。

「十年前の国際テレポート協会《ITA》のテロ対策モデルに、この国の国土交通省は批准した。特定の単語だけを拾う指向性盗聴器が六八年以降のモデル全てに設置されているのよ」

少女は足をテレビ前のソファに向け、ゆっくりと座り込んだ。

「その国有のデータも、ハッキングで全部吸い上げられてる。私が相手にしているのはそういう組織」

「待ってくれ。組織？　話が見えない」

「私はナクサ」

「俺は、赤川勇虎だ」

「そう。イサトラ」

少女はそう言って一呼吸置くと、こう続けた。

「私が何者かと訊いたわね。答えるべき言葉は一つ。ペネ」

それは少女の……ナクサの母国の単語か？

しかしナクサは自信に満ちた声で続けた。

「ペネトレーター――〈対蹠者《たいせきしゃ》〉」

こちらがピンと来ていないことに少し苛立ったのか、少女は咳払いを一つし、妙にかしこまった。

「いい？　テレポートは普通、縦方向より横方向に長く移動できるわよね。ヒマラヤ山頂へテレポートするには、九カ所の中継地点があるでしょ？　およそ高低差五百メートルごとに休憩が必要ということよ」

確かに成人して免許取得が可能になると、一定数の人間が力試しをする。その一つに、標高の高い場所に、いかに少ないテレポート回数で移動できるかを競うという遊びがある。

「でも私は、重力に逆らってテレポートできる。実際、高層ビル建築の現場には、そういった上下移動に長けた人がたくさんいるけれど、私はそれとは次元が違う」

人は地表に対して水平方向に移動するより、垂直方向に移動する方が遥かにエネルギーを食う。その倍率は諸説あるが、およそ一万倍ともいわれる。

ナクサは平坦な胸元に掌を押し当てた。

「私は地球を貫通できる」

それがどれほど凄いことなのか理解するのに、地球が宇宙空間に浮かぶ巨球であることを、まず思い出さねばならなかった。

少女は親指と小指を曲げた掌を突き出した。

「世界に三人よ。私以外に対蹠テレポートができるのは」

対蹠地とは、地球の裏側のことだ。つまり地球を貫通《ペネトレート》して移動するテレポーター。

「それがなんの役に立つ？」

少女は察しが悪いわね、と呟いた。

「ひと月に、四十フィートコンテナ三十万個を地球の裏側に運ぶことができるのよ。わからない？　私は一人で、北極海航路そのものになれるってこと」

運輸史に詳しくない勇虎にも、それは理解できた。北極基地に設置された中継大型ＷＢの熱で、氷がとけているというニュースは連日のように聞く。

「そうか、正規登録されたＷＢを通らなければ、各国の国交省や治安システムに気づかれることもない。完璧な密輸ルート……」

密輸。

自分から出たその単語に、勇虎はゴクリと息を呑む。

ナクサの蛍光のように冷たく輝く視線が、勇虎の〝もしかして〟を貫く。

「それが家族《ファミリー》の中で与えられた、私の役割だった。あなたも知っているでしょう。世界に出回っている麻薬の七割は、違法テレポートで持ち込まれているって」

「おい、まさかそれに関与しているわけじゃ……」

それは少女が初めて見せた笑顔だったかもしれない。誇りと謙遜と、自嘲と嫌悪の、グラデーションの微笑だった。

「私、逃げてきたの。麻薬を載せる船としての人生から」

勇虎は体が椅子からずり落ちそうになっていることに気づいた。しばらく、なんと言ったらいいのかもわからなかった。

「組織の名は〈炭なる月〉。キングという男がボスよ。彼は目的のためなら手段を選ばない人。そして親のいない私の、育ての親」

ナクサは人差し指を甘く嚙み、一瞬息を止めて言った。

「組織は、悪党で、私の家族《ファミリー》」

勇虎は閉口した。ナクサの視線に覚えがあった。母親が失踪した後、警察からネグレクトと断定された時だ。優しい警察官に向かって勇虎は、今の彼女と同じ目を向けていた。

理解してほしいという、たったそれだけの願い。

「なんで……」勇虎は言葉を選んだ。「なんで追われているんだ。アガリでもくすねたのかよ」

ナクサはそっぽを向いて答えない。

テレビの議論は、難民問題に切り替わっていた。のべ十万人の難民を受け入れ、二十年後までにその倍の難民を誘致すると発表した首相を、保守派の議員は熱烈に批判し、イギリスのように沿岸警備を強化すべきだと訴えている。

「私、世界中の街を転々としていて、ある時はアメリカにいたの。デトロイト。キングが仕事をしている間、外出許可をもらって、自動車の廃工場を見つけた。三十人ぐらいが鉄屑の山に住んでいた。麻薬を使っていた。そこにいる全員がね、当たり前のように非能者だったの。その麻薬を、運んでいるのよ、テレポーターが」

テレビの方を向いてしまって表情はうかがえないが、その声は震えていた。

「だから私は戻らない。戻れない。たとえこの星が距離の存在しない世界だとしても――私は、〝異世界〟にだって逃げてやる」

ナクサの眉間には、少女とは思えないような深い皺がいくつも刻まれていた。

「ごめんなさい。話すべきじゃないことを話してる自覚はある。でも今の私にできるのはこれだけ」

「……そうか」

しおらしく告げるナクサに、勇虎はため息をつく。

(異世界にだって逃げてやる、か)

見ているだけでむなしくなるような痩せ細った手足と、そのみすぼらしさとあまりに不相応な強い意志。

それでも彼女は、どこへも行けない家出少女だ。

(お前は、一体……)

フォンが鳴った。宅配会社からで、指定したWBのオンラインが確認できないとのことだった。ナクサがハッチを直すと、扉はひとりでに閉まった。直後にランプが青く点灯し減圧音を轟かせ、〝BOKKA!!〟のキューブ状リュックを背負った男が現れる。

「とりあえず食べよう」

電子決済を終えた勇虎は、熱々の容器を持って机へと向かう。

「ロティとタンドーリはあるの？」

「ない」

肩を竦《すく》めるナクサと向き合って、勇虎はいただきますと唱えた。

4

株式会社石川運通のオフィスは、愛知県のどこかの、トヨタの廃生産レーンを転用した名ばかりの空間だ。石川運通は非能者を多数受け入れており、毎朝社有の剛力《ゴウリキ》が従業員各員の居住先を廻り、社員をオフィスに集めていた。

会議室に使っている第一整備場から離れ、レーンまで足を運ぶと、被覆が破れたケーブルと壊れたロボットアームがぶら下がる鋼のジャングルが姿を現す。

勇虎は組み立て前のボンネットの上に腰を降ろした。

「線動時代《ラインエポック》の遺産を尻に敷く気持ちはいかがですか」

磯貝だった。製造途中に廃棄された日本車のボンネットは、生産がストップした当時の状態のままだ。

「爽快ですね。テレポーターに戻った気になれます」

「隣、いいですか」

勇虎はうなずいて端に寄った。

汚れた窓の外には、オフロードカーの耐久テスト場だったであろう砂地が広がっている。

勇虎はこのオフィスの正確な場所を知らなかった。

「海鮮丼にしたんですね」

膝に置いたプラスチック容器の中を無邪気に覗き込んできた磯貝が、興味津々で訊いた。

「マトウダイとクロムツ、あとトビウオも」

鮮魚の流通において生産者と浜沖買商は、一致団結した『沖売り』として船舶に乗り合わせている。沖売りは卸売市場とも取引をするが、大手ホールディングスが直接船舶上で鮮魚を買いつけるルートが昨今急速に発達している。故にマグロやブリなどの大型魚を除けば、ほぼ全ての魚は活魚として消費者の元に届く。

その結果、味は良いが足が早かったシロアマダイやホシガレイなどの希少魚が、ここ数年で新たに百二十五種国際自然保護連合《IUCN》のレッドリストに入った。

「あれって、船上でWBを稼働させているんですよね。勇虎くん、そういった職場のご経験は？」

「あれは、酔うのでやったことないですね」

勇虎はうなずくと、透き通った白身に視線を降ろす。

レッドリストの増加なんて、今にはじまったことじゃない。わかっている。ただ、テレポートはあまりに多くを変えてしまった。

磯貝はハンバーガーを大口で頬張った。どこへでも行けるのに、鮮度とか、健康とか、そんなことどうだっていいと断言する彼女の、見惚れるような食べっぷりを横目に盗み見る。

磯貝と出会ったのは、彼女が勇虎の新人教育の担当についた営業初日だった。磯貝は先天的に前頭葉に障害があるのでもなく、精神疾患があるわけでもない。至って正常なテレポート能。ところが彼女の右脳は常人より七%肥大しており、異常発達した空間識を持っているため、既存のDADコードを読み取ることができなかった。

彼女が生涯におこなったテレポートは一度だけ。免許講習の実技講習。万が一にも翔突が起こらぬよう、訓練用のWBで十センチの移動からはじめる実習生の中で、一人だけ十メートルを移動して不全が発覚したそうだ。

彼女には飛ぶための翼がある。

社会がそれをもいだ。

「どうしたんですか。ちょっとお疲れのようですね。肩でも揉みましょうか」

磯貝はそう言い、つまんだポテト三本を口に入れる。

顔を上げ、磯貝を見つめ、疲れている理由を探す。

「夜ご飯を、作らないといけないなぁと」

「あら、同棲している彼女さんでもいらっしゃるんですか？」

醬油を垂らして運んだ一口を、危うく吹き出しそうになる。

勇虎は咳き込みながら、家で待つナクサの姿を想像した。ゴミ箱で拾った少女は今やだいぶ清潔になったが、それでも彼女はただの家出少女だ。

勇虎は努めてかぶりを振った。

「それは最も縁遠い言葉です。厄介者。いや、疫病神。実は、家出少女が家にいついてしまって」

磯貝はしばらく考え、答えた。

「警察に届け出ないのですか？」

「なにぶん、偏見をもらいやすい外見をしています。そこのところはフラットな磯貝さんだから言いますけど、褐色肌なんです。あと目が赤い。ほら、このご時勢、難民関係には敏感じゃないですか」

「ああ……、そうすると、今は届けづらいですね」

違法難民による犯罪が増えている現在、警察を駆け込み寺にする難民を待ち伏せて暴行を加える『難民狩り』が多発している。

「一度、児相に相談してみたんです。門前払いでした。難民なら公安局に電話しろと。しかし、公安局はそもそも電話に出ません」

勇虎は、重いため息をついた。

ただの難民ならどれほどよかったことか。運び屋という責務から逃げ出してきた少女のことを〈炭なる月〉とか言う麻薬組織が狙っているのだ。

あいつは爆弾だ。家に帰ってもぜんぜん気が休まらない。その上、せっかく買ってやった普通教育のバンドルアプリにも手をつけないし、それにやたらと好き嫌いが多いし。

「今、その子のこと考えていましたね」

勇虎は飯を喉に詰まらせむせかえった。

図星ですね、と磯貝が破顔した。

「いいじゃないですか。恋愛の形態は人それぞれです」

磯貝がそれを言うと、説得力がありすぎて困る。

「磯貝さんはうまくやってるんですか？　その……」

「カレとですか？　それとも、他の子たち、と？」

内縁の妻というのだろうか。磯貝の交際相手は、一夫多妻制を実践する男らしいのだ。

この世には本当にたくさんの物語がある。勇虎は、磯貝を通してそれを学び、それを一応は受け入れることができた。

す。

「うーん。秘密です」

膝に頬杖をつき、ちょっと蠱惑《こわく》的な笑みを作ってみせる磯貝の顔から、勇虎は目を逸ら
そんな勇虎の腕を強引に引き、磯貝が言った。

「一つだけアドバイスしていいですか？　ご飯は一緒に食べてくださいね」

「ご飯、ですか」

一人暮らしを始めた当初こそは料理していたが、最近は圧倒的安価な公共キッチンを使うことがほとんどだった。

「ご飯を一緒に食べることで、大抵のことは解決するのです。だから、たまには手料理も作ってあげてください。家出少女歴十二年のこの私が言うんだから、間違いないです！」

磯貝の家出は、家出ではない。

保守的な家族に勘当され、家を出るしかなかったと聞いている。

「でも、最近の勇虎くん、変わりましたよ」

勇虎は首を横に振った。

「本当ですよ。ここへ来たばかりの頃は、生きた屍のようでしたからね！」

その言い方だと、今は生き生きしているということだが、そんなはずはない。自分はあ

の少女のために、日に日に追い詰められている。

　しかし横目に見た磯貝の表情は真剣だった。勇虎は照れくさくなって頭をかいた。

「エアーズロック、行きましょうね」

　磯貝は、水平線に浮かんだ朝日のようにはにかんだ。

「そうですね、連休がきたら必ず行きましょう」

　勇虎たちは昼食を食べた後、温かいお茶をゆっくりと飲んだ。


　剛力《ゴウリキ》にお礼を言って、WBから出る。思えば発作が一度も起きない、いい一日だった。

「声紋認証、空間演出、竜頭《りゅうず》の滝」

　玄関で靴を履き替えながらそう声を張った勇虎の両手には、ビニール袋が食い込んでいる。景色板が反応し、すぐさま室内を清涼感が満たす。

「遅かったわね」

　少女の声に、顔を上げる。

「なんだ、寂しかったのか」

「お腹が空いただけよ」

勇虎はため息をついてナクサの姿を探した。冷蔵庫前に向かうと、台所の奥の、プロジェクションされた浅瀬にかがみこみ、何やら音を立てているナクサの背中があった。

「おい、何やって……」

呼び掛けた勇虎の胸に、鏡面のように磨かれた切っ先が向けられる。彼女の手元では浅いステンレスバットと、いつか通販で買った人工ダイヤモンド製の砥石が、墨汁のような液体に濡れている。

勇虎は後ずさって浅瀬に尻餅をついた。冷たい感覚が腰全体を包む。

「うおっ、何してんだ!」

「いつ何時も、武器の手入れを欠かしちゃいけないわ」

「武器じゃない。出刃包丁、魚を捌《さば》くものだ。危ないから早くこっちによこせ」

勇虎が手を出すと、ナクサは一瞬包丁に視線を落とした後、しおらしくそれを差し出した。

「ごめんなさい。心配させるつもりはなかったの。ただこの家には武器になりそうなものが、これしかなかったから」

この少女が冗談を言っているわけではないということは、その視線から伝わってくる。

包丁を受け取り、ナクサをリビングへやると、勇虎はビニール袋の中の食材を、順次冷蔵庫の中に充填していく。十個入りパックの卵が三つ、割れていた。

「なあ……お前、今までどうやって暮らしていたんだ？」

今まさにゲームのコントローラーを取ったばかりのナクサの目尻が、鋭く引き絞られる。

勇虎はＷＢの方を一瞥し、

「大丈夫だ。感覚床を吸音モードにしてある。盗聴の心配はないさ」

昨今の感覚床には、騒音を吸着して電気に変換する音声発電の機能が織り込まれている。ＷＢの盗聴を知ってから、土間の吸音率を常時最大にしてあった。

ナクサはコントローラーを置き、ソファの背に寄りかかる。

「船になる前は、修行をしていたわ。地球を相対化する修行よ」

「地球の、相対化……」

「あなたにとって地面は平面？」

勇虎は首を傾げた。

平衡感覚によほど異常でもない限り、誰にとっても平面であるはずだ。

「私にとっては球面。もちろん、ほぼ平面であるということはわかっているわ。それでも私にとって、地表は球面。そして地球は、宇宙に浮かぶ巨大な球体。その新しい意識を、心の土壌に植え育てるための修行」

「つらくなかったのか？」

「私はそのために生まれたから、耐えられる。でも――」

少女の声が一瞬、鉛の重さを帯びる。

沈黙を越えて、次のように続けた。

「時おり嫌になるわ。宇宙に投げ出されそうになる浮遊感に、ずっとつきまとわれているから」

ナクサはそう言って、背を向けた。

マフィアの家族が密輸の船にするために幼い女を狙っている。わかっている。勇虎は拳を握り込み、頭の中で繰り返した。匿《かくま》えば、どんなリスクを伴うか。

平穏な暮らしを守るためには、この少女をさっさと警察に届けなければならない。

勇虎が食事の支度を始めると、ナクサはヘッドギアをつけゲームを始めたらしかった。前に見せてもらったことがある。アース・コンストラクター。自分だけの太陽系を作るゲームである。そんなことをして何が面白いのかずっと謎だったが、もしかしたらそれは対蹠者としての直感を忘れないための、イメージトレーニングなのかもしれない。

勇虎はイワシの骨に沿って包丁を入れながら、なあ、とヘッドギアを貫通するぐらいの大きさで声を放った。

「何か欲しいものはあるか？」

ヘッドギアを外して再び振り返るとナクサはしばらく考え、

「窓」

ぽつりとそう呟く。

「窓……？」

思わず復唱してしまう。

ナクサが身を乗り出して、紅蓮の目をキラキラさせながら言う。

「私ね、ずっと窓が欲しかったの」

「そう……なのか。窓だったら、そっちのカーテンの後ろに」

「開けていい⁉」

勇虎が指さした方向。ナクサが反射カーテンを捲《まく》ると、ちょうど景色板が反映させていた滝のプロジェクションがぐにゃりと歪む。

許可を出してすぐに、後悔した。この安マンションの窓の外に、見て気分のいいものなんて少しもない。

しかし少女の歓声が、勇虎の意識をさらった。

「綺麗！」

下ろした半身《はんみ》を包丁で叩く手を、勇虎は止めた。

「そんなのどこがいい。緑豊かな自然や、海岸線が見渡せるわけでもない」

「でも、街を見渡せるじゃない。ここは何階なの？」

「百四十九階だよ」

勇虎はイワシのなめろうの器《うつわ》をラップして冷蔵庫に入れ、冷やしてあった天ぷら液に潜らせた小樽の魚介と京野菜を、黄金色の油の中に滑り込ませる。

「お金持ちなのね」

「まさか。今やどの国だろうが、マンションは地面に近い方が高価だ。ここも七十二階より下には通路とエレベーターがある。歩いて降りる権利がある」

「でも人類《わたしたち》には、テレポートがあるじゃない」

そうだ。

どこへでも行ける。だからこそ、どこへ行く意味もない。観光なんてものは今や記憶《ファンデーション》をなぞる行為にすぎない。

全ては景色板と感覚床の再現演出によって、この部屋の中で充足する。そういう触れ込みで、地上に降りることに興味がない人間が、超高層ビルの上層階を買っていく。勇虎もその一人だった。

よもや非能者となり、外出のために必ず人の手を借りねばならなくなるとは。

「見せてくれてありがとう。それに、ご飯も」

ナクサが微笑む。

勇虎は逃げるように鍋に挿した温度計を見た。油が二百度に近づくにつれ、小気味よい音が聞こえてくる。頃合いを見てバットに上げ、ご飯をよそった。

ナクサに手伝わせてテーブルにご飯を運び、席につく。天板が高すぎるから、ナクサは座布団二枚を嚙ませている。いただきます、という呪文を教えてこれで何度目になるだろうか。二人は静かに手を合わせる。

フォンを操作して、景色板と感覚床を、竜頭の滝から日本庭園に変更する。足の裏が畳の細かな凹凸を捉え、ナクサはしばし足先を床に擦りつけていた。枯山水に鹿威《ししおど》しの音。イグサの香りが蓮根の天ぷらの味を引き立てる。

テレポートなんてものが使えなくなって、良かったのかもしれない。おかげで諦めがついた。人は行くところにしか行かない。自分自身がそうであるように、この少女だってきっとそうなのだ。

「ナクサ、次の休みの日、警察に行こうな」

食事の終わりがけに、勇虎はそう呟いた。

5

電話を切る。相変わらずゲームをしているナクサに結果を伝える。明後日の午後二時に、国土交通省公安局外事課の西丸さんという人が、ナクサの引き渡しに応じることになった。

「今日のうちに電話できてよかった。日曜を挟むと、また余計に延びちまう」

ナクサはヘッドギアに頭をうずめたまま、何も言わない。

「これでお前も、安全が保証されるってことだ」

「……」

ヘッドギアとコントローラーから伸びるケーブルが接続された、円錐形の機械は、青白い光を放ちながら、目一杯ファンを唸らせている。ナクサはこの二週間、アース・コンストラクターにご執心だ。

「ゲーム機ぐらい、餞別にくれてやるよ」

「本気でそう思っているの？」

「ああ、もちろん。アカウント移した後にな」

ナクサはヘッドギアをずらし、勇虎を見上げた。紅蓮に燃える瞳に射竦められた勇虎は、口元にたたえていた笑いの一切を剝ぎ取られて黙りこくった。

「本気で私が安全になると」

「ああ……もちろんだ」

「そう。あなたも嘘をつくのね」

視線を落とすと、足がガクガクと震えていた。それどころか地面が暗く染まり、両手が赤く染まっていく。止めようとするほどに、発作は悪くなった。勇虎はしゃがみ込んで、感覚床のざらついた砂浜の再現を両手で受けて、なんとか下半身を襲った悪夢をやり過ごした。震えは消えたが、両手の赤はしぶとく残る。

八つ当たりだとわかっていても勇虎はナクサを睨んだ。

「どうしろってんだ。クソッ、お前を見つけていなきゃ、こんなことにはならなかった」

「だから助けるなと言ったのよ。聞かなかったのはあなただわ」

「あの場で助けない方がおかしいんだよ！　けど誰がお前みたいな少女がとんでもない過去を持ってると思う？　そもそもお前の説明だって、どこまで本当か……」

勇虎は乱暴にヘッドギアを取り上げる。コードが外れ、サングラス型の画面から光が消える。

「でも、あなたは助けてくれたんでしょ」

最初から、少女の曲がらない視線が嫌だった。希望を信じて疑わないその表情。相手がマフィア？　なおさら逃げられるわけないのに。この少女は本気でどこかに辿り着けると思っている。見込みのない未来に縋《すが》って、飛ぶことのできない翼を広げて風を待つ。

それは異世界を信じる愚と、何が違う？

「ごめんね。意地悪を言ったわ。もう迷惑にはならないから。明日の朝には私はいないものと思ってくれていい。いずれちゃんと、お礼も送るから」

「ダメだ、警察に行くんだ」

「私は捕まるわけにはいかないの！　二度と、船にはならない。だから何としても逃げきってみせる」

そしてナクサはどこか寂しそうに、こう結んだ。

「それに私には〈最終手段〉がある」

ナクサはうずくまる勇虎の横を通り過ぎ、その足をキッチンへ向けた。勇虎はよろよろ立ち上がり、両腕を抱きながら吸引機を探す。そのあちこちに這わせた目が、WBに続く通路に異変を捉える。

勇虎より十センチ近くも長身の男性。全体照明を受け、瞳を翡翠色に輝かせている。どこの歩荷《ボッカ》だろうか。革のコートにグローブ、宝石をあしらったベルト、銀の腕時計。

確かに出前のためにWBの扉は開放モードにしておいたが、だからと言って内線のベルを鳴らさず勝手に部屋に立ち入るなど、聞いたことがない。

男は勇虎へ向けて一礼すると、何食わぬ顔で一歩踏み出した。

分厚い革のブーツを履いたまま。

「土足で上がり込むなんて非常識だろ、ここは民家だぞ。それに予告なく来るなんて。誰だ、あんた。どこの業者だ」

家族住み住宅のアドレスに、総当たり的にテレポート訪問を繰り返す悪質なセールス業態があることは知っているが……。

だが、おかしい。そもそもWBは待機状態を示す白色の光を放っているし、減圧音だって聴こえていない。

彼の足元。感覚床のデフォルトカラーである肌色が消え、何か平たく、ざらざらとした煉瓦のようなものが載っている。記憶に一致する。それは紛れもなく都市の舗装――シールのように薄く削られた舗装が、フローリングに張りついている。

「おい……お前、一体なんなんだ」

ナクサの姿が視界に入った。

「おや、意外と元気そうだ」

男が口を開いたのとほぼ同時に、ナクサの手元からグラスが滑り落ち、コーヒーミルクが飛散した。

「追いつかれたッ！」

勇虎がその声を聞いた時にはすでに、ナクサは走り出していた。男は懐から黒光りするものを抜き、深い洞穴を勇虎に向ける。

囀《さえず》りのような銃声が二回。

視界が斜めに傾く。ナクサが勇虎をつき飛ばしたのだ。

弾道は頭上を通過し、勇虎の片耳から聴覚を奪った。

男はすぐにサプレッサー付きの拳銃の狙いを修正する。

呆然とする勇虎の腕をナクサが引き、二人は薄暗がりの寝室へと滑り込む。

寝室の壁が二カ所盛り上がっているのを見て、勇虎はやっと、銃で撃たれたという実感を得た。勇虎の放心を尻目にナクサがドアに鍵をかけ、ダメ押しでドアノブに掃除機を噛ませると、勇虎をベッドの後ろに引っ張った。

「私を見て！」

小さな手から、鋭い張り手が飛んだ。

「追いつかれたの。家族《ファミリー》よ。落ち着いて聞いて。彼は〈兵卒《ポーン》〉のジョルダン・ジャーニー。古典テレポートの奥義者よ」

「……落ち着けるわけねえだろ！」

勇虎の頬に、二度目の張り手が炸裂した。口をパクパクさせる勇虎の胸ぐらを摑み上げ、ナクサが言う。

「こんなに早く見つかるなんて思わなかった。ごめんなさい。でも彼らは来てしまった。もう何もかも遅い。あなたは逃げなくては」

「逃げるだって？　ふざけんな俺の家だぞ！」

「そうだよ、姫。どうして逃げるなんて言う」

閉じられたドアの向こうから、男の足音と声が漏れた。ナクサが勇虎のシャツの襟を摑んで頭を引き寄せ耳打ちをした。勇虎はハッとして、それを探す。

「まあ逃げたくなる気持ちもわかる。ここは設備は揃っているようだが、まるで監獄だな。何ひとつホンモノがない。この家から逃げたいってことなら、それはわかる。でも僕から逃げるってのは──違うだろ？」

次の瞬間、突風とともに男は、確かに、寝室の中に立っていた。ドアノブに挟まれた掃除機はそのまま。まるで手品だった。男は銃口を向ける。

「すでに計画が狂い始めている。このままでは最終調整に間に合わない。戻ろう、姫」

「く、来るな！」

震えた声を上げたのは勇虎だった。その左腕は背後からナクサの首を拘束し、右手でカッターナイフを首筋に押し当てている。

「そこを動くんじゃないぞ。さもなくばこいつを殺すからな」

勇虎は震える足で、ドアへと向かった。男はそんな二人を見つめ、なるほどな、と呟く。

ナクサは銃口の向く先と、それを持つ男の右肩の筋肉を注意深く見つめながら、あたかも勇虎に命じられているように掃除機を退かした。

二人は再びリビングに出ると、ベッドルームから十分距離を取る。

ナクサの胸から流れ込む昂ぶった鼓動。

「どういう、ことなんだ……。なんであいつ、部屋の、中で……」

「イサトラ、今は逃げるしかない」

ナクサが耳元でささやいた。

逃げるしかないとしても、地上百四十九階のこの部屋には玄関はおろか非常口もない。

出入口は入るのにフォンの認証が必要なＷＢひとつだけ。

つまり二人は、自力で部屋から出ることさえできない。

フォンは確かゲーム機の近くに置いたはずだ。しかしソファやテレビの周辺を見回しても見当たらない。

「うかつだね。まあ、ニホンジンの危機意識なんて、こんなものか」

寝室からぬらりと姿を現した男の左手には、電源の落ちた薄い板が握られている。

「赤川勇虎、広島県淡魚島《あわい》出身。十三歳でジェイコブス症を診断され、青森の国営団地に転居後、母親が失踪。症状寛解後、父親の援助を受けテレポート免許取得。現在二十六歳、独身、事故によりPTSDを発症、テレポート能に障害あり。免許は大型二類だが剝奪中……。このご時世に一人じゃどこへも行けないなんて、実に不憫だ」

男はつまんだフォンをゆすりながら、挑発的に言った。

勇虎の全身から汗が噴き出した。ナクサが咳き込み、腕に爪を立ててもがく。慌ててわずかに力を抜く。彼は左手首の時計に視線を落とした。それから、じり、じり、と少しずつ、窓側へ退がっていく。

「二度は言わない。下手な芝居をやめて姫を放して欲しい。それとも僕が、姫を避けて貴方を狙えないとでも？」

勇虎はナクサの首にかけている腕から少しずつ力を抜いていき、ついに両手を上げた。

「……じゃあ、俺だけ逃げてもいいですか？」

「それは理に適っている。だが姫のことだ、きっと保険をかけている。貴方は聞いてしまったんだろう、その女の素性。その女の能力を」

対蹠者。ペネトレーター。麻薬の密輸。〈炭なる月〉……。

――ごめんなさい。話すべきじゃないことを話した自覚はあるわ。でも今の私にできることは、あなたに話すこと――。

脳裏に、しおらしく謝るナクサの表情が浮かぶ。

「ナクサ、お前そのために……！」

視線を逸らすナクサ。

この少女は、そう。わかってやったのだ。勇虎を、自らの逃亡に巻き込むために。わかっていて、事実を話した。

「確かに一人より二人の方が逃げやすいから、理に適っている。だが、巻き込まれた貴方にはたまったものじゃない。同情するよ。なるべく痛くせず殺してやる。それについては安心してほしい。僕はヴァイオリニストでもある。だから、指先は器用だ」

男は柔らかな笑みを浮かべる。猟奇的ではなかった。一種の、仕事の流儀のようだった。

「なあ、一ついいか」

勇虎は震える息を吐いて、カッターを持ったまま頭を抱えた。男が紳士ぶって次を促す。

「せめてお茶を一杯、飲みたいんだが……」

「ニホンジンは好きだと聞く。歯が黄色くなるからやめておけばいいものを。死出の茶一杯、許せない僕ではない」

最後に与えられたわずかな自由を噛み締めるように冷蔵庫へ歩いていく勇虎からナクサへ、男は視線を移した。

「私は戻らない。この人も殺させない」

「君にそれができるとでも」

「できる――〈最終手段〉を使えばね。『船』は消える。組織が占有する北極海航路は、今ここで永遠に消えるの！　そんな計画外、キングが認めるかしら」

男の目の色が変わる。

計画外？　と、低い声が漏れる。

「何、理に適わないこと言ってんだ。あんたが逃げたことが計画外なんだよ。あんたが逃げたから、その男が巻き込まれた。もし僕がその男を殺したなら、それはあんたが殺したってことだ。自覚しろよ！　あんたがその男を殺すんだ！」

一通り怒りを吐き出し、満足したらしい。

男は平静を取り戻し、続けた。

「僕らはキングなくして意味を持たない盤上の駒。そうだろう、妃《クイーン》。ナクサ・クータスタ・アーナンダ」

「私は……！」

その時、銀色のボウルを抱えた勇虎がカウンターキッチンから走り出て、黒々とした液体を男の顔面目がけてぶちまけた。

「ぐっ……なんだ——ッ！」

よろめく男に、勇虎は中指を立てて叫ぶ。

「めんつゆだ、ボケ！」

勇虎は少女の腕を強引に摑んで再び叫んだ。「ナクサ、来い！」男が両目を掻き毟って悶えている隙に、WBへと走る。

喧嘩は二十六年間、一度もしたことがなかった。だがここ最近、配送でよく治安の悪い地域を訪れる。そこから学んだこともある。

「声紋認識！　空間演出、姶良《あいら》カルデラ・活動期！」

ダメ押しの勇虎の声を聞いた相互スピーカーは、ただちに感覚床と景色板に日本最大の活火山『桜島火山麓』と、そこから臨む鹿児島湾を再現させる。黒色の大地に変わった床は、ぐつぐつと煮え立つマグマのエネルギーを再現し、上限温度摂氏六十九度まで一気に上昇した。男の驚きと怒りを背後に「フォンがないわ」と少女は囁く。

勇虎は何も答えずに、腕時計を見た。

次の瞬間、WBの信号が青に変わり、減圧音とともにドアが開いた。〝BOKKA!!〟とプリントされたキューブ状のリュックを背負う青年が、駆け寄ってくる二人を見てギョッとして後ずさる。

勇虎は靴棚からスニーカーを抜き取ってWBに投げ入れると、ナクサの腕を引いて押し入り、青年の首にカッターを突きつけて叫んだ。

「ドアを閉めろ、早く！」

悲鳴を上げた男は脊髄反射のように体を動かし、閉まるボタンを連打する。

汗だくの勇虎は咳き込みながら続けた。

「今は従ってください。どこでもいい。新宿の公共玄関、今すぐ！」

「し、新宿の公共玄関って、どこのですか。東西南北、ど、どこの」

「知るか！　西口でいい！」

「わ、わかりました」

ジョルダンが現れるも、ドアが閉まり切るのが早かった。直後、衝突の衝撃はWBに吸われ、ズドンという音だけが箱内に響く。

教習所を卒業したてという様子の青年は顔面蒼白になって、足型に立つ。

「奇跡のタイミングね」

勇虎はかぶりを振り、青年のリュックを指す。

「あの中には、お前に買ってやるはずだった服と靴がある。サイズを測るのは大変だったが」

ナクサは赤面してダボダボのパーカーの上から胸を守った。

リュックを開けてローファーの包みを解くと、大急ぎで靴に足を通す。今度は部屋全体が微かに揺れるほどの、相当な力で蹴り込まれる。

「扉を閉めたところで意味なんてないさ。テレポートの自認プロセスのうちに僕は中に入ってしまうよ。時間は十分すぎるほどある」

「だったら入ってこい」勇虎が、静まりかえった扉を睨みながら言った。「ただし俺とナクサがどこにいるかはわからないぞ。中に入ってみろ。手品ならすぐにやってみせろ！　だがもしそれが……」

勇虎は言い淀んだ。いざ口に出そうとすると、容易なことではなかった。しかし言わねばならない。今は言葉だけで男の足に釘を打たねばならなかった。

「もしそれが……テレポートなら……お前はその手で、ナクサを引き裂くかもしれないぞ」

テレポートによって人体がいとも容易く破壊されることを、他でもない勇虎は知っている。

じじじ、とWBレコーダーが勇虎の顔にズームする。

三人の荒い呼吸と心音が室内に染み出す。

「殺す」

扉の向こうで、滴が落ちるような男の声がした。

画面にはすでにDADが表示されている。歩荷《ボッカ》の青年は、汗の噴いた額をモニターに向ける。

「せいぜい逃げ続けろよ。貴方は一日と生きられない」

青年は職務外であり免許外でもある剛力《ゴウリキ》行為を、細いカッターナイフ一本で請け負った。

6

青年が膨出し、ドアが開くと、勇虎はナクサの腕を掴みカッターをかざしながら背中向きにWBを出た。切迫した表情の青年は、二人が離れるにつれ安堵を示し、やがてフォンを耳に当てるのが、勇虎には見えた。

勇虎の頭はぐしゃぐしゃだった。銃で撃たれた。あの男、ジョルダンには明瞭な殺意があった。吸引機は置いてきてしまった。両足の震えは止まらず、フォンもない。さっきの歩荷《ボッカ》が通報すれば、いずれ必ず警察に見つかる。

新宿西口の公共玄関は、そのまま西武新宿セイブ・アスというモールに繋がっていた。この時代、モールは希少だ。店舗を密集させるメリットがないからだ。そのためモールそのものがある種のブランドを持っている場合のみ、淘汰を免れた。セイブ・アスの一階はオープンカフェや料理教室、ネイルサロン、産婦人科などが一体化しており、桜色とターコイズで統一された明るい雰囲気が特徴だった。

とにかく人が多い場所へ。

セイブ・アスへ入ろうとした勇虎の腕を、ナクサが引き止める。

「こっちはダメ、視界が開《ひら》けているところはダメ」

「命狙われてるんだぞ。人が多い方がいいに決まってる」

「彼は自分に見えているところなら、どこにでも現れることができる。文字通りどこにでもよ。奥義者とはそういうもの。彼はトリガーを引く一瞬、この場に来さえすればいい。

誰にも見つからずに、ただ銃を撃ったという事実だけを残して、あとはどこへでも翔んでいくことができるのよ。だから見通しのいい場所はダメ。開《ひら》けた場所は最悪よ」

勇虎はガラス扉の前で足を止め、壁に寄ってナクサに向き直った。

「おい」

今までになく低く濁った声だった。少女の両肩を摑み、唇を震わせながらゆっくりと覗き込む。

「人が……何もないところでテレポートしたんだぞ！　ありえないことが起きた。あいつは一体何なんだ」

「彼は元欧州移動警察《ユーロムーブ》の大尉よ」

「違う、そうじゃない。あいつは『何』だ」

「奥義者よ」

勇虎はついに少女の胸ぐらを摑んで壁に押しつけた。ごん、と鈍い音。周りを歩く女性たちの注意が集まり始める。

少女の瞳は赤く燃え上がり、力強く勇虎を睨み上げる。

「彼らは〈度《ど》〉という修行のおかげで、古典テレポートを我が物にしてる」

「……!?」

実際に言葉にされると、その衝撃はやはり大きい。まるで枕にしていた石が、不発弾だと知らされたようなもの。あってはならないこと。

古典テレポートは、WBを用いない野晒しで行うテレポート方法。テレポート黎明期に、とてつもなく多くの死者を出した制約のない究極の移動だ。人類の夢見た真の自由、そして人類が手に入れることができなかった自由の虚像。

「脳の変化した現人類には、再現不可能なんじゃないのか」

人類の脳の変化をまとめた〈橋本モデル〉では、今も人間の脳は変化し続けている。そのため黎明期に起こった大量死は、およそ半世紀たった今は起こり得ない。――少なくともそれが、日本政府の公式見解のはずだ。

「変化などしていないと言ったら？〈橋本モデル〉が、テレポートを絶やさないために作られた虚偽の報告書だったとしたら？」

「そんなの、信じられるかよ……」

「信じなくてもいい。事実がそこにあるだけ」

勇虎は、ネバついた口の中で、くそ、という言葉を呑む。

「古典テレポートは基本的に認知回廊、つまり視認できる場所にしか翔べないわ。彼の目にあの黒い液体をぶっかけたのは正解だった。でも次に彼に目視されたら終わりよ」

とにかく場所を変えなければならなかった。二十年前、『都心にゆとり』のコンセプトで作られたセイブ・アス近辺は、どのフロアも空間をたっぷり使っている。

向かうべきはオフィス街だ。

モールから離れるだけで人気《ひとけ》は大幅に減った。頭ではわかっていても、恐怖が増す。閉柱に切り刻まれた空。日照権はないに等しい。こんな場所で殺されたなら、それこそ遺体発見は一週間後になるかもしれない。

ナクサの足は遅かった。動悸のためか幾度も胸を押さえ、慣れない靴を靴下なしで履いているせいで踵がひどく腫れている。

庇《ひさし》のあるボロ映画館が横目に入った。平面映画を公開中との張り紙がある。まるで秘境だ。その洞窟のような店内に、稼働しているエレベーターを見つける。エントランスの電気は落ちており、三角形のマークだけが闇の中にぼんやりと輝いていた。エレベーターに乗った端から、ナクサは壁に手をついて荒い息を吐いた。勇虎はどうしていいかわからず、背中を摩《さす》ってやることしかできない。

七階。シックな雰囲気の受付だ。勇虎はポケットを探ったがフォンがないことを思い出し、慌てて財布からクレジットカードを出してセルフレジに押し当てた。

「こっちだ」

分厚いゲートが二人を通す。迷路状になった壁には本棚が並び、おびただしい数の紙漫画が保管されていた。勇虎はドリンクバーでファンタオレンジを注ぐと、口元からこぼれるのも気にせず一気に飲み干し、もう一杯注いだ。

「はぁ……、はぁ……。お前も何か飲むか」

「ボルテックスを」

あろうはずもない。ボルテックス——ATP燃料は第二類医薬品だ。個人で購入するにはテレポート二類免許が必要になる。

「なければ糖分で代用。それより、ここは？」

「全自動化された漫画喫茶。思いつく限り、最も複雑な構造をした建物だ」

勇虎は少しためらいながら、彼女の言う通りオレンジジュースにコーヒーシュガーを四袋入れて、コップを手渡した。

「喫茶というのがわからないけれど、確かに狭いわ。なぜこんなに狭いの？」

彼女はその想像もつかない味の液体を一気に飲み下す。

「今やほとんどの店には広い床面積がある。でも、こういうガチャガチャした空間が好きな連中もいるんだよ。密集主義とか、雑貨屋式とか言ってな」

ナクサは鼻で返事をした。

勇虎は勢いよくコップを置いた。ファンタが飛び散り、ドリンクバーに並んでいた高齢女性が肩をびくりとさせる。

勇虎は二杯目を飲んでいたナクサの手を引いて、入り組んだ室内の一番奥の部屋に入った。ヘッドギアとキーボード、コントローラーがそれぞれ一つずつ、クッションが一つの、タバコ臭い独居房のような部屋に、二人分の体を押し込める。

「これからどうするんだよ」

「わからない」

「わかれ。そして俺にもわかるように教えろ。人が、WBの外でテレポートするなんて、ありえないだろ。他に何かトリックがあるはずだ」

「本当にそう思うの？」

再びだ。少女の鋭い目が勇虎を射抜く。

「中東危機は知ってるわね。〈水源への道〉のイマーム執政で行き場を失った、二百万人の難民がどこへ行ったか知ってる？　世界中で毎年発生している、十万人近い経路不明失踪者が、どうなったか知ってる？　みんな毎日『どこか』を目指している。でもその『どこか』が『形ある場所』とは限らない」

「だけど、ニュースでは彼らは、徒歩で国境を越えてるか、国連の護送隊と一緒に、少しずつ移動してるって……」

少女は呆れを通り越し、哀れむような表情を突きつける。

「そんなものは世界にある『移動』の一％以下よ。帝政や独裁国家は、ＷＢの技術を独占しているの。その結果どうなると思う？　少しは自分で考えなさいよ！」

ナクサの叱責に、勇虎はたじろいだ。

「民間には、中途半端な知識しか出回らない。だから、生命の危機に晒された彼らは、野晒しのテレポートを行うの。不完全な古典テレポートをね」

頭では理解できたが、勇虎の心はそれを聞き入れることを拒絶した。

「そんなのは自殺行為だ」

「そう。死ぬ。彼らにとっては死さえ、暗雲の中に輝く目的地の一つ！　救われるために仕方なくそうするの。だってテレポートは全人類の『希望』なのだから！」

漫画喫茶は冷房が効いていて、黒いマットは冷やした餅のような感触だった。頭上ではファンが絶えず回り、周りからは足音一つ聞こえない。

ここは日本。第二次世界大戦終戦以来一世紀半、戦争をしていない国。店にバッグを忘れてきても、電話すればちゃんと戻ってくるような場所。道路がなくなり、無玄関住居が増え、元々高かった治安レベルはさらに向上した……はずだ。

勇虎は突如、もしかしたらこのまま何も起こらないのではないか、という妄想に支配された。

お前を置いて逃げたら、まだ、なんとかなるかな。

口に出そうとして後悔する。ジョルダンはこの少女が保険をかけたのだと言った。つまりそういうことだ。勇虎に身の上を洗いざらい話すことで、彼女の逃走に引きずり込んだ。

あの夜、あの場所で、ダストボックスを開けさえしなければ。

無意味な想像を追い出せ。回顧しても意味がない。紅い目をした少女はもう、勇虎と一蓮托生なのだ。

「そもそもどうして俺たちは見つかった？」

「わからない。奥義者の力は、当人でないと説明できないものだから」

ナクサがヘッドギアの置かれたローデスクにもたれかかり、頭を抱えた。その時だった。

巨大な風船を割ったような、何かが爆《は》ぜる音が耳に入る。

「おっと失礼」

身を隠す二人の呼吸が同時に止まる。

「いかに奥義者とはいえ、全てを知るわけではない」声は得意げに、誰にともなく話し始めた。「五感と記憶で捉えられる範囲のみが、射程。故にこのゲームは衆人の目に留まることより、入り組んだ複雑な場所に逃げる方が理に適っている」

男の声は明らかに、誰かに聞かせるような大きさになった。そして足音が止まる。

「飲みかけのオレンジジュースと、スティックシュガー。ナクサ・クータスタ・アーナンダ。こういうところがあなたの甘さだ」

また足音が動き始める。勇虎は壁に背中をつけて息を殺した。音はどんどん大きくなる。

その時は来た。ダブルルームのドアの隙間から黒のブーツが見えると、ドアがわずかに揺れる。

直後、ドア下からギョロリと翡翠色の瞳が覗いた。

勇虎はドアを蹴り開けた。何のプランもない、とっさの行動だった。

そこへナクサが飛び出した。

「来ないで」

その一瞬で、ナクサはそれらしい何かを考え出さねばならなかった。脳裏に浮かんだのは、勇虎の教えた構え……。食べ物に宿る魂への敬意の印。ナクサの両手が、胸の前でピタリと合わされる。

「私から離れないと、この場一帯を大西洋にそのまま移す」

「それがあなたの禅那《ぜんな》の構えか。構えは人それぞれとは思うが、合掌とは、ちょっとありきたりすぎる」

ジョルダンは顎を擦りながら言った。

「本部に戻ってキングに伝えて。私は坐標《アートマン》を持ったと！」

「見たところあなたには、良き〈旦那〉もいないようだが」

そう言ってジョルダンは、自らの胸元から鎖骨にかけてを丁寧になぞった。

「嘘はいけないよ」

彼らの会話を、勇虎はほとんど聞いていなかった。掌で両耳を塞ぎ、目をじっと閉じていた。心音が掌底に伝わり、それが鼓膜を揺すって他の音を寄せつけない。もうどうでもいい。何が起こっても構わない。まぶたの裏の暗闇に閉じこもる勇虎へ、ジョルダンが一歩足を進める。縋りつくナクサを手で押し除け、ブーツがマットレスにギュルリと沈み込む。

「おい」

その声は指の隙間から勇虎の耳に入った。ふと、頭を上げる。男が立っている。

海鳥が鳴くような、小さな銃声だった。

弾丸は勇虎の左足の腿を穿《うが》った。

まるで花火の音が光に遅れてくるように、撃たれたという認識に痛みが追いつく。

絶叫。

それはヘッドギアに没入する他室の客全員を、ゲームの世界から引きずり出した。

「ううっ、ううう……」

勇虎はマットに伏した。両手で必死に押さえる左腿は煮えたぎるほど熱く、コットンパンツに空いた穴から噴き出した血が、両手にべったりとついている。殺し屋でも医者でも誰でもいいから、一刻も早く意識を奪って欲しい。

「撃たれてみると分かるだろう。ゲームのやり過ぎで麻痺しているかもしれないが、撃たれるというのは並大抵じゃない」

「ぐうっ……うっ」

「なぜ頭を撃たなかったのかわかるか。僕の憂さ晴らしもある。でも貴方に一つだけ訊きたいことができてね」

勇虎は、呼吸を整えようと努めた。痛みを体の外に排出しようと試みた。

しかしすべての努力は徒労だった。

「貴方はテレポートで人を膨殺したな。それはいい。ただその後、一度でもテレポートに成功したことはある？　貴方はもしかして、〈空《クウ》〉を見たことがある？」

ジョルダンは身をかがめて、勇虎の体に長い影を作った。

「ふた、つ……」

　蚊の飛翔のような声だった。ジョルダンは耳をすませた。

「二つ訊きやがって、この、まぬけ」

　ジョルダンの銃を握り込む音を、勇虎の薄れゆく意識は捉えていた。彼が死を運んでくる。でも怖くなかった。死は、むしろ痛みからの解放だった。あとほんのわずかな間、待てばいいだけだった。空前の痛みは、心と肉体を切り離した。そして勇虎はナクサの存在を意識に留め置きながら、最も安全な場所を逃避地に選んだ。それは心の殻の中だった。

　思い描いたのは、完全に自由な場所。

　幼少に見た、無限に広がる瀬戸内海の青空。

7

「消滅しました」

　国土交通省長官の遠崎隔蔵《とおさきかくぞう》は、執務室で一本の電話を受けた。公安局交通管制室からのホットライン。受話器の向こう側で管制官の女性が、ぽつりとそう囁いた。

「なんだって？」

「ですから、監視対象が消滅を……」

管制室では、日本国内の全監視カメラと全WBレコーダーの連動記録、通称『N2システム』がAIの分類にかけられていた。歩荷《ボッカ》を脅してテレポートをさせた時点で新宿の監視カメラは勇虎をマークしていたが、その足跡が今、漫画喫茶の一室で忽然と途絶えたのである。

「馬鹿を言うな。録画ストレージが切れただけだろう」

「ご確認になりますか？」

デスクに格納されたモニターへ、すぐに映像が送られてくる。高解像度処理を施された後だったので、その瞬間がはっきりと見えた。黒ずくめの男が銃を握っている。しかし遠崎にはそういった一般的犯罪はどうでもよかった。

「なんてこった。〈脱輪〉だ」

「なんですかそれ」

「特例措置により君の権限を引き上げる。以降の会話は守秘義務が発生する。隔離室に移動して、音声署名したまえ」

管制官は戸惑いながらも、その指示に従った。

「お、音声署名。人基番号829030029992０──」

組織の人事一覧上で、管制官の個人情報に音声署名データが紐づけされる。

手続きを見届けるが早いか、遠崎は話を進めた。

「〈脱輪〉は、この社会にあってはならないものだ。WBを用いないテレポート。公になれば、テレポートの安全神話が崩壊する。社会の崩壊だ。脱輪現象は国内では年一回程度の頻度で起こる。だが地球に戻ってこれた人間は未だかつていない」

「じゃあ、戻ってきた場合は……」

「すぐに教えなさい。それ以上のことは、君の権限では話せない」

通話を切り、チェアに全身を預けてため息をつくと、遠崎は移動警察総監へダイヤルした。

8

気がつくと、全身が何かに包まれるような感覚があった。壮絶な浮遊感だった。体が上下左右に不規則に回転し、衣服がバタバタとはためいていた。目を開くことができず、耳元で絶えず轟音が鳴っている。次第に、体の芯から脱水するような壮絶な疲労感が湧き上がる。それでも朦朧とする意識へと、にわかに伸びた細い腕。

やがて耳元に、少女の犬歯が嚙みついた。

「起きろッ！」

痛みと声が、勇虎の精神に再び炎を灯した。そして認識する。

落ちていた。

深い霧のような雲を抜け、真っ逆さまに落ちていた。ここは上空。衛星写真で見るような絵がそのまま下方に広がっている。

「なんだ！　なんだ！　なんだ！」

落下の無重力感が全身を呑み、一時、これが死後の世界かと錯覚した。しかし左腿の鈍痛が彼を現実に引き戻した。

「イサトラ！　あなた、すごいことをしたのよ！」

胸にしがみつくナクサが勇虎の耳元で叫んだ。彼もまた、ナクサの頭のそばで怒鳴った。

「ナクサ!?よかった無事か。あいつは」

「ジョルダンは置き去りよ。イサトラは私を連れて、逃げおおせた！」

「そんなことありえない！　どうやって！」

「あなたの力よ！」

言われた意味が、わからなかった。勇虎は、突風に引き剥がされそうになるナクサの肩を摑んで抱き寄せると、お前がやったんだろ、と訊いた。

「違うわ。私のはブラフだった。あなたがあなた自身と私を、ここまで運んだ。雲を越えた場所、海抜四千メートル以上に――！」

明るい方を、太陽がある方を見た。ついさっき突き抜けてきた雲の穴が、今もなおどんどん小さくなっていく。背中に受ける膨大な風圧は確かに彼が虚空にテレポートしたことを示していた。

テレポート……。それは勇虎にとって、さっきまでは耳にするのも嫌だった言葉だ。しかし今、勇虎の腕には、大空が抱かれていた。頭上には無限の自由が広がっていて、それは彼自身の手で摑み取った何らかの活路に他ならなかった。

「テレポート、できたのか……？　この俺が……」

ナクサの背中を抱く自分の手が、太腿の血で真っ赤に染まっている。不思議な感覚だった。頭の中では、鮮烈な赤はあの事故と重なる。あのとき刻まれた、人間は物質にすぎないという確かな感覚。その生命に対する幻滅が、自分からテレポートを奪ったはずだった。

ところが今、耳元に響く轟音は、何もないと思っていた空に空気という物質が満ちていることを雄弁に語っている。そしてこの肉体が、どこまでも物質の集まりだということが、自分の内から溢れる血液の赤によって実感できる。

「清々しい！」

そう天に向け声を放つ勇虎の胸にしがみついていたナクサは、細めた瞳で大地を見やった。四千メートルのスカイダイビングの自由落下時間は約六十秒だ。

仮に今、古典テレポートによって地面すれすれの空間に翔んだとしても、すでに体が帯びてしまった速度を、殺す術はない。すなわち地表に全身が叩きつけられることは、どうやっても、避けられない。

勇虎は仰向けの体の首だけを捻って、きらめく大地を指さした。

「あれ、あの赤いの、富士山だ」

イメージしたのは幼少に見た瀬戸内海の空のはずだった。だが、赤富士の奥に海が見えることから、ここはおそらく山梨県上空。

だが思えば山陽の空と関東の空にどんな違いがあるのか。

勇虎が腕に力を込め、ナクサの小さな背中に圧をかけた。

「たまには生で観るのもいい」

事故でテレポートを失った日から、きっと自分は死んでいた。だから別に、このまま死んだって構わない。自分に言い聞かせるように、勇虎は告げる。

「最後にしちゃ、いい眺めだと思うんだ」


ナクサは感じていた。鎖骨のあたりから体内に染み込んでくる、勇虎の加速する鼓動を。このまま地面に激突して死ぬのなら、確かに一人では嫌だ。本能で感じる孤独への闘志。ナクサもまた、勇虎の背中に手を回した。

それは物言わぬ共闘だった。死の恐怖に抗うために、二人はお互いを必要とした。

世界遺産を観ながら落ちていく。

これは一つの贅沢に違いない。

「旦那《ダンナ》……」

意思とは裏腹に、喉の奥から這い上がった言葉。

「ブラフを現実にする修行。『半分を分かつ』という意味。〈旦那〉はね、自分の〈坐《アー》標《トマン》〉を決めるのにとても重要なの」

もう難しいことはいい、と勇虎がささやく。

「命を分け与える存在が、自分の領域を確かなものにする。奥義者はそうやって、古典テレポートを完成させてきた」

勇虎の言う通りだ。もう難しいことはいいじゃないか。

ナクサは対蹠者、星の姿を識《し》る者。

ペネトレーターとしての力の代償に、地球から放り出されそうな絶望的浮遊感を生涯感じてきたナクサにとって、重力に引かれて死ぬのは本望。そのはずだった。

だが勇虎と抱き合うこのひととき、ずっと体に染み付いていたあの絶望的な浮遊感が消えていることに、ナクサは気づく。

自身の正確な体内時計に照らせば、地面まであと二十秒とない。

脳が秒読みを始めるのと同時に、ナクサは腕を離して、両手を合わせた。勇虎の啞然とした表情と空に這う両手。その間も禅那の姿勢は、彼女の精神の輪郭を世界に刻み続けた。

方法は、ある。

体が溜め込んだ加速度を打ち消すための、たった一つの方法。キングなら易々とやってのけるだろう。——頼るな。答えはいつだって自分の中にしかない。

ナクサはその瞳に再び生命の炎を灯す。

「私だってやれる!」

自分を鼓舞するように叫ぶ。ほとんど同時に、巨大物体が耳元を掠める。ベッドタウンの摩天楼だった。窓枠から一室一室の生活模様が、スローモーションでつぶさに目に入る。

私は対蹠者《ペネトレーター》。私はここにいる。

ナクサは心の中に声を結ぶ。そして、

太陽が消えた。


体が空に向かって打ち上がっていく。見えないロケットに乗っているような、不思議な感覚だった。うつ伏せの勇虎の腹側に、ナクサがひっつくような体勢。重力は確かにかかっているが、トランポリンで地面からはね飛ばされた時よりも、遥かに大きな力で、上空へと飛び上がっていく。

もしもここが死後の世界でないとするなら、ナクサはこの場所をほぼ正確に知ることができた。ここは南大西洋上、ウルグアイ海岸線より千キロ地点。

「成功……成功だ……成功した……！」

ナクサたちの体が空に昇るのは、それまで日本側で起こっていた落下運動が、地球を貫通したことで上昇する推力に転じたためである。体は海抜〇メートルからどんどん離れていく。ナクサは膨出した瞬間からの時間を、頭の中で計りはじめる。

十二を数えて、上昇する体はジェットコースターが頂点に達したようにピタリと動きを止める。

地球の反対側でかかった重力同士が、釣りあった瞬間であった。

ナクサは再び合掌を作った。目的地として記憶されているのは、数秒前に見た富士山の景色。しかし上空ではダメだ。ビルに落下するような場所でもダメ。ほんの少しの迷いの間に、体は落下を再開してしまう。

焦燥に駆られたナクサは、勇虎の家で見てきた空間演出のことを思い出す。あれは確か、輝く鹿児島湾の海面。写真や立体映像は目的地の認識としては不十分だが、先ほど上空から見た景観と合わせれば――。

ナクサは再び、眉間の奥に力を込める《ノックする》。

9

次に目を開くと、紺碧の海が広がっていた。ナクサは束の間、勇虎と顔を見合わせる。

そして二人は衝撃に備えて、お互いの体を強く抱きしめた。

『現状は』

「追尾中。民間人と一緒です」

ビルから抜け出し、架橋下の『補給地点』に翔んだジョルダン・ジャーニーは、インカムから聞こえてくる重々しい声に返事を放った。

声は洞窟の中のように反響した。今や使われていない、線路に潜り込むように作られたトンネル道の端と端を、トタン板で塞いだだけの作り。こういった場所は空走族の拠点になりがちだが、テレポート能を持たないものがいくら徒党を組もうが、奥義者たるジョルダンの敵にはならない。

「キング、基地との通信に割り込むのはやめてもらえませんか」

『この方が省電力だ。ところで、遅れているようだが』

ジョルダンは、廃材の上に乗せた太腿を消毒液で濡らし、そこに熱したナイフを突き立てた。じじじ、と肉が焦げる音がし、唇を噛んだ。赤黒い亀裂の中にナイフを沈み込ませると、プラスチックの破片が浮き上がってきて、コトリと床に落ちた。ナイフは、足元に散らばっていた無数の破片の上に落とされた。

「民間人が古典テレポートをしました」

『なに？』

「ですから、ただの民間人が、突然消えました」

しばし間を空け、インカムの先からぼそりと、まさかな、と低い声が漏れた。

「目の前で正確に、やつと姫の二人だけを切り抜いて、どこかへ翔び去りました。おかげでこっちはズタボロですよ」

『真空圧波《しんくうあっぱ》か』

キングは思慮深い声で言った。

真空圧波とは、テレポートした際に物体が失われた空間に大気が流れ込む現象だ。その風速は凄まじく、人間サイズの消滅なら銃撃並み、人類が移動可能な最大容積といわれる〇・一立方キロメートルなら、爆弾並みとも言われる。

「はい。僕も即座に翔んだのですが、何せゼロ距離だ。いいのをもらいましたよ」

ジョルダンはもう一度患部を消毒すると、救命箱から包帯を取り、きつく緊縛した。箱の中にはモルヒネもあったが、神経抑制剤はテレポートの精度が落ちるので使わない。

「〈旦那〉が無事だったので、問題ありません」

ジョルダンは首から鎖骨にかけてをそっと、愛撫するように触れる。インナーの上からでも、小さな盛り上がりが感じられる。

『エリス・ジャーニーは元気か』

「機嫌はよさそうです」

ジョルダンはわずかに目を細め、インカムの位置を修正した。

「キング。一つ訊きます」

無言によって、キングは続けろと命じる。

「この戦いが終わった暁には、僕たちは救われるでしょうか」

『怖気《おじけ》づいたか？』

「いえ、ただ……。姫が少し、不憫で」

兵卒《ポーン》の問いに、王《キング》は答えた。

『救われるのではない。我々が救うのだ。忘れるな。苦痛も雪辱も死も、量子の舞台で踊る戯曲が一幕。我々はテレポートから〈物理〉を取り戻す』

ジョルダンは割り込みを切り、基地との通信に戻した。

「ああ、そうですか、見つかった。何。東京湾？」

ブーツに足を通し、捲り上げた裾を戻すと、机の上に並べた整備済みの武器類の前に立つ。しばし吟味し、オートマチック拳銃と閃光手榴弾をそれぞれ、両足と両腰のホルスターに収めた。

「また力を貸して欲しい、エリス」

それから彼は液状ボルテックスを一缶飲み干すと空き缶を放り投げ、革のグローブをきっちりはめ、スタンドにかけてあったコートを纏う。

もうじき日が沈む。

無数に積み上がったコンテナの山はライトアップされており、野良猫と海鳥の巣窟と化している。押し寄せる潮の匂いが、ジョルダンの傷口に染み入った。赤い塗装が剝げ、ところどころに灰色が露出する巨大なコンテナクレーンが四基整列し、もはや何も吊ることのなくなったフックを鉛色の海に寂しげに向けている。

基地が伝えたナクサと勇虎の落下地点は、ここ東京湾、大井コンテナ埠頭近海だった。つくづく運がいいやつだ。もし落下したのが太平洋沿いの海域だったならば、海岸警備隊に難民とみなされ撃ち殺されている。

ジョルダンは銃を抜いて、コンテナを背中で擦りながら進んだ。潮の匂いと硝煙の組み合わせは、移動警察時代にも経験がある。統一信号網《コンスタレーション》から締め出されているギャングは、麻薬取引を古典的な運搬方法で行う。中でも香港マフィアは、アフリカで買いつけた麻薬を一旦東アジアに回してから、産業廃棄物のコンテナと一緒に海路で密輸する。その点、テレポータリゼーションがめざましい日本ほど密売に適さない国はなかった。

拳銃を構える左腕の手首が、右鎖骨上の突起にしっとりと触れる。エリスの息遣いを感じた。

その時——。

闇夜に利くジョルダンの目が海岸線にへばりつく二人組を捉え、とっさに身を隠す。

コンテナの陰に隠れながら移動し、別の角度から対象を探った。一人は地面に伏し、頭を水面側に向けている。もう一人はそのそばにしゃがみ込んでいる。

対象までの距離が正確にわからずとも、これだけ近ければ特攻は可能だ。ただ、万一にもナクサを傷つけるわけにはいかない。

ジョルダンは石ころを拾って、高く放り投げた。舞い上がった石はコンテナの天井を転がり、乾いた音を立てた。

「ジョルダン？」

思いのほか元気そうなナクサの声。つまり倒れているのは民間人の男の方か。

「ジョルダンなのね」

「ああ、僕だよ。お迎えに来て差し上げた」

「よかった！」

ナクサの声色は、ジョルダンの予想よりずっと敵対的ではなかった。

「彼が……イサトラの意識がないの。私のことはもういい。だからお願い、彼だけは助けてあげて」

「随分と、虫がいいことを言うね」

ナクサが立ち上がり、男のそばを離れた。何をする気だ？　ジョルダンの額から汗が落ちる。

「お願い。そうすれば私は大人しく帰るから」

「どうして突然そんな気になった。捨て身で逃げたくせに、その覚悟はどこへ飛んでいってしまったんだ」

「彼が……私の〈旦那〉になったから」

ジョルダンは思わず声をあげた。

「何を言い出すかと思えば、少女じゃあるまいし。出会って数週間の男が〈旦那〉？　コメディならもっとブラックに寄せてくれ」

「上空四千メートルは超えていたわ」ナクサは急に落ち着き払った。「彼は気を失っていて、そのまま落下すれば即死よ。だから私は、自分の〈坐標〉《アートマン》になるものを探した。彼しかいなかった。彼は私を命がけで助けてくれた。必ず守ると言ってくれた」

「悪いが僕には、彼がそんな人間には見えない」

吐き捨てたはいいが、もしそれが本当なら、ナクサの〈旦那〉、すなわち彼女の古典テレポートを成立させている部品を、キングの許可なしに殺すことはできない。

「だから、お願い」

考えた末、ジョルダンは銃を構えながらコンテナの裏からにじり出た。今にも泣きそうな顔のナクサと、そこから少し離れた位置で、ぐったりと地面に沈む男の姿が鮮明になる。

「ペネトレーターであるあなたがついに古典テレポートにも成功したというならもっけの幸い。キングもお喜びだ。でも〈旦那〉は必ずしも、生きている必要はない」

ジョルダンはコートの下のタンクトップをずらし、鎖骨近くに埋め込まれた親指ほどの透明なカプセルを月光に晒す。

「彼を殺して灰にして、ペンダントにでも入れて、首から下げたらいい。でも惜しかった。彼がなぜ古典テレポートを会得できたのか。分析できれば有用な情報に――」

ジョルダンは口を止めた。

ナクサの立ち位置が、異様に男と離れている。

普通なら心配する者のそばに立つのではないか？

「おい、その男を連れてどうやってここまで泳ぎ切ったんだ」

ジョルダンの翡翠色の目が、きつく引き絞られる。

ほとんど同時だった。

「ジョルダンッ！」

雄叫びに近い声を轟かせた勇虎が視界から消え、瞬きする間もなく両足の間に膨出した。吹き込む爆風のような真空圧波。ナクサが離れて立っていたのはこのためか！

高く持ち上げていた銃口を足元まで下ろすよりも先に、勇虎が絡めた足を薙ぎ払う。倒れていく体。傾く視界の中でジョルダンと、逆に立ち上がろうとする勇虎の体が、ほとんど同じ角度になったそのとき。

勇虎の体がわずかに移動した。十センチか、二十センチほど。たったそれだけの局所テレポートによって、伸ばしていた勇虎の薬指から中指までが、ジョルダンの肩に突き刺さる。

――浅い！

しかし勇虎は、肉の中に刺さった手を握り拳に変えた。筋肉をえぐられ、骨をかすめるような感覚。激痛。勇虎はその姿勢のまますぐ虚空へと消える。

肩からボトボトと血を垂らしよろめいたジョルダンは、それでも警戒を怠らなかった。

次こそは殺す。両眼を引き絞り、歯にヒビが入るほど嚙み合わせて、精神の力によって痛みを意識のはるか奥深くへと押し込む。骨こそ無事だが、肩の筋肉は十分に動かず、銃を左手に持ち替える。

しかしジョルダンにとって肉体への負傷よりずっと重大だったのは、精神へのダメージだった。

「妻を……返せ……」

憎悪に満ちた声が埠頭に染み渡った。

＊

三時間前。

着水の衝撃は大きかった。それでも二人できっちりと体を合わせ一つの塊になることで、衝撃は幾分か軽減された。

左足から広がる激痛が、勇虎を暗い水底《みなそこ》へと引きずり込もうとしていた。心はとっくに落ちるに任せていた。だが抵抗するものがあった。

「泳ぐのよ！　イサトラ！」

声。こいつだ。勇虎は思った。泳ぎさえしなければ、体は勝手に落ちていく。こいつにキッパリと言ってやらねばならない。もう、頑張りたくないと。

勇虎は両腕をばたつかせて水面へと顔を押し上げた。

「どうしてそんなことしなきゃならない⁉」

「まだ生きてるからよ！」

小さな拳が頰骨を打った。隕石のような衝撃だった。再び水中に沈められた体は、反射的に飛び出した。

「何しやがる——ゴボッ」

気管に押し寄せる海水。飛沫《しぶき》が上がって、胸に刺痛が走る。殴り返したかった。文句を言いたかった。ほとんどそのためだけに、勇虎の両手と右足は漕ぎ出した。

テトラポッドに手をついた勇虎はナクサの手を借り、左足を引きずりながらなんとか堤防の上まで這い上がった。傾きかけた陽を反射するコンクリートにゴロリと転がると、びしょ濡れの体はあっという間に半乾きになった。

「ここ、どこだ」

「目的地がちょっと、ズレたみたい……」

辺りを見回したナクサは『ただいま工事中』の看板を指さし、かすかに明るさを取り戻した声色で告げた。

「よかった。日本のどこかよ！」

勇虎も目を凝らした。遠方に光り輝くのはおそらく、通路ではなく海上レストランとなったゲートブリッジだ。ナクサが膨出先に何を思い浮かべたかはわからない。ただ最初の膨出で関東を俯瞰したことで、そのイメージに引きずられたのかもしれない。正確な位置は不明だが、着水したのが東京湾であることは、間違いなさそうだった。

「あいつは」

「いずれ現れるでしょうね」

「最高の状況だな。銃を持った敵が、俺を追ってくる。足は動かない。寝てるしかない」

「ええ、寝ていて頂戴。ただし……」

姿勢を低くしたナクサが、勇虎の耳元に囁きかけた。

「作戦があるわ。ここで彼を待ち伏せる」

「正気か！」

飛び起きようとした勇虎を、ナクサが押し返した。

「聞いて。ジョルダンがどうやって私たちを見つけるかはわからないけれど、とにかく、そういう現実がある。だとしたらそれを利用するの。私たちはこの姿勢のまま動かない。彼がやってきたら、あなたを助けてと私が前に出る。そうしたら――いい？　ここが重要よ。あなたは、その姿勢のままテレポートをするの」

　勇虎は啞然とした。それから眉をひそめ、ナクサをじっと見た。

「立位《りつい》から立位のテレポートができるなら、臥位《がい》から臥位のテレポートもできるはず。彼は銃を真っすぐ構えている。あなたは彼の死角に潜り込める。真下に潜り込んだら、銃を奪う。もしそれができなければ、彼に特攻する。特攻は、指先だけでいい。ほんのわずかな距離をテレポートして、彼の体にあなたの体をぶつけるのよ」

　テレポートによる接触事故は、自動車事故のようにはならない。移動先の物質を押し除けて出現する。押し除ける側には一切のダメージがない。

テレポートによって人を殺すことを膨殺と呼ぶ。内側から人の肉を引き裂いて、体を真っ二つに破壊するのだ。

「自分が何言ってるか、わかってんのか」

「わかっているわ。でも私はなんとしても逃げ延びる。そう決めた」

　この少女の、言葉はいつも尊大だ。勇虎は、そんな少女の、ハリボテのように見える覚悟が気に入らなかった。だが、勇虎は気付く。少女を前にして、自分は問う側ではない。問われる側なのだ。

「あなたの人生が壊れてしまったのは、決してあなたのせいじゃない。正気の沙汰ではないとわかっているわ。でも大丈夫、自信を持って。だってあなたは――」

　赤き瞳が誘う。

　人の道理の外へと。

「すでに経験済みなんだから」

＊

「エリスッ！」

　勇虎はコンテナの山の裏から、轟くジョルダンの声を聞いた。握り拳を開くとそこには、銀色の砂が入ったカプセルがあった。

「ジョルダンの〈旦那〉ね」

　ナクサが興奮しながらも抑えた声で言う。

「こんなカプセルが？」

「〈旦那〉は絶対的自己を壊し、相対化させるための存在。人間である必要はない。けれどこれは紛れもない人間。彼の奥さんよ」

　勇虎は得体の知れない悪寒を感じた。血で手が滑って、ぬるりと指先をすり抜けていく。

汗が滴るのと同じ速度で、カプセルが落下した。すんでのところでナクサがそれを捕まえた。

「〈旦那〉は人を自由へ導く鍵。希望そのもの。同時に、奥義者の急所でもあるわ」

勇虎は、ナクサの手の上で輝くカプセルに視線を落とした。

「じゃあ、やつはもう」

おそらく古典テレポートは封じた――ナクサが言った。

「姫さんよお！」

再び声が響いた。さっきよりも力強い。やつは近づいてきている。

「あなたは、本当に覚悟を決めたらしい。その度胸、感服するよ。なにせ〈炭なる月〉を完全に敵に回すということ。これは偉業だ。でも、そっちの男はどうかな」

拳銃で狙われているわけでもないのに、勇虎は竦み上がった。興奮のあまり忘れていた恐怖が、落ち着きとともにぶり返してきたのだ。

「貴方には人を殺せるか」

勇虎は左手をぐっと握り込んだ。わかっていたことだが、言葉にされると違った。

「人を殺すというのがどんなことか、わかっているか。事故じゃない、次は故意だ。それはホンモノだ。貴方の意思で命を一つ減らすんだ」

人差し指の先がじくじくとうずき出し、しまいには手が震え出す。開いた指の間で、血がねっとりと糸を引く。

「そうなったらもう戻れない」

勇虎の喉を、堪《こら》えきれない吐き気が這い上った。だがそれ以上に、両手で口を塞いだのは失敗だった。咳き込んだ後すぐ、発作が起こった。ポケットをまさぐるが、吸引機は部屋だった。足元が真っ暗になって、体が執拗に揺れた。隣でナクサが何か呼びかけている。何を言っているのかわからない。

ようやく持ち直した時、目の前にはジョルダンが立っていた。拳銃のグリップが頭めがけて降りてくる。がつん。地面に転がった勇虎の腹を、ジョルダンは蹴り飛ばした。

「痛みで意識を飛ばしたりはさせない。できうる限りの苦痛を与える。発作が起こった貴方はもう翔べない。どこへも行けやしない」

どす、どす。腹部から全身に広がる衝撃は、不思議と、左足の痛みとは隔てられていた。腹筋の力を抜いた方が痛みが減ることを、勇虎は次第に学んだ。

「終わりだ、小乗《ショウジョウ》の者よ。この閉じた列島が貴方の棺桶だ！」

「いいえ、終わるのはあなた」

コンテナの陰からゆっくりと姿を現したナクサが右手で小さなカプセルを掲げると、ジョルダンの意識はそこに釘付けになった。

エリス！

力の限り叫んだ。

ナクサの眉が少し垂れる。そこに浮かぶ微かな笑顔。申し訳なさと、哀れみをたたえた表情。

「これ、返すわね。ごめんなさいジョルダン。日本語を教えてくれてありがとう」

カプセルが放物線を描いて飛んだ。全ての意識がそこに収束することを、ジョルダンは拒めなかった。

身を翻して、太陽を初めて見た子供のように手を伸ばした。

ジョルダンの耳は、背後で立ち上がる音など捉えていなかった。直後、何かが胸を貫通して体の前方に突き出る。

それは勇虎の腕だった。

腕が胸椎と心臓を同時に貫通し、さらに押し出された胸椎の破片が肺と肝臓をも完全に破壊し尽くした。

指先数センチをかすめたカプセルが、遠ざかっていく。

傾いていく体。

ぽっかり胸に穴を空けながら、真横になった視界で、右腕を真っ赤に染めたまま呆然と立つ勇虎の姿を見上げ、最期の瞬間に思った。

だったら代わりにお前がやってみろ、と。

肺を失い、最後のひと呼吸さえままならず、ジョルダン・ジャーニーは二度と立ち上がることはなかった。

10

その日ジョルダンは、ロンドンのマンションから、いつものように不法入国者の取り締まりのために出かけた。出勤の際には必ず妻・エリスの笑顔の見送りがあった。

玄関先でお互いの左頬にキスをする。ジョルダンは護身用の拳銃を差し出した。もし誰か忍び込んできたら、これで身を守るんだよ。妻は膨らんだお腹をさすりながら、かいがいしくうなずいた。

ベンダーでホットドッグを買った。ロンドンは国の景観条例によって道路が整備されており、特別な申請がない限り、住居内のWB設置が禁止されていた。近くの一方向WBに入ると、赤煉瓦の大型ディスカウントショップを背にして、セントパンクラス駅の、モダンな全面ガラス張りの建物が現れる。

スイス、ベルンのジャンクションでボルテックスを飲み、アドリア海に面するオトラントへ翔んだ。


レバノンを中心に活動する武装集団〈水源への道〉は、中東世界におけるテレポート技術を独占している。中国から買いつけた簡易WBで、物流を完全に支配しているのだ。

彼らのロジックはこうだ。

イスラム法《シャリーア》の原意『永遠の救済に至る道』が示すところはテレポートであり、シャリーアは一部のイマームによって管理されなければならず、それゆえテレポートもイマームに属さなければならない。

国際テレポート協会《ITA》がこの状況を危険視し、民間を通して技術供与と啓蒙を試みてきたが、長時間の拘束を要するファンデーション式の記憶法を実施する余裕はなかった。そのため公機関であるITAがやれたことは、簡易WBを持ち込んで臨時的に難民を緩衝地帯であるトルコまで移送することのみだった。

トルコ内に膨出した難民は違法業者によって西欧諸国へと送り込まれたが、違法難民が増えるほど各国は閉鎖的になっていった。散らばることが容易ならば、強制送還することも容易だった。西欧全土から中東地域に難民は逆流し、追い詰められた人々は次々に決死の古典テレポートをおこなった。のちに言う、キプロス回廊である。

トルコとギリシャの沿岸に沿って進み、大部分が置き去り現象によって死傷する中には、ごくまれにイタリアまで五体満足で翔ぶ人間もいた。

違法移民の防波堤——欧州移動警察《ユーロムーブ》の移動犯罪対策係に属するジョルダンの捜査対象は二人。二十歳男性ハブドゥル・モメクと、四十一歳女性アスマー・スレイマン。男性の逮捕には時間がかからなかった。右手と肺の片方が欠損していた上、搾汁疲労が限界だったからだ。一方アスマーはしぶとかった。彼女は妊婦でありながら胎児ごとほぼ完全な古典テレポートに成功していた。彼女は幼少期にイタリアへの渡航歴があり、ジョルダンが予測する有名な観光地などには姿を現さず、農村や民家を渡り歩いていた。

彼女が唯一移動させられなかったのは髪だった。彼女はエジプトで最初に目撃されたときからマタニティドレスを着たスキンヘッドだった。

ジョルダンは農村の荒屋で彼女を追いつめた。彼女は懇願した。妊婦だということもあり、ジョルダンの判断が鈍った。ジョルダンは、自分にも妊娠した妻がいると言った。彼女はジョルダンに、今の二人の結婚生活について、いくつかの質問をした。ジョルダンは答えた。その隙を突いて彼女は最後の力でテレポートをした。

数時間後、二人の妊婦の死体がロンドンのマンションで発見される。一人は銃殺、一人は膨殺だった。検視から、発砲が先で、テレポートが後だったということがわかった。アスマーはエリスに会って同じ妊婦のよしみで同情を引こうとしたのかもしれない。しかしエリスは夫に言われた通り、ちゃんと自衛を実行した。

相手が、脳さえ無事なら反撃が可能な、古典テレポーターだとも知らず。

二カ月後、組織は彼を探し当てた。彼は戦士になるべく修行に励んだ。そして〈旦那〉の修行を完成させるために彼は、妻と名前のない娘をその体に埋めた。

第二章　前進する遺伝子

瀬戸内海の孤島、淡魚島《あわい》で暮らす両親のもとに生まれた俺は、母からサーフィンを、父から魚の捌《さば》き方を教わった。進学先は、東京の名門中だった。無論、実家から通う運びとなった。

ある友達が出しぬけに家に来たいと言い出した。両親の結婚記念日だからと断った。でも友人は、すぐだからいいじゃないか、と言う。確かにW《ワープ》B《ボックス》に入れば家はすぐそこだ。

それが——何か、変だと思った。

空は見上げるほどに広がっているのに、人の世界はなぜこうも狭いのか。

その違和感は夏休みに入って増幅する。両親が人を招くのが好きだったということもあると思う。友人だけでなく親戚、教員、塾講師——あらゆる他人がドア一つ隔てた先にいて、会いに来るために常に待機している、という感覚が次第に大きくなった。

晩夏、家出をした。『ここではない何処か』へ行きたかった。心配した両親から通報を受けた移動警察がN2システムを使ってすぐに位置を特定し、二十三分後には家に連れ戻されていた。俺は自分の行いのために、どこにも行けないと知った。

十三歳の誕生日、俺は地球儀を見て嘔吐した。世界の物理的な広がりと、自分の視野の狭さのギャップに耐えられなかった。

〈ジェイコブス症〉と診断された。近年急増する小児特有の精神疾患。人間関係がこれまであり得なかったレベルで凝縮されることで、自律神経に異常をきたす、人類が背負うことになった新たな社会毒だった。

その日から俺にとって地球は、巨大な棺桶になった。

1

視界の左右を分厚い塀が覆っていた。それは普段なら道の内部を都市から隠していたが、今は逆だった。灯りはなく、月が雲に隠れると前後不覚に陥る。足下はざらついていて、コンクリートの割れ目から苔や草が生い茂っていた。

静まりかえった空洞東京を縫うように『その道』は空を走る。

国土廃棄物、首都圏高速道路。

左足を緊縛する包帯が赤く滲んで鉄臭さを発するようになり、痛みが再燃した。何かが爪先に当たり、勇虎はよろめいた。

傾く勇虎の体を支えるのに、ナクサはあまりに非力だった。一緒に道に投げ出され、膝の皮がずるりと剝ける。激痛だったが、それでも勇虎の苦痛には及ばないと、ナクサは唇を嚙んで堪えた。

激しく吐き出される息は、二人から会話を奪った。意思疎通のために呼吸を止めたかったが、肺は真夏の灼熱の空気を求めた。

ブゥン、ブゥン、とドローンの耳障りな音が降ると、二人は即座に立ち上がる。

ふらつきながらも前だけを見て歩き続けようとするナクサと違って、勇虎の足はついに動きをやめる。まるで巨大な虻が旋回するような音を立て、道の先から二つの青い目が姿を現す。

「イサトラ、走ろ！」

耳元で叫ぶ声が、勇虎に意識を引き戻す。青い目は不規則に動きながら、金属のプロペラを回転させて接近する。

「……ふざけやがって」

駄々をこねるように怒鳴った勇虎は、言葉に反してナクサの小さな手を、握り潰さんばかりに摑んだ。

『交通犯罪防止のために　ご協力をお願いします』

空からは絶え間なく警告音が鳴っていた。穏やかなハワイアンブルーの瞳はいつの間にかオレンジに変わり、サーチライトの光が勇虎の背中に触れたり離れたりを繰り返す。コンクリートに反射した光が目に入るのさえ苦痛なので、二人はずっと正面を向いていなければならない。

「高速は国交省の管轄外じゃなかったのか！」

勇虎は今すぐ来た道を戻りたかった。百四十九階に戻り、穏やかな日本庭園で落ち着いたロマンス映画を観たかった。

「お前のたいせきナントカで倒せないのか！」

「微調整は苦手なの。あなたこそ兵卒《ポーン》を倒したでしょ！」

「俺に期待するのは違うだろ！」

勇虎は首筋に汗が伝うのを感じた。回転する二本の三連バレルが稲光りした。岩盤をドリルが穿つような音が背後で爆裂する。撃ち出されたのは対人ゴム弾である。しかし弾速があまりに速く、無尽蔵であるため、集中すればコンクリート塀にヒビを入れる威力があった。

ナクサを庇《かば》い、勇虎の左肩が一発もらった。激痛とともに鈍い音が体の内側から響き、上半身の左側が丸ごと使い物にならなくなる。

「イサトラ――」

ナクサの叫びは闇に吸われて消えた。

不意に、足元が明らむ。だが、ドローンのサーチライトとは明度が異なる。

そして異質な振動が両足に伝った。

「伏せろーっ！」

若い女の声が轟く。ナクサの背中を引っ張って、勇虎は自分の方へ引き倒すと直後、青白い光の波が頭上を疾《はし》った。

ドローンは電線に触れた羽虫のように痙攣し、路上に落下した。その真横を、車輪のついた巨体が通り抜けてくる。

それは――車輪が片面に五つあり、操縦席が胴長のコンテナを曳くような形状の、巨大な『車両』だった。

「乗って」

操縦席のドアが開き、女性の華奢《きゃしゃ》な腕が伸びてくる。唖然とする二人に、タンクトップの上に高視認ジャケットを羽織る女性が言い放つ。

「急いで。ヤツはすぐに復旧する」

「おいリア、何もたついてやがる！」

運転席から怒声が飛び、二人は高い足場を女性の助けを借りてよじ登った。助手席は狭く、必然的に深く腰掛けた勇虎の膝の上にナクサが収まる。

「あたしたちは後ろにいるから。窮屈でごめんなさい」

女性はヘッドバンドを巻きポニーテールに結った頭をぺこりと下げ、座席の後方へと姿を隠す。運転席に座るキャップを被った男がそれを確認すると、車が急発進する。急激なGが内臓を押しつぶし、胃液が逆流した。

「くそッ。リアのやつ、またガラクタ拾いやがって」

男は刺青のびっしりと彫られた筋肉質の腕でハンドルをガッチリと支え直すと、アクセルをさらに踏み込んだ。車体が嘶《いなな》く馬のように大きく揺れる。

「兄貴だってこの前、駐車で事故ってたでしょ」

この下手くそ、と捨て台詞が続く。

男は天使が彫られた鷲頭のこめかみに、青筋を浮かせた。

「さっさとあたしにハンドル譲りなって」

「進むのと急ぐのは違うぜ、リア。単なる兄妹贔屓《びいき》で終わらせねえためには、まずはオレが国長《くにおさ》になってだな」

「ふん。口だけならいくらでも言える」

口論が止んでも、エンジンの継続的な雑音が勇虎の聴覚を煩《わずら》わせた。

ヘッドライトは力強い光線で、暗い道を照らしている。時折頭上に現れる緑色の看板は文字が剝げており、ものすごい速度で後方へ消えていくので、ほとんど読み取ることはできない。そのうえ車体は執拗なほど何度も揺れた。

「あの、あなたたちは……」

「そりゃこっちのセリフだ。なんであんなところにいた。なんで蝿に追われてやがった。しかも二匹」

刺青の男が訊き返した。勇虎は、ハエ？　とオウム返しする。

「スーパーOViS《オーヴィス》七〇型。国交省の測量ドローンだ」

男は、ちらちらとサイドミラーを見ながら言った。

「あれが出てくるのは重大な交通犯罪だけだ」

「俺たちは犯罪者じゃない」

「犯罪者ほどそう言う」

男は嫌味ったらしい笑みを浮かべる。

「まあいい、あんたらのおかげで食いっぱぐれがない。さあ商談といこう」

「どういうことだ？」

「こっちの通貨で払ってもらうぞ。二十キロにつき五百イーティーシー」

男は言葉を切り、ぽかんとした顔をするナクサと勇虎を一瞥すると、ため息をついて続ける。

「オメーら、下の人間だろ。下の人間が高速に上がってくる理由なんざ一つしかねえ。高飛びだ。〈下の世界〉じゃあ、不憫なことに移動はすべてアシがつくらしいからな。時折オレたちが、ちょっとばかし手を貸すってわけだ」

掌にじっとりと汗が滲む。

「じゃああんたらは、高速で暮らしているのか」

「誇り高き〝ロードピープル〟さ」

半信半疑だった勇虎は、しかし男のいかにもアウトロー然とした相貌にある種の説得力を得た。

驚きが鎮まると、脳内には冷ややかな感情が、夜の浜の冷たい波のように押し寄せる。

「空走族《くうそうぞく》の間違いだろ」

「なんだと」

男は顔を赤くして言った。

「オレは立場を弁《わきま》えねえやつが一番嫌いだ。オメーは何様だ。ついさっきまでボロ雑巾みてえに這いつくばってたろ。それなのに今なんつった。空走族？　ロードピープルだと言っただろ、聞こえたはずだ、なぜ言い換えた」

ハンドルから外れた左手が伸び、ロボットアームのような強靭な腕力で勇虎の襟首を引き寄せた。

「……」

「なぜ言い換えたか答えろ」

「放せよ……」

「そうか、交渉決裂だ」

男はブレーキを踏みこんだ。体が前方に引っ張られ、激しい衝撃とともに、長い車体がくの字に折れ曲がって停止した。

「ちょっと兄貴、何すんのさ！」

座席後ろの闇から窮屈そうに顔を出した女性が割り込んだ。

「降ろす」

「正気？」

女性は呆れ気味に男を見た後、不思議そうに勇虎に視線を移す。

「走行中に放り出されなかっただけ感謝されてえぐらいだ」

それは掟《おきて》に背くことだわ、と女性が反対した。

「掟なんて背くためにあるんだろうが」

「兄貴、それすごいバカっぽいよ」

「うるせえ。こっちにもシメシってもんがある」

サイドミラーが煌めく。窓ガラスが振動し、あの耳障りな音が迫りつつある。男がドアの取っ手に手をかけた、そのときだった。

「バンパー兄さんの言うことは一理あるね」

後方からもう一つ、声が聞こえた。

中性的で、美しい響きがある。

「得体の知れない人間を僕らのヴォイジャー号に乗せておくわけにはいかない。——よっこいしょ」

ボタンの取れたポロシャツの袖がヘッドレストを摑むと、後部ドアから顔を出したのは、滑らかな金髪の巻き毛を持った丸眼鏡の少年だった。

刺青男は満足げにうなずいた。その隣でナクサは少年に、精一杯の恨みったらしい視線を向ける。そんなナクサへ少年は、軽やかなウインクを返した。

「でも、こうも考えなきゃ。彼らも実はロードピープルだったとしたら？」

「はあ⁉」

男は目を剝き、唾を飛ばした。

「悪魔の証明さ。どうしてそうでないと言える？　カンエツ方面からの亡命者かも。あっちは今、難民との紛争が酷いって言うし。ロードピープルは、ロードピープルを見捨てない。第一の掟だ」

「だけどよ」

「それにドライブレコーダーはどうするの？　二人の姿はバッチリ映っちゃってる。もし下の人間を許可なく乗せたことがバレたら……？　商談だ、とか言ってたけど、兄さん、護送免許は持ってないでしょ」

視界の隅に映る男の表情が次第におとなしくなっていく。

「でも緊急措置だったって言い訳するなら、きっと国長《くにおさ》も許してくれるはず」

少年の表情は真剣そのものだった。眼鏡の奥に棲む黒々とした目には、ナクサと同質量の、意志の強度が感じられた。

バックミラーに飛翔体が映り込む。

男は、女性が着ていたのと同じ紺のジャケットに素早く腕を通すとアクセルを踏む。

「掴まってろ。進路はエビナエスエー。マフラー、この二人を後ろに回してオメーは助手席に来い。リアは『筒《つつ》』を頼む」

少年は二人と入れ替わり、席と席の狭間のモニターを操作した。コンテナ天井ハッチが開放され、月の光とともに生温かい突風が吹き込んだ。

「かっこいい……！」

ナクサが目を輝かせて言う。

「それだけじゃないよ」

コンテナ内、進行方向に対して前方の貨物カバーを剝ぎ取ると、鉄の装甲板を持つ銃座が露わになった。ヘッドバンドの女性がそこに乗り込むと、油圧ジャッキが台座ごとそれをコンテナ上部へと押し上げる。

『交通犯罪防止のために　ご協力をお願いします』

オレンジの瞳を深紅ともいうべき赤に変え、それらは、明確な敵意を携えて飛来する。

「もっと距離取って！」

ヘッドバンドの女性が叫んだ。急加速に、勇虎とナクサは手をつなぎ合って、内壁に寄り掛かった。

ドローンは再び、バレルを回転させ始める。

『警報、速度超過検知！　警報、速度超過検知！　強制減速措置――』

ドローンから発射されたのは、実弾だった。

「きゃっ！」

弾丸が波打つ牙のように道と塀を抉《えぐ》る。車体が左右に振れ、ジャッキにぶつかりそうになったナクサを勇虎の手が引き止める。

「全然取り締まる気なんかない！　殺す気だ！」

銃声とエンジン音にかき消される勇虎の叫び。第二射。車体が再び激しく揺れる。

しかしヘッドバンドの女性はこの時を待っていた。

国土交通省は表向きは当然非武装組織だ。実弾が発射されたということは、ドローンが独自の判断で、省庁とのデータ送信を切ったということ。つまり――。

ヘッドバンドの女性は方位と射角を調整し、トリガーを押し込んだ。

「ぶっかませーッ！」

細長い筒の先から、音と炎が噴出した。無数の煌めく弾丸は、水面に上がる飛沫《しぶき》の如く飛んだ。ドローンの銃声とは比べものにならない音が席巻する。

必死に耳を覆う勇虎。

だが、ナクサは魅入られていた。

一機が落ちた。道路から上がる火の気はたちまち遠ざかり、ほどなくして二機目も地面に咲く深紅の花になった。

2

〈ヴォイジャー号〉は、操縦席のある『コクピット』と貨物室の『キャビン』とに分かれていて、それらを狭い通路で結ぶ構造だった。銃座を格納してハッチを閉じるとキャビンは密室になり、ランタンと座布団を出せば、後方には数人で話すのにちょうどいいスペースができあがる。

「あたしはリア・グッドスピード。獅子座。好きな車種はレンジローバー、好きなカレーは横浜海軍カレーよ」

銃座に座っていた時とは別人のような朗らかな調子で言う。

「運転席にいる馬鹿、じゃなくて堅物がバンパー・グッドスピード。あんな顔なのに乙女座。好きな車種は……ええと、ミニだっけ」

馬鹿野郎男は黙ってGクラスだろ！　という声が前から飛んだ。

「うげえ。粗野なくせにお高いわ。そして末っ子の彼がマフラー。こう見えて男の子。魚座ね」

マフラーと呼ばれた少年は自分の番が来ると、申し訳なさそうな顔をして、二人に頭を下げる。

「マフラーです。どうぞよろしく」

差し出された手を、勇虎とナクサは順に受ける。

「好きな車種は、フォレスター、それかノートですね。それで、お二方はどんな車がお好きですか？」

「いや、その……」

勇虎がしっかりうろたえていると、焦ったナクサが「トヨタ！」とクイズ番組の最終問題にでも挑むように言って、二人の様子をうかがった。

二人は顔を見合わせると「トヨタかぁ」と小さく囁き、苦笑を漏らす。

勇虎はそこに流れる生ぬるい空気を無視すると、簡潔に述べる。

「俺は赤川勇虎。こいつはナクサ。ひとつ訊かせて欲しい。高速の車は、全部こんななのか……？」

勇虎は年長のリアに訊ねたつもりだったが、問いを引き取ったのはマフラーだった。

「なるほど、魅力的な質問です。これで国長の言っていた『〈下の世界〉には、車道が残っていない』という話は、ますます信憑性を帯びてきましたね」

「ああ。最後の国道が廃止されて十年になる」

「そうなんですね！　これはトラックという車種で、元々は荷物を運ぶ車でした。ただ、僕とリア姉さんとで、戦うための車に改造してしまいましたが」

「かっこいいわね、このクルマ。将来の夢はメカニック？」

ナクサの言葉でマフラーは、電気をつけたみたいにパッと明るくなる。

「えっと、コンピューターいじりは好きですけど、実は……記者に憧れています」

そう言ってマフラーは少し照れくさそうに俯《うつむ》く。

「こいつは三きょうだい一の変わり者よ。胸ポケットにはいつもメモ帳とペンが」

リアがちょっと呆れたように言って、そしてわざと品のない笑みを作ると、自分のシャツの胸ポケットに手をのばす。

「そんであたしの胸ポケットにはいつもこれが」

マルボロのメンソールを箱から一本抜いたリアは、ランタンのガラスを開けて火を移し、美味しそうに吸い始める。

ランタンの炎が絶え間なく揺らめき、全員の影に奇妙な踊りを踊らせていた。

空間全体を満たす駆動音と煙臭さに異邦人二人が慣れてきた頃、マフラーは二人を交互に見て言った。

「あの、僕からもひとついいですか？」

なんでも訊いて、とナクサが返す。

「よかった。失礼だったら言ってくださいね。あなたたちは、本当に――」

マフラーが一瞥すると、リアはうなずく。

「その呼び方は知らないが、俺たちは高速道路を見上げてる、、、、」

マフラーは眼鏡の奥を輝かせた。

「じゃ、じゃあ、日本政府はまだ存続しているんですね？」

「そりゃそうさ。国会報道が流れてるだろ」

「残念ながら、こっちには流れていなくて。イサトラさんは本物を見たことはありますか？」

「〈霞ヶ関〉の所在地は明かされてない。国防に関わる拠点だから、ファンデーションにも含まれていない。報道に映るのはいつも室内で、誰も、外観を見たことはないんだ」

マフラーは抑えきれなくなった様子で、ジャケットの胸ポケットから手載りサイズのメモ帳を取り出し、万年筆を走らせる。

「その、ファンデーション、というのは……？」

マフラーの問いはリアのみならず、ナクサの意識までも惹きつける。勇虎は、教習所の指導教官のようなふるまいを余儀なくされた。

「ファンデーションは……なんて説明すればいいかな。日本中の景色と位置情報を紐づけて圧縮した、いわば、テレポート用の地図だよ。テレポート免許を取るときに、強制的に覚えさせられるだろ」

常識のつもりだったが、ロードピープルの二人は口をあんぐり開け、お互いの表情を確かめ合っている。

「なんでそんなに驚くんだよ。目的地が頭に浮かんでいないと、テレポートできないだろ？」

リアとマフラーの少しムッとした表情に、勇虎は俯いて頭を掻いた。

「それって、忘れたりはしないんですか？」

マフラーが訊いた。質問に転ずるとき、彼の顔には憤りの名残さえなかった。

「一度覚えちまうと、忘れることなんてできない。そういう特殊な記憶法なんだ。教習所に通うと誰でも、三カ月隔離される。そこで刑務所みたいに、パズルめいた模様を見せられ続ける。情報が少しずつ記憶に蓄えられて、三カ月経って初めてボトルシップみたいに頭の中で広大な地図が完成する」

「じゃあ、今もあなたの中に？」

「日本の全景が片隅にある。行ったこともない土地のことを知ってる」

世界が一つに繋がる閉塞感——ジェイコブス症が寛解してなお、地球が巨大な棺桶になるイメージは、時折勇虎の心に影を落とす。

項垂《うなだ》れる勇虎の顔を、マフラーが覗き込んだ。

「すごい！」

破裂するような声だった。

「そんな技術があるんですね。〈上の世界〉とは大違いです。勉強になります」

メモ帳にガリガリと書きつけるマフラーに、勉強して何になるっていうのとリアが水を差す。

そしてリアはそれまでの流れを断ち切るように、吸いかけだった二本目を灰皿に押し当てた。

「その左足、見るからに堅気じゃないわね」

リアは再びマルボロを取り出すと、ランタンの火を移して口に運んだ。煙が影を作り、数匹の幽霊が舞う。

「あたしたちも、国土交通省との衝突はできるだけ避けたい」

「OViSを二匹も落としたのに？」

「あれは旧式で、減価償却の耐用年数が過ぎてたの。国交省は装備を一新したがっているから、買い換える口実を作ってあげて一石二鳥、いえ三鳥ね」

リアは口角を上げ、ビジネスライクな笑みを作った。

勇虎は、ぶかぶかなシャツを羽織るナクサを一瞥した。

「こいつの身が、危険なんだ」

リアとマフラーはその一言と、それまでの成りゆきで、二人に迫る危機の輪郭を察し、深くうなずく。

「まだ子供だ」

そう付け加えた勇虎を、ナクサが睨んだ。

子供扱いしないでほしい、という顔ともどこか違う。いわれのない侮辱に対して誰もがとる、失望を含んだ表情。

リアはそんなナクサを一瞥し、勇虎の言葉を訝《いぶか》しむように首を傾げる。マフラーに至っては苦笑いを浮かべている。

「あなたは、この子の何？」

答えに窮した勇虎に代わって、ナクサが問いを引き取った。

「彼は、私の命の恩人」

「信頼は、しているの？」

リアはどことなくナクサを庇うように身を乗り出す。

ナクサは俯き、両手を膝の前で合わせて、「私は。でも彼は私のことを……」と、似合わない華奢な声を漏らす。

とにかく、説明せねばならなかった。勇虎たちがここへ来た理由。移動の目的を。

*

ジョルダンの絶命を確認した二人は、まず何よりも先に体を休めねばと思った。そして二人が落ち着ける場所は、百四十九階のあの部屋の他になかった。

部屋に戻ると、ただならぬ熱気が立ち込めていた。感覚床《かんかくゆか》が設定温度を忠実に守った結果だった。根室の流氷を呼び出してあたり一面を銀白色に塗り替えると、勇虎は思い出したように吸引機を探し、部屋の隅に捨て置かれたフォンを拾い上げた。

いつの間にか発作は止まっている。

自宅で施せる最大の手当てを施し、勇虎は言った。

「風呂に入ろう」

ナクサが体を流している間、勇虎は擦りガラスから片時も離れずに、シャワーヘッドから水が弾ける音と、ボディソープを体に塗りつける音を聞いていた。会話はなかった。寝室に行くと、二人は体を絡ませることも厭わず眠った。

空は暗いままだった。眠っている間に、太陽は空を半周したらしい。左足に施した応急処置が効き始め、なんとか歩けるぐらいにはなってくる。駆り立てられるように冷凍食を食べ、用を足し、顔を洗う。

ソファに腰を沈めた勇虎は、室内灯の光を受ける両手に視線を落とした。

「その手が人を殺した手だと信じられない？」

ナクサが、ずけずけと訊いた。

「あれは正当防衛よ。国際法でも認められている権利。あなたは自分の命を守るために、仕方なくやったのよ」

「二人目だ」

　勇虎が、短い言葉で遮《さえぎ》った。

「この一年で二人。理由はどうあれ、俺は二人殺してる」

「だからなんだと言うの」

「ナクサ、俺はこれまで二十五年、普通にやってきたんだ。お前みたいな、命知らずの連中とは違う。ただの……配達屋だ」

　切っ先の瞳が、勇虎を射抜いてもおかしくなかった。だが、ナクサは眉の端をなだらかにおろすと、いたわりの視線を向けた。

「あなたがここにいたいなら、そうすればいい。でも私には、これから起こることを知らせる義務があるわ」

　これまでにないナクサの表情に、勇虎は言葉を失う。

「いい？　組織は他にも奥義者を抱えている。〈司教《ビショップ》〉と〈城《ルーク》〉がきっとあなたを殺しにくる。奥義者の候補生である〈戦士〉たちも動き出す。あなたが古典テレポートを会得したと知って、警戒はしているはずよ。だから、少なくとも数日の猶予はある」

「数日……？」

勇虎は愕然として視線を壁に投げた。ラックの支柱に凹みと、無造作に倒れた映画のパッケージ。それとベッド側の壁には生々しく残った、二つの小さな弾痕。

「組織はWBでの移動を監視しているわ。剛力《ゴウリキ》を呼べば決済情報で身元が筒抜け。統一信号網《コンスタレーション》に割り込まれれば、最悪緊急停止してロックしたWBがそのまま牢獄になる。だからWBを使うときは気をつけて」

「どう気をつけろと」

「足の治療を受ける時間ぐらいはあるはずよ。だから――」

突然、視覚板が映すオホーツクの景色が揺らいだかと思うと、ヴーン、というくぐもった不快な飛翔音が大きくなった。そして一本の太いサーチライトが、窓の外側からカーテンの遮光を貫いて室内を照らす。

『こちらは　国土交通省　交通統治局です』

リバーブのかかった女性の声が、部屋の中に響いた。

防音壁を貫いて室内に届くのだから、とてつもない音量だ。

『交通犯罪防止のために　ご協力をお願いします』

遅々《ちち》とした口調のあいだ、勇虎とナクサの視線は、青い光に吸い寄せられていた。

立ち上がりたくとも、できなかった。

「体が、動かない」

ナクサは、ソファの肘掛けに必死にしがみつきながら言った。

「沈静光線だ。くそ……ドライアイになる……」

指一本につき、一トンの重りが結《ゆわ》えてあるようだった。勇虎はなんとかまぶただけでも閉じようとしたが、出来なかった。

『交通犯罪防止のために　ご協力を』

空間演出が大きく歪《ゆが》む。

粉々になったガラスの粒が勇虎の横顔に吹きつけられ、耳障りな飛翔音が室内に侵入した。九つの光点を結んだ白鳥座がモチーフ。国土交通省のエンブレムが描かれた二機のドローンが、轟音を立てながら勇虎の前で滞空している。

『今日午後四時四十二分　テレポート・ジャックの通報あり　容疑者一名と幇助者《ほうじょしゃ》一名はただちに武装解除し　最寄りのWBから交通統治局に出頭してください』

三銃身のガトリング砲が音を立てて回り出す。

沈静光線は随意筋の動きを抑制するが、投降の意思を読み取るために脳活動を遮ることはない。それが唯一の活路だった。決して安全な決断とは言えない。しかし埠頭での経験も冷めやらぬうちだったので、まだ体に覚えがあった。

方向は真下。七十二階より下の階層に出られれば、少なくともエレベーターを使って逃げられる。

目的地は目視できていない。だが階ごとの構造は基本的には同じ。

認知の延長。

勇虎は再び――眉間の奥に力を込めた《ノックした》。

結果的に、ズレは起こった。二人は四階の改装中だった遊戯ホールに膨出し、ビリヤード台を真っ二つに破壊した。

マンションから脱出した二人は国土交通省の管轄外である国会図書館に一時避難したが、そこも閉館時刻が近づく。検索用端末の前に座っていた勇虎へ、突如ナクサが思い出したように告げる。

「そうよ！　パト・ブランコだわ」

首を傾げる勇虎。ナクサは確かな手応えを語気に孕《はら》ませ、

「ブラジル南部の都市。そこにあるアンビエンタウ・リオ・ダス・ペードラス公園の地下に、組織の研究基地がある。私の記憶が正しいなら、穏健派の学者《グル》が多数派を占めている。その中でも橋本博士《グル・ハシモト》なら私たちを守ってくれるし、キングを止められる」

記憶頼りかよ、勇虎は苦々しく言った。

「あなただって、記憶に頼ってあの大空に翔んだじゃない。記憶は何より信頼すべき地図よ」

反論を予期していたかのようなナクサの切り返しに、勇虎はしばし黙った。気づくと閉館のチャイムが鳴っていた。本をたくさん抱えた少女が、感覚床の表示に導かれて貸出カウンターへ駆け込むのが見えた。

「だが、道がない。移動警察が俺に国際便を使わせるとは思えない。もう一度俺が翔ぶか……？」

記憶で翔ぶとしても、次が成功する保証など皆無だ。では、認知を何キロも延長する？それもマズイ。置き去り現象が起こらないという保証はない。

しかしナクサはかぶりを振った。

「私は対蹠者《ペネトレーター》だけど奥義者じゃない。〈坐標《アートマン》〉も未成熟で、古典テレポートできたのはまぐれよ。だからいつも、専用回廊を使うの。パト・ブランコ基地と対《つい》になる対蹠テレポート用のWBが、この日本にある」

ブラジルの対蹠地は日本と言われる。だが厳密に言えば、本州の真反対に位置するのは、南大西洋のブラジル近海となる。

本州では不適、それならば――。

「沖縄の『ナハ』というところよ」

今すぐ行こう、などと言えるはずもない。裏ルートで飛行機をチャーターする貯蓄もツテも勇虎にはない。

「もちろん、徒歩よ」

この足で？　この少女、正気で言っているのか。そもそも街中は移動警察が見張っているではないか。

勇虎の心を読むようにナクサは人差し指を天井に向けて、ニヤリとした。

「察しが悪いわね。〈上の世界〉を行くのよ」

＊

「要約すると、いろんな組織から追われてて徒歩で沖縄まで行きたい。正気？」

リアが頭に手を置き、げっそりした顔で訊ねた。勇虎とナクサは顔を見合わせて、そうだけど、と返す。

「失礼を承知で言わせてもらうわね。『バーカ』。〝前進する遺伝子〟があっても無理」

「ええと、簡単に言うと、とても時間がかかります」

マフラーは眼鏡を吊り上げて補足した。

「ここから沖縄までの移動時間ですよ。車でさえ、最もスムーズに移動できた場合で五日はかかります。徒歩で向かおうとしたら一ヵ月じゃすみません。半世紀前とは状況が違いますからね」

ナクサと勇虎は再び顔を見合わせたが、お互いの顔に納得できる答えが書いてあるわけでもなかった。

「それに、高速はあなた方が思う以上に、その、複雑なんです。エスエー同士の政治的対立が激しい地域もあるし、余所者《よそ》だと最悪命を落とすかも……」

「その、エスエーってのは何なんだ」

車体が激しく揺れ、ガガガと氷を削るみたいな音が出た。リアは運転席を蹴って、寝るな！　と叫んだが、怒声は返ってこなかった。

「この俺がランブルストリップスに突っ込むかよ。これは入国の合図だ」

まっすぐ走っていた車内に緩やかなGがかかり、速度も落ち始めると、バンパーは言った。

「着いたぜ。エビナSA《エスエー》だ」

「SAは、国家領土《ステイツ・エリア》。見てください」

勇虎とナクサが競うように助手席に出る。

二人が見たのは、肺のように鏡合わせになった、瓜二つの施設である。ただし道路が続くのは左側のみ。

うねる道を進むと広大な駐車場に出る。施設の巨大さは、近づくにつれ鮮明になる。

勇虎はやがて、その奥にさらに広大な何かを見た。まるで森の、恐ろしい闇から人間を守るように、視界の端から端までを埋める高い塀――都市だった。

要塞化した城下町のようでもあった。

自然の領域をくり貫《ぬ》いて忽然《こつぜん》と現れたその場所は、燦然《さんぜん》とした光に彩られ、無数の煙突からは煙が上がる。

3

ヴォイジャー号は、広大な駐車場に停止した。

ライトアップされたアーチ門には『ようこそエビナSAへ』とあり、『SA』の部分が上から『国』の文字で上書きされている。

アーチの下に差し掛かると、太い懐中電灯が照らし、バンパーとリアのジャケットに反射した。覆面をした二人の衛士《えじ》が、赤く輝く誘導棒を片手に近寄ってくる。

　バンパーが両腕を上げると衛士たちは左右に分かれ、その場の全員の足元から頭までを調べ始めた。

「用件はなんだ」

　長身の衛士が誘導棒の柄を捻ると、それはたちまち伸び、槍になった。

「国長に会う」

　衛士が槍となった誘導棒を突きつけて言った。

「何様だ貴様。ラジ沙門《しゃもん》はご老体。就寝中に決まってるだろう」

　バンパーは肩を竦めて、振り返った。視線を受け取ったリアは、当番替わったんじゃない、と返す。

　再び正面を向いたバンパーが財布から抜いたカードを見せると、衛士の態度は急変する。

「も、申し訳ありません！　ゴールドのＥＴＣカードをお持ちでしたか。名義は……なんてことだ、バンパー卿！」

　背の低い方が深々と頭を下げる。

「いいってことよ。エビナはオレたちのホームだ。ま、オレたち三人の顔は覚えといてくれたまえよ、新人君」

アーチを過ぎるとすぐ香ばしく甘い香りが漂ってくる。露店が並んでいた。焼きそば、牛くし、ソフトクリームなどの旗がはためいている。興味津々のナクサの期待を裏切り、バンパーは奥の大型施設へ直行した。

「これは〈国境門〉。SAの玄関口です」

壁面のヒビは経年を感じさせる。自動ではなくなったガラス扉を手動で開ける。肌寒いくらいの温度。無数の席がある講堂は薄暗い。唯一明かりがあるサービスカウンターで衛士が無線を使うと、土産物屋の搬入路らしき鉄扉が開錠された。

その先には予想を超える規模の街があった。

「こんな文明社会が、高速にも広がってたなんて……」

「あはは。海抜的には、〈下の世界〉とさして変わりませんけどね。ここ一帯はテレポータリゼーションで空き家化が進み、ロードピープルが譲り受けた土地も含んでいます。改訂版日本地図だと、ただの森ということになっているみたいですけど」

「……」

勇虎は無言のまま、街を睥睨《へいげい》した。

緩やかな傾斜に作られた街だった。五階建てぐらいの建物も散見される。森の静寂と拮抗する無数の明かり。驚くべきは道行く人の数。野外を出歩くことがほぼない現代人にとって、街全体が巨大な緑地公園のように映る。

緩やかな坂を登っていく途中、突然、リアが強い腕力でバンパーを引き寄せた。

「ああいう態度、本当にキモいからやめてもらえない？」

刺すような声にバンパーはやや臆す。

「衛士の人、怖がってたじゃない。彼ら、立ち仕事なのよ。あの場所から一歩も離れちゃいけないの。働き者なの。格下だと決めつけてイキがるのって、本当にかっこ悪い」

すかさずマフラーが仲裁に入り、先日のバンパーの活躍と運転技術を讃えてその場を取り持った。

「あなた、大人なのね」

ナクサの言葉に、マフラーはかぶりを振った。しかし並んで歩いてみると実際、バンパーとは十歳離れた兄弟ほどの身長差がある。マフラーは手足が長く痩せっぽちなので余計そう見える。

「街じゅうに車が！」

坂の上から近づくギラリと光る二つの光に、勇虎は思わず叫んだ。

「危険はありませんよ。ただ人を運んでいるだけです」

「鋼鉄の塊を時速何十キロという速度で動かしているんだろ？　危険がないわけがない」

「じゃあ、あなた自身には危険がないと？」

　マフラーが冷静な声色で反論した。

　勇虎は両手を見下ろした。赤くはない。足の震えもない。

　それからポケットからフォンを取る。おそらくはＯＶ·ｉＳに追われているうちにそうなったのだろう、画面は無様にひび割れ電源も切れている。けれど、この重みと大きさが手の中にあることは、心ばかりの安堵をくれる。

「なあ、フォンを……電話を貸してくれないか」

　今ならまだ思い出せる。磯貝さんの電話番号。話すことなど何もない。ただ声を聞きたかった。

　けれどマフラーの申し訳なさそうな顔が、答える前から結論を伝えていた。

「パソコンなら、僕の部屋にありますよ。でも基地局と契約する権利が僕らにはないから。Ｗ·Ｆ·ｉも、ご存じの通り指向性電波の普及で、流れて来ませんし。だから……」

　その時勇虎は、自分と日常を繋ぎ止めていたか細い希望の糸が千切れたことを、はっきりと自覚した。

　ここは地上から隔絶された国。

日本が棄て、日本を棄てた新たな民族の、個別の領土なのだ。

バンパーが懐中電灯をつけた。家の明かりが消え、あたりが鈴虫の鳴き声に包まれる頃、闇の中に石段が現れる。石段の左右には鉄の棒が立ち、その先端は奇妙な記号の描かれた円盤へと繋がっている。興味深げに観察するナクサへ「交通標識です」とマフラーが言う。

「だが線動時代のスクラップが、どうしてここに」

「あんたらが捨てたからだよ。それをコツコツ集めて、国長がお作りになった。俺たちが『何者』なのか、忘れねえためにな」

交通標識は数本ずつ束ねられ、途中で屈折しながら複雑に組み合わさり、鳥居になっていた。それが階段の果てまでずっと続いている様は、鋼鉄のトンネルだった。

「なんだこりゃ……」

「車輪神社です。国長はこの先におられます」

階段のきっちり中央には黄色い線が引かれていて、それは踏んではならず、かつ、必ずその左側を歩かなければならなかった。

半分くらい登ったところでナクサが足を踏み外し、五段ほど転がり落ちた。

「止まるのはいい。だが、戻っちゃだめだ」

振り返り下ろうとした勇虎を、バンパーが止めた。

「その子を助けるだけだ！」

「ここはオレたちの聖域だ。たとえお前に前進する遺伝子がなくとも、決まりは守ってもらう」

「大丈夫だから」

ナクサは自力で立ち上がると、右膝をかばいながらゆっくりと登った。

参道では巫女装束の少女が待っていた。黄色く光る提灯《ちょうちん》を持った少女は小さく一礼すると、こちらです、と奥へと歩き出す。

参道はほとんど森の中と言ってよく、それまで以上に虫の音が深まった。

「何が祀《まつ》られてるんだ？」

「車輪です」

勇虎は肩を竦め、唯一話が合いそうなナクサに視線を寄せたが、当の本人はリアとのお喋りに夢中だ。やり場のない視線を空に投げる。それまでの人生で一度も意識してこなかった星座が、頼れる旧友のように思えた。

やがて社殿が近づくと、提灯が朱に染った。

木柵に囲まれた社殿は流造《ながれづくり》を基礎として解体された自動車の部品で装飾され、大胆な傾斜を描く向拝の左右には、鬼板の代わりに巨大な白銀のホイールがあしらわれている。

少女は提灯を台座に置き、社殿へ入った。

五人が雑談を始める間もなく、提灯は青へと変わり、分厚い木の門が開く。

現れたのは紫紋の装束を纏い、足袋に山吹色の雪駄を履いた初老痩軀の男だった。髭を蓄えた口元には柔和な笑みが差し、懐中電灯を握っている。

その様を見てじりりとリアが後ずさり、バンパーも首を鳴らした。

老人が懐中電灯の光を目線の位置まで持ち上げると、バンパーとリアのジャケットが反射して輝いた。

「くそ。こんなときに限ってよう」

「こんなときだからでしょ。あの人そういうところある」

二人はジャケットを脱ぎ捨て、姿勢を低く構える。

空気がざわつく。

「先に入って見ていましょう」

顔を見合わせる勇虎とナクサをマフラーが社殿へと導いた。境内は道場のように広く、鋼のワイヤーで結われた注連縄《しめなわ》、ガラス製の紙垂《しで》、ボルトとネジで見立てた大幣《おおぬさ》が、いくつも車輪を飾っている。

「何が始まったんだ」

円座に腰を下ろした勇虎の問いにマフラーは軽い笑みを浮かべ、

「ハイビーム。目線の高さで光を当てることは、決闘の申し込みを意味します。鞘当てみたいなものですよ。沙門はいつも兄さんが疲れてるタイミングを突いてくる」

「あの老人と大男が戦う？　冗談だろ」

まあ見ててください、とマフラーは物語の先を知る観劇客のように崩した姿勢で言う。

「臨検です」

ビオラを弾くような心地よいアルトで老人が言った。

合図だった。

バンパーとリアが一直線に老人目指し駆ける。

棒立ちのまま構えることさえしない老人のもとへ、バンパーが拳を打ち込む。すると、不思議なことが起こった。老人を軸に、バンパーの巨体がコンパスを動かすように円運動を行い、百八十度の方向転換を強いられたのだ。そして、慣性のままリアとぶつかり、二人は無様に木の床に投げ出された。

老人の立ち位置は変わっていない。

立ち上がるバンパー。今度はボクシングスタイルで肉薄し、鋭いパンチを繰り出す。その隙にリアが老人の軸足を狙って蹴りを放った。

　すると、軸足は風に吹かれた木の葉のように地面を離れ、体を半回転させた老人はそのモーメントを上半身に流したかのように裏拳を打った。体重が倍ほどもありそうなバンパーが吹っ飛び、壁に激突する。間髪を入れずリアがカポエイラで下段を刈る。が、老人のバレエを踊るような水平回転で打ち消され、二人はしばらく嚙み合ったギアになって回り続ける。やがて老人の拳によって腹を射抜かれたリアは咳をしながら転がった。

「氣空道《きくうどう》――沙門が使う、武術の名です」

　マフラーはそうつぶやき、ダウンした兄姉へと駆け寄っていく。

「これがテレポーター同士の勝負だったら。どうなさるか、赤川勇虎」

「……!?」

　全く息を切らさず、老人が言った。その柔らかい言葉とは裏腹に、射竦められたように全身の動きを奪われる。

　異次元の緊張。

「はじめまして、来たりし者よ。国長のラジと申します。好きな車種はフェラーリです」

　そして長老――ラジは、何事もなかったように会釈をした。そのとき前髪が降りた老人の額に、かすかに見えたバツ印の傷痕。

（鶏化《けいか》手術痕……？）

もし彼が鶏化《けいか》手術の被術者なら、テレポート能を意図的に消滅させた人間だということになる。

「無線ですでに話した通りです。沙門。こちらが例の」

マフラーが説明すると、ラジは視線を下ろしナクサを一瞥した後、勇虎を見た。

「やはり来ましたか」

ラジは円座に座り、未だ苦しそうな顔をするリアが蠟燭を持ってきて火を点ける。

「俺たちが来ることを知っていたのか？」

ラジがかぶりを振ると、影が大きな振り子のように揺れた。

「ロードピープルの第二の掟に、来るものを拒まず、というものがあります。あなたが来たということには、意味がある」

「追われて仕方なく来たんだ。望んだわけじゃない」

「道が先にあり、人はなぞるのみ。我々ロードピープルは道に生き道に征《すす》むもの。このヤシロも御脚《ミアシ》を祀っています」

「ミアシ？」

ラジは視線で皆の注意を、本尊の銀のホイールへと導いた。

「輪は、完結した宇宙。エネルギーの循環。主が、自らに似せて人に与えた御脚《ミアシ》です。有史以来車輪は人類文明の支えでした。ロードピープルは御脚《ミアシ》が歩んだ主の道に根を下ろす民。我々にとって尊いのは、移動そのもの」

「ですが沙門。その者は下の人間」

打たれた頬にガーゼを当て、不貞腐れたように言うバンパーを、ラジが一瞥した。

「来る、此れすなわち移動。移動、此れすなわち神事。笑う門には福来たるという通り、良いものは全て『来る』のです。故にあなた方は歓迎されなければならない。たとえそれが〈震える子〉であっても」

妙な単語に、勇虎とナクサは顔を見合わせた。

「〈震える子〉。僕たちロードピープルは、テレポーターのことを、畏怖を込めてそう呼びます」

マフラーがフォローを入れた。

「悪く思わないでください。ロードピープルには〈震える子〉のことを怖がる者が多い。黎明期の大混乱で、両親や恋人を失った記憶が原因でしょう」

「それにあたしら何にも悪くないのに、〈下の世界〉から差別されて社会制度から切り離された。私たちはロードネイティブだからまだいいわ。でもアクセル《パパ》なんて……」

ラジの言葉に、リアが同調した。

勇虎は月明かりが舞い込む扉の先を見渡すと、苦々しく言った。

「よくもこんな文明が地上の人間から隠されてるな。あんたら何て呼ばれてるか知ってるか？　空走族――」

背後で重たい舌打ちが飛ぶ。

「オメー。ここが御前とわかっての発言か？」

「よしなさい」

引き下がるバンパー。ラジは興味深そうに勇虎を覗き込む。

「私も業《ごう》の深さには自信があるのですが。あなたほどではなさそうだ。さて、バンパー、リア、マフラー」

ラジの呼び声に三人の肩がびくりと震える。

「一週間後のグランドツアー。これを護送のための輿《こし》とします」

「ですが沙門！」

「バンパー・グッドスピード灯火《トーチ》隊隊長。誇り高きアクセル・グッドスピードの息子よ。優秀な運び屋にして建築家だった彼の理念の詩《うた》。忘れたわけではないでしょう」

ラジの瞳に見つめられたバンパーは、何度かうなずくと、迷いのない声で言った。

「高速とは、来るものを拒まない。行き場を失った人間が訪れる最後の砦。『ここではない何処か』へ向かう希望の道。我々は御脚《ミアシ》の教えに従い、止まることを許されない。当然の報いを受け、どんな時も前を向く」

「それを忘れたとき、前進する遺伝子を失う」

リアが付け加え、アクセルの詩は結ばれる。

もはやその場には、異邦人を疎《うと》む者は誰もいなかった。バンパーが一際大きな本尊に向き直ると、リアとマフラーも続いた。

「我々はこの二名、運ぶ車輪となり、守るベルトとなり、照らす前照灯となることを、御脚《ミアシ》に誓います」

4

グランドツアーは、四季ごとに行われるロードピープルの大移動。特産品の貿易や技術供与を通して、小国家《SA》に異なる風土の遺伝子を持ち込む。行商としての機能と移民としての機能を併せ持つが、その本流は移動を神聖視するロードピープルの祭儀である。

それぞれのSAの自衛部隊が牽引するならわしになっており、全体を指揮する者は〈牽《ひ》き者《もの》〉と呼ばれ、次期国長候補になった。

消え入りそうな白熱灯で周囲を照らす、総合病院の外来受付。整形外科と内科は、安田という医師が兼務していた。

勇虎の左足の銃創は貫通していなかった。しかし奇妙なことに、弾丸が体内に残っているわけでもなかった。医師の考えでは古典テレポートの際に、自認の領域外の異物が取り残される〈置き去り現象〉が起こり、弾丸だけが体外に放出されたのではないか、ということだった。

弾道は骨と神経を逸れていたため、手術自体は念入りな消毒ののち、細胞の再生を促す幹細胞綿を患部に詰め、タンパク質の糸で縫合する一時間弱で幕を閉じた。

むしろ重篤なのは、ナクサの方だった。

「重度の栄養失調を起こしています」

血液検査とレントゲンの結果から、安田医師が述べた。

「全身の細胞が飢餓状態にあります。七十二時間以内に、無理なテレポート行為を行いましたか？」

ナクサは顔を逸らした。

医師は叱るというでもなく、眼鏡の下に疲れを隠しながら静かに続ける。

「医療用の高浸透ボルテックスを処方したいところですが、この街には備蓄がありません。取り寄せるにも一カ月はかかります」

カロリー輸液を点滴。間に合わせだった。

勇虎は抗生物質の服用と日に三回のガーゼ交換、ナクサは朝晩の輸液点滴を命じられ、二人は街の外れに建つバラックに移された。

扉を開けると吊り下げ電球が不気味に揺れる。埃っぽい室内には木製のベッドと、簡素な机があるのみ。野晒しよりは幾分マシか、という程度。それでもナクサは十分だった。十分すぎるほどの好意が身に沁みる。

持たされた紙袋を開く。中身は米の塊である。あの部屋で、勇虎が何度か握ってくれた食べ物。パンと違い、適度な粘度によって穀物が粒を保ったまま拳大の形状にとどまっている。ナクサはその食べ物が好きだった。

バルコニーに出て、ポンプで汲み上げた水で手を洗う。

「食べるわね」

机に向かい、頭を抱える勇虎からの返事はない。

咀嚼し、嚥下《えんげ》する。しかし消化とは非常に回りくどいプロセスで、食物の持つエネルギーが細胞に行き渡るまでには時間がかかる。

それでも空腹は来る。そう。求めずとも来る。……ロードピープルはこの空腹さえ尊ぶのだろうか。

「ねえ、イサトラ。黙ってないで一緒に食べましょうよ」

「空走族は遺物に縋る亡霊だ。テレポート能がなくても立派に仕事をしているやつはごまんといる。俺だって、磯貝さんだって……。それが公然と法を犯して、こんな街まで築いて」

勇虎は壁を見つめたままだった。

「でも助けられたのよ。どうしてそこまで嫌うの？」

「か、片道ブラリ」

ナクサは不意を突かれたように、二つ目の米の塊を口の手前で止めた。

「日本では『目的地を決めずに行うテレポート』をそう呼ぶ。お前はこの間、十万人近い経路不明失踪者が一体どうなったかと訊いたな？　知っているに決まってるとも。その手の話は調べ尽くしたさ。〈片道ブラリ〉を行うと必ず死ぬ。宇宙空間に放り出されるか、よくてマントルに埋まるか――いずれにせよ、生還はない」

勇虎の吐き出す空気が毒霧のように濁る。

「俺は昔ジェイコブス症に罹《かか》った。症状を侮った父は看護を母に丸投げし、家庭と看護の板挟みになった母は、仏教系の宗教団体に入信した。『人生は行くところに行く』。母の口癖だった」

両親のいないナクサには、勇虎の苦しみはわかるべくもなかった。それでもかける言葉を必死で探った。

「ある日、母は出かけてくると言った。その日の母は女優かと思うくらい綺麗だった。覚えている。赤いストールと、藤フイルムのデジタルカメラ。俺は何かおかしいと思って、あとをつけた。見守りアプリのアカウントを入れ替えておいたんだ。俺が駆けつけたとき、母はまさに、集団テレポートで翔び立とうとするところだった。俺が名前を呼んだらこっちを見て、来ちゃだめと言った。俺は手を伸ばしたよ」

電球に照らされた勇虎の指先には、指輪のような再生治療痕があった。

ナクサはそれを掌《たなごころ》に招き、もう一方の手で包んでやった。

「母は自殺した。俺を捨てて逃げたんだ」

「だけど、何か、理由があったはずよ。あなたの母親は――」

「親がいないお前がそれを言うのか……？」

勇虎が、強引に手を振り払う。立ち上がった彼の背に手を伸ばし、米の塊が膝から転がり落ちる。

「母は俺を見限ったんだ。現実を見限った。空走族も同じだ。俺は現実から逃げた奴らの世話にはならない。ここにいたけりゃ、お前だけずっといればいい」

ドアから窓へと冷たい風が抜ける。

足音は小さくなり、やがて夜道に消えた。


いつの間にか昇った朝日を、勇虎は国境門のテーブル席で浴びていた。

鋭敏になった聴覚は、近づく足音にすぐに気づいた。

「暇ならつきあえや」

刺青の巨体を揺らしながらバンパー・グッドスピードが椅子を引き、その体軀によって朝日を完全に遮った。

「お前らも大変だな。突然来た客を、夜通し守らなきゃいけないなんて」

勇虎は、バンパーの気配をしばらく前から感じていた。身長百九十センチ近い巨漢は、とても尾行向きとは思えない。

「オメーだって大差ねえさ。転がり込んできた女のために、命を張ってるバカな男だろ」

バンパーは尾行を悟られていたことを気にも留めず懐から二本の缶コーヒーを出すと、微糖を勇虎の方へ転がした。

「俺は、自分の命を守るために仕方なく移動した」

「それなら、お嬢ちゃんとは別の方向に逃げたらよかった」

勇虎は重たいまぶたを開いて、手元の微糖を睨んだ。反論したかったが、言葉がなかった。優しくもなれず、突き放すこともできない。どっちつかずのまさに、微糖のような締まりのなさだ。

「なあ。空走族ってのはどんなやつらだ？」

ブラックの百八十ミリリットル缶を傾けるバンパーが、そう訊ねる。

「自分が一番わかっているだろ」

「ああ、俺たちは空走族じゃねえからな。俺は、下の人間からどう見えてるかが知りてえのさ」

歩荷《ボッカ》の勇虎にとって空走族は都市伝説だった。

だが近頃は、最悪な隣人になった。

「乱暴で、街を破壊する、気性の荒いナンセンスな……」

勇虎ははたと言葉を止め、一つの瑕疵《かし》に気づく。男はその体で、朝日を遮っている。それは闇に慣れた勇虎の目を守る、細やかな気遣いだった。

切り離していた。空走族という存在が、自分とはまるっきり別の生物だと。噂や大衆のイメージに思考を委ね、正面から向き合わなかった。

「俺たちは隔絶されてる。ある程度の自給はするが、お前やあのお嬢ちゃんに使った薬品や希少金属を、どうやって手に入れていると思う？」

毎日のように空を駆けるコンクリートの道を見上げてきた。しかし現に勇虎は、そこに根づく文明に気づかなかった。

いや……違う。

隠されていたのか。

「だけど、誰が協力を？」

「国土交通省だよ」

ありえない。と、喉から迫《せ》り出しそうになる声を、勇虎は呑み下した。

非能者にとってテレポート社会は極端に生きづらい場所だ。非能者は、テレポート社会が抱える潜在的なリスクと言える。そんな彼らに高速という土地と、裁量権を与える。

もしそうだとしたら、これは追放とは少し違う。

「棄民じゃなかったのか」

「防波堤ってとこか」

　バンパーは口元を吊り上げて笑った。

「急激なテレポート化の皺寄せを請け負う緩衝地帯。国交省は俺たちを陰でサポートしている。やつらにもシメシってもんがあるからな」

　様々な人権問題を克服したテレポート立国。その建前を崩さずに、かつ緩衝地帯を維持し続けるには、ロードピープルと国交省の関係を万が一にも知られるわけにはいかない。

　空走族は、空走族側の都合でやむなき接触のために〈下の世界〉への移動が発生するとき、ロードピープルが用いる、カバーストーリーなのだ。

　バンパーは立ち上がると被っていたキャップを勇虎に渡し、駐車場に通ずる扉を開け手招きした。被れということだろうか。

　幾分かマシになった視界で、バンパーの指す花壇を見やる。

「みろ。セイヨウタンポポだ」

　花壇はちょうど柱の陰になっていた。その暗がりの中に、鋸状の葉と身軽そうな綿毛が見えた。

「あっちにも花壇がある」

バンパーの言う通り、花壇はもう一つあった。手前のものと違って太陽の光をいっぱいに受ける、暖かそうな場所だった。

今風が吹き抜け、綿毛を弾けさせた。種子の大群は、新天地を求めて陽光の中に吸い込まれていく。飛び立ったその一体何粒が、日向の花壇に着地できたのだろう。

「獲物を追わなければ飢える。番《つがい》と出会えなければ淘汰される。四肢のない植物でさえ、環境を利用し移動を図る。生命を飢餓と孤立に追いやる『距離』に、『移動』だけが打ち勝てる」

「移動は生存そのもの。そう言いたいのか」

「ははは」

バンパーは低く笑った。

「だが実は正午を過ぎるとこの花壇は、日向になるんだよ」

国境門の支柱でできた日時計は、太陽に連動して動く。そして正午からの方が、強い日光を得られる時間が増える。考えてみれば当然のことだ。

飲み終えた缶をゴミ箱に放り投げると、バンパーはひとり国境門へと戻っていく。

去り際に彼は言った。

「オメーがどっかへ行くのもまたよし。残るのもまたよしだ。俺は俺の標識に従う。オメーにはオメーの標識がある」

5

ナクサは二輪車の後部座席に座り、レザースーツに身を包むリアの腰に手を回していた。前方から凄まじい夜風が吹きつける中、リアの細い体だけが頼りだった。

「運んでくれてありがとう」

「聞こえない！」

ナクサが大声を出そうとお腹を張ると、リアは悪戯っぽく笑って、聞こえてるよ、と言った。

「いいのよ全然。私、運転するの好きだから。それに迎賓のときぐらいしか、ハンドル握らせてもらえないしね」

それは船として生きてきたナクサにとっては信じがたい言葉だ。

この街も滞在三日目になるが、いまだ慣れない。

「〈震える子〉にはわからない感覚かしら。こうやってハンドルを握っていると、私の進むべき道が自ずと見えてくるの」

「テレポートなら、目的地にすぐ着くわ」

「目的地にすぐ着いちゃったらつまらないじゃない」

そんなリアの言葉に、キングの面影が浮かぶ。

いつか、キングに「サドー」を教わった。渋い香りのするタタミに正座し、いびつな陶器で液体を泡が出るまで混ぜる。ひどく退屈な儀式だった。

——動作一つ一つで体を調律する。

相変わらずキングの考えは哲学じみていて、苦い抹茶のようにすぐに飲み下すことが難しい。

——重要なのはナクサ。因果の両端ではなく、その過程だ。

テレポートにも過程がある。キングはそう続けたのだったか……。今となってはその言葉の真意を訊ねる術はない。

暖簾《のれん》のかかった怪しげな店の前で停車すると、リアは店の決まりを教えてくれた。それからスーツのポケットから一枚のアクアブルーのカードを取り出す。

ETCカード。この国で使う、電子化された貨幣らしい。

一人残されたナクサは赤い暖簾を呆然と見つめていたが、中から漏れ出す温かな光に誘われ一歩を踏み出した。

「お邪魔します」

玄関のそばにあるロッカーにローファーを入れ、キーを抜いて框《かまち》を上がる。ブラウン管のテレビと木椅子が二脚、破けたマッサージチェアが一台。番台に人の姿はない。ゲートの白く光る円にETCカードをかざすと、自ずから開いた。

謎の文字の描かれた赤と青の暖簾。直感的に赤い方へと飛び込む。よかった。リアの言った通り、貸切のようだ。

大きめのタオルを取り、湯気のある方へと足速に歩いていく。人がいないとわかっていても、タオルをへそより下に巻きつけ、パレオのようにして足を隠した。腕はどうすることもできないので、自分の胸をきつく抱いて、なるべく皮膚が見えないようにした。

そしていざ、白いもやに覆われた湯船に体を沈めんとする。だが、一気に腰まで浸かってしまったのが悪かった。全身をとんでもない温度が包み込み、ナクサは思わず叫んだ。

「うわあああ、あっつ！」

「だ、誰!?」

それは、二重の驚きだった。丸茹でされるロブスターの気分を味わいながら飛び上がると、ナクサは硬直し、もやの中に浮かび上がる人影を凝視した。

「そっちこそ、誰……」

「待って、その声って」

ナクサにも、聞き覚えのある声だった。

両者は恐る恐る距離を縮め、

「ナクサさん？」

「マフラー？」

お互いを完全に認識すると、二人して前を隠し、反発し合う磁石のように後ずさった。

ナクサは、マフラーの体つきの曲線が妙に際立っていることに気付く。

そして無意識のうちに、手を伸ばしていた。腹に巻いていたタオルがはだけて、水面に張りつく。マフラーは体をそらして湯気の中に逃げようとしたが、岩盤が阻んでそれ以上退がれなかった。

ふっくらした胸と腰回りが露わになるのを厭わずに、マフラーはついに顔を覆った。

「い、言わないでください！」

懇願が、星空に溶けた。

「僕の調べだと、この時間帯は誰も入ってこないはずでした。言わないで。特にバンパー兄さんには」

怯えるマフラーが落ち着くまでナクサは静かに見守った。

やがて二人は肩までお湯に浸かった。

「……僕はここの生まれと言いましたね。それは嘘です。生まれて間もなく、僕は品川インターの路上に捨てられていた。それを父のアクセルに拾われたんです」

「じゃあ、あなたは〈下の世界〉出身なの？」

マフラーはゆっくりとうなずく。

「前頭葉に生まれつき障害があるそうです。生活には全く支障がありませんが、翔べないんです。アクセルは僕の境遇を儚《はかな》み、移動の力を与えるために僕を男として育てることを決めた。この国では、ハンドルを握るのは男、助手席には女という不文律がありますから」

ナクサはほとんど脊髄反射のように反論していた。

「おかしいわ、そんなの非科学的な偏見よ！」

「高速《このばしょ》は、閉ざされていますからね。役割化は避けられません。いいんです。そこは『納得』していますから」

「でも、マフラー」

ナクサは、思い余ってマフラーの肩に手を伸ばしていた。彼の、いや彼女のことを慰めたかったのか、それとも励ましたかったのか。歳の近い同性の人間とあまり接したことのないナクサには、自分でもどちらかわかっていなかった。

だが、その咄嗟の行動が、仇となった。

「その腕、それって……」

マフラーの言葉にナクサは固まった。しまった、と思った。あれだけ、誰にも見られないように心がけてきたというのに。

「私もキングの他に、見せたことがなかった。イサトラにだって」

だが、この女性ならば、マフラーならば、どうしてかいいと思えたのだ。

ナクサは湯船からゆっくりと右腕を持ち上げた。白い湯水のベールが剝がれると、松の枝のような無数の亀裂が、褐色の皮膚に浮かび上がった。

ナクサはこくりとうなずく。

「触っても？」

マフラーは白い指を、荒れた皮膚に慎重に這わせる。亀裂の部分は赤く硬化し、棘皮動《きょくひ》物のようにヌメリとして指に吸いつく。亀裂は末端に行くほど深刻になっており、指先は極度の巻き爪になっていた。

「気になる？」

マフラーは申し訳なさそうに、首を縦に振った。

「あなたの秘密を知ったのだから、私も話すのが筋ね。奇妙だと思うかもしれないけれど、これは自然なこと。極限に挑むテレポーターは、遅かれ早かれこうなるの。私はそれが少し、いえ、だいぶ、早かったというだけ」

「これもテレポートのせいなんですか？」

「私のいた研究所では、龍飛症《りゅうひしょう》と呼ばれていたわ」

――絵をたくさん貼った鉄壁――光差す中庭――ブザー音の鳴る部屋――キングの私だけに見せてくれる穏やかな笑顔――

脳裏に浮かんだそれらの光景をかき消して、ナクサは続けた。

「テレポートを司るのは前頭葉。でもエネルギーはね、体の全細胞が均等に支払うのよ。容積と距離と海抜高度。その値が増えれば、エネルギー消費も大きくなる。私は、これまで何度も地球の裏側までテレポートしてきた」

一瞬、あっけに取られたマフラーだったが、すぐにその瞳には満月の輝きが灯る。

「まさか、じゃあ、あなたは世界に三人しかいない対蹠者の一人……？」

「知っているの？」

「もちろんですとも。一生のうちに一度、お会い出来たらと思っていました。対蹠者、ペネトレーター、星を貫く者……。なんて光栄なんだろう」

星を貫く者。中国籍ペネトレーターのワン・ミャオミンが、科学誌『ガリレオ』のインタビューに答えたときの見出しだ。

他の二人に関しても国籍だけは明かされていたが、ナクサはそのどちらでもない。四人目のペネトレーター。

「あなたはまさに人類の希望です！　惑星さえ翔び超えてしまうんですから。技術が追いつけば、きっと宇宙進出だってできます。銀河さえ翔び超えられるかも」

熱を帯びた視線が、風呂の熱ささえ忘れさせる。

マフラーの言葉もまた、ナクサにとって青天の霹靂《へきれき》だった。

「考えたこともなかったわ」

太陽や月、火星、金星……。ナクサは、太陽系にある惑星の地表の風景を知るわけではないから、星間テレポートを試みることとさえできない。けれど、マフラーにそう言われると、なんだか無限の力が湧いてくるような気がした。

「このことは……」

恐る恐る訊ねるナクサに、マフラーははっきりと答える。

「もちろん秘密です。勇虎さんにも言いません」

「ありがとう」

二人の間に、固い握手と約束が交わされる。

二人はそれからお互いのことを少し話した。他に人のいない露天風呂は心地が良かった。

ナクサにとっては、歳の近い女の子と話すのは貴重な経験だった。

しばらく話し込み、これ以上いるとのぼせてしまうと気付いたナクサは立ち上がると、岩辺に流れ着いたタオルを取りに行こうとした。

だが、その時。大きな音が空気を震わせた。ほとんど同時に、岩と木のはざまでぼんやりとした光が数度瞬く。そして、流れ着いた燃えるような匂いに二人は顔色を変える。

街が、黒煙を上げていた。

6

勇虎は、ノックで浅い眠りから目を覚ました。警戒しながら扉に近づき、ちょっとだけ開くと、三日前に見た背の高い衛士の男が立っていた。

「ラジからお届け物があります」

そういうお面を被っているみたいな笑顔で、男が告げる。

「俺に？」

「いえ、ナクサさん宛てです。ナクサさんはおられますか？」

ナクサは今、友人に運ばれ呑気に風呂に行っている。代理の受け取りなどごめんこうむる。

勇虎の沈黙に痺れを切らしたのか、衛士が重ねて訊ねた。

「いないんですね？」

勇虎は、衛士の表情をまじまじと見つめた。笑顔がだんだんと不気味に見えてくる。

「ああ。残念ながらな」

衛士は一瞬顔を硬直させると、またすぐネジが巻かれたみたいに、ではまた後で参ります、と告げて踵を返す。

「なあ、あんた」

立ち去っていく男の背中に、勇虎は声をかけていた。自分でもなぜそうしたのか、分からなかった。男が立ち止まる。だが、まだ振り返りはしない。その間に勇虎は考える。ねぎらいの言葉をかけるべきか。それとも俺が代わりに渡しておこうと言うべきか。

ロードピープル。〈下の世界〉という現実から『ここではない何処か』に逃げ延びた人々。いまだにその思想は相容れない。

だが、彼らも人間だ。

ただ、踏む地面が違っただけの、同じ。

「わざわざ、ありがとう。二度手間になるだろ、荷物は俺が受け取っておくよ」

玄関まで歩いていき、衛士が振り返るのを待った。その時ようやく――違和感らしいものに気付く。誘導棒も持たない衛士。彼は有名人であるバンパーのことを知らなかった。

それに届け物ならば、何を届けにきたのかを最初に言うのが筋じゃないのか？

言葉にはできない、雨の日の前日に起きる頭痛のような皮膚感覚に訴えかける不穏さに、勇虎は戸を引いた。だが――。

振り返った衛士の握る拳銃の銃口が勇虎を捉える方が、わずかに早かった。

「床に伏せろ！」

轟く声。

とっさに身をかがめる。

頭上を衝撃が貫き、衛士の体に大穴を作った。断末魔さえあげずに倒れる衛士と、片耳を押さえながらフラフラと中腰になる勇虎。この場に力強く立っているのは、防弾ベストを着込み、機銃を肩に提《さ》げたバンパー・グッドスピードだけだった。

その背後から部下らしき三人が現れるが早いか、

「ハザード展開！」

三人は背中合わせの陣形を作り、陣形の内部にバンパーと勇虎を匿った。三方向に伸びるアサルトライフルの紅いレーザーサイトが点滅に変わる。

バンパーは、膝をついた勇虎に手を貸して立たせた。

「おい、〈震える子〉」

大太鼓のような重低音が、萎縮した勇虎の体内に響く。

「俺が来たからにゃ、オメーはもう大丈夫だ」

バンパーは、笑いこそしなかった。だが、その武骨な表情には、大仰なセリフを大言壮語にしないだけの重みがあった。

「あ、あんたその格好……」

「灯火隊《トーチ》は自衛軍でもある。ここのモンはみな基礎訓練を受けている。これを着ろ。同士討ち防止の、高視認ジャケットだ」

差し出された紺色のジャケットに袖を通す。それは——特定の光源にのみ反応する再帰性反射材を用いた特殊装備だった。

「そこでくたばってる侵入者《よそもの》に、オメーはなんて言われたんだ？」

ハッと振り向くと、踵が血の川に触れていた。辿った先には、潰れて朱肉のようになった人間の残骸が横たわっている。

「ナクサ……そう、ナクサがここにいるかどうか、って」

バンパーはその一言で顔色を変えた。部下とともに棚の上を薙ぎ払うと、机と椅子をひっくり返し、ベッドの前でしゃがみ込む。そして特大の舌打ちを打つと、即座に立ち上がって勇虎の首根っこを引っ張り、バラックの外へと放り投げた。

直後――。バラックが黄色い光をあげて爆発し、熱風が勇虎の背中を呑んだ。逃げ遅れた部下が火達磨になって転がっていき、上水路に落ちた。

「潜んでやがった。リアに足を持たせたのは正解だったな」

バンパーの頬に兄らしい安堵がよぎる。

「今のは先遣隊だ。ならばすでに〈狼煙〉が持ち込まれてる」

残った二人とともにハザードの陣形を作りながら、バンパーは勇虎の腕を強引に引き、黒い装甲を纏った大型車に押し込んだ。

「狼煙？」

訊ねたのは、エンジンがかかる瞬間。

バンパーが答えたのは、バラックの火が闇に消える頃だった。

「分解して持ち運べる簡易WBだ。中東でよく使われてる。前線の負傷者を即座に後退させるべく考案されたが、その実、奇襲にこそ有用だ。衛士の選抜は春と冬の二度行われる。つまり三カ月弱、あいつらはずっと潜んでやがった」

「テレポーターの戦術を、なんであんたが……」

車両は二度大きく飛び跳ねた。

「身を守るために決まってんだろ。オレたちが運ぶのは震える子だ。しかも堅気の連中じゃねえときてる。それよりもオレに訊かせろ。オメーはよう、『何』に喧嘩を売ったんだ」

勇虎は閉口した。それから、重くため息を吐《は》いた。

目先の恐怖にばかり追われ、本当に考えるべきことには背を向け続けてきた。ナクサを追う組織《ファミリー》が一体何なのか——それさえろくに知らぬまま、三度も殺されかけたのだ。

蠟燭が、揺らいだ。

はるか遠方で起こった爆発の振動が膝を伝って脊椎に届くと、瞑想中のラジは否応なく現実に引き戻される。

そしてラジは、境内で一人ぽつりと囁いた、

「まだ私を殺そうとしないなんて、随分と余裕ですね」

ラジの問いかけは、彼に王手をかけようとしていた二人を逆に窮地に立たせる。壁越しに息を潜めていた二人は、ガスマスクの中に汗だまりを作りながら、ラジの前に姿を晒した。

「足らない」

ラジが強めに言うと、二人組のうち一人はマスクを剝ぎ取り、舌打ちをして床に放った。それを合図とばかりに、境内の闇という闇、隙間という隙間から、ガスマスクに野戦服姿の戦士たちが、姿を現す。

「鹵獲部隊《アンパサン》。兵卒眷属《ポーンけんぞく》の戦士部隊が、何のご用か」

「やつは死んだ」

まるで少年の声だった。そして事実、マスクの下には幼い少年の容貌があり、首元から左耳にかけて、龍が飛ぶようにヒビ割れた浅黒い肌が露出している。

「あんたが匿ってるガキ二人のおかげでな。これは中陰作戦《デッドマンオプス》だ。やつの死によって、俺たちに下っていた待機命令が消えた」

「カイリ」

ラジが名前を呼ぶと、少年は眉をひそめた。

「ということは、そちらにいるのは、マイルですか」

「本当に久しぶり。だいぶおじいちゃんになっちゃったわね」

ガスマスクを被った方が、円筒形のキャニスター越しに幼い少女の声を放つと、野戦服の裾をつまんで洒落た礼をした。

「二十年ぶりでしょうか。二人とも、元気そうで本当に良かった。そうですか、鹵獲部隊《アンパサン》を率いるまでになったのですね」

ラジは座禅を崩さずに、柔和な表情を浮かべる。

カイリは、より一層警戒心を強めた。匿うように少女の前に出て、バリケードのように腕を突き出す。

「マイル、馴れ合うな。こいつが何者か知ってるだろ」

少年は横隔膜を震わせ、深く息を吸い込んだ。身体中の細胞一粒一粒に、くまなく栄養を行き渡らせるようなイメージを、努めて思い描く。

「でも、研究所を出ていったきり、会えたのは久しぶりだもん」

「油断したらやられる」

「その気ならもうやられていると思うよ」

少年はぐっと歯噛みをし、ラジを睨みつけた。

「貴方たちが来たということは、キングが動き出したということですね。貴方方は本当に、テレポートを根絶やしにするつもりなのですか」

「〈相対崩壊〉を避けるためだ。あんたにとっても望ましいことだろ」

虫の音が鮮明になった。短くなった蠟燭は、受け皿に透明な海を作っている。

少年と少女は互いの距離を少し離した。

「ここにいる全員がもとの暮らしに戻れるんだ」

そして少年は中腰で左手を引いて拳を体の前に突き出し、少女は手を腰の後ろできつく組んだ。それは精神の調律のために創り上げた、各々の禅那であった。

それから少女が歩み出て、蠟燭の前に立つ。

「ねえラジ。〈ナイト〉って呼んでもいい？」

ラジが沈黙を保つと、少女は続ける。

「こんなところで言うのもおかしいけれど、私、貴方のこと好きだったのよ」

少年は絶叫しそうになるのを抑えた。少年にとって少女はそういう存在だった。だが今は精神の揺らぎを排除し、武装状態――この〈禅那《ぜんな》の構え〉を保たねばならない。すでに奥義者候補として修行を始めている少女と違って、まだ旦那さえ得ていない少年は、それでも人一倍の胆力と集中力でもって、かつて奥義者〈騎士《ナイト》〉として恐れられた裏切り者と向かい合う。

「貴方の奥義者としての強さ、氣空道を用いたテレポート制御の術、それとたまに作ってくれる四川料理、素敵だった。私はキングになんか全然興味ない。私の旦那は貴方。私の空間はいつも貴方に向けて開かれている。それなのにどうして、変わってしまったの？」

ラジは、答えなかった。

細く開いた瞳の奥から、感情を悟らせない視線を向けていた。

「その額の傷は、誰のため？　そんなことをしても貴方が奪った命は戻ってこないのよ。どうしてそんな中途半端ができるの。わからない」

「……」

「ナイト、もう間に合わないかもしれないけれど、貴方は依然、こっち側よ」

「……私は、〈戦士〉などではない」

ラジは、徹底的に沈黙を貫くつもりだった。だが、気付けばそう口走っていた。ラジは少し驚いた。まだ残っているのか。扇動に抗するほどの自意識というものが。

少女は愉快そうに、ガスマスクのキャニスターを外し、そこからリップを差し込んでルージュを塗った。まるで、デート中のお色直しみたいに。

「いいえ、貴方は戦士よ。いつまでもずっと。それを証明するために、私たちは来たの」

ふ、と蠟燭の火が消え、ほとんど完全な闇が境内に入り込んだ。

ラジは深く息を吸い込んだ。


5ドアのメルセデスGクラス、その分厚いハンドルを握るバンパーは二人の部下――キャビンとミッションに、それぞれ後方警戒と弾倉交換を命じる。

勇虎は、そんな彼の背後から訊ねた。

「どこに向かうんだバンパー」

「駐車場だ。お嬢ちゃんとマフラーは、すでにリアに運ばせた。駐車場ではすでにグランドツアーの緊急出発の準備をしているはずだ」

「俺を連れていけば、敵も連れていくことになるぞ」

敵の狙いはわかっている。大規模な攻撃は、奥義者の仕業ではない。それならまず古典テレポートできる勇虎を数で圧倒して殺してから、ナクサを捕まえるはずだ。

「俺を置いていけ」

「断る」

少しの間も置かずにバンパーが答える。

勇虎は再び沈黙した。こうも人が密着しているのでは、テレポートで外に抜け出ることも叶わない。

「オメーの今のセリフ、まんまあの娘の発想だな」

ハッと顔を上げ、バックミラー越しにうなずく。空洞東京で勇虎はナクサから、同じことを言われている。

「そうだ……。実際に何度も諦めた。やっぱり俺には無理だ」

「だがあの娘は生きてる。そのたったひとつの事実以外は全部嘘だ。違うか？」

その時だった。

ヘッドライトが照らす地面に突如巨影が現れ、急旋回する車体の中で肉体は、外輪方向へと転がった。

「うおおおお!!」

もはや誰の叫び声かも分からない、ごちゃ混ぜの悲鳴が車内に溢れた。天地が三度入れ替わり、人体は椀の中で跳ね回るサイコロになった。

気づくと額からの血で、左目が開かなかった。勇虎はバンパーの名前を呼んだ。微かに返事があった。前後の窓ガラスが粉々に砕け、その一部が腕に食い込んでいる。

「い、岩が……突然、落石が……」

キャビンの声だった。

　勇虎は声の方へと視線を向ける。ミッションの首にはガラス片が突き刺さり、ぱっくり裂けた穴から、ひゅう、ひゅう、と音が鳴っていた。

　バンパーはシートベルトをナイフで斬り、運転席から這い出ると、後部座席のそばまで寄って叫んだ。

「ドアから離れられるだけ離れて、耳ぃ塞げ」

　連結部の蝶番を銃で破壊したバンパーはドアを引っぺがし、丸太のような右腕で勇虎を引っ張り上げる。

　確かに岩だ。巨大な墓石のような、自然物とは思えない整った切断面の六面体。こんなもの、走っている時は一切見えなかった。

　直立すると目眩《めまい》がしたが、勇虎は痛みを呑み込んだ。バンパーの左腕はひしゃげていた。肉と防弾服を混ぜてこねたものが、かろうじて肩からぶら下がっている。

「バファリンを打った。安心しろ」

　バンパーがいつも通りに豪胆に笑う。

「鎮痛剤でなんとかなる傷じゃない。ちゃんとした治療を！」

「今は進むときだ。問題ねえ、俺には見えている。青色の啓示がこの目にはっきりとな」

バンパーは銃を取り、勇虎の背後に迫る刺客の一人を射殺した。

だが真逆からもう一人が走り込み、ナイフを振り上げる。

「兵卒《ポーン》と。この世の理《り》に殉じる！」

甲高い女の声とともに、ナイフの軌道はまっすぐ勇虎の首筋へ向かった。

銃を逆手に持ったバンパーが、銃床でナイフを受けた後、体勢を崩した刺客に回し蹴りを見舞った。吐血しながら転がる刺客へ追撃の数発を撃ち込むと、呆然とする勇虎を横転した車の陰まで引っ張った。

二人の隊員は絶命していた。

「キャビン、ミッション、すまない。二人に当然の報いが訪れ、どうか安らかに主の轍《わだち》を辿らんことを。——ブレーキを」

束の間目を閉じて祈ると、すぐに勇虎の方を向いた。

「ほら、オメーも言っとけ。ブレーキを」

「ブレーキを……」

勇虎がおぼつかなく繰り返すと、バンパーは不器用に笑い、ありがとうな、と返す。

それからすぐ表情を引き絞った。

「よく聞け。運転とは、まず、前をしっかり見ること。流れる川が遡らぬように、後戻りなど許されない。何があっても進み続けろ。俺たちの体に染みついて離れねえ、無様な生き方。それが〈前進する遺伝子〉だ」

「生き方、だって……？」

「オメーはこの言葉を、覚えてさえいればいい」

バンパーは横転した車を背に、銃口で下り坂の先を指さす。

「進むぞ。オメーも武器を構えろ」

「人殺しの道具は持たない」

バンパーはゆっくりとかぶりを振った。

「オレは武器を構えろと言ったんだ。持て、じゃねえ。オメーはとっくに武器を持ってるだろ。その気になればこの国の人々を皆殺しにできる力を、すでに持ってるじゃねえか。恐るべきかな〈震える子〉。オメーはまだ己の力の本質に触れてもいねえ」

「俺にまた、人を殺せって言うのか」

バンパーは何も答えず、安全装置を外した。

「いくぞ！」

掛け声を機に、二人は走り出した。駐車場までは一キロ近くある。だが奥義者にとって、それは目と鼻の先にあるのと同義。そして、敵はわかっているのだ。勇虎が目的地の『記憶』だけではテレポートできないことを。

民家の植木から二人の刺客が現れるのが見え、バンパーが先制攻撃を仕掛けた。

「どうして俺を守る⁉」

「生き方だからだ。生きる意味を見つけたら、あとは簡単だ。その標識に従って進みゃいい。俺たちは決して後戻りはしねえ」

「宗教じみてる。視野を狭くするだけだ！」

「逆によう、広くしてどうすんだ？」

続けて三人。左右の森の陰からの挟撃。右の一人にはバンパーが応じたが、すでに左の男女二人が小銃を構えている。

事故の瞬間からずっとわかっていた。この肉体は、意図するだけで相手を粉砕する武器。認めねばならない。もう、戻れないのだ。

勇虎は瞬時にバンパーから跳び退《の》き、テレポートをした。狙いは、二人の利き腕だった。

膨出。

男の右腕が、勇虎の肩によって小銃ごと吹き飛んだ。腕と銃器の破片が爆散し、手榴弾のように女に穴を空ける。

だが、浅かった。腕を砕かれた男が手でナイフを抜いた。女も片目を押さえながら、小銃を持ち上げる。

勇虎は両腕を左右に広げ、もう一度テレポートした。

ナイフを持った男と、銃を持った女の中間地点——勇虎の両拳が、ちょうど二人の頭部と重なる位置。

膨出。

頭部を失った二人の体が、森の闇へと引きずり込まれる。

「オイ、大丈夫か——」

バンパーの声に、返り血のドレスを着た勇虎は、振り返った。

「杞憂だったな、全身武器男」

バンパーが茶化すように言って、肩を叩いた。その手は大きく、温かかった。

「なあ……」

勇虎が呼び止めると、バンパーは振り返った。

「あんたらを誤解していた」

バンパーは肩を竦《すく》め、オメーは見立て通りだ、としゃがれ声で返した。

それから二人で計七人を倒した。両手の破壊で済んだ者もいたが、五人が死んだ。……いや、もう『死んだ』とは言わない。『殺した』のだ。

生きるために、奪ったのだ。

国境門が遠目に見えてくる。勇虎の心に希望の灯火がともる。ほんのわずかな安心がアドレナリンを抑え、左足の痛みを増幅させる。こんな苦痛なら甘受できる。

突如轟く雷鳴。耳を塞ぐ暇もない。

瞬く間に、目前に幅三メートルを超す戦車が出現していた。赤く縁取られた星に橙と紺のストライプ、キリル文字のペイント。

ロシア軍籍オブイェークト一四八——改修された退役戦車だった。無限軌道《キャタピラ》が地面に陥没して、エンジンをいくら唸らせてもびくともしなかったが、その圧倒的存在感を前に勇虎は、足を止めた。

止めてしまった。

直後ハッチが開き、出てきた男が重機関銃の銃座に座った。バンパーが何を言ったかは覚えていない。気づくと勇虎の体は真後ろに投げ飛ばされていた。片腕のくせになぜそんな力が出せるのか。

妹たちを頼む。

やけに澄んだ声が、耳鳴りとともに残る。

真横に倒された視界で勇虎は、最初の弾丸がバンパーの体を貫通するのを見た。

反撃する余地もないほどに、執拗なまでの連射だった。それでもバンパーは立ち続ける。地に伏す勇虎の頭上を、速度の殺された弾丸が通過していく。巨体の裏側から戦車の前照灯光が漏れ出す。掃射が止まる。

五秒。それがバンパーが作った猶予。

体の半分を失《な》くし、壊れたカカシのようになってもなお直立するその後ろ姿を見て、勇虎の頭の中で、何かが壊れた。おそらくは、軛《くびき》。テレポータリゼーション社会が存続するために、人の深層に念入りに刷り込んできた安全装置――それが完全に砕け散るのを、勇虎は感じた。

オブィェークト一四八は一二五ミリ滑腔《かっこう》砲を発砲した。

だが装塡手も操縦手も射手も、誰一人として、その瞬間すでに起きてしまったことを理解することはなかった。

搭乗員の胃の腑が、真っ先に寒々しさを感じ取った。次に、全員の体が座席から浮き上がり、絶望的な浮遊感がコクピットを満たす。勇虎と一緒に直上二百メートルに翔んだ戦車は、そのまま空に置き去りにされたのだった。

地表に戻った勇虎は、激しい搾汁疲労を感じながら、落下してくる戦車が地面に激突する様を、見届けた。

燃え上がる炎の熱を感じながら、勇虎はバンパーのそばにしゃがんだ。

「お前は俺が五秒で変われると本気で信じたのか……？　バカなやつだ。視野が狭いにも程がある。くそ……」

息絶えてなお力強く開かれたまぶたを、そっと閉じてやると、勇虎はジャケットを脱いで何割残っているかも分からないその亡骸にかぶせ、唱えた。

「ブレーキを」

勇虎は歩み始めた。

すでに背負ってしまった重さに耐えるように、背中を丸めて。

7

国境門の入り口付近で傷だらけの勇虎を見つけるなり、ナクサは声を張り上げた。

機銃をぶら下げた衛士たちが、非力なナクサに代わって勇虎に肩を貸した。

「イサトラっ！」

涙まじりの声が、耳にキンと響いた。その小さな体は、有無を言わせず彼を抱きしめる。柔らかい腰骨。ちょうど胸の辺りに降りる熱く湿った吐息。顔を上げたナクサは大泣きしていた。

「イサトラ……私、何もできなくて……」

返答に窮した勇虎は、やがて彼女の背中にそっと手を回し、柔らかく圧力をかける。

「あなたがもし、帰ってこなかったらって……」

「そりゃ、そうだ。俺がいなきゃ沖縄まで、誰がお前を連れていくっていうんだ」

「バカ言わないで」

茶化したつもりだったが、愚直な怒りを浮かべるナクサには逆効果だった。それから息荒く、小さな拳が勇虎の胸を打つ。

「あなたにただ生きていてほしいと望んではだめ？」

勇虎の両腕は血塗れで、皮膚の色はほとんど残っていなかった。ナクサが心配そうに覗き込む。

「本当に、大丈夫……？」

勇虎は無言のままうなずく。

ライトアップされた駐車場には五十台ほどのトラックが整列しており、物資の積み込み作業が急ピッチで進んでいた。高速に最も近い位置に座すヴォイジャー号。その付近でヘッドバンドを巻いて指示を出していたリアは、勇虎に気づくと駆け寄って肩を貸した。

「ひどい怪我。車内で消毒するわ」

額に溜めた汗を程よく筋肉のついた肩へと流し、リアはこの混乱の中、勇虎の体重を支えてくれる。

ヴォイジャー号のキャビンで缶詰サイズの小型機械を組み立てていたマフラーは、勇虎を見るなり救命箱を開け、消毒液と簡易麻酔を取り出した。

「治療、できるのか」

「このSAには緊急避難医務法というのがあって、緊急時には誰でも医療行為が行えます。だから僕のは、その、独学です。……怖い、ですか?」

「いや。君ならきっと大丈夫だ」

点在する紅い輝きは、街の灯りではない。マフラーは匂ってくる焦げ臭さから逃れるように、水色のサージカルマスクをつけた。

「一緒にいなくていいの？　心配なんでしょ？」

リアは花壇に座るナクサを見下ろして言った。この殊勝な娘は、勇虎の治療の邪魔にならないようにと、わざわざ移動してきたのだ。

「マフラーになら任せられるから。それに私は、イサトラを巻き込んだ厄介者だから」

膝の谷間に頭を落とすナクサ。

厄介者、か。自分もきっとバンパーにそう見られているのだろう。リアはナクサの隣に腰掛け、肩に手を回して柔らかく抱く。

「巻き込んだと思うなら、最後まで責任を持つべきよ」

それはきっと、リアが自分に向けて言った言葉でもあった。

無言のままナクサが何度かうなずいて体を揺する。

「抱きつくくらい大事なら」

そうつけ加えると、ナクサはもともと赤い頬をより朱く染め、ダンゴムシのように体を丸める。

ヒトの心配をしている場合か――。リアはグランドツアーの兵站長として、ドスの利いた声で各方に指示を飛ばす。エビナの特産品であるイチゴ酒と干し豚の積み込みと並行で、兵器類も普段の倍積ませ、警備の激励もおこなった。

(兄貴にどう思われてるかなんて、今更気にしたって仕方ない。これは兄貴の初舞台。私はその大船に乗るんだ)

男性がハンドルを握り、女性が助手席に座る。ロードピープルが発足した当時、長距離輸送トラック運転手の大多数が男性だったことに端を発する、いびつなルール。

しかしリアの運転技術を誰より認めているのは、他でもないバンパーだった。シメシをつけるために彼は決してリアにはハンドルを握らせず、自らがやがて国長となって稟議書を提出することで、その男性社会的不文律を破壊する。そういう手筈なのだ。

(早く戻ってきてよ。お兄ちゃん)

今日はバンパーの初舞台。だからいつもより少し素直に、お疲れ様と言うことができそうだった。

その頃、勇虎の応急処置を終えたマフラーは、スタンドアロンのコンピューターによって管理される街の各セキュリティを見るために、国境門付近にいた。

その時、彼女の瞳は一台の車両が走り来るのを、遠目に見た。車両はハザードランプを三回明滅させたので、味方だとわかり車両用の門を開いた。

傷だらけのレンジローバーの運転席から降りてきたのは、国長――ラジ沙門だった。マフラーは衛士とともに数名がかりで駆け寄り、血塗れの彼の体を支えようとする。服はズタズタだったが、触診するうちに一切傷がないとわかる。

「私はいい。大丈夫だ」

ラジが目を見開いて言った。白い眉が筆のように歪んで鋭い瞳が露わになり、マフラーは息を呑んで後ずさった。老いた瞳の中に、日本刀でも隠しているようだった。

「グランドツアーは私が牽引する」

「沙門御自《おん》らが？　でも、バンパー兄さんは、」

そこで言葉を切ったマフラーはラジを一瞥し、たったそれだけの仕草で、今必要な全ての情報を汲み取った。そして感情が膨れ上がる前に、息を止めるように心に鍵をかけた。

泣くことなど許されない。

彼女は自ら進み出て、理性の奴隷となった。

蓋のない缶箱には、クッキングシートを中敷にして、米の塊と卵焼き、漬物、素焼きした鳥などが詰められていた。

「お腹、すいてるかなと思って」

ちょっと頬を赤らめて缶箱を置くナクサを見て、勇虎は笑った。それがどういう感情か分からないまま、それに笑うと全身に痛みが響いたが、それでも笑った。

「どうして笑うのよ。嫌。本当に心配だったのに」

ナクサの言葉は真剣な怒りを帯びている。

こんな有事に、真剣な話などしたくはなかった。きっと最後の瞬間まですべきじゃないってことも、わかっていた。

「なぜ、俺を心配するんだ」

勇虎はナクサの瞳を見つめ、訊ねた。

「俺はただ、俺を見捨てた母みたいになりたくないだけ。自分に幻滅しないために、自分のために、お前を助けているだけなんだぞ」

ナクサの答えはシンプルだった。

「超えてるでしょ、とっくに」

それだけ言って、胸を張った。張る胸などどこにもないのに、彼女はこれまでで一番誇らしそうだった。

「そんなことよりも、ほら食べて！　燃料が切れたらどんな兵器もガラクタじゃない。いつ何時も武器の手入れを欠かしてはいけないわ」

そうだ。こいつはいつも本気で戦っていた。ナクサはあのとき自分を〈旦那〉と定め、古典テレポートを覚醒させた。命の半分を差し出したのだ。発作症状が寛解したのも、きっとナクサという支えが加わったからだ。

偽善とか優しさとかお人好しとか、もうそういうレベルをとっくに超えてしまった。とっくに超えるほど関わってしまった。一蓮托生。それならば、信じるしかないではないか。互いに想い合う以外に、互いに心配し合う以外に、どうしようもないではないか。

勇虎は深くうなずくと、

「一つもらうよ。その前に手を……」

消毒液のボトルに手を伸ばした。

その時だった。

国境門が一瞬にして燃え上がり、守りを固めていた衛士がバリケードごと吹き飛ばされる。火達磨になった体が補給用のガソリンタンクに降り、二次被害をもたらした。間をおかず、ミサイルのようなものが撃ち込まれ、別のトラックが横なぎに転がる。それが隣の列のトラックへとぶつかり、双方を巻き込んで爆発する。

熱波は、勇虎とナクサの足元にまで届いた。

――グランドツアー、出庫!!

猛々しい声が轟く。それはヴォイジャー号の無線機から、全車両に通達されていた。

ロードピープルたちは一斉に各々のマシンに乗り込み、エンジンを唸らせた。

ヴォイジャー号が急発進を始める。勇虎が危うく投げ出されそうになるナクサの体をキャビン内に引き寄せると、そこへ走り来たリアも飛び乗った。

「クソ兄貴！　置いてくとかありえないから！」

勇虎は伝えようとした。声をかけようとしたのだ。だが矢のように銃座へと突き進むリアを止めるための言葉が、どうしても見つからなかった。

ハッチが開きジャッキが上がり、銃座は射撃位置につく。

その時、ヴォイジャー号の車体が上下に激しく揺れた。ランブルストリップスと呼ばれる地面の凹凸に、タイヤが乗り上げた衝撃だった。

「ぶっかませーッ！」

ハンドルを握ったリアの瞳は、追撃とおぼしき大型二輪《バイク》の軍団を捉えていた。ラジから

敵は『ロードピープルの世界を根源的に揺るがす存在』だと伝えられている。道理はわか

らない。だがラジは、信用に足る存在だ。躊躇することはなかった。

一台のバイクが後続車両を追い抜いて接近する。ヴォイジャー号に勇虎とナクサが乗っていることがバレているのだ。二人乗りのバイク。その後部座席の敵が、クッションの上で立ち上がった。走行中は絶対にとらない、異常な光景。何かがやばい。

敵はヘルメットを投げ捨てた。

露わになったのは少女の顔。地面を跳ね飛ぶヘルメット。はためく赤毛。年はマフラーと同じくらいだろうか。あどけない覚悟を宿した目つき。戦いというにはあまりに不釣り合いな相貌。

少女は両手の人差し指を耳の穴に差し込み、耳を塞ぐような格好をした。

リアには覚悟がある。同族を守り、国長に従う。ロードピープルとしての覚悟が。だから引き金を引いた。

直後少女はバイクから飛びのいた。

撃ち抜かれ、コースアウトして爆発するバイク。その上空で一瞬、凧のように飛翔する少女。

次の瞬間には、少女は四つん這いの状態でコンテナの上に取りついていた。

古典テレポート。理解はしているがやはり間近で見ると、突如何もない場所に人体が出現するのは、異様である。

リアは照準を移すべくハンドルを回すが、少女の翡翠色の両目はすでにこちらを捉えている。照準設定が間に合わない。少女が姿勢を低くしたまま、再び両手で耳を塞ぐような格好を取った。

リアは目を瞑った。

だが、死は訪れなかった。

リアの視界が次に映したのは、バラバラに分解された少女の肉体と、その破壊の中心に立つ男の——勇虎の背中だった。勇虎は首と腕に絡みついた少女の内臓を振り落とすと、真っ赤に染まった顔で振り返る。

ゾッと、リアの背筋に怖気が走る。これが、これが、テレポーター。

これが、震える子——ッ！

「リア姉！」

マフラーがコクピットの助手席から身を乗り出して叫んでいた。

リアは後方に視線を戻した。

勇虎が歩いてきて、すまない、とこぼした。

見ればはるか後方。火の海になったエビナSAの駐車場に五十近くあった編隊の大部分は置き去りにされ、ついて来れているものはわずか五台。その後方から、追っ手のバイクが二十台ほど接近してきている。

「取りつかれたら今みたいに俺がやる。あんたは遠くの敵を頼む」

背後で刻まれる、勇虎の声。それはウインチの回転音の如く重苦しい響きがあった。

「ねえ、すまないってどういうこと」

「リア、敵がいる」

「今運転してるの、兄貴だよね？」

車体が上下に激しく震える。車体がまたランブルストリップスを踏んだらしい。

「兄貴はああ見えて、もっと滑らかな運転――」

リアが銃座を離れ、姿勢を低くしながら勇虎の隣を通り抜ける。

その時、ヴォイジャー号が大橋に入った。ハンドルを握るラジは窓から頭を出し、後方を見やる。その視線と、コンテナ上から見下ろすリアの視線が、重なる――。

ラジは己の心をセメントのごとく固め、助手席のマフラーにもまた同様の仕打ちを強いた。エンジン音さえ凌駕するほどの、リアの叫び声が聞こえる。

それを心の遥か深淵へと追いやって、タイミングを見計らう。

マフラーの手に握られた、無線機型の起爆ボタン。

ラジが再度後方確認をした。五台目のトラックが橋を通過したことを確認するが早いか、彼は叫んだ。

「爆砕！」

ラジの声に呼応して、マフラーが起爆ボタンを押した。

次の瞬間、十二本のコンクリート支柱に仕掛けられたダイナマイトが爆発し、橋は追手もろとも奈落の底へと崩れ落ちていった。

灰色の塵煙を上げながら谷底へと落ちていく大橋へ、コンテナ上から今にも飛び立ちそうになるリアを羽交い締めにしていた勇虎は、運命に抗議する言葉さえ失った彼女が力なくしゃがみ込むのを見守った。

やがて勇虎はリアの、その怒るでもなく責めるでもない、純粋極まる『問いの視線』と対峙した。

勇虎は怯えた。リアの瞳の中から無数の亡者が、ただじっとこちらを見ているみたいだった。

8

残された五台のトラック――ヴォイジャー号、ディスカバリー号、東洋物産号、エネオス号、おくすりビレッジ号――はそれぞれ銃座、武器庫、食料庫、燃料タンク、医療品倉庫を担っており、長距離移動に必要な最低限を備えていた。加えて勇虎たちとマフラーを除く乗員十九名は全員が灯火隊《トーチ》所属のため、牽き者不在の道中であってもラジによる統制がある程度取れていたが、言わずもがなバンパーの喪失は大きかった。

踏み込んだ国土廃棄物、トウメイ高速道路。

目的地の鹿児島の佐多岬までの距離、一千四百十六キロ。

西進しすぐイセハラ関門に達した一行は、そこでディスカバリー号に積載された武具の一部を対価に、追撃があった場合食い止めてもらう『保険』を取り付けた。それも〝〈炭なる月〉が線動《ラインムーブ》的な追撃をする〟という無理な仮定に立った話だ。気休めである。

だが気休めこそが必要だった。今いっときアクセルを踏み続けるために、焼けつくような痛みを胃の底に埋める、麻酔のような気休めが。

キャビンにはリアとマフラー、そしてナクサがいた。灯油の温存のためにランタンは使わず、太陽光パネルで発電できるライトの弱々しい灯りだけ。勇虎の手元には無線機が握られている。その先では二十人近い人間が聞き耳を立てている。

勇虎がバンパーの死の経緯について話すと、リアはマフラーを抱き寄せてその肩に縋り、二人は一つの影像のように互いを支え合って泣いた。ナクサもまた涙した。聞こえこそしないが後方車両全体が咽《むせ》び泣くのを感じた。勇虎はその嗚咽を聞かねばならなかった。彼らの、なぜお前は何もできなかったのかと言外に責める視線から、逃げることなど許されなかった。

嵐が去ったような沈黙の後、無線機に向かって口を開いたのはリアだった。

「これはもともと、兄貴の大事業だった。牽き者を成功させて御脚《ミアシ》の思し召しをいただけば、晴れて国長だった」

リアの目は勇虎とナクサを通り越して、遥か遠い虚空を、異なる世界を捉えているようだった。

「それが五台になっちゃって。仲間もいっぱい死んじゃって。ほんと。かたなしだよ。ねえ沙門。もうやめましょ。護送なんて意味ないわ」

「リア姉さん。それはだめだよ」

何も答えないラジの代わりに、マフラーが言った。

リアの虚ろに開いていた眼は、やがて槍のように引き絞られる。

「だって兄貴が死んだんだ！　こんな使えるかどうかもわからない〝切り札〟のために！　なのに、なんでそんな冷静な顔してられるのさ、マフラー！」

「納得してるからです。バンパー兄さんが、選んだことだから」

目元に涙の跡を残すマフラーは、されどその場の誰よりも毅然としていた。

曇りのない言葉でリアを宥《なだ》めると、知性の眼差しは次に勇虎を照準する。

「勇虎さん。こんなのはおかしいととっくに気づいてますよね」

ナクサも勇虎も、虚を衝かれたように黙る。

ジョルダン一人なら恐怖するだけで済んだが、今度のは次元が違った。

「麻薬密売組織なんてものより、もっと大きな話です。僕たちだけじゃない。ロードピープル全員の命がかかっているかもしれないんだ」

目先の恐怖にばかり追われ、本当に考えるべきことに背を向けていた。

〈炭なる月〉がナクサを欲する、本当の理由。

「なぜそれをお前の口から聞く？　なぜ当事者の俺たちより知ったような口ぶりで……」

「それは、僕たちが社会に寄生する、弱き民だからです。ラジ沙門はそんなロードピープル全てを守るおつもりだ」

話題を区切るように、無線連絡が入った。弔いの準備ができたという。

勇虎とマフラーは後部ドアを開き、並んで顔を出した。並走するトラックからも、灯火隊の隊員たちが顔を出している。マフラーは箱の中から金色《こんじき》のETCカードを取り出すと、高らかに言った。

「当然の報いだ」

「当然の報いだ」

灯火隊たちが復唱した。その声はエンジン音に抗い、暗夜行路に響いた。

「彼らは当然の報いを受けた」

マフラーの声を筆頭に、各員が同じ文言をなぞる。

「今日、大勢の同胞が旅立った。僕の兄、バンパー・グッドスピードも定まった場所に至った。走り続けた者は当然の報いとして運命の停止線に至り、厳かにそのエンジンの音を止めるであろう」

灯火隊たちは思い出せる限り、口々に散っていった仲間たちの名前を唱えた。

五台の大型車両が一斉にハザードを灯す。左右二つの炎は、暗道を切り裂く意志の光だった。そしてマフラーは排気ガスの立ち込める灰色の空気を、むせ返りながら胸いっぱい吸い込んだ。

「けれど魂の円環は車輪になりて、轍《わだち》を創られた。車輪は運命を回す歯車となりて、我々の明日を創られた。彼らが祝福されたのは当然の報いだ——ブレーキを」

「ブレーキを」

他の四台から赤、黄、青、三色の信号弾が打ち上がり、しばらく空を照らす。マフラーはゴールドのＥＴＣカードを手放した。風に持ち去られたカードは後方車両の前輪に呑み込まれ、粉々に砕け散って風と混ざり合った。

車が少しよれて、また安定した軌道に戻った。ラジが通路を通ってキャビンに入ってくる。

灯火隊の隊服に身を包むラジが、勇虎を見下ろして訊ねる。

「覚悟は決まりましたか」

そんな視線を向けるラジを恨んだ。この男がしていることは質問ではなく、確認なのだ。

勇虎は無言で首を縦に振る。

「では、次のアユサワ・ピーエーで」

ちょうどその時、車体が大きく揺れた。勇虎ももう、車が踏んだ亀裂の幅がいかほどか、そのぐらいは、わかるようになっていた。そして、そんな車内の、座ったり寝たりしている全員の体が振り子のように揺れる中でただ一人——立っているはずのラジは、まるで水中に沈む鉛のように、揺れの影響をまったく受けていなかった。

9

国家のレベルまで文明化したSAとは違い、休憩所を持つ停留所の域を出ない。ラジはアユサワPAの元締めの中年男から、物々交換で停留二泊を買った。二泊と言ってもひび割れ草むした駐車場に停車させ、廃墟のようなバラックで雨露をしのぐ素泊まりだ。

一つ山を越えた先にはゴルフ場があり、元締めいわく、複合リゾートの開発中だという。近辺の山道は一般道も含めロードピープルの領域なので広いには広いが、痩せた土地のため重要度は低い。

隊員たちがバラックに集まる中、勇虎は曲がりくねった山道を降りていた。

懐中電灯がなければ完全な闇である。

闇の中から狙う獣の視線がいくつもある。それなのに何ひとつ近づいてこないどころか、鳴き声も立ててない。彼らは鋭敏な嗅覚で勇虎の背負った血の臭いと、彼の抱く業《ごう》に、勘づいているのかもしれなかった。

「ラジに呼ばれたんでしょ」

闇の中で呼び止める声。

懐中電灯の光を反射して、リアのジャケットが位置を知らせた。

「そうだ」

「あたしは正直、あんたらの巻き込まれてることが、自分ごととは思えない。でもこれだけは言わせて。絶対に無駄にしないで。みんなの命。バンパーの命」

「俺の命ある限り」

リアは距離を詰め、深くうなずく勇虎の胸に拳を打ちつける。

「ここに、積み込んだんだからね。あんたの積載量がどんなかは知らない。兄貴の想いも、兄貴に託すはずだったあたしの想いも、ここに載せてもらうから。だから――」

かならず役目を果たして。リアの残した言葉を背負い、勇虎は勾配を下りきった。廃棄道路と廃ガソリンスタンド。そこからまた少し登ると、砂利が散らばる荒地が現れる。

ランタンの光が、その男の姿を闇に刻印していた。

オールバックにして露出した額にはやはり、バツ印の傷痕が刻まれている。

「私は、福岡県に拠点を置く商社の営業職でした」

ラジはジャケットの襟を正し、社会人に戻ったかのように勇虎に向き直った。

「独身で月に一度、スキーに行くことを趣味としておりました。テレポート能は容積、距離ともに凡庸。得意なことといえばスキーぐらい。しかし過信は災いの序章。ニセコ山で滑っている途中でコースアウトし、遭難してしまった。吹雪の日でした。雪崩が来ました。呑まれる寸前、私はもう一度コースアウトをしました」

「命の危機で、古典テレポートに目覚めたってわけか」

ラジはうなずいた。

「たとえ四肢を置き去りにしようと、万が一にも助かるためにはやむなしと思いました。しかし私は五体満足でコースの出発点に戻ったのです。その上奇妙な感覚が身につきました。それは震動。仕事で翔び回るたびに、膨出時に体が前後左右に引っ張られる感覚。平衡感覚の異常だと思って当初は、耳鼻科に通ったものです」

勇虎は自宅に置いてきた吸引機を思い出し、すぐ意識から消し去った。

「そこへ彼らが来ました」

「彼ら？」

「〈炭なる月〉」

勇虎は耳を疑った。ナクサとジョルダンの口から聞いた組織名だ。

「私はスカウトを受け、仙境峨眉《ガビ》山での修行を経て組織の〈戦士〉になりました」

「ま、待ってくれ。じゃあ、あんたは……あのジョルダンと仲間だったと？」

勇虎は眉根を寄せて詰め寄ると、ラジはゆっくりとうなずいた。

「二十年も前のことです。今の組織は、変わってしまった」

勇虎はラジから距離をとった。この男の奇怪さに、秘密組織という肩書きはよく似合う。

「彼らの真の目的地《ゴール》をご存じで？」

麻薬密売組織じゃないのか、と勇虎は低く言う。

「薬を流通させることで、大衆のテレポート能を麻痺させるという〈P1号戦略〉——ずいぶん昔に破棄されたプランです」

「じゃあ、目的地《ゴール》ってのは」

「テレポート社会の崩壊」

勇虎は絶句した。そして、遠くで燃える薪の火を見やった。海軍カレーの後片付けに追われる灯火隊隊員たちの姿が見えた。

ラジの話は遠方で瞬く炎のように摑みどころのない話だった。

「より正しく言えば、テレポートという現象を文明から未来永劫消し去ることです。温室効果ガスや核兵器を廃絶するように」

「なぜそんなことを」

「世界の消滅を止めるため——私も良くは存じ上げません。彼らは、キングが打ち立てた仮説に妄執しています。おそらくはそのために、ナクサ姫《ペネトレーター》の能力が必要なのでしょう」

一度生まれてしまった技術を消すのは、現代では、不可能に近い難業だ。

しかしテレポート史はまだ浅い。

約半世紀前の二〇二九年七月七日、グエン・ティ・ニーがホーチミンの覚林寺で、人類史上初の古典テレポートを成功させた。ベトナム乞士《こつし》派の精神修行をネット配信する際に起こった奇跡であった。

残念ながらグエンはその具体的手法を述する前に三度目の古典テレポートで帰らぬ人となったが、その〝気づき〟はネットを中心に加速度的に伝播。瞬く間に地球全土に広がることとなった。今や国際テレポート協約に批准する国は二百三十三カ国にのぼる。

「なぜ今なんだ。なぜもっと早く言わなかった。そうすれば少なくともバンパーは……エビナのやつらは！」

この男は最初からずっと本題を伏せていた。異様な力だけを見せ、それでいて勇虎をなにも導かなかった。

「すでにお気づきのはずだ。あなたは誰に連れて来られるのでもだめだった。あなた自身が来なくては」

「お前、それだけのために」

「それがどれほど重大なことか、ご存じのはずだ」

　そうだ。そのためにこの男は勇虎に悲劇を見せた。誤殺などとは比べるべくもない業を背負わせ、自《おの》ずから役目を戴《いただ》くように。自発的な決意でなければ、自意識をつかさどるテレポーターとしての成長は起こり得ないから。

「悪魔が」

　罵倒が虚しく口の中を空回る。なぜなら勇虎は罵倒の先に自分がこの男に何を求めるかを悟っていたからだ。

「ナクサは〈最終手段〉があると言った」

　その言葉を聞いた時から、勇虎は引き返すことのできない一本道を歩んでいた。

　勇虎は、きつく拳を握り込んだ。

「何があっても組織から逃げ切るつもりなんだ。何があっても、あいつ《あいつ》はあいつ自身を組織に渡さない。そのための〈最終手段〉……」

「ええ、はい。何せ、自分自身の命を人質に取るための最も確実な方法は、テレポーターならば誰でも知っていますから」

　ラジが低く言う。

ああ、やっぱり。他人から聞くのが一番キツい。テレポーターならば誰もが知る方法。それは国民の七十二％が免許を取りＷＢを運用する、テレポート立国と呼ばれるこの国の中にも、『裏技』として伏在している。

「片道ブラリ」

誰もが知っている。テレポーターはその気になれば、いつかなる時でも自分の命を断つことができる。異世界《どこでもないばしょ》を目指してテレポートすればいいだけなのだから。

ナクサは組織の蛮行を止めるためなら、死ぬ覚悟なのだ。

「俺は翔突事故を起こしてから、ずっと、生きる意味を忘れていた。心は空っぽのくせに、体が勝手に息をする。だけどナクサは、そんな空っぽの俺を求めた。感謝なんてしていないさ。はた迷惑なやつだと今も思ってる。でも、あいつは最初、私を助けるなと言ったんだぞ！　ゴミ箱の中からな！」

勇虎は無論、ラジに向けて怒鳴りたいわけではなかった。だが、ラジ以外にその想いを吐き出せる相手がいなかった。

「あんまりだ……そうだろ……？」

逃げ出したいとずっと思ってきた。自分は無関係だと何度も信じ込もうとしてきた。できるならば全て忘れて家に帰りたい。でも——。

忘れることはできないんだ。ジョルダンの肺を貫いた時の感触も、妹を頼むと言ったバンパーのいまわの顔も、何もかも全部。

前進する遺伝子と共に、背負わされた。

「赤川勇虎。ナクサ姫はあなたを〈旦那〉に定めました。それがどういう意味かお分かりで？」

「『半分を差し出す存在』と言っていた」

「そうとも言えます。旦那の語源はダーナ。サンスクリット語で『与える』の意、そしてこの語は『提供者《ドナー》』に通ずる。彼女は当初、あなたを利用しようとしていたかもしれない。しかし今は――」

駐車場で再会を愛しんだ震える声。心に埋めていた心配。自分のことでせいいっぱいなはずなのに、彼女は勇虎の分まで泣いていた。

震えていた自分自身の両足が今、ぴたりと地についたような気がした。自ずと姿勢が伸び、自分が今ここにいる意味を理解する。

「あいつを絶対に死なせない。俺はそのために前進する」

暗中模索の進路が定まったような、愚直な物言いだった。

「氣空道《きくうどう》には何ができる？」

ラジは微笑を浮かべる。

「〈戦士〉級相手ならば生身で。〈奥義者〉級であっても、古典テレポートを操る者が扱えば、少なくとも戦えはするでしょう」

勇虎は持てる限りの敬意で腰を折った。

「俺にそれを、教えてください」

「無論」

ラジの受け答えに、勇虎は凜として顔を上げる。

「あなたには宿命の轍が備わっていた。なぜならあなたは、最初に巻き込まれた人間だからです」

勇虎は体を起こし、ラジを見つめた。

「もうそうは思わない。ナクサを助けたのは、俺の意志だ」

「いいえ。巻き込まれたのです」

だが、この後に及んで勇虎は、まだ甘く見積もっていた。

己の四肢に絡みつく、業の深さを。

「三十一年ぶりの翔突事故は、〈炭なる月〉による統一信号網《コンステレーション》への五十一%攻撃の、たった一度の成功例。あなたは国際テレポート協会《ITA》と〈炭なる月〉の水面下の戦いに引きずり込まれた、不遇の被害者なのです」

10

スキーは、エネルギー変換のスポーツだ。リフトに乗って高所まで上がる間、人は位置エネルギーを蓄え続ける。そして人間は傾斜を下ることで、位置エネルギーを移動エネルギーへと変換しながら加速する。変換は勝手に行われるが、時にスキーヤーはその変換の方向を自在に操らなくてはならない。

ラジは仄かに光を放つPAを一瞥すると、勇虎に視線を戻した。

「テレポート社会が崩壊すれば、〈死の黎明期〉よりずっと大きな被害が出ます。そうなれば国土交通省の支援も止まる。社会が破壊されれば高速は、SA同士が物資を奪い合い、滅ぼし合う地獄へと変わってしまう」

だからこそ灯火隊は勇虎たちを守ると言った。ロードピープルは、ロードピープルを見捨てない。第一の掟である。

「俺と〈炭なる月〉をぶつけて、テレポート社会を守るために協力させるってことか。しかしなぜ俺なんだ」

「あなただけ、ということはありません。国内外に三種類の候補がいた。第一に、テレポート適性の高い遺伝子を持った者。これに出会える確率は、天然のアオカビからペニシリンを採取するのと同程度の確率で、期待値はかなり低かった。第二に、政治的、および社会的に追い詰められ、命を賭してでも異世界を掴もうとする者。そして第三に、テレポートによる膨殺を経験している者。この二者に関しては、いずれ接触があると確信していました」

「でもなぜ、事故の経験が重要なんだ」

「膨殺は、外から人を害することとは一線を画します。他人を膨殺した際、あなたは人間の物質性を否応なく感じたはず。つまり人なら誰しも抱く『人体を特別な物質として扱わねばならない』という枷から、脱却しおおせたのです。これはテレポート事故を経ることでしか得られないある種の落伍。しかしその落伍が、自認の強度を底上げするのです」

テレポート社会を支えているのは、テレポートが箱の中でしか行えないという極めて強力な暗示である。社会的規範の内にいる者は、どうしてもその暗示に縛られる。

「経緯はわかった。しかしその氣空道、どう学ぶ」

ラジはうなずくと、一礼をした。それから左足を上げて折り曲げ、両手は胸の前でそっと合わせ、ヨーガの片足立ちのポーズを作った。

「私を倒してください」

ラジは片足立ちのまま地面を指さした。

勇虎は太い木の枝を拾い上げると、ラジの脇腹に差し向けた。強く押してもラジの体は揺らがなかった。勇虎は次に、大きく振りかぶってラジの軸足を叩いた。やはり体は揺らがない。しまいには木を投げ出して体当たりしたが、微動だにしない。

「足が根を張っているように動かない……あんた木か」

「これは柔にして剛にあらず。衝撃は私の体を伝い、背骨の一つ一つで方向を変えながら、足元から地面へ逃げていきます」

「ヨガでもやれと……？」

異常な技術だが、それは依然奇術の域を出ない。

ラジはかぶりを振った。

「氣空道の根幹は〈舵《ステアリング》〉、すなわち力の流れを支配する動的技術です。これを思考の動作であるテレポートに適応する」

ラジは話しながら、荒地のさらに奥へと歩き始めた。深まる闇に呑み込まれていくうちに、山吹色の雪駄がぬかるみを踏み始める。

「ここにはかつて山砂利砕石混合プラントがあり、そこに温泉水が流れ込んで液状化しました」

適当なところで止まると、岩場にランタンを置き、振り返る。

「あなたが上空千メートルに翔んだとします。着地する頃にはあなたは弾丸になっている。なぜですか？　高所に出現した時点で莫大な位置エネルギーを獲得したからです。そして落下という古典動作を経て、位置エネルギーは速度エネルギーへと変換される。その運動状態は、縮入・膨出を経ても保存されます。たとえば一度高所に膨出した直後、すぐに低所に戻ったとしたら、どうなりますか？」

「すぐに戻ったなら、下降するエレベーターが止まった時のように、体がわずかに下に引っ張られるようになるだけだ」

「コレクト《ただしい》」ラジはとても日本人的な英語の発音で言った。「私も、あの感覚はひどく懐かしい。では、高所に膨出してから、地表ギリギリまで落下した後、別の地表に翔ぶ場合はどうですか」

「そんなの、試したことは……」

ナクサの体力が戻らないのは、地上四千メートルから落下した際に対蹠テレポートを行い、真逆の重力と釣り合わせることで落下の速度を相殺したからだ。もし高速で落下する状態から地表に翔んだとしたら、どうなっていたか──。

「ぺしゃんこだ」

「コレクト。通常のテレポートでは、体が帯びた『速度』を殺す術がありません。しかし氣空道を用いれば、『速度』は殺せずとも、その方向を変えることができる」

「できるはずない！」

勇虎は言った。強く踏んだ左足が、バシャと泥をはね上げる。

「どうしてできないと決めつけるのですか。あなたらしくもない」

「買い被ってくれてありがたいが、あんたの曲芸がテレポートに適用できるとは思えない」

「その人には可能よ」

勇虎は振り返った。半分焦げた布切れをマントのように纏ったナクサが、突き出た岩肌にぴったりと足を揃え、人魚姫のように座っている。

「あなたが、単騎では無敗と言われていた〈騎士《ナイト》〉だったのね。死んだと聞かされてたけれど、組織を抜けていたなんて」

「お前、いつからいたんだ」

「最初から」

ラジに向いていたナクサの視線が沈んだ。

「やっぱり、そうだったのね。キングの計画には先があった」

「気づいていたのか？」

「まさか。キングは難しい人なの。でもこれでいっそう、戻れなくなっちゃったわね」

ナクサは勇虎を見て、苦笑いした。

「あなたの決意も見届けたわ」

勇虎は赤面して、羞恥心をすすごうとしたが、無理だった。

追い打ちをかけるように、真剣な表情のナクサが言う。

「茶化さないで」

「うるさいな」

むず痒い心臓を抱えたまま、勇虎は8の字に歩き回った。

「ラジ、私の運命を代弁してくれてありがとう。テレポート社会の転覆なんてことが起こったら、間違いなく大勢の死者が出る。絶対に止めなきゃ」

「なんでいるって言わなかったんだ」

ナクサもランタンに火を灯した。液状化し、沼のようになった地面が照らされた。

ナクサはランタンを岩の上に置くと、ラジに敬意を込めお辞儀をした。それから勇虎を見上げ、大きな目をどことなく潤ませ微笑んだ。

「だってこっそり応援するつもりだったんだもの」

「……余計なお世話だ」

そっぽを向いた勇虎の視線はラジが引き取った。

「赤川勇虎。実のところ誰しもすでに動作法たる〈舵〉をおこなっています。国際テレポートの経験は？」

「歩荷《ボッカ》だった頃は仕事で何度か」

難民問題を背景に、国際テレポートは非常にシビアになっており、各国領事館が占有する国際WB便を通す必要があった。

「太平洋回廊を使って、何度か」

洋上二基の中継WBと、ハワイの基地局を利用した回廊。

貿易の仕事は単価が高い反面、厳重な防疫が施され、拘束時間も長かった記憶がある。

「結構」とラジはうなずいた。

「WBで膨出する時、我々は必ず『直立して静止』する。しかし考えてみてください。地球は外周約四万キロの球体。赤道近傍であれば、三千三百キロごとに経度が三十度変化します」

三千キロ——正確には直線距離における三千四百二十キロは、労基が定める一回あたりのテレポートの限界距離。日本にはペネトレーターがいないので、例外は存在しない。

「ではなぜ、我々の体は三十度傾いて膨出しないのでしょうか」

ラジは畳み掛けた。

「それだけではありません。地球は常に自転し、公転もしている。あなたが立っている位置と私が立っている位置でさえ、ほんのわずかに受ける力のズレが生まれているはず。立っている場所が違えば、我々は異なる向きに進む列車に乗っているのと同じではありませんか。それなのにどうして膨出した先で、WBの壁に激突せずにすむのでしょう?」

そういう細かいことは、WBが調整してくれているのだと思っていた。

だがテレポートはテクノロジーではない。

ヒトの——思考の所作だ。

「それは、我々が地球を『絶対座標』とみなしているからに他なりません。しかし世界は地球の外にも広がっている。宇宙を基準とすれば、我々の体は常にとてつもない速度を帯びている」

勇虎ははっとして顔を上げた。考えてもみなかったことだ。

「我々のテレポートは、地球を基準にしている。もっと言いましょう。我々は体感では決して気づけない惑星単位でかかっている力学的エネルギーを、無意識のうちに膨出先で静止するような状態に変換している」

「無意識に変換……？　なぜそんなことが」

「わかりません。ただそうでなくては、我々は膨出するたびコリオリの力に振り回され、まともにテレポートすることなど不可能でしょう。しかし現に――できている。この、でき、て、い、る、ということが重要なのです。プラセボ効果や自由意志の定義と同じように、証明を経ずして一般化されてしまっただけで、おそらく人類の空間認識が惑星での生存に適した様態へと、自動補正されているのです。故にその様態をコントロールできれば――」

位置エネルギーは速度になり、速度は衝撃力へと変わる。

ラジは静かに告げた。

「……」

勇虎は暗いオレンジ色に染まる両手に視線を落とし、空気を握り込んだ。それから、ランタンの横に座るナクサに目を向ける。ナクサは一度だけうなずいてみせた。

「まだ古典テレポートが安定しないんだ。下がっていてくれ」

正直、ほとんど理解はできていない。だから自分に今言えることは、これ一つだけ。

「五メートルから始める」

勇虎は二人を真空圧波の圏外へ逃がした。

そして深く息を吸って吐くと、自分の身長の三倍の高さを想像しノックした。地上五メートルからの落下は、瞬きする間もなかった。勇虎は自分が何をしているかもよくわからず、世界の知られざる祭り風景みたいに盛大に泥のしぶきを上げた。

二度目の挑戦では、着地の寸前で真横にテレポートすることに成功したが、やはり結果は同じだった。


明け方、泥まみれで戻った勇虎はキャビンで眠りについた。

正午、アシガラSAに入国。一日がかりで、主に医薬品に限定した交易と補給とをおこなった。アシガラ国は温泉地帯で、心身の疲労を癒すのには最適だった。ナクサと勇虎はやはり同室になったが、夜になるとラジがやってきて、温泉を貸し切って動作法〈舵〉の訓練に励んだ。

翌日正午前にゴテンバ関門を通過。シントウメイ高速道路へと舵を切る。ジョウシンエッ方面からの旅団七台との並走中、ほどなくしてビル群の乱立する都市〈百景団地〉が現れる。日本有数のベッドタウン。その摩天楼の隙間から、細く切り抜かれた富士山が姿を覗かせる。

シン・シミズ関門に達するとチュウブオウダン道でシミズ関門に移動し、トウメイ高速道路に乗り換えた。藤枝＝掛川間のトウメイ高速道路が、昨年の地震によって断絶しているためだ。

深夜に入ったニホンザカPAでも勇虎は訓練を怠らなかった。

そして翌日、一行は浜名湖に辿り着いた。

11

遊覧船専用の桟橋から湖に飛び込み、五十メートルから落下する。水面に叩きつけられるたび、勇虎は練習で幾度もサーフボードから海に落ちたことを思い出した。ボードは父のお古だったが、練習相手は母だった。母は非常に目が良く、波の動きを捉えられたので、いつしか父より上手くなっていた。

サーフィンは縦方向の力を斜めに受けて、滑りながら進む。原理はヨットも同じだ。自然力を推進力に利用するには、その一部分だけを取り出す必要がある。

水面に何度も叩きつけられるたび、脳が揺さぶられる。重力は執拗に彼を引っ張る。惑星のスケールに縛ろうとする。

勇虎が一旦桟橋に上がると、血色の良くなったナクサがタオルをかけてくれる。資源が豊富で、例外的に一般住民との交流もあるというハマナ国では、ボルテックスが手に入ったのだ。

問題なのは――そう。地球の確かさだ。それは地に足をつけて生きる全生命が持つ、生まれつきの感性。しかし対蹠者であるナクサは、地球を常に宇宙に浮かぶ球として捉えている。

超スケールの玉乗り状態。

だからこそ地球から投げ出されそうになる、絶望的な浮遊感と孤独に苦しんできた。

濡れてほとんど皮膚と一体になったシャツに、涼しげな潮風が吹きつける。この頃になると勇虎は、度重なる古典テレポートによって服がちぎれるため、スキニーとタイトなスポーツウエアしか身につけなくなっていた。

「何かつかめそう？」

ナクサの手からタオルを受け取ると、勇虎は桟橋に腰掛けて足を投げ出し、ゆっくりと首を横に振った。

風は、水面の上でぶらつく足先を乾かした。

「お前はすごい」

ナクサが訝しげな視線をよこした。

「熱でもあるの？」

「本心だ。重力の流れを掌握している。地球が球体だということを頭じゃなくて身体《からだ》で知ってる。俺はしょせん、頭で理解しているだけなんだ」

「キングは私を寝かしつける時に、いつも宇宙についての話をしたわ。惑星の並びとか、土星の輪の成分とか、超新星爆発とか。この髪飾りもね、キングに貰ったのよ。どう、綺麗？」

ナクサは銀の髪を持ち上げ、金やオニキス、真珠などをあしらった髪飾りを披露する。いつもは豊かな髪に隠れ、額に出た部分しか目に入っていなかった。

「またキングか……。お前の顔の一部として認識していたから今更わからない」

「ティッカというのよ、これ」

ナクサは顔を逸らし、湖面を指して言った。

「汽水湖《きすいこ》っていうのね」

真夏の日差しを受けて、水面がギラギラと照り返している。鴨の親子が沖へと泳ぎ出したが、見えない壁で遮られているかのように、ある一定の水域には決して近寄らない。

「海水と淡水が混ざっているらしいの。このSAみたいね」

ナクサが眠ってしまってからも、勇虎は湖面を眺め続けた。気づくと辺りは暗くなっていた。右肩には、ナクサの頭の柔らかい重みを感じる。底冷えする夜に勇虎は身震いした。ナクサを一旦寝かせ、立ち上がろうと足を引っ込めたその時、くるぶしから下が濡れていることに気づいた。満ち潮だった。

とっさに、勇虎は空を見上げる。

月だった。

月が手を伸ばし、水を、すくい上げている。

「ああ、そうか。そうか、そうか!」

勇虎は桟橋から泳いで距離をとった。そして百メートル上空へテレポートした。今までにない搾汁疲労が襲ってくるが、自分の体が加速していくのを、皮膚ではなく内臓で確かめる。落ちているのではない。地球が無数の手で勇虎を引いている。イメージを得た。イメージとは器だ。その空白の中に、後づけの知識が流れ込む。地表とは必ずしも〝下〟ではない。宇宙的に見れば、それは〝ある一方向〟にすぎない。

勇虎は自分を引くその手の一本を、意識の内側へと拘留した。

体はくの字に折れ、尻を下にして落ちている。いや、地球に引かれている。五十メートルほど引かれたところで再度水面付近にテレポートした。体は水面に接触した。が、水切りの石のように水面を三回跳ねて、沈んだのは四回目だった。

寝ぼけ眼を擦るナクサに向けて、勇虎は手を振って叫んだ。

勝利の雄叫びだった。


ラジは林道のベンチから、湖の様子を眺めていた。自分は老兵。もう待つことしかできない身。

鶏化手術はラジなりの、〈炭なる月〉とのけじめだった。組織を自ら抜けた者の末路は悲惨だが、ラジは追手を返り討ちにし続けた。

組織が七十九人の戦士と二人の奥義者を失った時点で、停戦の取り決めがなされた。

(友よ。アクセルよ)

ラジが自らのテレポート能まで差し出したのは、自らを受け入れてくれたロードピープルに万が一にも組織の手が及ばないための、保険だった。

しかし均衡は破られた。テレポート社会の完全破壊。まさかあの冷静なキングが、そんな極端な手段に出るとは。

相対崩壊とは、それほどまでのことなのか。

(私には後悔があります。組織から逃げ、自ら戦う力を捨てたという後悔。しかし振り返らないのがロードピープルの定め。ならばせめて――)

獣のような雄叫びが聞こえ、ラジは確信した。摑みかけている。『氣』を支配しつつある。

彼はやがて〝戦士〟になる。

ふいの物音に振り返る。草陰から一歩、何かが踏み出した。

「やっと追いついたぜ」

その輪郭は無数の包帯を引きずっていた。月光がその姿を照らし出す。ガスマスクを二つ、首元にぶら下げた少年。右半身は肩ごと脇腹の肉と腕を失い、半端に繫がった野戦服が裏返っていた。まだかろうじてある左腕も、肘から先は飛び出した骨が削れて、槍のようになっていた。

少年の微笑を見て背筋が凍る。その少年――カイリは、車輪神社で絶命したはずだ。

「なぜ、っていう顔だな。悲しいぜ。俺も〈学舎〉の出身。認知回廊でテレポート移動するぐらいはわけない。少しくらい認めてくれたっていいのにさ」

「……認めていますとも。その怪我で、よくぞここまで」

カイリが左上腕を振った。切断面から血が飛び散った。

「なんだか、言わせたみたいで申し訳ない。いいんだ。俺は落ちこぼれだからな。お前もそう思うだろ、マイル」

「まさかッ」

ラジの脊椎を、雷撃が駆け上った。マスクが二つ。どちらかがマイルのものだったとして、しかし今の彼の姿では、きつく固定されたガスマスクを死体から剝がし、自らの首にかけるのは困難を極めたはずだ。では、なぜそんな苦労を？

生きている。

い、い、い、
マイルはまだ彼の中では生存している。それだけではない。

「ラジ。マイルもご機嫌だよ。またあんたの顔が見れて嬉しいって」

「〈坐標《アートマン》〉を持ったのですね」

自己暗示や精神統一によって古典テレポートを身につけた戦士が、奥義者に昇格《プロモーション》するために必要なもの。〈坐標《アートマン》〉とは思考のラグなしに古典テレポートを行うための、精神の錨である。

「ここは潮風が気持ちいいな。マイル、二人で暮らそうな。あんな組織はやめよう。もう相対崩壊なんてどうだっていい」

「あなたはそのマスクを旦那にすることで、奥義者になった……」

「でもやめる前に残業手当分は働かないとな。こういうのは後腐れのない方がいい」

カイリは、何気なく自らの左腕へと視線を落とした。肘から先の肉は削げ落ち、尖ったえんぴつのように削れた骨が飛び出ている。

繭《まゆ》の中に潜んでいた蛹《さなぎ》が羽化して白く脆い翼を広げるように、カイリは視線をゆっくりと持ち上げる。

笑顔が消えた。

背後で鳥たちが一斉に飛び立った。茂みがカサカサと鳴り、虫の鳴き声が消え、波の音さえ失われた。

行かせてはならない。

この怪物を赤川勇虎と出遭わせてはならない！

カイリが短距離テレポートをした。ラジが直感で避けなければ、彼の左腕はちょうどラジの心臓に膨出していた。鎖骨が砕けただけで済んだのは奇跡だった。カイリの体が、地球の自転の何%かの速度で地面に激突した。およそ人の立てることのない、みしりという音。浅かった。カイリはすぐにその場を離れた。決死の古典テレポーターは、前頭葉が無事なかぎり、移動と攻撃を止めることはない。カイリは自分もろとも、大容量の空気を巻き込んで縮入したのだ。目の前に現れた真空に凄まじい風が流れ込み、ラジの肋骨を破壊した。気管が潰され、呼吸がうまくできない。再びカイリが翔び、ラジの左前腕の橈骨《とうこつ》と尺骨の間に膨出した。弾け飛んだ筋肉の残骸が、上腕から皮膚一枚で繋がって垂れ落ちる。アートマンを持ったカイリのテレポートには予備動作が一切ない。だからラジはもう彼の攻撃を防げない。

だが攻撃を受けてからのカウンターならできる。

そして氣空道は、反撃の術だ。

ラジは右腕でカイリの頭を掴み、膨出時に彼の体が帯びている力の釣り合いを乱した。地面に弾丸の速度で落下し、頭蓋を砕いた。

行かせてはならない。

自分がかつての狂気に戻りつつあることを感じた。ロードピープルの誇りが、彼を人に留めるただ一つの錨だった。

行かせてはならない。

赤川勇虎の歩みを止めさせてはならない。たとえその先に、どんな醜い未来が待っていようとも、この世界が進化の歩みを止めるよりはずっといい。

御脚《ミアシ》の歩んだ中央線が眼前に浮かび、眩《まばゆ》い青色の光が照らした。それはかつて道に生き、道をひた走った者たちが得てきた、光の啓示。

いけ、ということだ。

ラジは踏み込んだ。テレポーター相手に無謀なことだった。次の瞬間には、カイリの左腕が腹部を貫く。しかしラジもまた彼の体を掴んだ。カイリは反射的にテレポートした。

ラジはそうなることを知っていた。

最後に述べたのは、勇虎に対する謝罪。届かぬ懺悔。そして、己の魂の解放の悟り。

ラジはカイリの纏う力の釣り合いを完全に壊した。

二人は地球の公転から取り残された。客観的に見れば、第一宇宙速度の三倍、およそ時速十万キロで大気圏に打ち上げられ、宇宙空間に飛び出していった。

第三章　死の黎明期

連続でテレポートをすると、疲れや吐き気を感じることがありませんか？　よく体を丸ごと掴まれて、果汁を搾り取られているような気分と言われるのは、搾汁疲労と呼ばれる細胞の疲労です。

日々、大容積・長距離の移動を繰り返す産業テレポーターの皆さまは、非従事者に比べ搾汁疲労に見舞われやすいと言われています。この搾汁疲労、放っておくと倦怠感、吐き気、鬱状態、皮膚のひび割れなどといった健康被害をもたらすだけでなく、最悪の場合免疫不全や皮膚癌を引き起こす可能性も……。

これはテレポートがあなたの体を形作る三十七兆の細胞一つ一つから均等にエネルギーを奪取し、ミトコンドリアの少ない皮膚細胞や血球などが最初に損傷するため。

私たちは、そんな皆さまを応援します。弊社が提供するボルテックスは、飲料型、ブロック型、タブレット型の三種があり、フレーバーも多種多様。高浸透性栄養の当社製品は、細胞の一つ一つに、どんな食物より迅速に、最高品質のエネルギーをお届けします。

ボルテックス。

あなたの細胞に火をつける。

株式会社ボルテック　“No Distance LIFE” ＨＰより抜粋

1

インドネシアに基部を持つ軌道エレベーターの静止軌道に、国連保有の閉鎖型会議室〈スカイチェンバー〉は存在した。二体の美しいアンドロイドコンシェルジュが出迎えるエントランスに降り立った遠崎隔蔵《とおさきかくぞう》国土交通省長官は、円窓からのぞむ景色に目眩《めまい》を覚えて立ち止まる。地球が球体であることが目視ではっきりとわかるほどの高度に、遠崎は壁に手をつき、吸引機を口に当てる。

「協会の連中は、どうしてこうも高いところで話したがるかね」

遠崎の苦々しげな言葉を受けて、移動警察の若手総監、近松千畝《ちかまつちうね》が答えた。

「テロリストの襲撃を防ぐためかと思われます」

「君はよく冷静でいるな」

近松は両手を背中で組んだまま、平然と青い星を見下ろしている。

「自分はもともと、スカイスラムの出身であります」

「百階建てもお手のものか」

「千二百五十六階の豚小屋に住んでおりました」

考えただけで吐き気が込み上げ、遠崎は吸引機を二度押しした。

第一会議室には大きな楕円のテーブルに十三脚の席があり、そのうち四つがすでに埋まっていた。部屋中央の国連旗に向かって左側には万里の長城の映像があった。国連旗の奥にはロンドンの時計台が。そして遠崎たちの入室で、白塗りだった右手側が金閣寺とそれを映した鏡湖池に変わる。三つの異なる景色は違和感なく連結され、奇妙な一枚の絵画として共存している。

遠崎と近松はコンシェルジュに案内されるまま、金閣寺の前に腰を下ろした。

「遠崎長官、近松総監、御足労感謝します」

時計台を背に座る〈国際テレポート協会《ITA》〉会長のフレヤ・ファーが、低頭して言った。しゅっとした頬と尖った鼻、蒼く鋭い目をした、スーツ姿の五十代である。

「お貸しいただいた剛力《ゴウリキ》は、実に素晴らしい人材でした。まさか地上三万キロまでひとっ翔びとは」

噂をすれば、だ。オレンジのレーシングスーツにヘルメットを装着した女性が入室すると、まるで忍者のようにファーの半歩後ろに傅《かしず》いた。

「なんたって彼女は世界にたった三人しかいないペネなのですから。この中で一番の高取りですよ」

ファーと肩を並べる位置で、四つ脚の電動車椅子に座る痩せ男――副会長の白木《しらき》天馬《てんま》が、右側に麻痺が残る口元で、ジョークを飛ばした。

（ペネ……？　そうか、ではあの女性が協会の抱える脱輪――）

遠崎はその、ファーに恭順する妙な格好のバケモノへ、額に汗を浮かせながら精一杯笑みを作る。

そのペネトレーターの女性――グエン・チ・ミンは、ヘルメットを取って足元に置いた。美しい灰色の瞳と卵形の骨格を、スキンヘッドによって際立たせる彼女は、スーツの腿のジッパーを下ろし中から黄色い液体《ボルテックス》の入ったシリンジを抜くと、己の左上腕へと突き刺す。

よもや数百キロカロリーの溶液で、百七十キロを超える質量を高度三万キロメートルまで移動させられる時代が来ようとは、と、遠崎は末恐ろしさを感じた。

「さて、長官にお訊ねしたい。対象二人の行方はどうなりましたか」

遠崎はファーのその言葉を待っていた。

いや、覚悟していたと言うべきか。

「スーパーOV-iS七〇型を二機、向かわせました」

素知らぬ顔を保つ遠崎の隣で、近松が堂々と答える。

「向かわせて、どうしたのですか？」

「連行に応じなかったため撃滅せんとしましたが、失敗に終わりました」

ファーの両掌が、テーブルに叩き下ろされた。

「なんてことを……！　彼らは保護対象ですよ」

近松は一度ハッとした顔になり、そしてまた堂々と構えた。

「それならもっけの幸いですな、ははは ッ！」

ファーの蒼い目が、失望に曇る間もなく遠崎へ向かう。

遠崎は、彼女のその視線と真っ向から対立した。

「お言葉ながら赤川勇虎は、テレポート・ジャックの被疑者です。再三の警告も無視し、立ち入り禁止区域である高速道路へ侵入して逃亡を図りました。これを罰せずして何が法ですか。すべての揺らぎは、国を揺るがす大地震になる前に抑え込まなくては」

「この円卓で言い逃れは通用しませんよ、国土交通省」

ファーの視線が鋭く引き絞られる。

遠崎は無表情のままかぶりを振った。

「社会秩序を守るためには、〈脱輪〉の存在は是が非でも隠さねばならない。ご理解いただけているものとばかり」

近松がくるみ割り人形のように執拗にうなずいた。

「あなた方が守りたいのは右肩上がりの実質経済成長率では？」

ファーの指摘は正しい。事実、テレポートによる内需の円滑化を図った結果、日本の個人所得はここ三十年で大幅に改善され、バブル期の水準にまで返り咲いている。

「ファー小姐《シャオジェ》、まあ気を鎮めて。ニホンには伝統的な縦割り行政というモノがあります。そして遠崎先生、あなたももう少し真剣に〈炭なる月〉を止める方法を考えるべきだ」

万里の長城を背に座る男――太陽公司《ターヤンコンス》CEO――遥泰然《ヤオタイラン》は、流暢な日本語で宥《なだ》めた。上品な身なりと、食器のように整った白い歯が特徴の大男である。

遠崎は机をタップし、OViSのカメラ映像と移動記録のウインドウを呼び出すと、ファーとタイランの元へと指で弾く。

「なんてこと。これじゃあ戦争じゃない」

ファーは悲嘆に暮れる声を漏らし、うなだれた。

それは大井埠頭の監視カメラ映像に映り込んだ戦いの記録と、エビナSAでの惨事の一部始終。

　ファーの中にあった、キングと和解できるのではないかという淡い期待は、その瞬間に踏み躙《にじ》られた。

「ファー小姐、あなたは〈炭なる月〉の関係者ではなかったのですか？」

　タイランの平板な感じの問いに、ファーはかぶりを振った。

「私は橋本研究所の一研究員の娘に過ぎません」

「橋本研……六十年以上前に、テレポートの発生を予言した組織ですね」

　ファーがうなずいた。

「ええ。私の父は〈知識寡占〉の危険性に気づき、研究所を脱退して〈国際テレポート協会《ITA》〉を組織しました。でも、残念ながらその後研究所は、急進的な組織へと変貌を遂げてしまった」

〈知識寡占〉。その言葉に場の空気がひりつく。

「ここにいる我々は同じ戦禍にいる。協会は普及を、お役所は政治を、そして我々は事業を。これはテレポート文明を発展させるための、ひいては〈知識寡占〉を抑止するための共闘だ」

　タイランは、部屋中をぐるりと見渡して言った。

ファーは何度かうなずいて、ため息をつく。

「気がかりなのはシステムの脆弱性です。昨年十二月十一日午後二時三十二分、信号衛星がハッキングを受けましたね。なんでも三十一年ぶりだとか」

統一信号網《コンスタレーション》は、太陽公司を含む大手ゼネコン五社が共同開発した、約二十万機の信号衛星のP2P通信によって形成される交通ネットワークである。縮入元と膨出先の信号の同調をトランザクション処理することで、信号の安全性を担保するテレポートインフラの要である。

遠崎の追及に、タイランは眉をぴくりと吊り上げる。

「そのたった一度の瑕疵《かし》があったからこそ……極置二機の被害時差を利用したバックアップによって最大の懸念要素だった太陽フレアをも克服し、現在の無謬《むびゅう》の交通システムと相成ったわけです」

タイランは不敵な笑みを作ると、すぐに茶化すように笑う。

ファーは遠崎を見据えて言った。

「遠崎長官。私たちはあくまで一般社団法人。日本で実権を持つのはあなた方、霞ヶ関です」

「移動都市霞ヶ関。ごく少数の関係者を除いてその正確な場所を知る者はいない、まさしく霞に隠れた存在。こと防衛面では、こんなに頼りになる組織はない」

白木が興味深そうにつけ加えた。

「対象を保護してください」

ファーの言葉に遠崎はうなずいたものの、テーブルの上に張りついたいくつかのファイルを読み漁ると、重苦しい面持ちで言った。

「善処します。ただ、高速は危険な場所だ」

遠崎は頭を上げ、台風の目のような穏やかさをファーに向ける。

「すべてを制御下に置けというのは、いささか酷な要求かと」

2

濁流のような吐き気に襲われ、勇虎は堪えきれずに窓を開けて、胃の中身をぶちまけた。エンジンと車輪が起こす弾むような揺れが、自動車というものに馴染みのない彼の平衡感覚を、完膚なきまでに痛めつけたためだった。

「勇虎さん、危ない！」

不意打ちの声に窓から頭を引き戻すと、直後、コンクリートの壁が鼻先を擦った。車両がトンネルに突入したのだ。

「勇虎さんまで脱落したら、さすがに僕も諦めますからね」

運転席に座る少年、マフラー・グッドスピードは視線を進行方向に据え置いたまま、苦笑を浮かべる。

メーターは八十キロ前後を推移している。ヘッドライトの光だけで暗闇を切り裂き、高速移動する車体を御するのは、勇虎には、並大抵の神経とは思えなかった。

「目の見えない人間に、運転は厳しそうだな」

「運転は視覚ベースですからね。テレポートも同じですね」

勇虎はかぶりを振った。

「いや、視覚障害者もテレポート免許は取れるんだ。WBはDADコードを音に変換してくれる。ようは世界を把握できているかどうかだ」

その返答に、いささか驚きを見せるマフラーだったが、すぐにその事実を受け入れ、次のように語った。

「じゃあ極論として、この世界全てを〝覚えて〟いれば、テレポートに五感はいらないってことですかね」

——記憶は何より信頼すべき地図よ。

確か、ナクサもそんなことを言っていた。だが、テレポーターであるナクサの告げた真理に、こうも短時間で辿り着けてしまうものなのか。勇虎は目を丸くして返した。

「マフ、お前はたまに、ぶっ飛んだことを言うよな」

「へへ、光栄です」

照れ臭そうに言うマフラーの目元は赤く充血している。

勇虎は彼の眼鏡の奥を覗き込んだ。

「なあ……大丈夫か？」

そう訊いた自分が白々しかった。

案の定、平気です、と答えるマフラー。

勇虎は、はなからその答えを期待して訊ねたのである。その上、恥の上塗りとばかりに、次のように付け加える。

「引き返してもいいんだぞ」

「いえ……。あそこに留まる方が危なかったと思います」

マフラーの声がどこか自分に言い聞かせるようであることを、勇虎もわかっていた。

ラジが失踪した。

戦闘現場と思われるハマナ国の林道には多量の血痕とガスマスク、そして山吹色の雪駄が片方、残されていた。血痕はどこへも続いておらず、これを失踪と言うのはあまりに楽観的すぎるかもしれない。

捜索は二日で打ち切られた。

この事実は、誇り高い灯火隊《トーチ》の隊員たちに少なくない精神的ダメージを与えた。リアに至っては兄を失った心労もあったので、一旦点滴のために最後尾のおくすりビレッジ号に移動することになった。

直ちに代理の牽き者は灯火隊から選ばねばならなかったが、誰もが手を上げることをためらった。そんな中で立候補したのはマフラーだった。

リアの反対は、勇虎でさえ予想ができた。マフラーは整備部門として乗り合わせているのであって、灯火隊の正規メンバーではない。

しかしマフラーの意志は固く、グッドスピードの系譜ということもあり、灯火隊からは否定の声は上がらなかった。

*

かくして、移動を再開して半日。

たった五台のグランドツアーが、渓谷に差しかかった時だった。

突如、先頭のヴォイジャー号と続くエネオス号との間に、虚空から現れた岩石が割り込んだ。それは——およそ自然物とは言い難い、綺麗な切断面を持つ正六面体の岩だった。

正面衝突を避けるためにエネオス号はハンドルを切るしかなく、横転は避けられなかった。エネオス号運転手は鞭打ち症に見舞われ、後ろに続く三台も完全な足止めを余儀なくされた。

どこから来るかもわからない、狙撃のような攻撃。

何より重要なのは、動くことだった。

決断を迫られたマフラー・グッドスピードは、唯一動けるヴォイジャー号に希望を託しアクセルを踏んだ。

＊

耳障りな音で、勇虎は慌ててバックミラーを覗き込む。真紅の光が三つ、いや四つ、闇の中に不規則に揺れ動きながら、ヴォイジャー号の後ろにぴたりとついている。

「ＯＶｉＳ！　それも勇虎さん、あれは……九二型爆撃仕様です！」

「なんで交通整理ドローンに爆撃機能が必要なんだよ⁉」

ハンドルを切ろうとしたマフラーの肩に手を置いて、

「速度はそのまま、なるべく一定に保ってくれ」

「どうするつもりですか⁉」

「〈舵〉を試す」

勇虎はキャビンに移動し、ランタンを点けた。段ボールを積み重ねたベッドの上に、茶色いブランケットに包まれたナクサが横たわっている。彼女の小さな手を額へと押し当てると、熱い体温が流れ込んでくる。

ハマナ国入国以降、ナクサの搾汁疲労は回復傾向にあったが、感染症は数日間続いた低免疫状態を見逃さなかった。つまり彼女はハマナ国に着いた時にはすでに罹患し、病は彼女の中に潜伏していたのだ。

「待ってろよ。落ち着ける場所を見つけてやるからな」

ナクサは寝息を立てたまま勇虎の手を摑むと、ブランケットの中に引き込もうとする。

大きな衝撃が車体を揺らし、ナクサの体が段ボールの上で弾んだ。

「撃ってきてます！」

勇虎は射手を失い貨物カバーを被せられた銃座にぶつかりそうになりながら後部《リヤ》ドアへ進むと、木箱から鉄パイプを取り、グローブをはめる。

「開けてくれ」

マフラーの操作で後部《リヤ》ドアが開く。四機のＯＶｉＳが、装甲車でも撃ち抜けそうな図太い速射砲を向けている。

〈舵〉――肉体はジャンクション――速度は血液のように巡っている。

体内を流転する速度エネルギーを感じ、翔んだ。

最初の膨出で右端の一機を破壊する。時速八十キロを帯びたままの体。膨出と同時に〝速度〟を左手に移し、さらに鉄パイプへと移す。手から離れたパイプは矢のごとく撃ち出され、二機目を貫く。減速した体が車体から遠のく。地面に激突する直前、キャビンへと翔ぶ。膨出。同時に後部ドア側へと引きずられる体の速度を、グローブの滑り止めで床を削って殺す。いや、正しくは――車から速度を奪う。

再び鉄パイプを抜く。

翔び、翻り、巡らせ、穿ち――翔ぶ。

全行程、一秒足らず。

助手席へ戻ると、マフラーはハンドルを握りながら啞然とした顔を勇虎に向けた。

「あんなの見たことないです、まるで、空を……」

「翔んだ」

テレポートに〝翔ぶ〟という字が当てられたのは、半世紀前、こういうことが稀にあったからかもしれない。

「どんな感覚だったか！　詳しく！　教えてください！」

トンネルの壁にぶつかりかけ、車体が揺らぐ。いつも飯のことを考えているナクサもナクサだが、この少年も別の意味で欲求に忠実だ。

「怖くないのか」

マフラーは首を傾《かし》げた。

「俺が失敗して、お前の体を吹き飛ばすと思わないのか？」

「逆に僕が失敗して、車ごと海に突っ込むって思わないんですか？」

勇虎は小笑いしながら彼の肩を突く。

そうだった。わけのわからない技術を平気な顔で操るのは、お互い様だった。

やがて目の前に光の枠が浮かび上がると、勇虎は目を覆った。トンネルが通じていたのは、変形したガードレールが守る山道。眼下には、外界との線導経路を一切持たないタイプの閉鎖型山間リゾートが広がっている。

「うわあああ！」

マフラーの悲鳴に、勇虎の舌打ちが重なる。後方、通過した山の裏手から無数の九二型が飛来し、絨毯爆撃を開始した。

バックミラーに映る景観が深紅に呑まれる。

マフラーがアクセルを踏みこんだ。しかし炎の波は容赦なく近づいてくる。

勇虎は再びキャビンに出て、鉄パイプを握る。

その時——。

鈍い衝撃とともにOViSの一機が熱の海に呑まれ、回転するローターがガードレールを寸断した。一瞬のことで、まだ理解は追いつかない。ただひとつ言えるのは九二型は空中で内側から爆《は》ぜたのではなく、物質の衝突によって破壊されたということ。

勇虎は頭上を見やり、直ちに叫んだ。

「マフ！　上だ！　避けろッ!!」

太陽に、無数の穴が空いていた。

3

過装飾の僧服と電子ゴーグルを身につけた男が、座禅を組んだ状態で点滅していた。

僧が消えるのと同時に粘板岩の灰色の岩壁が抉《えぐ》れ、真空圧波が甲高く声を上げる。支えを失った天部は陥没し、重低音を響かせながら見渡す限りの荒野の砂埃へと還った。

僧は石製の曼荼羅《マンダラ》の上から一歩も動いていない。

正確には曼荼羅から尻を二十センチ程度浮かし、空中で『点滅しながら静止して』いた。

「センセ、ちょっとセンセ」

カウボーイハットの美女、シャーリーが英語で呼び掛けると、僧は滞空と点滅をやめ、二本の足で曼荼羅に立った。

「仕事先の人に私の電話番号教えた？　なんか私のとこにかかってきてたよ」

僧はうなずくと、耳元のつまみをひねった。電子ゴーグルの表示が絶対監視網から、通話モードに切り替わる。

『なぜ出ない』

ゴーグルのヘッドホンから、重苦しい声が漏れる。

「お電話いただきありがとうございます、キング。翔び回っていたので、接続不良でしょう」

『七回も掛けている。電気代の無駄も甚だしい』

キングはため息をついた。

『状況は』

「ちょうど今、囲い込みに成功したようです。D5倉庫。本当は空調が生きているD2にしてあげたかったのですが、なにぶん活きがよく」

そうか、と冷たい声。呼吸音と環境音が合わさった柔らかなノイズが、ゴーグルのオシログラフに微弱な震えを作り出す。

『カイリ・レングスが火星軌道で観測された』

僧侶はしばらく黙っていたが、あけすけに嗚咽を漏らした。可哀想に、と絞り出すように言って、ゴーグルの中に涙溜まりを作った。

「鹵獲部隊《アンパサン》は、彼で最後ですか」

『ああ』

嗚咽が一層激しくなる。するとシャーリーが通話中であることを顧みずに近寄り、僧の背中にそっと体を押し当てた。

「センセ、泣いてるのね。どこか痛いの？」

「ええ、とても――」僧は胸の真ん中に手を当て、掠れる声で告げた。「同じ志を背負った、勇敢な仲間たちでした。私が代わってやれたら……」

「センセ、死なないで。私たちのために」

シャーリーにきつく抱かれ、絞り出すように嗚咽を吐く。

『〈旦那〉も元気そうだな』

「……私は城。その城門はいついつでも開かれていますゆえ」

身を起こした僧は先の涙声とは一転、誇らしげに言った。

『君のやり方は知っている。女たちが、君にとってどういう存在かもな。だが、ポーンに続き鹵獲部隊《アンパッサン》までもが敗れた。同行者を、一般人と思うな』

「心配していただけて光栄です。なればこそ問い返しましょう。キング、あなたの良心はあと何センチ残っていますか」

シャーリーがカウボーイハットを振って、物陰に何か合図を送っていた。

キングの返答は少し遅れた。

『私のことはいい。城《ルーク》、いやアハンガルラ。君の城郭は盾であり矛でもある。だが動かぬ要塞は、決して乗り込まれてはならない。私は君を信じている』

「あなたを赦します、キング」

僧は涙で充血した瞳を見開き、言葉を重ねる。

「あなたが罪を犯してでも世界を赦すように、私もあなたの罪を赦します。ですからどうか──ご自責なさるな」

マイク越しに震える吐息が漏れる。

長い時間をかけて言葉を探した痕跡が、沈黙になって残った。

『ありがとう』

キングがそう告げ通信を切ったときには、僧の目の前には二十人近い女性が並んでいた。国籍や身なり、年齢はバラバラで、中には盲目の者や肌に痣を浮かせる者、鶏化《けいか》手術痕を持つ者さえいる。

「これから戦うんですか」

その中の一人、白装束にフードを深々と被った女性が日本語で訊ねる。彼女の表情は他の全員を代弁するように不安げだ。

「いずれ、その時が来たら」

春の陽光のような笑顔で僧が告げると、フードの女性は憤然として言った。

「みんな先生に拾われました。先生がいなきゃ、私たちに意味なんてないんです。だから

――」

そして女性は怒りを愛情に変え、僧の前に跪く。

「私たちを意味あるものでいさせて」

答えるまでもなかった。僧は無言のまま広げた腕で、全ての女たちを順に包んだ。それぞれの鼓動と体温を念入りに確かめるように。

4

金髪に煤をつけながらマフラーは、熱と煙を発し続ける鉄塊を覗き込んでいた。

「直せそうか？」

勇虎が訊くと、マフラーは曖昧に首を振る。

このエンジンという部品は、車にとってのまさに心臓に当たる部位らしく、その心臓の状況が悪いことは、仕組みを知らない勇虎にもわかった。

「にしても、攻撃がぱったり止んだな」

勇虎の視線が荒野の轍《わだち》を辿る。三百メートルほど先に正六面体の巨石が見える。あれが決め手でマフラーはハンドルを誤ったのだ。ガードレールを突き抜け、コースを外れたヴォイジャー号は荒野に滑り込み、ここD5倉庫に激突して停止した。

「攻撃するつもりなんて、なかったのかもしれませんよ」

ギラつく太陽と陽炎《かげろう》の揺れる砂漠地帯には、錆びて砂塗れになった戦車の残骸や、輪切りになった大型船舶が散在している。

「一体どこだ、ここは」

マフラーはグローブボックスから幾重にも折られた古紙を取り出し広げ、太平洋側の列島中腹を指した。

ファンデーションを宿す勇虎は、日本のあらゆる景色の繋がりをイメージできる。それゆえ俯瞰的で平面的な紙の地図というヤツには、生理的な違和感があった。

「国土廃棄物・愛静工業地帯です。世界最大の自動車工場群として栄えたらしいですが、衰退して今では、不法投棄場になっちゃってますね」

「アイセイ……待てよ。だとしたら、俺の……かつての職場の近くだ。外はこんなふうになってたのか」

勇虎はしゃがんでガラス質の砂をすくった。この砂漠は、線動文明の墓場だ。

マフラーはメモ帳を取り出し、おもむろに風景のスケッチを始めた。

「あれ全部、テレポートで移動させてきたものなのでしょうか」

「だろうな。工業用の非閉鎖式WB《ラインエポック》を用いれば、巨大な船舶でも何ブロックかに切り分けて運ぶことができる。線動時代の遺物は無駄に頑丈な作りだろ？　壊すより、捨てる方が安く済む」

「頑丈じゃなかったら僕ら死んでましたよ……」

倉庫の壁に穿たれた大穴を見つめながら、マフラーがそう呟く。

勇虎も流石に、ヴォイジャー号のタフさに感謝しないわけにはいかなかった。

ちょうど後部ドアが開き、ブランケットにくるまっているナクサがのっそりと頭を起こした。

「すごい衝撃だったけど」

勇虎が駆け寄ると、ナクサは周囲を一瞥したあと、掠れた声で水を求めた。これで備蓄は二十リットルボトル二本となった。

「まだ寝ていた方がいい」

勇虎はナクサの正面に腰を下ろした。

空き瓶にタオルを巻いただけの即席の枕が、絹のように煌めく銀の髪の隙間から、ちらりとのぞいた。

「ごめんね」

水を含んで幾分かマシになった声で、ナクサが言った。

「なんで謝る」

「私が巻き込んだことなのに。私が足を……引っ張ってる」

マフラーは様子を察したのか、倉庫の探索に赴いた。

勇虎は姿勢を落としてナクサのベタついた髪を手櫛した。

「聞きたかないな、そんな弱音」

テレポーターは搾汁疲労の管理も仕事のうちだ。しかしナクサがおこなったのは古典テレポートによる対蹠地《たいせきち》移動。それも二回。そして、ナクサがそうしていなければ、二人はとっくに地面に咲く薔薇になっていた。

「最悪、古典テレポートで、沖縄へ連れて行く」

「ダメ！」

病床の身に余るほどの大きな声で、ナクサが告げた。

「目に見える場所ならともかく〝地図〟を頼りに翔ぶなんて、五体満足でいられる保証、ないんだから」

起きあがろうとしてくるナクサの体をそっと押し返し、床へと戻す。

不服そうなナクサの瞳にはいつものような紅蓮が戻っている。

「その調子だったら、すぐよくなるな」

ボルテックスでは起こってしまった感染症は治せない。ヴォイジャー号に薬のストックはなかった。だからこそ勇虎は慎重に作り笑いをしてみせた。

じ、じじ、じ。

不意に断続的なノイズが耳に届いたのは、通信機材の故障のためかと思われた。しかし予想を裏切って音は繋がり、やがて、言葉を結んだ。

『——感謝します。ビショップ。私は機械に弱くていけません』

勇虎はコクピットに移動して、インストルメントパネルに組み込まれた無線機の音声を調整した。

『ご機嫌よう逃亡者の皆さん。私はルーク、あなた方の寛容なる隣人。この度は素敵なお話があって連絡差し上げました。オーバー』

こぶしの利いた中年ほどの男性の声。勇虎の意識は無線機に釘付けになる。

『まずは一つ、前提をお伝えしたい。左をお向きなさい。そこに、一〇《ヒトマル》式戦車の残骸が見えますね？』

勇虎は恐る恐る、ドアガラスの外に目をやった。庇《ひさし》から百メートルほどの位置に、無限《キャタ》軌道《ピラ》を備えた戦車が、細長い砲身を天に向けながら地面に埋まっている。

次の瞬間。甲高い音とともに赤茶色の刃が出現したかと思えば、戦車の砲身を切断したのである。

刃は直後、音もなく自壊する。

「……！」

勇虎の額を、大粒の汗が伝った。

『私の〈宝戟《ホウゲキ》〉に、驚いていらっしゃいますね。でも最初は皆、驚くものですから、どうか自分を蔑《さげす》まないでください』

勇虎は外に出て周囲を見渡した。人の姿はない。

どういうことだ……？

仮に肉眼で捉えられない速度で膨出と縮入をしていたとしても、『ホウゲキ』とやらが放たれた瞬間には、最低限、人間一人分の容積による真空圧波が起こったはずだ。

だがこの場に起こったのは『膨出』だけ。

それは人体のみが物質を運び得るという、テレポートの原則に反する。

『これが私の射程。おわかりいただけますね。私の〈宝戟〉はいつでもあなたの喉元に届く。オーバー』

「……オーバー」

プレスボタンを押し、勇虎はついに返答を投げた。

『声が硬いですよ。人生を楽しんでらっしゃいますか？』

「お前たちはなぜナクサを狙う。なぜテレポート社会を壊す」

『なるほど、確かにそれが分からなければ、難儀をしますね。では一つ、嚙み砕いた答えを用意しましょう』

余裕綽《しゃく》々《しゃく》という具合の、慇懃《いんぎん》な口調だった。

『あなたはすでにご存じかもしれませんが、人の命は古典テレポートの前にはあまりに軽い。人が人に殺意を向けた瞬間、向けた側か向けられた側のどちらかが死ぬ。今はまだ〈死の黎明期〉の記憶が抑止力になっているとはいえ、百年単位で見ればどうです？我々以外で古典テレポートの修行方法を確立する組織が現れない保証が、どこにありますか』

「まるで世界を守るためとでも言いたげだな」

『我々の究極、目的はテレポートから物の理を守り抜くことですから』

勇虎はゴクリと唾を呑むと、底無し沼に足を突っ込むような心持ちで言った。

「……俺たちにどうしろと」

ルークが話し終えてから数分間、勇虎は蒸し暑い運転席でじっと切断された戦車の砲身を眺めていた。

「勇虎さーん！」

興奮に満ちた甲高い声に、勇虎はドアを開けて応じた。

「中に！　部品がいくつかあって！　もう！　すごいことに――」

だが、マフラーが勇虎の異変に気づくまで、時間は要さなかった。

湧き上がった興奮をさっさと腹の底に仕舞い込むと、マフラーは、思考をさっぱり切り替えて訊ねた。

「何があったんですか？」

5

鉄床を突き破って生える、高さ十メートルに届く樹木。地面と水平にした掌をその幹へと当てがって、そのままの状態でノックした。移動距離は二十センチ程度で良かった。

直後、勇虎の指先が幹へと食い込み、樹木は砂を舞い上げて倒れた。

「どうしてわざわざ手を使うんですか？」

マフラーの問いに、勇虎は首を傾げた。

「つまり意識次第で自認領域を広げられるなら、例えばですけど、指の先から平たい自認領域を伸ばして……こう、空気の刃？　……で切断すればいいのに、とか思うんですけど」

相変わらずの非凡な発想である。

だが、勇虎は肩を竦《すく》めた。

「お前、指先から自分が生えてると思えるか？」

「いえ、僕はそんなキモチワルイ身体じゃないです」

「そのキモチワルイ妄想を、前頭葉が誤認するほど真剣に信じ込む必要がある。至難の業《わざ》だ。だからWBは洗脳に近い形で自認を補助していた。そうでもしないと意識が分散して〈置き去り現象〉が起こるからな。俺は体をパイ生地で包むみたいにさ、皮膚からせいぜい五センチを自分と定義するだけで精一杯だ」

「そっか」合点がいったように、マフラーは手を打つ。「だからヴォイジャー号のキャビンには足跡状の穿孔があったんですね。でもナクサさんを連れて翔んだことがあるんですよね？　ご自身のルール崩してませんか」

勇虎は壁際で休むナクサを一瞥する。

漫画喫茶での古典テレポートがどれほど無謀な行為だったか。そしてその無謀さの尻拭いを、誰がしたのか――今の状況が全て物語っている。

「死ぬよかマシな選択だっただけだ」

前を向く、そう決めたはずの胸にまとわりつく後悔。

忘れるために手を動かした。

マフラーの指示で切り倒した木をさらに細かく割り、比較的乾いた部分だけを選別して並列型に組み、オイルライターを火種にした。生木なのでとんでもない量の煙が出るが、贅沢は言っていられない。石に細い金属の棒を渡し、その上に、倉庫で見つけた賞味期限不明の缶詰を置く。

傾く日。もはや一本の電池も無駄にできない現状では、焚き火の光をあてにするよりなかった。

「じゃあ、ルークの提案を整理しますね」

マフラーは焦げた焼き鳥缶を木片に刺して食べると、顎をポリポリと掻いた。

「ナクサさんを差し出せば、僕たちの安全を保証する。ナクサさんの安全も保証する。ナクサさんが無事であることの証明のために、ビデオレターを送らせる。ナクサさんはテレポート世界を壊すための鍵なので、そもそも危害を加えるつもりはなかった。引き渡し場所は取引に応じたときのみ伝える。引き渡しまでの猶予は二日間――」

勇虎は深くうなずき、ポタージュ状のスープを流し込んだ。

「なんか、だいぶ甘い人ですよね」

「情報開示することで懐柔するつもりかもしれないな」

マフラーは、おかゆのパウチを食べ終えて早々に眠りについたナクサの、上下にゆったりと浮き沈みする胸を一瞥した。ナクサはまだ回復途中。彼女こそが最大の弱みであることは、明らかである。

……弱み？

思考の中で掬い取る違和感。違和感とは、納得が足りていない状態。納得を得るために回り始める思考。やがてマフラーの目に、輝きが灯る。

「情報開示には……意味がない。だって包囲は完了しているんだから。ということはですよ、こちらの弱みにも……意味がない」

首を傾げる勇虎に、マフラーは興奮した様子で言い切る。

「交渉するんですよ！」

マフラーと勇虎は大急ぎで運転席に戻り、周波数はそのままにプレスボタンを押す。

「あー、あー、初めまして。僕はマフラー・グッドスピード・パーキングヒルです。応答どうぞ」

声を吹き込んでから数秒後、ノイズと共に返答があった。

『ご機嫌よう。しかし小さな交渉役よ。残念ながら私はくだんの条件以外で、テーブルにつく気はございません』

出鼻を挫かれたにもかかわらず、マフラーは毅然としたまま相槌を打った。

『私も馬鹿ではない。王手《チェック》をかけた駒をわざわざ退かすとでも？』

しばらく無線機を睨みつけたあと、マフラーは自分の脈拍で時間を計りながら、正しいタイミングで次のように言った。

「ルーク、あなたは寛大で偉大な方だ」

ノイズに潜む逡巡に、マフラーは活路を見る。

「偉大な方だからこそ今こうして、弱者の我々の話を聞いてくださっている。それにこの戦場、仰る通り我々には少しの逃げ場もありません。それでも僕は助かりたい。そのためには勇虎を説得する時間が必要です」

マフラーは顔を歪める勇虎へ、必死に抑えるようジェスチャーした。

『この会話が彼に聞かれていないという保証はありますか』

「聞かれています。ですが彼は偽善者です。僕を殺せない。それに今ならまだ彼は……我が身惜しさを残しています。それを活路に、僕が説得してみせます。ですからひとつ、どうか寛大なご判断を。オーバー」

心拍一つ一つが、重い鐘の音のようにマフラーの体に響いた。再びノイズが聴こえた時、頬を滴る大粒の汗が膝に落ちる。

『話とは』

胸を撫で下ろし、マフラーは眼鏡を直した。

「ナクサさんが衰弱しています。あなた方もナクサさんが瀕死状態になることは望まないはずだ。おそらく敗血症、真菌系だと思います。抗生物質とOマイナスの輸血用血液を、十二時間以内に届けてください。そうすれば彼女の命は僕が必ず助けます」

『……いいでしょう。先ほどの戦車の位置に届けます。受け取りにはマフラー、あなた一人で来るように』

マフラーは勇虎の方を見てうなずいた。

勇虎も、うなずくしかなかった。

『届けました』

あまりに迅速な対応に、二人は瞠目した。用件を伝えてから、一分も経っていなかった。運転席から降りたマフラーは、風のない荒野で無限軌道《キャタピラ》の周りにだけ砂埃が立っているのを見つける。そこに忽然と置かれた、ビニールの包み。内包の赤と黄色のパウチが、月光を受けて輝いていた。

勇虎が手を伸ばしたときにはすでに、マフラーは荒野に歩き出していた。彼には〈宝戟〉の威力と正確さは重々伝えたはずである。

その時再び地面が盛り上がり、今度は二度、連続で〈宝戟〉が出現し、マフラーの足元すれすれを抉った。

ドアを蹴り開け、荒野に飛び出そうとした勇虎を、無線が引き留める。

『オブトサソリ。猛毒ですよ』

目を凝らさなければわからないが、確かにマフラーの足元に真っ二つになったサソリが転がっている。

『安全に受け取っていただきたいと思うのは当然のことです』

それが心からの言葉に聴こえるだけに、不気味だった。

マフラーがビニール袋を提げて戻ってくると、勇虎は無線機を切って倉庫に走った。

「毒じゃないだろうな」

「まだ疑ってるんですか？　だからあり得ませんって」

「どうして言い切れる。得体の知れない相手だ」

ビニールをほどくマフラーは、首を傾げる。

「自分のルールに従っている、すごくわかりやすい人に見えますけど」

変形した金属ラックに三つのパウチをくりつけると、ゴム手袋をはめて器具一式を煮沸消毒し、点滴用チューブに針を繋げる。

透明なチューブ内を移動していく、赤い流れ。

「こいつの血液型なんて、いつ知ったんだ」

「エビナ国で安田医師から、お二人のカルテを引き継いでます。僕もABなので、勇虎さんがやられそうになったら僕が血袋になりますね」

子供っぽく微笑むマフラーに、勇虎はどういう表情を返せばいいのかわからない。

左前腕を消毒綿で擦り、圧迫した指の隙間からチューブの針を突き刺す。ナクサの顔が歪《ゆが》んだのは一瞬だった。

「大丈夫、これでよくなりますよ」

マフラーの言葉通り、抗生物質はよく効いた。投与後二時間ほどで立てるほどに回復。周囲を確認しに行こうとする彼女を無理やり寝かしつけ、勇虎とマフラーはドラム缶風呂をこしらえた。

倉庫の屋根が溜め込んでいた雨水を、樋を使ってドラム缶に流しこむ。

「マフ、俺はナクサを風呂に入れるから、ちょっと車に戻っていてくれ」

マフラーがいなければ、火さえ起こせなかったろう。一番風呂で報いたいところだが、ナクサは先に休ませたい。

しかしマフラーは血相を変えて、勇虎の背中にしがみついた。

「な……なに言ってんですか！　そんなの、ダメに決まってるでしょ！」

確かに搾汁疲労はあるが、そこまで心配されるいわれはない。勇虎は努めて健康そうな声色でもって反論した。

「俺はまだ体力あるし、ナクサ一人くらい大丈夫だ」

「僕が一緒に入るので、勇虎さんは薪の準備でもしといてください」

マフラーが険しい顔で言う。

それによって、勇虎も負けないくらい険しい顔になる。

「どうしてお前が一緒に入るんだ。そっちの方がおかしいぞ」

「僕の方がぜんぜん自然ですよ」

「ナクサも付き合いの短い男に入れられるよりかぁ俺のほうがいいと思うが！」

「何言ってるんですか変態野郎！　僕の方が断然いい！」

今にも殴り合いを始めそうな二人をブランケットの中から眺めていたナクサは、両手の人差し指で二人を指して静かに告げた。

「二人とも、そこで、動かないで」

ぱさり、とブランケットが落ちると、ナクサはトレーナーの裾に手をかけた。とっさに目を閉じた勇虎の耳に、しゅるしゅると布が皮膚を伝う音と薪が爆《は》ぜる音が混ざり合った。

「見て」

「おい、どういうつもりだ――」

「いいから、見て」

強い口調で求められ、勇虎は恐る恐る目を開けた。そこには――全身に亀裂のような皮膚症を患う、痩せ細った裸体があった。

逃げ出しそうになる意識を、ナクサの燃える瞳が縫い止めた。

「見たなら次は、触れて」

勇虎は四肢に刻まれた聖痕へとゆっくり手を伸ばすと、彼女の決して逃れられない過去に、指先で触れた。

「龍飛症《りゅうひしょう》よ」

　少女の声が語った。

「成長期の、細胞の栄養欠乏によって起こる。私は幼少期から組織の〈学舎〉で訓練を受けてきた。地面を相対化する訓練は、言葉を喋る前には始まっていた」

　自分の体の輪郭を暗記させるみたいにナクサは、勇虎の手を取って全身に触れさせた。巻き爪の指先から、中度のひび割れのある両腕と肩にかけて、次に、まばらな痣のような龍飛紋の浮かぶ胴、柔らかく膨らみのある腰回りを経て太腿へ――。

　爪先に向かうにつれ増えるひび割れは湿り気を帯びていて、汗ばむ勇虎の指に執拗に吸いついてくる。

「私の揺りかごは揺れるのではなく、上下左右に高速で回転したわ。それが、遠心力を体に覚えこませる訓練だった。九歳でテレポートを覚えてからは毎日、テレポートで山を昇降した。時には無理やりボルテックスを打たれた。この星から放り出されそうな浮遊感を二十二年間、ずっと感じ続けてきた」

　ナクサは細かくヒビ割れた腕で自分の上半身を抱く。

「待て。今、二十二って……」

勇虎は半歩下がり、彼女の背中を祈るように見つめた。

「幼少期から、と言ってたでしょ。細胞が育たなかった」

なぜだろうか。申し訳なさそうな顔さえするナクサの腕を、勇虎はそっと引き寄せる。右腕で腰を支え、もう片方で肩を掴む。ボサボサになった髪が頬をちくりと刺すが、そんなことは気にならなかった。

「お前、アスパラガス食えないだろ。歯磨き粉も甘いやつだし。全部ガキだと思ったから、許してたのに」

それならば彼女を抱きしめるのはこれできっと、最後になるのだろう。

「もう風呂に入れてはやれないな」

勇虎は、裸体のイメージを記憶から削除する努力を始めた。

だがナクサは、そんな無意味な努力に耽る勇虎の背中へと腕を回して強く抱き返し、むしろ一緒に入ってもいいのよ、と耳元でささやきさえした。

ナクサはゆっくりと木組みの階段を上り、ドラム缶の縁に手をかける。

そこでマフラーが、便乗するように手を挙げて言った。

「あの、僕も隠していたことがあります！　実は」

「その子、女の子よ」

湯船に足をつけたナクサが、風鈴を鳴らす夜風のようにさらりと告げた。

「ちょっと、なんでナクサさんが言うんですか！　今、言おうと思ってたのに！」

勇虎は改めて文句を連ねるマフラーを眺めた。細い腕にしてはぶ厚いと思っていた胸板が、別の意味の厚さだとわかって納得だった。

「だってもしあなたごと翔ばざるを得ないとなったとき、イサトラがあなたの体を男性と思い込んでいるのは、とても、危険だと思わない？」

ナクサの説明はもっともだった。自らの自認領域に抱く人間の輪郭が朧げであると、最悪、イメージから外れた部分が置き去りになる可能性がある。

マフラーは渋々という感じにうなずく。

「真面目な話、どうして隠してたんだ」

勇虎が訊ねた。

「なんか言い出しづらくて……。それに女だと知ったら、勇虎さんは同行させてくれないんじゃないかと思って」

しゃがみ込んだマフラーの足元へ、ばしゃりと熱湯が飛んだ。ナクサが水面を指で弾いたのだった。

「わっ、熱い！」

「バンパーが亡くなり、ラジも消えたわ。リアの安否も定かじゃない。なのにあなたは前進した。どうして？」

「それはあの時、車を走らせるしかなかったから」

「誤魔化さないで」

核心を突かれたように、マフラーはしゃがんだまま押し黙った。遅かれ早かれ、その問いには答えなければならないと、彼は、いや彼女は思っていた。だからこれがいい機会だった。

熟考の果てに、彼女は告げた。

「僕は今、殺されてもいい」

訊ねた当人をもぎょっとさせる答え。

けれどマフラーは至極真剣に続ける。

「仮に、僕の血でなければ救えない疫病があるなら、僕は全部の血を差し出します。そこにちゃんとした意味があって、それを僕がわかっているなら、きっとなんだって受け入れられる。でも……意味もなく笑えと言われても、絶対笑ってなんてやらない。僕はきっとそういう人間なんです」

相手を子供だと決めつけていたのは自分の方だったのかもしれない、とナクサは思った。

勇虎も、彼女の紡ぐ真摯な言葉に引き込まれた。

「兄さんが死にました。沙門や、他の仲間たちも。これ以上、部外者でいたくないんです。〈炭なる月〉の思惑を知り、この戦いを見届けて、兄さんたちの残した轍が無駄じゃなかったって、そう思いたい。これはエゴだとわかっています」

マフラーの黄金色の瞳には、とうに、意志の灯火が灯っている。

意志の煌めくままに、彼女は告げる。

「僕は、納得できないと死ねないんです」


ナクサが出た後、勇虎は風呂に入りながら〈ジェイコブス症〉に罹患した過去と、母親失踪の経緯を話した。それが想いの内を話してくれた二人に対して彼が示せる、せめてもの敬意だった。

母はどうして俺を置いていったのか。どうして宗教に縋《すが》ったのか。自殺するつもりならなぜ赤いストールなんて巻いていったのか。そんなことを想いながら、勇虎は、ヴォイジャー号のエンジン修理をしているマフラーの背中を見やる。

納得できないと死ねない、か。

左手人差し指にある指輪型の痕が、赤く火照《ほて》る。

想い詰める隙を奪うように、ナクサが横からアルミカップを手渡した。ジンジャーティーだった。それから切り株に腰掛け、自分の分のカップをする。

「私には母親も、父親もいない。あなたの苦しみはわからない。でも逃げなければ私の世界はずっと閉じていた。逃げてきたからあなたに出会えた」

それは買い被りすぎだ、と勇虎は思う。出会えたのは結果論でしかないし、自分に人を変える力があるとも思えない。

しかし、カップを地面に置いたナクサは立ち上がり、今度は勇虎の左手を決して放さないという握力で握り、言った。

「誰もがきっと、今より素晴らしい場所を目指して戦っている。未来とか、夢とか、呼び名はなんだっていい。私たちは一つの場所に留まれない生き物。でも、そういう宿命の上で私たちの道は交わった。つまり、何が言いたいかというと」

まくし立てるように言ったナクサは、最後にこう結んだ。

「生きていてくれて、ありがとう」

ジンジャーティーから視線を移した時にはすでに、ナクサは背を向けていた。勇虎は彼女の表情を確かめたいと思ったが、ドラム缶の向こう側に回り込むのは流石に大人気ないと思った。

「勇虎さんの指先の傷は、お母さまたちのテレポートに切り取られた痕だったんですね」

修理を切り上げたマフラーがぽつりと言った。

「でもそれって誰の自認領域だったんでしょう」

集団テレポートは個人の自認領域が全体を包むのか、それとも複数の脳が一つの脳として働くのか――それは憶測の域を出ない。被験者がことごとく命を落とすため、研究データがどこにもないのだ。

「さあな。八十一人もいたらしいから、そのうちの誰かだろ」

「部屋全体にその領域が満ちていたら、勇虎さんだって巻き込まれていたわけですよね。いや、それどころかもっと大きく広がっていたら……」

ガシャン。修理用のスパナが地面を打った。

次の瞬間には、マフラーが血相を変えて駆け寄ってきた。

「勇虎さん、早く出てください。最強の〝納得〟が降りてきたかもしれません！」

＊

その夜、勇虎は夢を見た。夢の中で彼は剣だった。刃渡りが一メートル近くある長剣は、蒸し暑い空気の下、干からびたミミズが転がる剝き出しの土道を進んでいた。以前は誰かに柄を握られていた記憶があるが、今は自ら進んで動き、敵を切り倒した。べったりと血がつき、拭ってくれる者もいなかった。

土道はやがて坂になり、剣は勢いを増して駆け降りていった。その途中、何人もの人間を突き殺した。坂の下で、マフラーが手を振っている。剣は、坂を降りる速度を緩めようとしたが、できなかった。自分ではどうすることもできないまま、切っ先はずぶりとマフラーの胸元に突き刺さる。ばったりと倒れた彼女の先に、ぺしゃんこになったバンパーが、穴だらけの手を振っていた。

6

シャーリー・ホイヘンスは、世界で最も劣悪な環境で働くエレベーターガールだった。ボリビアのセロ・リコ鉱山にて鉱山労働者を運ぶ剛力《ゴウリキ》は、高低差の大きいテレポートに従事する女性向けの職業である。じん肺で死を迎えるはずだったシャーリーは対蹠回廊の噂に一縷《いちる》の望みを託し、向かったブラジルでその男と出会った。

ミア・ファーレンハイトはHAA《ホワイト・アーリアン・アクション》に属する母系家族の強い意向により、メキシコ系の父と引き離され、アルバカーキからセント・クリスタルへの移住を強いられた。その頃テレポートを神の脱出船と定める〈方舟《はこぶね》主義〉の台頭により、セント・クリスタルは日に日に白人理想郷《ホワイトピア》としての存在感を増していた。十七歳、人文学の講義中に、ミアの出生を誰かがリークした。噂は加速度的に広まり、ミアは排斥された。男は彼女を人種と宗教、肌の色に縛られない世界へと連れ出した。

ワリス・シーナーはアフリカ南東部モザンビーク出身で、〝現代の纏足《てんそく》〟を強いられた少女だった。スピリチュアリズムが再興する南アフリカでは、呪術師による古典テレポートの指導が行われる一方、所有物であることの証明として女性のテレポート能を奪う悪習があった。齢九歳にして額にできた鶏化手術痕。翼をもがれ生きる希望を失ったワリスは、男の城門に招かれた。

女たちにとってアハンガルラは、恩人ではない。

人の容姿《かたち》をしたシェルターだった。

「先生！　……何かが接近してきます！」

白装束にフードを深々と被ったヨウコが大きく声をあげ、アハンガルラは瞑想から回帰した。

「引き渡しは明日のはずですが」

望遠鏡を食い入るように見つめるヨウコが、大まかな方角と距離を指で示す。

アハンガルラは電子ゴーグルを装着し、視界を『空からの視野』へと切り替える。午後二時。南中する太陽が逆光となり、地上に降りた影を確認できない。

その時、電子ゴーグルに割り込み通知があった。ゴーグルを外すと、三メートルほどの距離か、中学生ぐらいの少年が革張りバロック調のキングチェアに座っていた。

女たちが少年の出現に恐怖し、物陰に隠れる。

「ルーク、大丈夫？」

青みがかった肌を持つ少年の体は、幽霊のように少し透けている。

背もたれに張りつけた顔の角度も変えず、少年は無邪気な感じで訊ねた。

「どうやらこの動き……ええ。〈智慧《チエ》〉の位置が悟られてしまっただけです。さほど問題はありません」

「ダメじゃないかルーク。壊さないでね、あれを拵《こしら》えるのは大変だったんだから。でも、どうしてバレたのかな」

「あちら側にはロードピープルの同行者がいます。彼はなんと言いますか……ハンドルを握ることを忘れた我々が、今や失ってしまったある種の〝鋭さ〟を持っている」

少年は不快そうに眉をひそめると、椅子ごと体を空中へと浮かせ、浮遊して移動したのち、曼荼羅の上に椅子の前脚を乗り上げさせた。

「ルーク。オマエは弱いんだから、ちゃんと頭も使わないと」

少年の海のように蒼い目がぎょろりと覗いた。

「申し訳ありません」

アハンガルラは曼荼羅に手をつき、深々と頭を下げる。

「弱い人はね、頼っていいんだよ。危なくなったらすぐ呼んで」

少年は小鳥が遊ぶような戯《おど》けた声で告げて、茶目っけたっぷりにウインクをした。

まるで別の次元にでも存在しているかのように風の影響を全く受けない少年は、やがて空中を滑るように移動していき、十分な距離を離してから縮入した。

「先生、あれは誰ですか」

少年が消えた後、フードの下からヨウコが訊いた。

「魔人です」

その答えはヨウコを怯えさせるのに十分だった。

「それよりも可愛い人。もっと下がっていてください」

そう言われてもヨウコは従わなかった。曼荼羅に踏み込まないように注意を払いながら、そのふくよかな胸を男の背中にしっとりと押しつける。

「先生。肩、お揉みしましょうか？」

「この戦いが終わったら是非」

アハンガルラはゴーグルを再装着し、縮入した。

(向かってくるというのか。だが私とて守らねばならない城主たちがいる)

彼が膨出したのは、地下三メートル地点。呼吸すら満足にできない地中で自認領域を樹形図のように伸ばすと、彼は再度ノックした。

7

砂煙を上げながら走行するヴォイジャー号。ナクサはそのキャビンに潜み、勇虎は助手席で構える。無論マフラーの足は、アクセルを踏みっぱなしだった。

勇虎が斜め前方へと信号弾を放った。頭上に緑色の幕が広がり、直上からの日光を隠した。そしてヴォイジャー号が幕から出るより早く、勇虎は次弾を放った。
けっして止まらず、けして道から逸れず、進み続ける。
それは、一度きりの攻撃だった。

——相手はナクサさんを安全に捕まえるために、勇虎さんだけを消したかったはずです。

攻撃決行前夜。
作戦会議にて、マフラーが最初に言ったことだ。

——でもそれができない。なぜでしょう。そもそもジョルダンという人は、漫画喫茶や東京湾をどうやって見つけたのでしょう。

——奥義者の何か、特別な力じゃないのかしら。

ナクサの声には珍しく自信がなかった。勇虎も首《こうべ》を垂れる。二人とも自分たちの知識が、奥義者に遠く及ばないことへの気おくれがあった。
しかしマフラーは違った。そもそも彼女はテレポーターではない。能力を持つ者が陥りがちな優越感、そして優越感ゆえの思考停止とは無縁だった。

——いくら優れたテレポーターでも、人の思考が読めたり、未来が予測できるわけじゃないと思うんです。

——じゃあどうやって俺たちの位置を突き止めているんだ？

マフラーは泰然と頭上を指さした。

——視えているんです。ただ、上から見下ろしているだけだから、屋内には手が出せない。

——上空にテレポートしているってことか。

勇虎の問いにマフラーはむず痒そうに顔を歪める。

——どうして難しく考えるんですか。人工衛星です！〈炭なる月〉が私兵や研究所を備えるような組織規模なら、払い下げられた観測衛星の一機ぐらい持っていてもおかしくはないということです！


昨夜の会話を思いながら、勇虎は間髪を入れず信号弾を放つ。

敵は大気圏外の、遥かな上から見下ろしている。それならば、その視界を奪ってしまえばいい。六連式の信号弾が残り五挺。これらを使い切るまでに敵の本影を肉眼で捉え、特攻を仕掛けるというのが作戦の要旨。

ハンドルを抑え込むマフラーの細腕だけが頼りだった。

砂に塗れたガラスがガタガタと揺れ、メーターが時速百二十キロの限界値で伸び止まる。

信号弾は、残り二十六発。

試されているのは、進み続ける意志。

――でも、相手がどこにいるのか、わからないわ。

マフラーは蠟燭の火を頼りに、倉庫とヴォイジャー号、そして戦車の大まかな位置を、メモ帳に書き入れていく。

次に、メモ帳をめくって簡単に人間を描くと、それを別の線でぐるりと囲んで右腕の部分だけをやたらと長く伸ばした。

――自認領域が、恐ろしく広いんじゃないですか。

顔を見合わせるナクサと勇虎に向けて、マフラーがフォローを入れた。

――勇虎さんは言いましたよね、体の表面五センチに自認を貼りつけてるって。それがもしとんでもなく広ければどうですか。たとえばこんなふうに百メートル、五百メートル、果ては一キロ、自認領域を薄く広く伸ばしていけば……。

到底、納得などできない。

だが彼女の指摘で少なくとも、真っ白だった頭脳に炙り出しのようにイメージが浮き上がってくる。

——この人間がほんのわずかにテレポートしただけでも、一キロ先の空間を切断できるんじゃないですか……？

マフラーは、はちきれんばかりの想像力で、懐疑的な勇虎の頭を殴りつけた。

——それがホウゲキの正体だっていうのか。

強くうなずくマフラー。その黄金色の瞳は揺らめく炎を受けて、月のように輝く。

それだけではない。自分とかなり離れた位置に干渉できるということは、姿を晒さずして岩塊や戦車を路上に設置することも可能だということだ。

——そうか、やつがバンパーの仇か。

怒りを含んだ口調の勇虎はナクサに判断を委ねた。

——ルークの能力はずっと伏せられていたけれど、城という名前が冠せられるくらいだものね。ありえない話じゃない。

マフラーがメモ帳のページをめくる。

——そしてこの、戦車の砲身の切断面を考えれば、敵の位置する方角が少なくとも二方向に絞られます。が、図のように、一方にはこの倉庫があるので……もしそちら側にいると考えると、敵の自認領域が倉庫を貫通していなければおかしい。

マフラーは最初の絵に、敵の予想される位置を二箇所記すと、その片方にバツを打って、ついに図を完成させた。

導き出されたのは、南南西。分度器も立体地図もないので、方角を知るので精一杯だったが、それでもアクセルを踏む価値はあった。

煙弾は残り十一発。信号弾のシリンダー内の最後の一発を構えたそのとき、何かが視界を切り裂いた。

「ホウゲキだ！」

マフラーはハンドルを切った。迫り出した岩肌が切断され、滑り落ちた岩塊が進行方向を塞いだのだ。急旋回。キャビンで積荷が転がる。勇虎は窓から顔を出し太陽の位置を確認した。

「まずい！　影から出てる！」

次なる衝撃が襲った。恐ろしく広域に引き伸ばされた空気の刃が、今度こそヴォイジャー号の位置を正確に射抜いたのである。だが、かろうじて煙の庇が役に立った。〈宝戟〉は、サンバイザー横のホルスターに収まった信号弾ごとフロントガラス及びルーフ、そしてキャビンの上部を切断するに留まった。

信号弾に手をかけていた勇虎の右手もわずかに持っていかれ、中指の根元から手首にかけての皮膚が浅く抉れて筋肉が剝き出しになった。

「ぐっ……信号弾が……」

だが、肉体のわずかな欠損など、今はさしたる問題ではなかった。

「畜生、車体が丸見えだ……ッ！」

理不尽への憤り。生存への叫び。

ナクサはそれらのくぐもった響きを聞いていた。

力になりたい。

立つことはできるが、それだけで精一杯の彼女にとって、今思い描いていることは、分の悪い賭けでしかなかった。

「こっちの意図に気づかれたんですよ！　このまま走り続ければ、次は絶対……ああっ、僕、運転席に座ってるから、真っ先に殺されちゃいます……僕が死んだら勇虎さん、この記者ノートでどうか記者になってください！」

ああ、聞いちゃいられないな。ナクサは立ち上がる。

車は揺れを増しながらもまだ直進している。だから不安はない。戻るべき場所はすでに固定されている。もしこれを行えば、体は再び搾汁疲労と免疫不全の憂き目にあうだろう。

龍飛症も悪化するかもしれない。

だが体など、今この時だけ保《も》てばそれでいい。ずっとそうやってきたではないか。

想像力はどこまで人を導けるか。

片道ブラリと目的地に至るテレポートの違いは何か。

想像力では足りない。〝確信〟がなければ。識《し》っていなければ。

だがナクサは……皮肉なことに宇宙がどんな場所かを識っていた。だからあとは、わずかな勇気と、それに、ツキがあるかどうかだった。


私はペネトレーター。

心で唱えノックした。


溢れ出す漆黒の中に、ボロボロの肉体が浮いていた。

この場所には前も後ろも、右も左もない。眼下に広がる青い光。ナクサは寒さを感じた。

完全な無音。身体中の血液が沸騰していく感覚が、栄養不足の脳を支配する。息ができない。息がしたい。口に手を当て我慢する。肺や腸に残った空気が膨らんで、体を内側から圧迫し始める。自分がポンプから空気を送り続けられる哀れな風船みたいだった。

十五秒。

それが生身で宇宙空間にいられる限界時間。

(ただいま)

声にならない。それ以前に、音にならない。ナクサは周囲を見回す。この場所に来たのは初めてではない。ここはナクサの記憶の地図に刻まれた宙域だ。

怖かった。でもあのときキングは行けと言った。きっとデータを取るためだ。では、何を使ってデータを取る?

ナクサは枯れ果てた目でその巨大な金属の翼を捉えた。くすんだ文字で、〝NAVSTAR08〟とある。金色のフィルムで覆われた胴体の左右には発電パネルの翼があり、下腹部には大筒のようなずんぐりとした望遠鏡が繋がっている。

ナクサはペネトレーターだ。重力に沿うか、逆らう方向へのテレポートに長けている。逆に、目に映る場所への短距離テレポートは苦手だった。ナクサは重力に逆らっているのではなく、重力という見えない糸を辿って昇降しているに過ぎなかった。

まぶたを目一杯開き、視線のアンカーを固定する。勇虎がやったように。ジョルダンがやったように。意識は直線状に飛ぶが、重力が軌道を逸らす。頭の中で修正する。

これは〈最終手段〉ではない。

これは自殺ではない。

生存するために。

生き続けるために。

（イサトラ。今一度、私に勇気を——）

ナクサは翔んだ。

彼女の体は大筒に膨出し、人工衛星の超望遠レンズを輝くデブリに変えた。

連結部からキャビンを覗き込んでいた勇虎の視界に、突如として、ナクサが現れる。勇虎の目に映った彼女は、裸だった。それだけでなく肩まであった髪の毛が、耳の上でバッサリと切れていた。

置き去り現象が起こったのだと、テレポートを使ったのだと、一目で分かった。

その小さな体を受け止めてやると、ナクサの顔には安堵が灯った。

「やってやったわ。私だって、やればできるのよ」

「お前、一体何をしたんだ」

「相手の目を、潰してやったわ。……あとは……全部、できるわ……ね……」

「おい、おいおい！」

腕に崩れ落ちるナクサの体は、氷のように冷たい。ブランケットでぐるぐる巻きにし、その上から梱包用の発泡スチロールをかぶせる。寝ているのか死んでいるのか、そのちょうど中間のような表情を見て、勇虎は唇を嚙む。

助手席に戻った勇虎は、苦々しい表情で告げる。

「目は潰した。ナクサがやった」

マフラー・グッドスピードは一瞬ハッとした表情を浮かべたが、すぐにまなじりをひきしぼり、前方を睨む。

まず、前をしっかり見ること。流れる川が遡らぬように、後戻りなど許されない。何があっても進み続けろ。

「行くぞマフ、ぶっ飛ばせ!」

「はい!」

前進する遺伝子を抱きしめ、二人は心を一つにする。

8

日本最大規模の剛力《ゴウリキ》マッチングサイト〈ツナグトピア〉経営者、その娘に生まれたヨウコはテレポート免許取得時、十メートルの誤移動によって教習所の喫煙ルームの支柱を破壊し、目的地の暗示不全と自らの右脳の異常発達を知った。

幸いにして怪我人は出なかったが、隠蔽に至るまでの父の判断は早かった。しかし教習所の経営者がマスコミに監視カメラのデータを流したことで、暗示不全は大きな問題となった。

――殺人具有。

それは人体が破壊的事故を引き起こす可能性を秘めているという、テレポート社会への警鐘を込めた誇大表現だったが、次第に実名報道されたヨウコを表す一種のミームとして伝播した。風評によって〈ツナグトピア〉はサービス終了を迫られ、経営者を解任された父はヨウコと話さなくなった。

やがて娘の存在を恨むようになった父の口は、いつしか報道の文言を呪いのようになぞった。

ヨウコは家を出た。

それでも長い間、殺人具有という言葉はつきまとった。

自分の体はいずれテレポートを暴発させ、人を殺してしまうのだろう。そんな強迫観念に憔悴しきっていたヨウコは、殺人者になる前に自ら命を絶つことを考え、富士の樹海に足を踏み入れた。

アハンガルラはそこにいた。組織の基地設営のために古典テレポートによって地下空間の掘削作業をおこなっていたアハンガルラのことを、ヨウコは当初、同じ自殺志願者だと考えた。少し事情を話すうちに、二人は打ち解けた。

アハンガルラは古典テレポートで木を切り倒してみせた。残ったのは、木とは思えないほど滑らかな断面と、鬱蒼とした樹海に開いた日光が差し込む光の穴。

その破壊は、美しかった。

ヨウコに付きまとっていた『殺人具有』という陰気な呪いさえも切り倒し、文字通りの光をもたらしたかのようだった。

アハンガルラは右脳肥大の事実を知っても恐れなかった。ヨウコもまた自分より遥かに大きな危険と破壊力を有する男のことを、恐れはしなかった。アハンガルラはヨウコを迎え、大勢で温かい食事をとった。それは六年ぶりの、誰かと食べる食事だった。

故にヨウコは――磯貝葉子は、自分を赦してくれたただ一人のためなら、彼の『破壊』の一部になることを厭わない。

人工衛星〈智慧《チエ》〉からの正確無比な鳥瞰図が動かなくなり、アハンガルラはゴーグルを外して供物のように地面にそっと置いた。

「私の寛容を仇《あだ》で返すか、小乗《しょうじょう》の日本人どもよ」

アハンガルラの静かな怒りを感じ、ヨウコは曼荼羅に跪く。彼女は、何をすればいいかを知っていた。自分には何ができるかも。

「二時の方向。大型車両。乗組員は二人」

「ナクサ姫はいるでしょうか」

ヨウコの異常性は膨れ上がった右脳。単に視力が良いというのではなく、見通した景観を脳内で正確に立体空間として再現できる、超空間把握が備わっている。

彼女はアハンガルラの第二の目であり、予備の脳だった。

「わかりません。ただ運転席の二人が、ナクサさんではないということはわかります」

「結構」

選択肢はもうそれほど多く残っていない。ナクサはキャビンか、倉庫に置いてきたのだろう。それならば、運転席部分への攻撃に徹すればよい。

「万象に亘《わた》りて隔絶すべし——〈傍牌《バウハイ》〉!」

アハンガルラは、古典テレポートの原則を逸脱しているわけではなかった。ただ、彼の自認領域には他を圧倒するほどの『広大さ』と、迷路のような構造をも顕現できる『繊細さ』があった。

ヨウコの指示した方向、角度にして約五十二度。一旦地下に翔んだアハンガルラは、糸のように細い自認領域の先に直方体状の空間を巻き込み、体と共に引き上げた。そうやって地上に、二百近い土壁を築いた。厚さ七十センチ弱、高さ三メートル弱。それは脆い土の城であったが、高速移動するトラックの進路を遮るには十分だった。

ヨウコは、己の脳内の立体化された荒野を参照し、相手の車両が進みにくい位置に、〈傍牌〉を設置するよう指示したつもりだった。

しかし彼女の瞳は、あろうことか、片輪走行しながら進む車体を捉える。

その様子を伝えると、アハンガルラはついに怒鳴った。

「なぜ向かって来る。なぜ躊躇なく距離を詰められる⁉」

こちらを見上げるヨウコの萎縮した視線。

アハンガルラは深呼吸をすると、曼荼羅に膝をつけ座禅を組む。

目の前に枝状の亀裂が走り、左右のサイドミラーが吹き飛んだ。やがて勇虎の肉眼が、まばらな人影の中にキラリ、キラリと不規則に輝く日光の反射を見る。

双眼鏡。すなわちそこが敵の本丸であると断定する。

マフラーが踏み込むアクセル。その振動。体は速度エネルギーを溜め込んでいく。勇虎はキャビンから鉄の槍を数本持って来ると、視神経にありったけの意識を割く。

突然の地面の隆起。ハンドルを切るには遅すぎた。突き上げる衝撃。だがマフラーは目を閉じない。

やがて車体は空に向けて打ち上がる。

マフラーには敵の考えが読めた。車体を空中に打ち上げたのは、放物線の軌道に載せることで狙い易くするため。案の定――。枝の自認領域が貫き、車がバラバラに分解する。

三人は、生身のまま空中に放り出された。


アハンガルラの眼は、霧散する機械屑の中に勇虎の姿を捕捉する。それはつまり、勇虎からもこちら側が見えているということを指す。

だが少なくとも、自身で敵の傍へ翔ばなければならない勇虎と違って、アハンガルラは意識の末端を伸ばすだけで良い。

致命的な一手の遅れ。

アハンガルラは自我の枝を伸ばした。

が、不意に何かが勇虎《ひょうてき》の体と重なる。

解けた茶色のブランケットから姿を現したのは——。

「……妃《クィーン》！」

それは筋違いの信頼か、あるいは恐るべき卑劣か。勇虎は裸のナクサを背後から抱き、彼女の両腕で頭を覆っていた。ナクサを、あろうことか盾に使ったのだ。

何たる所業か。何たる小乗か。アハンガルラは愛の人だった。愛の人ゆえに剝き出しの怒りが激《たぎ》った。そしてそれが、彼の自意識を焚き付けた。

ヨウコのフードがはらりと落ち、卵形の顔の輪郭がはっきりと現れる。アハンガルラは強く想った。自分はやっとは違う。自分は旦那を盾にしたりはしない。

そこが分岐点だった。

アハンガルラは決断した。

ヨウコを自認領域に匿いながら深層から岩盤を引き上げ、自らとヨウコの周りを隙間なく固めたのである。そう。

彼は攻めより、守りを取ったのだ。

――でも、もし相手に近づけたとして、どうやって倒すんですか。

マフラーがその問いを最後に持ってきたのは、作戦の核心だからだった。

すべての段取りが決まった上でなお、マフラーは核心に触れることが怖かった。

――敵の〈旦那〉を壊す。

勇虎の放ったその声に、以前のような震えはなかった。

――それが一番確実な方法だ。そうだろ？

ナクサは答えを渋った。

焚き火の炎に照らされた勇虎の表情はぞっとするほど冷たかった。

――でもどうやって〈旦那〉を見分けるんですか。

――それはナクサが一番わかっているだろ。

チリチリと燃える薪。小さな虫のような火の粉。それ以外は全て闇。ナクサは躊躇いながら、呪文でも口にするかのように、ゆっくりと答える。

――たとえば相手に逃げるチャンスが何度かあったとて、そのチャンスをふいにしても相手が守ろうとするものがあったとしたら、きっとそれが旦那よ。

勇虎は迷わない。迷いはバンパー・グッドスピードの体と共にエビナの国に置いてきた。アハンガルラが己の城へ逃げ込んだのなら好都合。勇虎は、ナクサと絶叫するマフラーを己の自認領域に抱き込むと、周りの空気をもろともテレポートした。

〈舵〉。体が帯びる時速九十七キロ。勇虎は岩盤の城壁、アハンガルラの左半身、そしてフードの女性の体もろともを破壊する位置に膨出し、かつ、速度の一部を与えてナクサとマフラーを戦闘圏内から離脱させる。

テレポートを嚙ませ、もう一度〈舵〉を発動。残った速度を真逆のベクトルに変換し、切断されたドアフレームを思い切り弾く。かくして時速七十キロ近くで射出された金属板は、岩盤を穿ち、身を隠していたシャーリーとワリスの胴体を上下に両断した。

瓦礫《がれき》の上で目を開けたナクサが最初に見たのは、倒れている女性と血溜まりの中に跪く勇虎の姿だった。掠れた女の声が、勇虎に何か語りかけていた。ぶつ切りの言葉で、息も絶え絶えに、そしてなぜだか、懐かしそうに。

「私……なんだか、見覚えが……あって。もしかしたらって」

血の塊が口から落ちて、女の白装束を染める。顔はほとんど無事なのに、お腹がまるっきり空気を抜いたように潰れているのだ。

少しでも呼吸を楽にしてやるためか、勇虎は己の膝で女のうなじを支えている。敵の旦那のはずなのに、勇虎の視線にはまるで古くからの友人を見るような親密さがあった。

「……へへ、お久しぶりです。今日、いい天気ですね。勇虎君」

女性の顔に、屈託のない笑顔が浮かぶ。

「……」

勇虎は、縫われたように口を閉じている。

構わず、女性が言った。

「今日は何を食べましたか？」

勇虎の背中がひっくと跳ねる。そんな勇虎の頬に真っ赤な手を伸ばし、女性は何事もないみたいに微笑むのだ。

「忙しくても、ちゃんと食べなきゃ、ダメですよ。そんな顔、しないでください。言いましたよね、みんな、ワケアリだって――」

女性の視線がナクサへと向かう。だが、警戒無用だった。それは殺気のない、優しげな視線だった。

「あの子が……勇虎さんの、言っていた……なんだ、ちゃんと大人の、良さそうな、ひとね……」

それがその女性の放った、最後の言葉だった。

勇虎は女性の頭をそっと地面に下ろすと、立ち上がって、腰を払った。埃まみれのスキニーに、血がべっとりとついた。

「勇虎さん、ルークは！」

血と砂の混じった赤黒い泥を踏んで走ってきたマフラーが、勇虎に訊ねる。

「……下だ」勇虎は低い声で言った。「膨出する揺れを地面に感じたあと、何も伝わってこない。やつは……俺たちの真下から動いていない」

マフラーの顔面が蒼白になる。

「じゃあ僕らは完全に、やつの射程内だ！　まだ戦いは終わってない……！」

勇虎はきっぱりとかぶりを振った。そして両手の血を気にすることなく、かすり傷のできた首根っこを猫のように掻いた。

「もう、終わってるよ」

ふう、ふう、ふう。荒い呼吸音が聞こえ、三人は視線を向けた。

小麦色の僧服を真っ赤に染めたアハンガルラが、磯貝葉子のそばに膨出していた。

「ああ、ヨウコ……！　大丈夫。あなたは大丈夫だ！」

　左腕を失ったアハンガルラは跪くと、右の手で葉子の頬にそっと触れてから、血走った目で勇虎を睨んだ。その瞳には涙らしきものが浮かんでいた。

「もう助からない。現実を見ろ」

　信じられないぐらい冷たい声が自分の喉から出て、勇虎自身驚いていた。

「あなたは、ヨウコの知り合いだったのですか」

「磯貝さんは同僚だった。大好きな、俺の、ただ一人の友達だったよ」

「心は、痛まないのですか」

「……」

　勇虎はだらりと腕を垂らし、眉間のシワも解き、完全に武装解除していた。再び腰をつき、膝を崩し、身体を弛緩させると、静かに言った。

「お前の〈旦那〉は女たちではなく、自分の寛大さそのものなんだろ？　けどお前はもう自分を疑っちまってる。一度逃げたもんな。お前の〈旦那〉はもう壊れている」

「あなたは、正気じゃない」

「……」

「私が必ず殺してやる」

「……」

「そこを動くなよ、小乗のニホンジン――ッ！」

怒りが臨界に達した時、アハンガルラは大音量とともにテレポートした。

次の瞬間――そこには赤いネックレスを垂らした骨格模型が残された。脳も筋肉も、内臓も皮膚も消え、血管と骨だけが残されたのだ。だが、それだけではなかった。松ぼっくりほどの大きさの鉄塊が、空中に、置き去りにされていた。

（こいつ――！　予め体内に手榴弾を――ッ!?）

真空圧波でシェイクされた血管と骨格を巻き込み、手榴弾が爆発した。繊細な自認操作により、肉体と共々、ピンを抜き去ったのだ。記憶の地図を用いた緊急避難が使えないテレポーターにとって、視界を塞ぐ位置に出現する攻撃ほど避け難いものはない。

ナクサの悲鳴が轟く。

が、彼女の目は――舞い上がる砂塵の中にたたずむ影を捉える。

「クソッタレ」

勇虎の声は平常だった。

彼はすでに理解していた。膨出というプロセスはどんな物理現象より優位に立つ絶対的攻撃であるのと同時に、それが完全な防御でもあるのだと。

故に彼が目指した座標は爆破圏外ではなく、むしろ真逆の、手榴弾の中心。爆発の中心部に正確に膨出すれば、台風の目となった肉体を破片は決して貫かない。

だが驚くべきは、切り取った地面を防壁にすることで、ナクサたちや倒れ伏す磯貝葉子の体さえ、爆発から守ったということである。

それだけの処理を一瞬のうちにおこなった。

勇虎は紛れもなく、この戦いの中で何かを摑んでいた。

「エアーズロック、行けなかったじゃないか」

勇虎は深い、深いため息をつくと、見えない磁力に引かれるように大地に寝そべった。

逃げていく女性たちは追わなかった。

勇虎は異常な食欲を感じた。しかし空腹は体に染み込む前に反転し、強烈な吐き気になった。黄色がかった胃液と血液が混ざり合って、足元で鮮やかなピンク色に変わった。

だが世界は彼に休む時間を与えない。

ブゥン、ブゥーンと、あの、嫌味ったらしい羽音が空を覆ったのだ。無人機三機と重武装したヘリコプターが一機、高度を下げてきていた。白鳥座のエンブレム。照らすサーチライト。立っていられるということは沈静光線ではない。

胃液を出しきったことで、体が幾分か軽くなったように感じた。いつまでも戦っていられそうだった。

勇虎は空を睥睨し、ためらいなくヘリコプターと同じ高度までテレポートした。

『敵意はありません！』

凄まじい音量のアナウンスに、ナクサとマフラーが耳を塞ぐ中、勇虎は〈舵〉を使ってヘリのスキッドにぶら下がると、キャビンによじ登った。中にはスーツ姿の女性と、三人の護衛らしき男たちが控えている。

勇虎と目が合うが早いか、護衛たちは恐怖を抑え込んだ表情で銃を構える。

そんな行動になんの意味が？

心底呆れ、勇虎は護衛たちを睨んだ。彼の〝指〟はすでにトリガーにかけられているのだ。そして彼はまだ〝銃〟を下ろす気など毛頭なかった。

そんな中で、スーツ姿の女性がローターの回転音に負けないぐらいの大声を放った。

「私はフレヤ・ファー。国際テレポート協会《ITA》の会長です！　接触が遅れてしまって申し訳ありません。ただ、戦いに巻き込まれるわけにはいかなかったので」

握手のためか、伸びてくる手。あまりに細く、あまりに白い。

勇虎は最もノックしやすい姿勢を維持していたが、スーツ姿の女性に敵意がないことがわかると、やがて顔を上げる。

「あなたに話があります。世界の命運に関わる、とても大切なことよ」

「さっさと用件を言え。今は人を殺すことへの罪悪感が、すごく薄れてるんだ」

低く、重く、吐き出された勇虎の声に、しかし女性は臆することなく答える。

「あなたの大切な人を、私たちなら救えます。信じろとは言いません。ただ、安全な場所にお連れしたいのです」

9

「あなたが乗せてくださったんですよね？」

マフラーは目を輝かせながら、オレンジ色のレーシングスーツとヘルメットを身につけた女性へと一礼をした。

「僕、テレポート移動をするの、はじめてで。なんというか、凄かったです。本当に一瞬なんですね。この感動はぜひ記事にしてロードピープルに伝えたい」

実際のところマフラーのはじめてを奪ったのは勇虎だったが、マフラーはヴォイジャー号から投げ出された時点で気絶していたため、彼女にとってのはじめては目の前の女性に他ならなかった。

その横でナクサを乗せた担架が運び出されていく。猛然とついていこうとする勇虎を説得したファーは、困惑している剛力《ゴウリキ》の女性に気づきベトナム語でアドバイスした。

「グエン、顔を見せて挨拶なさい。その子はあなたのファンのようです」

グエンは言われるがままにヘルメットを小脇に抱え、ぺこりと腰を折る。

「……グエン・チ・ミン」

「僕はマフラー・グッドスピードです。素晴らしい体験を、どうもありがとう」

グエンが頬を少し赤らめる。

一瞬の出来事のテレポートを、〝体験〟というところがいかにもロードピープルらしい。

女性型アンドロイド・コンシェルジュが黒いアタッシェケースを持ってきて、勇虎の前で開いた。

「ITA本部、グリッドハウスへようこそ。本殿は完全な電磁的中立を保つために二十層の高透磁率ナノ結晶磁性材隔壁で覆われておりますが、念のため、電磁波源は全て回収させていただきます」

勇虎は、画面の割れたフォンを手放すことを躊躇わなかった。かけたい相手がいなくなってしまったからだ。

そこから、ファーの導きでロビーへ進む。

ＩＴＡと言えば、国連に属さない国際組織の中では世界最大の規模と財力を持つ。その主体は西欧圏で生まれたはずだが、室内の雰囲気は勇虎の考えていたものとはかけ離れていた。全体として赤、金、深緑を基調としており、仏閣に似せた装飾やヒンドゥー由来の神像が見られる。

「驚きましたかね、御仁」

声は、少し下から聞こえた。

大型の四つ脚車椅子に座る男が、ニヒルな笑いを浮かべていた。

「はじめまして。私は白木、ＩＴＡ副会長です。ゲストハウスが到着するまでのあいだ、中を少しご案内いたしましょう」

異常に大きいアクチュエーターを搭載した四つ脚は、ごつい見た目に反して脚部先端の全方向タイヤで、静かかつ滑らかに移動を始める。

「ここはどこなんだ」

「さて、どこでしょう」

謎かけはもう飽きたと言わんばかりの視線に、白木は申し訳なさそうにかぶりを振った。

「本当に私は存じ上げないのです。それがこの場所が安全だと言いきれる一つの根拠になるかと」

ロビーを抜けるといくつもの部屋に通ずる絨毯の廊下があり、扉にはそれぞれ英字と番号が振られている。すでに何人もの職員らしき人々とすれ違ったが、服装の季節感は厚着だったり薄着だったりと、かなりばらつきがある。

国際取引のハブとなるビルの特徴だった。

「我々の目的はご存じの通り、テレポート技術の普及。そのための国際法を整備する部署が、この先にございます」

西フロアの一帯は法学方面の部門らしく、なんとなく雰囲気が堅苦しい。東フロアは教育と啓蒙の部門。二百三十三カ国が批准したテレポート協約に則り、協会主導で各国に教育機関を設立している。また、南フロアは事務全般を司るという。

「北フロアには何があるんですか？」

マフラーの問いに、白木はそっけなく答える。

「〈動力室〉ですよ」

四つのフロアを見て回るのに、十分《じっぷん》もかからなかった。それもそのはず、扉の前までは来るのだが、中は紹介されない。つまり、ほとんど廊下を歩いただけであった。

「世界的機関なのだから、もっと広いのかと思っていました」

「必要があらば拡げます。北フロア以外は、非連結状態にありますから」

首を傾げるマフラーへ、白木は歪んだ笑みを見せる。

「ですから扉の向こうには何もありません。ここはグリッドハウス。必要な時に必要な部屋を、各地から呼び寄せればよいのです」

実感こそ湧かなかったものの、マフラーの頭には納得が芽生えていた。複数の部署を一箇所に集約するということ自体が、そもそも線動文明的なのである。言いしれぬ感心に酔いしれていると、にわかに廊下一面の景色板が赤く染まり、警告音を鳴らし始める。

「ああ、気にしないでください、防災警報です」

数秒の発令ののち、景色板は元どおり微かな暖色光へと転じた。

「ゲストハウスが到着したようです。それと……いましがた連絡が入ったのですが」

白木は視線を伏せ、ひどく残念そうに告げた。

「磯貝葉子が息を引き取ったそうです」

ゲストハウスはコンチネンタルスタイルで、巨大なベッドと豪勢なシャワールームがあり、荘厳な雰囲気で勇虎たちを迎えた。

皮膚の剝がれた手の甲の手当てをおこなっていると、着替えを持ったアンドロイドコンシェルジュが、ナクサの容態を知らせに来た。

彼女は現在医務室で、高濃度ボルテックスの滴下を受けているという。症状の根治は困難だが、細胞を活性化させるジェルを塗り込んで、皮膚感染を防ぐという対策は取れるらしい。

「その……大丈夫ですか？」

固形ボルテックスを口に運んでいた勇虎へ、マフラーが訊ねた。

勇虎は幹細胞が馴染んでいびつな傷痕となった左太腿と、人工皮膚を貼りつけられた右手首とを照明の下に晒し、答えた。

「見ての通り無事だ」

「そうじゃなくて。友達だったんですよね、磯貝葉子さんという方と」

「……」

しばらく、堅焼きにされた栄養スナックの咀嚼音だけが部屋に浸透した。

勇虎は崩れ落ちるように寝入った。いくら巨大とはいえベッドを共にすることに抵抗があったマフラーだが、彼女もまた一時間もすると驚異的な睡魔に身を委ねていた。

半日ほど眠り、時刻は日本時間で二十時を回った頃。

勇虎は華やかな大広間に一人きりだった。慣れないタキシードを着させられていることもまた、悲壮感を上塗りする。

背後で、こつ、こつ、とヒールが床を叩く音が聞こえた。振り返った彼の目が捉えたのは、ほとんど初対面の人物だった。

深海のような紺碧のドレス。純白のイブニンググローブと、皮膚を覆うチェック柄のタイツ。銀の髪は滑らかに整えられ、オイルの照りと景色板の暖光で煌々と輝いている。

「よかった。大丈夫だって信じてた」

その女性、ナクサ・クータスタ・アーナンダは、顔を逸らし両手で胸を抱いた。

「これしかなかったの。これを着ろって」

コーラルのチークが塗られた頬をわずかに紅潮させる。リップを塗った唇はまるで別人だ。

「あのアンドロイドに？」

「そう！　勝手に着替えさせられたし、顔にも……いろいろ塗られた！」

「人権も何もあったもんじゃないな」

「うん。そうなの。ひどいよ。もう、ひどい」

「似合ってる」

偽らざる言葉が口をついて出た。

ナクサは頬を真っ赤に染め上げ、言葉にならない言葉をいくつか並べ立てると、まるで裸より恥ずかしいものを抱えているかのように、勇虎を睨んだ。

「似合ってる」

「二度も言わなくていい！」

ナクサは円卓に腰を下ろすと、手招きした。フロアには十人掛けのテーブルが二十ほどあり、肌寒いほど冷房が効いている。

勇虎の右手や首の傷を見つめていたナクサは、やがて視線を上げて言った。

「仕事仲間だったんでしょ。その、亡くなったと聞いたわ」

勇虎やナクサがヘリに回収されたのち、移動式WBで東京中央病院に搬送されたアハンガルラの旦那は、磯貝を含めてみな息を引き取っていた。

「別に」

勇虎の即答に、ナクサは苦い顔をする。

「私の前でくらい、意地を張らないでよ」

「本当の気持ちだよ。どうだっていいんだ」

優しい目。それなのに発せられる言葉は凍っている。

ナクサは髪を振り乱して反論した。

「どうだっていいわけないじゃない、イサトラ。それは変よ。あなた変」

「いい傾向じゃないか。その方がお前をちゃんと守ってやれる」

整えられた銀髪に向けて、勇虎の傷だらけの手が降りる。ぶっきらぼうな手櫛だった。耳の形をなぞり、指がやがて頬まで届いた。指先から伝わってくる、彼の思いやり。彼の不安。それら全てが本物であるだけに、ナクサは勇虎の急速な変化が心配であり、そして、恐ろしくもあった。

「お待たせしてしまい申し訳ありません。始めましょう」

現れたフレヤ・ファーは頭を下げた。続いてアンドロイド・コンシェルジュ、白木、グエン、タイランと、見知らぬ男が二人。全員がフォーマルな格好に身を包んでいる。最後にポニーテールに結い、男子の礼服に袖を通したマフラーがナクサの右手に着座する。

（あなたはそれでよかったの？）

ナクサが小声で訊くと、マフラーは照れ笑いを作って答える。

（今はまだ新しい自分に慣れる時じゃないかな、って）

ファーが何か合図すると景色板が一斉に落ち、一面が暗黒に覆われる。そこに小さな光の点がちりばめられ、九人の座るテーブルを中心に、立体化した太陽系が投射される。

「改めまして。お会いできて光栄です、赤川勇虎さん。本当はもっと早く接触するつもりでした。しかし、なにぶん日本の国土交通省との連携が……」

ファーは、向かって左に座る男性二人を睨んだ。肩をびくりとさせた二人は順に、国交省長官の遠崎《とおさき》と、移動警察総監の近松と名乗った。

どちらの男性も楽しげな雰囲気ではなかったが、とくに遠崎は額に浮いた汗をしきりにハンカチで拭っていた。

「何か、おっしゃりたいことは」

ファーが、低い声色で二人に詰め寄った。

国土交通省のドローンには、高速で随分と世話になった。どのような意思決定で動いていたにせよその二人は、勇虎とナクサを排除しようとした組織の長なのである。

「〈脱輪〉であるあなたには、消えてもらいたく思っていた」

遠崎隔蔵《かくぞう》の告白は、一周回って清々しかった。

だが勇虎も、そうしてもらえてありがたかった。今はこの男との決着なしには、何も始まらない。

「殺すつもりだったのか？」

汗を拭うと、遠崎はかぶりを振った。

「追い詰め、古典テレポートを誘発し、とにかく地球から消えてもらうつもりだった」

だから国土廃棄物に誘導し、執拗に追い立てたのか。

あの一本道は、なるほど、人を追い詰めて片道ブラリに誘うのに適している。

「あなた、自分で何を言ってるかわかってる？　自国民の命を守ることが使命でしょ。なのに、あんまりじゃない」

「お言葉ながらナクサ女史、我が国はテレポート立国です。〈脱輪〉の存在が明るみに出れば、真っ先に死の黎明期が思い起こされ、テレポート社会は下火になります」

「そのためには少数の人を犠牲にしていいっていうの？」

ナクサの追及に、起立した近松が勢いよく反駁した。

「多数意見のために少数意見を無視できるのが、民主主義のいいところであります！」

あまりに人道にもとる言説。あまりに非道を尽くす弁明。だが……それすら勇虎にとってはもはやどうでもいいことだった。聞かねばならないことはただ一つ。

「教えろよ遠崎。あんたらはなぜロードピープルを生んだ？　この問いが、あんたらの分岐点だぞ」

勇虎はマフラーを一瞥すると、人差し指で作った銃を遠崎へと向ける。

心臓が十回打った後、遠崎は粘ついた口を開いた。

「かつて存在した線動時代での交通事故では、〇：一〇の過失割合が確定することはまずなかった」

遠崎が顔色をうかがったのは勇虎ではなく、ファーだった。

「それと同様に、ＩＴＡと〈炭なる月〉の対立も、〇：一〇で決着することはまずありえない。我々は数多くの可能性を考慮する必要があった。かつての線動文明の規律は、無数の悲惨な事故の上に成立した。同じものをゼロから興すことは、人々に多大な苦痛を強いるだろう。故に、保険として保存する必要があった」

その答えを一番聞くべき人間がこの場にはいる。

マフラー・グッドスピードはメモを取ることさえ忘れたまま、呆然と訊ねた。

「じゃあ、僕たち《ロードピープル》は……」

「線動文明の守り人、いや、方舟とでも言うべきか」

移動することの楽しさ。怖さ。信念。それらを教訓として内包した、民族の形をした記憶装置。それがロードピープルの存在意義だった。

マフラーは全身を電撃に似た納得が流れるのを感じ、ぐったりと椅子の背にもたれかかった。

「俺の用件は済んだ。ファーとか言ったな、本題に入ってくれ」

アンドロイドに食前酒と前菜を運ばせると、ファーは立体映像上の地球を拡大した。配置が地動説モデルから天動説モデルへと切り替わり、太陽らしき発光体が勇虎たちのはるか背後を、相対位置で廻り始める。

そして夜に浮かぶ極東の島国が、別ウインドウで拡大された。

「これが我々と、そして国土交通省が成し遂げたものです」

夜に浮かぶ日本列島は、満遍なく、かつ穏やかな光に覆われていた。中国、韓国と同様、他の国に比べて発光量の偏りが、かなり少なかった。

「多くの環境破壊、自然災害、人種差別、人間が集住するがために起きていた問題は、テレポータリゼーションによっていずれも快方へと向かっています。しかし、これらは我々の目的の副産物に過ぎません」

「なんだ、企業説明会か？」

横槍を入れる勇虎を微笑でいなし、ファーは続けた。

「知識寡占《かせん》という言葉をご存じですか」

肯定の声は、ナクサ、勇虎、マフラーのいずれからも上がらない。

「〈知識寡占〉は、ある知識が長期にわたって独占され、一般人の記憶から完全に隔離されてしまうことを指します。我々は情報保存の正確さよりも遥かに、組織の善良さの方が失われやすいものだと考えています。この半世紀の早急なテレポータリゼーションは全て、知識寡占を防ぐために協会が断行してきたことです」

「じゃあ、あんたらの思惑は大成功ってわけか。そんな現実味のない危機感に駆られて、地球をでかい棺桶にした」

ファーは前菜を少し食べ、食前酒を一口飲んで上品に口を拭うと、厳かにかぶりを振った。

「すでに〈知識寡占〉は起こっています。中東危機。つまり巨大連合〈水源への道〉の誕生。彼らはコーランの原文をテレポートの解釈へと持ち込み、少数のイマームによってそのノウハウを管理しています。我々は何度も地元民に啓蒙を試みましたが、すでに包囲が完成しており近づくことさえ容易ではない。そういう国家が地球上に一つでもあると、百年、千年単位での知識寡占が起こり得るのです」

「だから無理やりテレポートを押しつけるんですか。その国の経済や文化がどうなるかという責任も持たず……」

強引なテレポータリゼーションさえなければ、そもそもロードピープルが〈下の世界〉を追われることはなかった。マフラーの右手は、ナプキンをしわくちゃにした。

「我々の愚かな決断を、どうかお許しください」

静かに頭を下げるファーを見つめながら、マフラーは膝上でペンを走らせた。

「今の言葉、確かですね。僕はロードピープル二百五十万人の目であり、耳です。僕は、書きますからね。あなたの指先の動き一つ一つまで、伝わると思ってください」

ファーは深いしわの刻まれた頰を少し緩ませ、力強くうなずく。

「我々は許しを乞うために、あなた方を招いたのではありません。許されなくたって構わない。ですが〈炭なる月〉を止めるために、協力して欲しいのです」

ナクサの額に深い皺が寄る。もとより彼女に戦う気などなかった。逃げ続けることができるなら、それが一番いいと思っていたのに。

「奥義者と戦うって言うの？」

ファーがおもむろにうなずいた。

「でも橋本博士に会えば、まだ話し合える可能性が……」

「三日前、パト・ブランコのアンビエンタウ・リオ・ダス・ペードラス公園が消失しました。南米移動警察によると、地下の空間がごっそりと削り取られていたそうです」

ナクサの表情が凍りつく。それは、高速道路に踏み出してまで焦がれた目的地の消滅を意味していた。

「おそらくは拠点ごと『移動させた』のでしょう。我々《ITA》はこれまで何度も話し合いを……いえ、少なくともその場を設けるために粉骨砕身してきました。ですがその度に、裏切られ続けた。だから私はもう……、サンクスギバーくんを信じることはしません」

「キングの姓を、どうして」

「彼とは同級生でしたから」

ファーは立体投射を切ると、景色板をシンプルな間接照明に切り替え、言った。

「少し、昔話をしましょう」

*

橋本研究所は一九九九年、脳科学者の橋本足見《たるみ》によって、イギリスのグラスゴーに創設された。橋本博士の立てた脳の変異予測では、二十一世紀を境に前頭葉容積が二%増え、新たな認知能力を獲得するはずだった。

だが実際にはその三十年後に、最初のテレポーターが出現した。

のちに〈死の黎明期〉と呼ばれるその十五年間。研究所は橋本博士率いるテレポート容認の〈希望派〉と、私の父で物理学者のロイド・ファー率いる抑え込み推奨の〈絶望派〉に分かれていた。

テレポートの本質を追究する橋本博士と違い、父はそれと社会構造との齟齬にこそ批判的視線を向けた。古典テレポートによる犯罪の、過失／故意の判定がどうあっても困難だということが、制度化不全を引き起こす腫瘍だと気づいたのだ。

そこで父は、人間の思考＝電磁的活動を丸ごと包み、監視するシステムを考案。人類の夢と引き換えに生み出された〈自認〉とWBの基礎理論を引き連れ、二〇四〇年、国際《I》テ《T》レポート協会《A》を祖国イギリスで設立。研究所を離脱した。太陽公司が出資を申し出たことで、テレポートはついに次世代移動手段競争のスタートラインに立った。

ちょうどその年。ロンドン大学に進学した私は、偏屈で理知的な二人の男性と出会った。かたや元スペインチェス高校生大会のチャンピオン、ドラゴン・サンクスギバー。かたや元日本車椅子バスケットボールチームの主将、白木天馬《てんま》。

純粋数学と量子物理学専攻の青年ドラゴンは、絶滅寸前の紙本と語らう繊細で気難しい男だった。物理オタクである彼はテレポートという新たな物理現象に心を躍らせていた。そんな彼からチェスを教わるのが、私は好きだった。

他方で、社交的で誰からも好かれた白木は認知神経科学を専攻していたが、私の属する社会学部の授業もよく聴講しており、当時はまだ定義も曖昧だったテレポート社会についての思考実験をよくたたかわせた。

白木は明確なテレポート反対派だった。長距離移動がテレポートに集約されるテレポータリゼーション社会では、逆に、短距離移動は人体に課せられる場合が多い。路上に面していればタクシーを捕まえられた半世紀前と違い、少なくとも人は公共玄関まで自分の足で歩かねばならない。一般人にとっては造作もない十メートル程度の移動を至る所で強要する、利便性に潜む空白。白木はそこに、バリアフリーの逆行を見ていた。

そんな白木がある時、ドラゴンを紹介してくれと言った。私は、友達が政治的意見で対立するのを見たくはなかったが、同時に、若き天才二人が出会うところを見てみたいという淡い期待もあった。私は結局、二人を繋いだ。

混ぜるな危険。そう書いてあるかに思えた組み合わせだったが、想像の何倍もスムーズに二人は仲を深めていった。卒業と同時に彼らは、橋本研究所に学問のその先を求めた。

私もそうしたかったのだと思う。けれど私には父親と継ぐべきＩＴＡがあった。

全てを決定づけた二〇四四年。南アフリカの都市構想コンペにて、モビリティ企業連合の提唱した「無人車を媒介とする移動に人力を割かない街」に対し、ITAが提唱し太陽公司が後援する「テレポートを主体にした移動に時間を割かない街」が競り勝ったことが、のちの歴史を決定付けた。

私は父と共に、この世界のテレポータリゼーションの礎を築いた。きっと、喜ばせたいという気持ちもあったのだ。偏屈な物理オタク──ドラゴン・サン

クスギバーに、テレポートと共に歩む社会を見せてあげたかったのだ。

白木と再会したのは、十数年後のことだ。彼は脳科学者、精神科医の肩書き、そして前頭葉に目的地のイメージを想起させる〈DAD法〉の特許とともに、橋本研からITAへ移籍したのだった。白木は閉ざされた十数年のこともドラゴンのことも、あまり多くは語らなかった。

その二年後、橋本研究所は〈炭なる月〉の名を冠し、前頭葉を萎縮させる麻薬の製造・流通を始めた。私は、私の知る偏屈な物理オタクがもうこの世にいないということを、否が応でも理解することになった。

ITAと〈炭なる月〉は、同じテレポートに対する絶望が生み落とした双子だ。

旧友がITAの、いや、テレポート社会の敵になったと知ったとき、恐れより先にノス

タルジーに浸る自分がいることを知り、私は自分のそういう部分を丹念に切り捨てた。

＊

「我々は、覚悟を決めねばなりません」

そう結んだファーに代わってタイランが景色板を操作すると、日本近海の海図が出現する。

「太平洋上、東京から千七百キロ地点。ここに見える国土廃棄物〝沖ノ鳥ｉ《アイランド》ジャンクション〟。敵の拠点です」

「どうやって見つけた？」

「登録されている全ＷＢ利用者の三十年にわたる移動記録《トランザクション》から、橋本研究所関係者の足取りを辿り、行動推論で絞り込みを行いました。なにぶん膨大なデータのため、時間はかかりましたが」

ファーが勇虎を見た。覚悟は固まっているのかを問う旨の視線だと、勇虎は理解した。

勇虎は躊躇いなく答える。

「そうか。別にあんたらがやらなくても、俺はやると決めていたことだ。橋本博士に会えないのであればなおのこと」

　確信を持って放たれた勇虎の声に、ナクサはドレスのスカート部分をギュッと摑んだ。沈黙の中で、枝豆のヴィシソワーズが運ばれてくる。馬鹿でかい皿に薄緑色の液体がほんの少しだけ入った、実に能天気な一品だった。

「俺は〈炭なる月〉を潰す」

　それはファーやタイランの気合いに完全に応える、力強い言葉だった。

　けれど、ナクサの小さな手が勇虎の服の袖を引っ張った。ナクサは不安げな瞳でこちらを見上げている。その不安が、この戦いに勝利できるかというところではなくて、もっと身近な部分に焦点が絞られているのだと気付くのに、そう時間は掛からなかった。

「もう、何人も殺しているわ」

　ナクサが告げる。

「そうだな」

「同僚の女性まで、殺すことなかったのに……」

　ナクサの不安げな声が、勇虎にいま一度考える機会を与えた。磯貝葉子を殺す意味が、本当にあったのかどうか。……だが、やはり何度考えても同じだった。アハンガルラは生半可な覚悟で倒せる相手ではなかった。もしまた同じ局面に巡り合っても、勇虎は、友を道連れにしてでも奥義者を倒すだろう。

そう思えるようになったことに、その冷徹さを手に入れたことに、勇虎は、誇りさえ持っている。

だから答えた。ナクサをそれ以上不安にさせまいと。それ以上、無意味な不安を感じる必要はないと。わかってもらいたかったから。

「ナクサ。俺の心の心配なんてするな。俺のことはもういいんだ。人は行くところに行く。どうせ死ぬ。それに奥義者を止めるには、旦那を破壊することが確実だと言ったのは、お前だろ？」

「破壊って……相手は人間よ！」

ナクサの張り上げた声は、まるで平手打ちのように勇虎の胸に響いた。

目をまんまるく広げて呆然とする勇虎に、ナクサは、寂しそうに告げる。

「私は、あなたが変わっていくのが怖いの」

「お前がそれを言うのか」

驚愕はいつしか疑問に変わり、疑問はいつしか怒りに変わっていた。

変わるために、多くを犠牲にしてきた。

正しい選択だったはずだ。

「ナクサ、お前が導いたんだろ？　俺の日常を終わらせて、奥義者に変えようとしたのはお前だ！　やっと、これでお前を守れる。お前を船の役目から解放してやれるっていうのに」

勇虎の両腕は、自分でも気付かぬうちにナクサの両肩へと伸びていた。

龍飛症に苛まれた肌の凹凸が掌に伝わることも構わず、勇虎は叫んでいた。

「今更、そんな役立たずの良心で俺を責めるなよ！　なあ！」

空調の音がいやに大きく聞こえ始める。

静寂の代償は大きかった。

「ごめん、ちょっと休む」

それはナクサから初めて向けられた感情だった。

けれど覚えのある感情だった。命を落とす寸前の奥義者たちが、勇虎に見せてきた表情。そちらから命を奪いにきておいてよくもそんな顔ができたな、と——勇虎の心を苛立たせる惰弱な表情。

それは恐怖だった。

「作戦は録音を聞いて頭に入れておくわ」

肩に乗った手をそっと払い、勇虎の両腕の間を通り抜けたナクサは、そのまま通路の方へと速足で歩き去っていく。

彼女の残した恐怖だけが、勇虎の網膜に長く残った。

10

部屋に戻った勇虎が巨大なベッドに体を横たえると、遅れて現れたマフラーがその隣に腰を下ろした。

「白木天馬さんに伺ったのですが、キング……ドラゴン・サンクスギバーは、精神的に不安定な面があったそうです。天馬さんは研究所の同僚であり、カウンセラーと患者の関係にもあった、と」

額の上に載せ景色板の光を遮っていた勇虎の左腕を、マフラーが退ける。骨格の弾性に従うように腕はすぐ額の上に戻った。

「だとすると、白木さんが離れたから、ドラゴンは闇落ちしてしまったということでしょうか。ＤＡＤ法ができてやっとＷＢが安定したのを鑑みると、ドラゴンが闇落ちしたのって完全に歴史の皮肉ですよね……」

マフラーは再び左腕を退かした。

　勇虎は舌打ちをして腕を元に戻した。

「でも、〈炭なる月〉の最終目的って一体なんでしょう？　なぜドラゴンはテレポート社会の壊滅を？　それって具体的にどうやるんでしょう。考えられるとしたら……そうですね、勇虎さんが経験したような事故を世界規模で起こす、とか。そもそもナクサさんの役目はなんだったんでしょう？　情報が少なすぎますね。ＩＴＡも結局〈炭なる月〉の過去を知っているだけで、今を知るわけじゃない。勇虎さんはどう思いますか」

　マフラーは三度左腕を摑み、頭の横へ放り出した。

「何すんだよ」

「勇虎さんこそ何してんですか、やっと情報が手に入ったっていうのに。それともなんですか。そんなにナクサさんとの喧嘩がこたえましたか？」

「……」

　あれが喧嘩という生易しいものだったなら、勇虎も口を開いただろう。しかし違った。あの時の表情。彼女の恐怖は、本物だった。

「ナクサさんもわかってると思います。呑み込むことで必死なんですよ」

　背後でマフラーがつぶやくのが聞こえた。

グエン・チ・ミンが動力室に入ると、三段ベッドで休んでいた職員数名が体を起こし挨拶した。

「楽にしていてください」

グエンは言うと、コンソールの無数のモニターを眺める。周囲の地層や電波の観測結果以外に見あたるのはＤ３２という文字だけ。

「時間です。お願いします」

職員の男一人がベッドから降り、片隅に設置された電話ボックス大のガラス張りの箱に入った。するとガラス上に、透過性のＤＡＤコードが表示された。

加圧機構もない空間でノックするなど、本来、他の職員の命を顧みない愚行である。だが彼はそのままノックした。

瞬間、動力室天井の景色板が赤く染まり、その赤は波のようにグリッドハウス全体に伝播した。無論これは勇虎たちのいるゲストハウスにも届いた。

男は縮入しなかった。少なくとも動力室からはそう見えた。だがテレポートは正常におこなわれていた。その証拠に、男は先程まで血色の良かった顔を、げっそりとさせている。

「さすがにこの容積はこたえますね」

グエンが労《ねぎら》うと、男がガラス張りの箱から出た。

そして冷蔵庫からボルテックスを取り、再びベッドに向かう。

モニターの文字はD33に変わっていた。

ガラス張りの箱は、WBではなかった。それはグリッドハウスという巨大なWB内に設置されたただのスタンディングポジションであり、DADコードを表示してテレポーターの自認領域を拡張するための特殊モニター。

動力室の動力とは、職員そのものを意味していた。

フレヤ・ファーが絶対の信頼を置くグリッドハウスは、テナント空間をWBに換装する移動式住居を元にして考案された。あらかじめ地下深くに築かれたいくつもの巨大WB内を、グリッドハウスそのものが三時間おきにテレポートし続ける——移動要塞。

三百カ所ある地下WBの行き先は、グエンただ一人の裁量で決められている。つまり今のD33がフィリピン・ルワン島直下二千メートルにあるということを知るのは、グエンとファーのみだった。

だからその警報音は、本来聴こえるはずのないものだった。

『放射線警報。放射線警報』

景色板が一斉に濃い紫色に染まる。

グエンはコンソールに網羅的スキャンを命じる——ゲスト用の給湯室周辺から、強力なガンマ線を検出——すぐさま、内線をファーに繋いだ。

「ミス・フレヤ、警報機が！　はい。今、ちょうど今です！　あの、こんなことって」

『グエン。落ち着いて。どの程度の強度ですか』

ファーは平静な口調で諭したが、内心では焦っていた。

スキャンは電磁波全般をカバーするが、施設内で放射能漏れを検知する道理がない。

「はい——、ただ、照射時間が Rất ngắn ——とても短く、強力です。Phóng điện sấm sét——雷放電のガンマ線フラッシュに似ています」

グエンの返答に母語が混ざる。

人体に無害の線量、というのが逆に気味悪い。自然発生？　意図して起こされた異常にしては効果が小さすぎる。

ファーはネクタイを緩めた。たとえばガンマ線フラッシュが放射線としてではなく、電磁波として発せられたとしたら……。

ガンマ線は短波長な電磁波だ。鉛以外のほとんどのものを通り抜ける。つまり地下二千メートルからの通信手段になり得る。

電磁的中立が破られる——！

グエンは全フロアの景色板に発生源までのルートを表示させ、すぐさま自身の力で、グリッドハウスをＤ５１へと翔ばした。警報が鳴ってから十七秒。取りうる限り迅速な対処だった。


給湯室はゲストハウスから非常に近く、結果的に最初に辿り着いたのはマフラーと勇虎だった。しかし二人は、部屋に踏み込むことができなかった。バロック調のキングチェアに深々と腰を下ろした少年が、忽然と現れ、部屋の中央に陣取っている。

「イサトラっ……」

その隣で氷漬けにされたように動かないナクサが、絞り出すように言った。

痩せ細った四肢と、両足の付け根から首にまで及ぶ龍飛紋、そして紺の髪を持つあどけない少年は、奇妙なことに全身が空のように青みがかっていて、透けている。

「仕組みはわかってたんだ。ＩＴＡの要塞は絶えず動いている。マシンは全てスタンドアロン。可搬記録媒体も十年間一度も持ち込まれていない。執拗なまでのハッキング対策…

……。ここのボスは、この僕《ビショップ》のことを知っているんだね」

勇虎はマフラーを扉の背後に押し込むと、単身で前に出た。

「ナクサを放せ」

「触ってないのにどう放せって？」

少年の腕はアームレストに置かれたまま。しかし明らかにその手は、ナクサに繋がれた見えない鎖の末端を握っている。

重心を下げ、顎を引く。ノックの姿勢をとった勇虎に向けて、頭をほとんど動かさずにナクサが叫んだ。

「だめ──ッ！」

それと同時に気づく。

少年を包んでいる蒼いベールが、ナクサにまで及んでいるということを。

「もう私は〈衣〉に包まれてしまった」

この少年は紛うことなき奥義者だ。だがこれまでの奥義者とは一線を画す何かがあった。

あまりに異質で異常な威圧感。

なんの武装もしていないひ弱な子供一人。四メートルもない距離。

それなのに動けない。

「姫、さあ、僕を見て。僕を見るんだ」

少年はナクサを膝の前に座らせる。すると椅子がひとりでに浮遊を始め、ゆっくりと旋回して勇虎に背を向けた。

少年はあろうことか勇虎を視界から外し、後頭部を晒したのだ。

それはつまり、テレポート攻撃に対して絶対的な自衛手段を持っているということに他ならない。

「じゃあね。もう僕らは、会わない方がいい」

絶望に顔を歪ませるマフラー。

しかし勇虎は汗の一滴も流していなかった。その黒々とした瞳はただ一点、ナクサに向いている。覚悟に引き絞られた目尻が、ナクサの横顔へと訴えかける。

ゆらり。椅子はさらに上昇した。

浮遊。人の業とは思えない。

勝てるのか？　そんな猜疑心を殴りつけ、勇虎は目に焼きつけた。少しでも多くの情報を得る。今できることはそれだけである。そして、最後にどうするべきか知っていた。それは燃え盛る戦車の光景と共に、勇虎の心臓に焼きついていた。

勇虎は笑顔を作った。

——俺がいる。だからお前は大丈夫だ。

天井近くまで浮遊した椅子が縮入し、真空圧波を残して消失する。

勇虎は真空圧波に巻き込まれる寸前でマフラーの手を取り、廊下の先へとテレポートした。〈舵〉によってベクトルをずらされた風の衝撃が、廊下にかかっていた絵画の額をかたっぱしからへし折った。

額に汗したマフラーが、泣きそうな顔で見上げている。彼女が悲しみの全てを代弁したように、勇虎もまたその場にある怒りの全てを代弁した。

心には、業火が燃え広がっていた。

11

かん、かん、かん。

足音で目を覚ますと、そこには見慣れたパト・ブランコの自室の光景が広がっていた。

二段ベッドの上段は天井からほど近く、寝返りをうつと膝が当たることもある。石のように硬い枕から頭をあげ、重たい布団を自ら剝ぎ取る。壁沿いのパイプの中を水が流れていく音。鉄の臭い。

はしごで床に降りると、紺碧のドレスに身を包む女が、壁に立て掛けられた全身鏡に映り込む。

下段にはいまだに擦り切れた三体のテディベアがあった。それは、〈学舎〉の訓練で死んだインチという少女の遺物だった。

徐々に近づいてくる足音で思い出す。

ずっと、窓が欲しかったのだ。

実際にキングに直談判したこともある。窓を通して、家の外の景色を見てみたかった。教科書を破いてクレヨンで塗りつぶし壁に貼った自分の家の絵は、正直に言うと世界で一番上手いと思っていた。

でもキングはついに、窓を作ってくれることはなかった。

ハッとして、我に返る。

引き寄せられるな。意識が戻っただけで十分だ。大丈夫。ここには勇虎もいなければ、マフラーもいない。守るべき人は誰一人残さず、あの要塞に置いてきた。

つまり〈最終手段〉を実行するときが来たのだ。

足音が近づくにつれ発汗し、呼吸が乱れ、震えが起こった。

違う。雑念は追い出せ。頼れるのはこの世でたった一人、自分だけ。〈最終手段〉を実行する。簡単なことだ。微かに残る古典テレポートの感覚を「どこでもない場所」へと向けるだけでよい。

意識が戻った今こそが紛れもないチャンスなのだ。

前頭葉に意識を集め、目を閉じる。

足音がドアの前で止まった。ハンドルが軋む音を立てながらゆっくりと回る。

やがてドアが開き、長身の男は狭いドア枠を潜ってきた。

ワックスで整えられた茶髪に彫りの深い目元。優しい口元と相反する額のシワの厳かさ。灰色チェックのカッターシャツにサスペンダーという装い。ただしその右袖には厚みがない。

「綺麗なドレスだ、ナクサ。よく似合っているよ」

ああ、なんだってそんなことを言うの……。ナクサは鏡を見、プレゼントを貰った少女のように綻んだ自身の顔に愕然とした。

男がかしずき、宙をたゆたう右袖を持ち上げてナクサの頬に触れた。

「キング」

右腕の柔らかな切断面が、布越しにも伝わってくる。

ナクサの震えはいつの間にか止まっていた。

「右手、前より酷くなってるわ」

「惜しいのは、君に触れてやれないことだ」

その男は悲しげな目で幸福そうな微笑を作る。

「君に見せたいものがある」

キングは立ち上がり、錆臭のする鋼鉄の通路へナクサを連れ出した。

明滅する青白いライト。焼ける虫の羽音。息が詰まりそうなユニットバスと専用のWB。

それよりも先は、立ち入り禁止を意味する赤い線が隔てている。

ナクサの足は、それを踏み越えることをためらった。

「もう越えても大丈夫なんだよ。ほら」

キングが優しく右袖を差し出すと、ナクサは金縛りが解けたようにそれに掴まって再び歩みだした。

階段をキングチェアに座る少年《ビショップ》が、やはり浮遊しながら降りてくる。よく見るとその腰と両足はベルトで椅子に固定されていた。

「さっきは慌ただしくてごめんね」

音もない浮遊移動は、画面上でファイルをドラッグするように滑らかだ。

「本当は別れの時間もあげたかったんだけど。あと五秒遅れたら、きっと僕は帰れなかったと思う」

狭く、重々しい鉄の通路。途中で白衣を着た研究員たちとすれ違った。皆、ナクサを見ると立ち止まり、拝むように挨拶をした。

「慕われているんだね。僕もこの三カ月間、寂しかったよ」

少年は誇らしそうにそう言った。

突然、鉄扉を震わせる音がして立ち止まった。横の扉に触れると、指先が痺れるほどの衝撃が伝わってくる。

「あああ！　あー、ああっ」

人の声帯を借りた、獣の声。ナクサは思わず電子錠を解錠した。

赤のランプが緑になり、鉄扉が勢いよく開いて幼い男の子が飛び出す。全身、スキンヘッドの頭部にまで龍飛症を患った男の子が、開いた口から涎《よだれ》を垂らしながらキングに噛みついた。

「やめなさい」

キングは少年を諭したが、やめる気配がないのを見て左手を振り上げると、少年の頬へと振り下ろした。

「キング！　まだこんなことを……」

ナクサが止めに入ったのは、本当にただのとっさの行動だった。

だが、キングの左腕はあろうことかナクサへと向かった。今度は張り手打ちではなかった。キングの左手はナクサの首を摑むと、そのまま彼女の体を壁に叩きつける。

左手には右手と違って、優しさのかけらもなかった。

「これは力だ」

キングは静かに言った。

ナクサの両足が、地面を離れた。ナクサはキングの左腕を叩いたり、引っ掻いたりするが、びくともしなかった。

暴れるナクサを見つめながら、キングは続けた。

「力とは力学の領域。そして力学とは物理の所作。私の筋力の収縮が君の気道と動脈を締め上げ、血中の二酸化炭素濃度を上昇させ、呼吸中枢を刺激して苦痛に変える。君のその苦しみは、精巧な物理の振る舞いだ。わかるかい」

一気に開いた気道に空気が流れ込み、唾液が口から溢れた。咳をしながら壁に手をついて立ち上がると、ナクサはキングのたくましい左腕に寄りかかった。

「ビショップ。この男の子を学舎へ」

キングの言に、少年は顔をしかめた。

「もうすぐ決行の日でしょ。今から始めても、意味あるかな」

「旅行の前日に、冷蔵庫に食材を残していくのは勿体ないと思わないかね」

少年は渋々うなずくと、椅子を浮かせて男の子のそばへ寄る。

「レベル3の処置から始めなさい。もしそれで使い物にならなければ、君のツークワンクに加えるといい」

「でも、耐えられるかな」

「それなら、この子は大丈夫だと信じることにしよう」

少年は控え目にうなずくと自認領域を伸ばし、〈衣〉で男の子を拾い上げると、曲がり角の先に消えた。

ナクサが辿り着いたのはソナーや操縦スタンド、ジャイロコンパスなどを備えた、ブリッジのような部屋だった。フロントガラスからは掘削現場のような大空洞が見えた。

ナクサはガラスに張りついて、その広大な空間を眺めた。

無数の工事用ライトが放つ強力な光が、ほぼ正方形の空洞を隅々まで照らしている。その中央には、シートで覆われた機材の山が聳えている。

「最終試験場。ルタ基地だ」

キングの声が反響する。

次の瞬間にはすでに、二人は先程見下ろしていたはずの空洞の基部《デッキ》を踏んでいた。テレポートしたのだと、遅れて気づく。予備動作は一切なかった。

すぐさま白衣の研究員たちが寄ってきて、挨拶や研究結果を手短に述べていく。手持ち無沙汰のナクサはなんとなく振り返り、言葉を失った。

空洞の壁面から、船舶のデッキらしきものが突き出ていた。

「あの船って、もしかして……」

キングはゆっくりとうなずいた。

「あれは、君と十六年過ごしたパト・ブランコ基地。訳あってブラジルから、ここに運ばせた」

ナクサは窓が欲しかった。部屋が地下室だとわかって諦めた。

だけど地下室ではなかった。

ナクサがかつて家だと思っていたものは、家でさえなかったのだ。

「あれは退役したミニッツ級空母をリサイクルしたものだ。そしてこのルタ基地も、さる国の主導した核シェルター構想の払い下げ。知っての通り私は、節約というものが大好きだからね」

デッキの一角にはビニールハウスがいくつも建ち、即席のラボとして機能しているようだった。

アクリルボードに書き込まれた数式と、景色板で映し出す太陽系モデル、フル回転するコーヒーメーカーと、換気用の大型ファン。ナクサにとっては、懐かしい光景だった。

「何を研究しているの」

「もう最終調整の時期で、今は三班に分かれている。軌道班は〈ミサイル〉が重力から受ける誤差の修正が大詰めだ。インプット班は軌道班の算出したDADを、各個体の前頭葉でエミュレートする作業を。そしてバイオ班は、〈ミサイル〉の培養槽の品質管理を。培養槽はすぐに苔が生えるからね、オゾン濃度を調整しているのさ」

——ビー。

ブザー音に振り返った。かつて立ち入り禁止の部屋の外から、幾度も聞いたその音。

金属の枠で厳重に舗装されたプレハブ小屋ほどのガラスケースの中に鎮座するのは、ナクサの背丈よりずっと大きい黒い球体だった。

その滑らかな表面には、白い文字が浮き上がっている。

『0.0692316』


ナクサは世界に空いた一個の穴のようなその球面を覗き込んだ。

ぼんやりと浮かび上がる小数には、何か、ただならぬ意志を感じる。

「その数字がなんだかわかるか」

数字。

そこにあるものは、ただの数字だ。しかし無視できない何かがあった。それは海溝の深淵や虚数、ブラックホールの事象の地平面に興味をそそられるのと似ていた。

首を横に振るナクサに向け、キングは告げた。

「それは、世界崩壊のカウントダウンだ」

再びブザーが鳴って、下の桁が6から5へと減った。

ただ数字が減っただけなのに、奇妙なことにその些細な変化には、本当に世界が終わるという説得力があった。

「これは一体、何？」

ナクサはキングから未知を愛せと教えられた。絶えず己の好奇心を慰め続けろと教えられた。さすれば救いなきこの娑婆世界に、燦然《さんぜん》たる美が立ち上がるのだと。

「〈素粒子震度計〉」

キングの声には畏敬があった。〈希望派〉として橋本博士のもとで学んでいたはずの彼の表情は、今は氷像のように冷たい。

キングは、黒球はディスプレイで、デッキの直下に埋まった加速器とコンピューターが本体だと静かに補足した。そしてナクサのイブニンググローブをそっと外し、割れた巻き爪を優しく包み込んだ。

「私はこの世界が好きだ」

彼の声は、福音のように響く。

ナクサがずっと聞きたかった、優しいときのキングだった。

「水が一気圧では摂氏百度で沸騰することが、タンパク質を加熱すると不可逆的な変化を起こすことが、地球の地軸が傾いていることが、受精卵が細胞分裂を繰り返してヒトの形になることが――」

キングは奏でるように続けた。

「君の生きる現実が、たまらなく愛おしい。誰が考えた、どの異世界より、私はこの物理宇宙を愛している。この現実が一番なんだ。たとえ『ここではない何処か』へ行けるとしても、私はこの現実を選ぶだろう。だからこそ、社会の方を壊さねばならない」

ナクサはキングの右袖を摑んだ。いっそもっといたぶり、もっと辱め、もっと苦しめて欲しかった。

「どうして私に何も言ってくれなかったの」

答える代わりに、キングはやりきれない表情を返す。

やがてナクサは視界の端に、白杖をついた老人の姿を捉える。

「橋本博士！」

白衣白髪白髭、無表情の老紳士。それは当初想定した唯一解だった。

ナクサは旅の終着点に飛びついた。しかしすぐに、己が仕組んだ逃避行がいかに無意味だったかを思い知らされる。

彼の目は白濁し、ほとんど盲目と言ってよかった。補聴器は耳からはずり落ち、巨大な耳たぶのようにぶら下がっていた。背骨は歪曲し、頰はこけ、こめかみに大きな黒斑点ができていた。かつてあった無限のバイタリティ、偏愛に近い好奇心、あるいはテレポートへの希望は、見る影もない。

「博士に何があったの……？　私が知っている彼は全テレポーターの、いえ、全人類の希望の星だった」

「星は落ちた」

キングは球体を見やると、咳をするように呟いた。

「あの数字だ。全てはあの数字のせい。あの数字が我が師の心を、深淵へ連れ去ってしまったのだ」

橋本博士は球体の前で呆然と立ちしばらく数字を見つめていたが、やがて両足に震えをきたし、そんな彼に助手が内服薬を飲ませた。

博士は震度計の前に毎日やってくる。そして数字を見、発作を起こすのだという。南米にいた頃からそうだった。ナクサが知らされていないだけだった。

「ナクサ。この世界は何でできていると思う」

謎かけでないとわかったナクサは、原子と答える。

「もっと細かくすると」

原子核と電子、と答える。

「では、電子とは?」

電荷マイナス1、スピン1／2のフェルミ粒子。

よくできた、とキングの右袖が降り、包帯を巻かれた切断面のじゅくじゅくとした皮膚が、ナクサのこめかみや耳を愛撫した。

「世界は素粒子でできている」

キングはアクリルボードの片面を消すと、物質が素粒子に分解されるまでの図を書きつけた。

「素粒子の特徴は波でもあり物質でもあること。波とは振動のことだ」

粒子と波動の二重性、量子論の根幹をなす考え方だ。

「加えてこの世界に存在する四つの力もすべて、素粒子が関与している。わかるかい。林檎が木から落ちることも、木に林檎が実ることも、それどころか木そのものも、全ては素粒子の『振動』によって引き起こされる『現象』だ」

世界＝振動と、赤いペンで書く。

続いて青いペンが握られる。

「私たちが二十年以上前に研究していたのは、まさしくその『振動』についてだ。ナクサ、次の問いだ。テレポートとは『何』だ」

「縮入と膨出を一瞬で行う移動手段？」

誰もが知るその当然の定義を、キングはかぶりを振って否定した。

「それが間違っていた。恐ろしいことに人類は、テレポートが何かよくわからず使い始めた。そしてよくわからないまま世界中に広がってしまった。人間の身体機能の一部だからと諸手を挙げて歓迎した産業界、テレポートという名前を安易に用いた国際メディア、闇雲に自由と権利を訴えるだけの衆愚、その全員が戦犯だ。いいか、ナクサ。テレポートとは〝移動〟ではない」

ナクサの思考はぷつりと途切れた。

彼の言葉を呑み込むまでに、鼓動は十回以上打った。

「テレポートとは〝牽引〟だ。自分自身を起点にして宇宙そのものを、宇宙の膨張速より速く引っ張ること。言い換えるならば $\lim x \to 0 f(x)$ で表されるような無限小時間、我々は物理法則の外側〈空《クウ》〉に出て、宇宙を思うがままに操る。そして〈空〉から帰るとき、人体は低次元から浮上し、高次元の物質を押し除け破壊する」

キングはテレポートに関する数式を書きつけたが、ナクサが理解していないとわかると、袖で擦って消した。

「仮にそうだとして……何が問題なの」

「移動ではなく宇宙を引いている。それも、テレポート能を持つ三十億近い数の人間が、絶えず、毎日。わからないかナクサ」

キングの求める姿勢に、ナクサは背伸びをして考えた。思えばいつもキングは、ナクサの理解の限界以上を求めてきた。そしてナクサもまた、それに応えようと必死に頑張った。けれど今回ばかりは、無言こそが回答だった。

「宇宙は揺れている。『振動』だ。揺れは、宇宙の全長からしたらほとんど意味のないような数値に思えるが、我々のそうした常識を、素粒子震度計は打ち砕いた」

「あの数字は一体何を意味しているの」

キングはガラスケースに入った振り子と鉄の台をナクサの前に並べた。二本の糸に吊られた鉄球を持ち上げて放すと、振り子は二次元的な往復運動を始める。

「これが世界だ」

キングは鉄球を指して言った。

「振り子そのものではなく、振り子が揺れているということ自体が、だ。この揺れが世界という現象だと仮定する」

次に鉄の台にスイッチを入れる。台は左右に一定の速度で単振動を始める。

「そしてこれがテレポートによって侵された宇宙だ。この台の上に、振り子を載せる」

慎重に載せると、少し早かった振り子のペースは、次第に台のペースに同調し、赤い玉は自らの役割を忘れたかのようにピタリと停止した。

キングは台座の電源を切ると、二つの道具を脇へ置いた。

ようやくキングの意図を理解すると、気づきは徐々に神経を侵し、ナクサに目眩と頭痛を引き起こした。

「テレポートによって振動する宇宙。そして振動することによって存在を保たれている素粒子。もし宇宙の振動数と素粒子の振動数が同調したなら、相対的に、宇宙にとってその素粒子は、存在しないことになってしまう。赤い玉が止まったように、世界も呼吸を止める。これが〈相対崩壊〉だ」

「相対崩壊……」

ナクサは、言葉の意味からではなく、彼の表情と身振りから、その恐怖を察知した。

「素粒子震度計は、現在の宇宙から見た荷電レプトンの相対的な振動数を表示している。これがゼロになった時、宇宙から電子が失われる」

全ての物質は分子から成り、全ての分子は原子から成り、そして全ての原子は三つの粒子から成っている。

電子が失われた世界がどうなるかなど、想像するまでもない。

キングは深く呼吸をすると、ナクサの背中に左手を押し当てた。

ナクサの背骨に緊張が走った。

「テレポート。テレポート。テレポート……。想像の中にあったものがいざ目の前に現れたとき、どれほど慎重でいても、人は便利さからは逃れられない。その慢心と戦うことが、科学者の役目だった。つまり我々は一度敗北した。だからこそ、もう二度と人類がテレポートに手を出せないほどの、恐怖の判例を作る」

キングの目はまるで一個の恒星だった。凄まじい覚悟の核融合が、感情の渦の中で燃えている。そんな状態であってもナクサの頭に愛おしそうに触れ、真心で愛撫したあと、額の髪飾り――ティッカをそっと取りあげた。

きょとんとするナクサを尻目に、キングはそれを研究員の一人に手渡す。

「始めてくれ」

鶴の一声で、事態が一気に動き出した。

研究者たちは機材の山を覆うシートの結束具を解くと、作業用のクレーンを動かしてそれを剝ぎ取っていく。

剝き出しになったものには見覚えがあった。それはまさしくナクサが対蹠テレポートで運んでいた、赤黄青、色とりどりの四十フィートコンテナだ。

「君が運んだんだ。一日百人ずつ。十年かけて」

知っている。このコンテナの重さも、運んだ後にくる搾汁疲労の酷さも。体を雑巾みたいに絞られて、外に出たがる胃液を幾度も口の手前で押し留めた日々の辛さも。

「検閲の甘いブラジルで作り、沿岸警備の甘い日本を経由して搬入した。このルートがなければ、計画は成らなかった。君は本当によくやってくれた」

ただ、言われるがままに運んだ。そうするとキングがとても喜ぶことを知っていたから。ナクサはあくまで、中身は麻薬なのだと思っていた。

しかし、もし〈炭なる月〉の目的がテレポート社会の転覆にあるなら、自分は一体、何を運んでいたのか――。

ナクサは身震いした。

今になって、本当に取り返しのつかないことをしてしまったのだと悟る。

「最後のピースを得るために、アハンガルラを君の元に遣《や》った。優秀な君ならば、監視を逃れるために衛星〈智慧《チエ》〉を破壊すると信じていた。もちろん我々もその様子を観測していたが、君自身の脳波は何にも増して重要なデータだったんだ」

凍りついた首元をガチガチと震わせながら、振り向く。ティッカのオニキスがハンマーで叩き割られ、中から黒い粒のようなマイクロチップが取り出される。

研究員は嬉々としてそれを受け取り、次のように言った。

「これで最終補正がかけられます。テレポート・ミサイルの微調整はつつがないですね」

キングが微笑んだ。

塔のようにうずたかく積み上がったコンテナ、その下段一列が一斉に展開した。

現れたのは無数の円筒形の水槽。

ナクサは呼吸を忘れ、糸を切られた人形のように膝から崩れ落ちた。

オーシャンブルーの電解水が充塡された水槽内には、少女が浮いている。小麦色の肌と、銀の髪を持つ二次性徴前後の体。まだ龍飛症を患っていない、琥珀のような肌を持つ少女たちが、幸福そうな顔で眠りについている。

一列、皆、同じ顔立ち。それはちょうど十年前、あの部屋の全身鏡で見た自分自身の相貌と、完全に重なった。

それは膨大な数の、ナクサのクローンだった。

「あ、ああ……う……んぐっ」

嗚咽を呑み込み、唾液が気管に入って咳き込んだ。胃が熱くなる。口の中で蛇が湧く。出血のように涙が出る。

ナクサは嘔吐した。

「〈F15号戦略〉の目標は全世界。統一信号網《コンステレーション》をつかさどる信号衛星、二〇万一千五百二十三機を同時に、すべて落とす。赤川勇虎のケースを二百カ国で同時に起こし、人々が二度とテレポートなど使わぬよう、不可避の教訓を作る」

鼻水と涙と嘔吐物でぐしゃぐしゃになった顔を地面に擦りつけ、この世の全ての神に許しを乞うナクサを、キングは強く、強く抱きしめた。

「ありがとう。全部君のおかげだ」

背後で、ブザーが鳴った。

第四章　ゼロ震度の果てに

青木鷹雄《たかお》が高速道路のアスファルトを踏んだのは、四歳の時だった。

彼の父親は、プロボクシング東洋ミドル級王者である。だが哀れなその男は外傷性脳損傷でテレポート能を失い、指名試合を放棄。社会的追及と悪化した妻との関係から逃れるため、鷹雄を連れて〈上の世界〉に居場所を求めたのであった。

ロードピープルは二人を厚遇し、希少動物の密輸という職業を与えた。鷹雄はヒノ・レンジャーの助手席に乗り、見捨てられた空白の世界を父と共に旅するようになった。

樺太産のトキを移送する道中、トウホクチュウオウ道のクリコトンネルが崩落。東北地方を襲った震度七の地震のためであった。

密輸隊のトラック五台が巻き込まれ、父は目の前で圧死した。

鷹雄自身も挟まれた下半身の感覚を失い、死を意識した。

だが次の瞬間、鷹雄は父の遺体ごとテレポートしていた。膨出先は彼のかつての自宅の居間。鷹雄は、消えかかった命を自らの手で救ったのである。

彼のただ一つの誤算は、ちょうど母親とその愛人が居間でテレビを見ていたことだった。

1

八月二十一日、一一二三《ヒトヒトフタサン》時。

沖縄県那覇市より八百二十キロ、東京都品川区より千六百十四キロメートル、太平洋上空、海抜約千二百メートル。

〈ブラインド・サマー作戦〉

発動予定七分前。

ドアの外には、夏の陽光を乱反射するぎらつくセルリアンブルーの海。

マフラー・グッドスピード・パーキングヒルは、高速ヘリコプター〈墨子《ボクシ》〉五機編隊にいた。

『目標、国土廃棄物〈沖ノ鳥i《アイランド》ジャンクション〉。到達予定時刻、一二〇〇《ヒトフタマルマル》時。ドラゴン・サンクスギバーの確保、及びナクサ・クータスタ・アーナンダの奪還。以上がブラインド・サマー作戦の第一目標となります』

ヘッドホンに流れ込む管制通信。

それは昨日行われた作戦会議の復唱であり、ヘイムダルの笛の音でもあった。


ＩＴＡは先手を打たれた。

不定要塞であるはずのグリッドハウス内で照射されたガンマ線信号が、座標情報を外部に発信した。厳重な持ち物検査と、執拗なまでの機器のスタンドアロン化。人間を動力にした防衛機構。その何重にも組まれた安全策は、奥義者の少年・ビショップの微笑によってあっけなく破壊された。

残されたのは、ナクサが奪われたという事実のみ。

もはや一刻の猶予もなかった。

目標となる国土廃棄物〈沖ノ鳥i《アイランド》ジャンクション〉は太平洋上、東京から千七百キロ地点。太平洋回廊用のテレポート中継地となるはずだったが、難民流入を憂慮する世論の声により、時の政権が計画を放棄したことで残った無人島である。

当然、古典テレポートによる強襲が考案された。その中でも最有力候補だったのが、弾道ミサイルに積載する簡易WB《ワープボックス》〈T《テレポート》アンカー〉の使用だった。

しかし第一に迎撃される危険があること、第二に夏の太平洋の荒れ方ではアンカーが着水してもフロートを展開できない恐れがあること、第三にアンカーがハッキングに遭えば、最悪の場合全員が片道ブラリを強いられることから、移動は線動《ラインムーブ》移動に限定された。

『テレポーターによる防衛が予想されます。翔撃兵《しょうげきへい》を前衛とし、イサトラ氏とグエン氏を遊撃手として配置。同士討ちを避けるため、天空時計《アストログラフ》に表示した味方の相対位置に留意してください』

マフラーは右腕に巻かれたスマートバンド状の天空時計《アストログラフ》に視線を落とす。自分を中心とする球形の立体地図には、誰が、どの方向の、何メートル先にいるかが表示されている。

『テレポーターであれば戦士級であっても、即時発砲を許可します。実弾より神経衰弱弾を使用してください。また万が一奥義者級のテレポーターと対敵した場合は、テレポート攻撃対策のため、五十メートル以上距離をとった上でガンマ線銃で牽制の上、すぐに通知を。翔撃兵かグエン氏がカバーに回ります。ではご武運を。——交信終了』

　ヘッドホンが機体ごとのローカル通信に切り替わる。

　糸を切られた凧を嘲るように横なぎの偏西風が吹きつけ、直線の隊列がぶるりと揺れた。

「マフラー老師《ラオシー》、慣れませんか」

　ヘッドホンに流れ込む声。向かい合わせになった座席を潜水服のようなスーツを身に纏った兵士十名ほどと、非戦闘員数名が埋めている。まだヘッドホンによる会話に慣れていないマフラーは、唇の動きを追って誰が喋っているのか突き止めようとした。

「ラオシー。私です」

「……遥泰然《ヤオタイラン》CEO」

　マフラーは恐る恐る答え、非戦闘員の中でもとりわけ戦いの雰囲気から遠い、その恰幅の良い男に視線を定めた。

「一応、揺れには強いつもりです」

「さすがはロードピープルといったところですね」

　タイランは興味深そうにうなずいた。

「少しは彼を見習ってください、イェニチェリ」

　タイランの言葉に、潜水服の兵士の一人が金魚鉢のようなヘルメットを取り、今にも吐きそうな顔を晒した。

「テレポートによる空中戦は他の追随を許さないというのに、ヘリで運ばれることにはとんと弱いとは。酔い止めを飲めないことには同情しますが」

イェニチェリと呼ばれたトルコ系の男はエチケット袋に嘔吐すると、照れ臭そうに頭をかいてヘルメットを再装着した。

厚手のスーツと電子化されたヘルメット、そしてアサルトライフル型のガンマ線銃を装備した翔撃兵が、三十人近く、この作戦に動員された。

ヤオ・タイラン。世界の物流を統べる五大カンパニーの一角、太陽公司《ターヤンコンス》のCEOにして、この〈ブラインド・サマー作戦〉のために中国空軍沖縄駐屯地や墨子をはじめとする、複数の武力を用意した功労者——。

そしてこの世に、テレポーターと非能者の分断を生み出した、元凶のひとりでもある。

「そう、僕はロードピープルだ。お言葉ですが、急進的テレポータリゼーションの引き金であるあなたのことをどう思うべきか、僕はまだ結論を出せていません」

するとタイランは、翔撃兵たちとマフラー側に座るレーシングスーツ姿のグエン・チ・ミンを流し見て、微笑んだ。

「しかしあなたは、納得しているのでは？　今という現実が、過去の人類の判断の、当然の報いだということに」

正鵠《せいこく》を射られ、マフラーは目を見開いた。

遠崎隔蔵と話した時もそうだった。湧いたものは怒りじゃない。それを聞けばリアやバンパーが悲しむだろうという、失望。

だけど気づいてしまったのだ。失望しているのは自分だけじゃない。遠崎やタイランもまたままならない過去の傀儡《かいらい》であり、宿命の轍をなぞっているだけなのだと。

それならば、とマフラーは思う。立場に縋《すが》って目を曇らせず、個人への恨みなんて消えてしまうくらい、もっと高くからこの世界を見下ろすしかない。

*

十二時間前。〈ブラインド・サマー作戦〉の立案・決行が決まり、決起集会が行われる裏で、マフラーはゲストルームの景色板から、国土交通省のドローンを介してエビナ国SA《SA》と連絡を取っていた。

ドローンの高精度カメラとマイクが映し出す、復旧作業中のSA。その指揮を執るリアの口から最初に語られたのは、後続車のグランドツアー撤退という事実であった。

ロードピープルとして悲しむべきだということはわかっていたが、リアの生存を知れただけでマフラーは安堵を隠せなかった。

「リア姉は無事？　今は安全？」

「私たちが戻ったときには、もうやつらの姿はなかったよ。散々荒らしといてあたしらには興味ナシとかさ、むかつくけど。でも、おかげで復旧作業に専念できる」

ヘッドバンドを巻き高視認ジャケットを纏ったリアは、声を低くして続けた。

「兄貴の遺体ね。見つけたよ。火葬にした」

灯火隊《トーチ》によって、簡易的に行われた路上葬。本来であれば遺族が代わるがわるハンドルを握りながら一昼夜走り続け、路上に遺灰を撒くという風葬を行う習わしだった。

当然戻れと言われるのだと思っていた。マフラー自身、戻るべきだとわかっていた。

だがリアの反応は、予想したものとは違った。

「だからあんたが戻ってきたら、そのとき一緒に撒こう」

「リア姉、でも僕は」

「最後までやるべきよ。自分で決めたことなんでしょ」

リアの音割れした叱咤は、マフラーの逡巡を蹴散らした。

「土産話、楽しみにしてるから」

言葉少なに通話を切ったとき、マフラーの心からは曇りが晴れていた。そして彼は決起集会に参加し、遅れて作戦に志願した。

＊

「この場において、私たちは同類だと思いませんか」

タイランの言葉に、マフラーは顔を上げる。

あまりに異なる立場。あまりに異なる信念。だが同類という言葉は意外なほど腑に落ちる。

ドラゴンと因縁を持つファーと白木。戦う力を持つ勇虎とグエン。彼らは皆、必然という切符を持っていた。しかしタイランと同じくマフラーには命を賭けるほどの必然はない。

だからこそ、その選択には人一倍の『覚悟』があった。

「見届けずして、一膳の米を口にできましょうか」

「納得なしには、死ねない」

二人は同じトーンの声を響かせ、そして顔を見合わせる。

その奇妙な一致を予想していたかのように、タイランはマフラーを覗き込む。

突然、恐るべき揺れが襲った。パイロットが荒々しい声で、二番機、一番機が被撃墜、と叫ぶ。

マフラーがヘッドホンを外し、窓の外を見やった。

二つの火球がセルリアンブルーの海面に向かって落ちていく。

「ミサイルではない何かに……ぶつかったのか⁉ 謎の飛行物体、音速の三倍でなおも移動中！ 次はどっちだ……次は……」

パイロットの怯えた声に、マフラーは慌ててメモ帳をジャケットに仕舞い込む。

「五番機《ここ》に向かって高速接近中！ 対衝姿勢！」

パイロットが言い放つ六秒後、この五番機も火の玉となっていた。

頭上に海、足元に空。マフラーの視界が逆転する。レザースーツにヘルメット姿のグエン
グエンと、肉をぶるぶる震わせるタイランの姿が見えた。全身に吹きつける風。

グエンのヘルメットが空に投げ出され、真珠のようなスキンヘッドが露わになる。その
焦りと冷静さの入り混じった表情から、マフラーは自分の命の在処《ありか》が彼女にあることを自覚する。

そのグエンの目尻に溜まった涙も、反転した空に吸い出されて消えた。

全員は救えない——グエンは虚しい声だけを空間に置き去りにし、テレポートで空中を

駆けた。

マフラーは目まぐるしく変わる視界の片隅に、敵と思しき高速物体と戦う勇虎の姿を捉える。

敵。そうだ。あれが敵の能力の原理か――。

マフラーの思考が輪転する。

勇虎に伝えなければ。

こうしてマフラー・グッドスピードの最も長い一日が始まった。

2

〈炭なる月〉が鷹雄少年を確保した時、彼は下半身不随と失語状態にあった。

パト・ブランコ基地の船室を与えられた彼は、他の孤児たちと同様に訓練を受けた。WBで運ばれた先は、エクアドルのチンボラソ山麓に位置する〈学舎〉。石造りの建物では、上は十六歳から下は四歳、常時五十人程度の孤児がいた。学問は物理学、次いで化学、数学、語学が重視されたが、求めれば歴史や音楽も教えてもらうことができた。それからスポーツも大いに推奨された。

修行は苦行だった。まず、古典テレポートの習得が求められる。一歩間違えれば即死もあり得る修行は、安全のため脳波のリアルタイムの計測が必要だった。そのため毎日多量の造影剤を投与され、前頭葉に細い針を通す。

脱落し〈学舎〉からも船室からも消えていく子供たち。しかし鷹雄にとっては、修行だけが道標だった。

それが終わると耐久修行が待っていた。搾汁疲労を顧みず、移動距離と容積、そして反復回数を伸ばす訓練だ。栄養失調で死ぬ子供もいたが、鷹雄は力を得て戦士となり、この世界に復讐すると固く誓っていた。

しかし皮肉なことに戦士になる資格は一つ。

この世界を愛することだった。


『テレポーターによる防衛が予想されます。翔撃兵を前衛とし、イサトラ氏とグエン氏を遊撃手として配置。同士討ちを避けるため、天空時計《アストログラフ》に表示した味方の相対位置に留意してください』

管制塔からの通信を聴き、勇虎は左手首に視線を下ろす。

景色板と同じ原理で動くスマートバンドには、地動説モデルの天球が表示されている。

「こんなものに意味があるとは思えない」

冷たく言う勇虎の声に、向かいに座る白木が顔を上げる。

「翔べない鶏にとっては命綱です」

二座席を取り外して作ったスペース内で、ベルトで固定した四つ脚の車椅子に座る白木は、自嘲して笑った。

『ではご武運を。——交信終了』

管制塔からの通信が終わると、白木はすぐに個人回線を開き、勇虎の目をじっと見つめてから深々と頭を下げた。

「あなたにこんな役割を強いてしまって、申し訳ありません」

勇虎はかぶりを振った。

「これは俺の意志だ。俺に必要なことだ」

白木は何度かうなずくと、訊ねた。

「ナクサ氏はあなたにとって、大切な存在なのでは？」

「……あんたには関係のない話だ」

「想いはいつか、認めねばなりませんよ。それが清い、醜いにかかわらず。あなたはたくさん痛みを感じた人ですから。ヒトの『心』に失望するのも無理はありません。お母さんのことはさぞお辛いことでしたね」

勇虎の血走った目が、白木の青白い顔を睨んだ。

「なぜそれを知っているんだ……？」

「自分を一番守ってくれるはずの人に裏切られた人間は、往々にして自虐的になり、身にあまる自責に苦しめられます。あなたは背負いすぎる傾向にある。違いますか？」

思い当たる節がないわけではない。例えば、空洞東京でナクサを助けた瞬間。勇虎は、逃げることを選ぼうとした。でも、できなかった。ジョルダンに追われたときだってそうだ。背負いたくないと言いながら、バンパーとリアの想いまで背負って、ここまで来た。

勇虎は誰かを見捨てることを、とうに諦めている。

だからこそここまで冷徹になれた。

「私は精神科医です。不安はいつでも打ち明けてください」

白木は優しく微笑むと、うやうやしく手を差し伸べてくる。

握手を受ける代わりに、勇虎は切り返した。

「俺にも教えてくれよ。あんたは、ファーのことをどう思っていた？」

個人通信の外はヘリの駆動音が満たしている。ファーには聞こえていない。

だが白木の表情は固まった。

「理解に苦しみます。私が……？」

「いや──。あんたが話したくないならそれでいい。つまりはそういうことだ。俺だって、話すべき相手くらい弁《わきま》えてる」

白木はそれまでとは別の安っぽい笑みで顔を覆うと、下ろした腕をそっと車椅子のアームレストへと戻した。

「ポイントを目視で確認」

ファーが双眼鏡を覗き、ささやいた。

「椅子……？」

「なんだって⁉」

半ば奪うように双眼鏡を取った勇虎は、最大倍率のレンズの先に奇妙な光景を見る。

日本最南端の孤島、沖ノ鳥島。その岩礁保全のために作られた約五百メートル四方ののっぺりとした基部は、白と黒の市松模様に塗られていた。

まるで巨大なチェス盤だ。

そしてその一辺──まさにキングの初期位置──に悠然と存在感を示すキングチェアが

あった。絢爛《けんらん》な朱色の上張り地と金色のフレームを持つ、主人の帰りを待つかのような空白の玉座。

だが勇虎は思った。なんだっていい。目的は揺るがないのだから。

「ブラインドミスト弾、発射」

一番機から三番機がグレネードを発射し、灰色の煙を撒き散らした。これでこちら側が用意したサーマル暗視ゴーグルが生きてくる。

緑と黒のコントラストから成る視界。勇虎は暗視ゴーグル越しでも、距離と方向を見失わないよう、この三日間訓練を重ねてきた。

編隊が霧に突っ込み、作戦開始の火蓋が切られる。

「二番機が斥候します」

一番機の陰から前に出る二番機は、ポイントに降下し他機の着陸スペースを確保することが目的だ。

沖ノ鳥島は氷山の一角。基地は地下に広がっていると考えられる。ミストによって古典テレポートは封じた。こちらにはサーマルゴーグルと天空時計《アストログラフ》がある。

無論これでも万全にはほど遠いが、待っていても万全など永遠に訪れない。

だから、征く。

今日すべてを終わらせるのだ。

「接敵――――ッ！」

ヘッドホンに流れ込む、轟くようなオープンチャンネル。二番機パイロットからだ。ほぼ同時、勇虎の乗る一番機が大きく揺れ、白木の体が車椅子から投げ出されそうになった。標準搭載の電波式レーダーはいまだに何も捉えない。

直後、二番機からの通信が途絶する。

「何かがいる！　なぜ映らない!?　レーダーには何もッ」

次の瞬間一番機のコクピットが消滅し、灰色の空が丸見えになった。折れたローターが空を切りながら落ちていく。乱回転を始めた機体。勇虎はとっさに視界に入っている全ての人間を自認領域に抱いて翔んだ。膨出先でわずかに滞空したその刹那、暗視装置が頭上を駆け抜ける人影を見る。

暗視装置に映って、なぜレーダーに映らない――？

勇虎は更に翔び、時折〈舵〉によって重力加速度を打ち消しながら、桂馬のように宙を駆け、沖ノ鳥島の巨大チェス盤へと着地した。

空白の玉座。

瞬く間に。

玉座には蒼い少年が腰掛けている。

「ご苦労様」

少年は椅子を宙に浮かせてブーツを履いた足をぶらりとさせると、勇虎の方へ旋回した。

すると彼の背後に、二十名ほどの人影が出現する。

少年は、誇らしげな声で言った。

「紹介するよ。これは被動部隊《ツークワンク》、僕の可愛い部下たちだ」

深緑のクロークを纏い、頭に王冠にも似た拘束具をはめているその者たちは、皆一様に若かった。いや、若いというよりは幼いと言うべきか。声もなく、傀儡《くぐつ》のように突っ立ち、植物のように垂らした腕を微かに揺らしている。

「フィート。メイトル。パッスス。スタディオン。皆を連れて、さあお行き。ここは君たちの領空だ」

少年の声と共に、二十名が同時に消えた。当然真空圧波が巻き起こったが、蒼い少年の体は不自然なほど揺らがず、髪の毛一本さえ動かない。

「タイラン、敵が散開！」

盤上のファーがインカムに呼びかけるのと同時だった。ちょうど彼女の真横に、タイランとマフラーを連れたグエン、そして潜水服のような厚ぼったい服を纏った翔撃兵たちが膨出した。

勇虎が胸を撫で下ろすのも束の間、タイランはヘッドセットに何かの暗号を投げかける。

残された三番機と四番機は風前の灯だ。

「すでに始めています」

タイランは舌なめずりをするように言った。

「協会と共同開発した貴方方《あなたがた》の翔撃兵《しょうげきへい》の真価、いかほどか。指揮を執れ、イェニチェリ！」

イェニチェリは敬礼すると、海側へと猛然と走っていく。そして縁から躊躇なく翔び、虚空へと縮入した。

理論は聞いてこそいたものの、実際に目にするのではまったく違う。

「ふーん、面白い仕組みを作るね。全身を小さなWBで覆ってでもいるのかな」

アームレストに頬杖をつく少年が言った。

「我が国では四度のテレポート反乱を退けて来ました。古典テレポーターの取る戦術にはいささか詳しいつもりです」

タイランは傲岸不遜に言い切った。

「我が社の試作品です。リリースは二十二世紀初頭を予定しております」

わざわざ立ち上がって敵に向かって一礼をする。奥義者の眼前、全員が首元にナイフを突きつけられているというのに。流石の勇虎も、タイランの商売根性には一目置くものがある。

しかし奥義者を前にしても冷静な思考を崩さなかったのは、タイランだけではなかった。マフラーもまた、蒼い少年の姿を食い入るように見つめている。

そうだった。マフラーはこういうやつだった。

「勇虎さん、ちょっと耳を――」

マフラーが肩を引き、耳に唇を押し当ててくる。

勇虎は何度かうなずくと、椅子の少年へと向き直る。

「俺はキングに用がある」

「ここにキングがいると思う?」

肩を竦《すく》めた少年は、これ見よがしにあたりをぐるりと見回してみせる。

「僕がミスをするはずないでしょ。君たちが橋本研究所職員の移動記録を辿るというのは読めていたからさ。旧研究員の何人かを引き入れ、行動推論を乱すためにダミーの生活を送ってもらっていたんだ」

二十年と少しの間、と少年は言葉を結ぶ。

それがどれほど異常なことか、テレポート社会をほとんど知らないマフラーにもわかった。数人とはいえ二十年以上、ＩＴＡを欺くためだけに生活していた人間がいるだなんて、尋常な覚悟ではない。

「僕はただの足止め要員さ」

「あの奥義者たちもか」

勇虎が低い声で訊く。

頭上で飛び交う破裂音。潜水服の兵士たちと、クロークをはためかせる少年少女たちが、目に見えぬ盤上で戦っている。その様はまさに三次元で展開されるチェスだった。

相手と同じ位置に移動し、駒を獲る。相手との距離感をたがえれば、次の瞬間には体は切り裂かれている。

赤い雨が静かに降り、波の飛沫《しぶき》がそれをさらった。

「あれは奥義者なんて大層なものじゃないよ。パーソナリティ障害を利用して自我を『固定』しているんだ。それも一つの才能だよね。自我を拡張できないから、容易に古典テレポートができる。あれはそう、そこの悪徳科学者の遺物さ。そうだろドクター？」

少年が指さした方向。白木天馬《てんま》が静かに返した。

「私の治療用の理論を、あなた方が武器に転用したのではありませんか」

少年は眉根を寄せ、目尻を引き絞った。

「よくもぬけぬけと。あんたがキングを変えたんだろ?」

「私は、治療しようとしただけだ」

銃声。

岩礁に留まっていた海鳥が一斉に飛び去った。

ファーが膝を落とし、少年に向けて構えたオートマチック拳銃を発砲したのだった。銃口から立ち昇る薄い煙。続く銃声。絶え間ない銃声。やがて——撃針が空の薬室を叩く音が、虚しく響いた。

「銃が効かないなんて……」

グエンが掠れ声を出した。

それはルール違反だった。人類が最初にテレポートに出会ったときにも、同じことを感じたのだろうか。ファーは拳銃を取り落とし、腰を抜かして盤上に力なく座り込む。

その場にいるほぼ全員が同じ気持ちだった。

「僕に銃《マクロ》は効かない。亡霊だからね」

誰もが絶望に打ちひしがれる中で、一人だけ——むしろ納得を得たように幾度もなずく人間がいた。

「やっぱり。言った通りでしょ、勇虎さん」

眼鏡を押し上げながらそう告げるマフラーへ、勇虎は苦笑しながら何度かうなずいた。

「信頼していたさ。マフの言うことに疑いはない」

そして勇虎は、切っ先の瞳で少年を睨んだ。

「亡霊なら、そんないい椅子に座るな」

「何かに気づいたところでもう遅いんだって」

勇虎は立ち上がり、少年のほうへ十歩出る。袖をまくり、包帯が巻かれたままの右手を天日に晒して。

少年はアームレストを摑み、前のめりになって言った。

「キングは僕に、姫をくれると約束した。彼女は素敵な人だと、僕はずっと前から知っていた。もしオマエがそのことに気づいているとしても、あまりに遅すぎる」

少年は椅子に腰を下ろしたまま、浮遊した。全身に帯びた青さが少し増したようにも見える。二十メートルほど浮き上がったところから、こちらを見下ろしている。

「こういうことだろ」

勇虎は腕を組んで宣言する。直後その体は、見えない崖を見えない腕で登るように、少しずつ上昇をはじめる。

原理はやはり、マフラーの言った通り。絶え間なくテレポートと〈舵〉を繰り出し、体にかかる重力加速度の釣り合いを取り続けることで、空間に張りつく。

しかしモニターにノイズが入るように左右に微振動している勇虎に比べ、少年は全身を均一に透過させ、空間に釘を打ったようにピタリと静止している。

ヒビが入るみたいに、少年の口がスッと横に伸びる。そしてその亀裂から、囁き声のような笑いが漏れ出した。

「同じにするなよ、雑人《ぞうにん》のくせに」

上空二十メートル。生身の人間が滞空しながら見つめ合う異様な図。

「じゃあお前は何様だ」

「姫と番《つが》い、月面にて契りを交わす。僕は花婿《おうじさま》だ」

＊

戦士となって〈相対崩壊〉を止めるために死力を尽くす。そのためには世界への愛と、世界の構造維持のために命を捨てられるほどの覚悟が、必要だった。

「無数の相対的な美を孕《はら》むこの世で、唯一絶対的な美があるとすれば、それは物の理《ことわり》、すなわち物理だ」

キングはそう告げたが、鷹雄にその実感はなかった。

そもそも愛する父親を奪ったこの世界のことを、美しいとも愛しいとも思ったことはなかった。

人間の英知はすべて物事の因果を縮める努力だった、という橋本博士の言も、頭では理解できた。

空腹を満たすために農耕が始まり、定住、国家、社会が生まれた。加害という目的のために、棍棒、刀剣、銃が生まれた。ある場所へ行くために、船、車輪、翼が生まれた。そして最後に行き着いたものが、テレポート。

その呆気なさも、虚しさも、神秘も、学問としては理解できる。

でも――。

いつか奥義者になって、この世界に復讐する。復讐する相手などとっくにいなくなっているのに。怒りだけで修行を続けるまま十三歳を迎えたその日。鷹雄は学舎の陽の当たる中庭で、琥珀の肌と純白の髪を持つ美貌の少女を見つける。

車椅子を押す研究員の手を弾いて、初めて自分の手で漕ぎ出した。とてもそうせずにはいられなかったあの日のことを、忘れた夜はない。

「な、名前」

人生で初めて、自分から誰かに話しかけた。馬鹿にされないか、惨めだと思われないか。正体不明の感情が渦巻いていた。

その五歳くらいの女の子は訛った英語で、ナクサ、と答えた。

真紅の唇から漏れたひと雫《しずく》の言葉は、その鈴のような響きでもって彼を魅了した。

「僕の名前は――」

少年は思わず自分の名前を呑み込み、

「ビショップ」

そう返していた。玉座を守る、奥義者としての名。世界を愛せない彼が戴くべくもない、遥か彼岸の景色。

見抜かれて当然の惨めな虚飾だった。そのはずだった。

しかし少女は目を輝かせて言った。

「すごいわ！　あなた、奥義者なのね。私もいつか、なれるかな」

その表情はあまりに眩く、今も少年の心を照らし続けている。

虚飾は彼を拒まなかった。むしろ虚飾が彼を導いた。彼は出会ってしまったのだ。自分という朧《おぼろ》げな存在を、鋼のように確かにする存在と。世界を愛するための、十分すぎる理由と。

「キミもいつかきっと奥義者になる。きっとそうさ。僕が保証するよ」

「本当？」

少女は疑いの目で、少年の表情を探った。うっすら桃色を帯びる宝石のような瞳を前にして、少年は声を絞り出した。

「本当さ」

「じゃあ信じてあげる！」

その時、少年は〈坐標《アートマン》〉を得た。夢を得た。〈旦那〉を得た。確かさを得た。世界《ブラフマン》に対抗しうる、強靭な個《アートマン》を得た。

少年は、奥義者《ビショップ》となった。

3

デッキに残された三つの水槽。浮かぶ三人の少女たち。

それはナクサ・クータスタ・アーナンダの背負う業《ごう》の、数にして六万六千分の一に満たなかった。

水槽の一つに手を当て、そっと耳を宛てがう。換水ポンプのモーター音と洗浄用オゾンの噴出音に混ざって弱々しい、けれど確かに世界に存在を刻みつけるような鼓動が聞こえ——ナクサは束の間、息をすることさえ忘れる。

「大丈夫？　またこんな着崩して」

女性研究員のプラファガウが近づき、ドレスの上に羽織ったナクサのカーディガンの長すぎる袖をまくってやった。

ナクサは呆然としたまま研究員を見上げ、つぶやいた。

「あなたは……耐えられるの？」

プラファガウは最初驚いたように口を開いたが、水槽を一瞥すると、はっきりした口調で返した。

「耐えられるわ。だって私一人救われようとは思ってないもの」

研究員たちは皆、ナクサを見ると優しく微笑む。その態度が物語っている。自分は結局、何も知らされてこなかった神輿《みこし》の姫なのだと。

それが窓を欲したばっかりに。甘ったるい決意を掲げて、家出して。でも本当に目的地が見えていた？

（私、ただ逃げたかっただけだったのかな）

突然、基地全体が騒がしくなる。

もしかしたらイサトラが来たのかもしれない。喜ぶべきだと頭では理解している。

だが、この体は業を背負いすぎた。

「さあナクサ。こっちにおいで」

キングの声で砂色のテントに入る。

デスクには三台のモニターが並んでおり、各四分割、計十二面のカメラ映像が映し出されている。

その一つに、勇虎の顔が一瞬映り込む。

「これは記録的な戦いだ。見守ろう」

「……」

こわばったナクサの背中に、温かい彼の右手が降りてくる。

「怖がらないで。君は私の想像を超える傑作だ」

今でも彼にそう言われると、高揚する。頬が熱くなって、血液がいつもより疾《はや》く巡る。

どうせなら、疑問を感じないほど純粋な娘に育てて欲しかった。

「君の存在が〈F15号戦略〉を成立させる以前、我々は異世界《nowhere》に干渉する〈N系列戦略〉を進めていた。彼はその主軸となった奥義者だ。六番モニターを見なさい」

ドローンによる空撮のためか解像度も良いとは言えず、ブレもある。しかしキングの指した画面には、蒼い少年の姿がはっきりと映っている。

「ビショップ……」

それは、研究者やキング以外と話したことがなかったナクサに、勇気を出して話しかけてくれた男の子の名前。苦痛と疲労が支配する終わりの見えない修行の日々に差した、一筋の蒼い光明。

けれどナクサは、彼が物理世界の守護者となった所以《ゆえん》など知るよしもない。

ナクサは彼の本当の名さえ知らないのだから。


眼下の大波が岩礁にぶつかり、弾けた。

それが合図だった。

初動は勇虎が早かった。目指すは海面。偶然開いた救命ボート上に載る、破壊されたローターの破片。そこをめがけて自由落下し、自認領域の内に抱くと、落下で得られた速度を破片に移し、少年に向けて放った。

だが衝突の瞬間、破裂音だけを残し破片は四散した。

「言っただろ、僕にマクロは効かない。銃も、風も、ミ、サ、イ、ル、も」

平然としている少年は、椅子を海面と平行に動かし勇虎に接近した。

「勇虎さん！　上でーすッ！」

盤上のマフラーの声が気づかせたのは、太陽に空いた小さな穴だ。恐ろしいのは、穴が意思を持つように位置を変えていること。

ミサイルの一つが勇虎と少年めがけて着弾し、水上で爆発が起こった。マフラーは目一杯勇虎の名を呼んだが、爆炎から真っ先に姿を現したのは椅子の少年だった。

少年の目が上空を睨む。

その視線の先――勇虎は斜め上空に移動していた。落下速度を〈舵〉によって横へ向ける。その変換を、斜め上空へと翔ぶことによって繰り返す。まるで波をサーフボードで捉えるように、『高さ』を『速度』へと変える。

土壇場で編み出した移動法――名付けるならば〈櫂《かい》〉。

七発のミサイルが勇虎を追った。着弾の寸前で真逆の方向へテレポートし、急旋回する。〈櫂〉はあらゆる失速を加速に変える。ミサイルは勇虎の切り返しに対応できず自壊した。

爆炎の隙間から少年が叫んだ。

「オマエは姫の何だ。突然現れて、僕たちに近づいて。自分の命だけ抱きしめていればよかったものを！」

頭上を貫くドップラー音と衝撃波。少年に気を取られ、視界の端から接近する存在に気が回らなかった。

戦闘機が三機。旋回したのち機銃掃射を始める。

判断が生命線。敵機が旋回した時にはすでに動いている。一旦上空に翔び、先頭が真下を通過した瞬間、自分を一本の巨大な釘に見立て、槍状に延長した自認領域を抱え、翔びついた。

勇虎の動体視力では、亜音速で飛ぶ戦闘機を正確に穿つことは叶わない。それでも空気のヤイバによりスタビレーターを砕かれた一機が、燃えながら着水した。

「オマエは別に、姫を必要としていなかった！」

轟く少年の声。残る二機が再び身を翻す。精度の高い熱探知ミサイルが三発、勇虎に執拗に迫った。

勇虎は、今度こそ逃げなかった。弾頭が人の顔ほどの大きさに見える瞬間を待ち――、着弾スレスレでミサイルを自認領域に抱いて、自分ごと方向を反転させる。

乱回転するミサイル二発が、それぞれの戦闘機に返却された。

燃え散る金属片。

間に合わなかった落下傘《らっかさん》。

次の瞬間には、勇虎は残った一発を引き連れ、少年の目前へと膨出した。


海上での被動部隊《ツーックワンク》と翔撃兵の戦いはまだカメラで追うことができたが、勇虎とビショップに関してはもはやドローンでは追いつかず、船舶に搭載した超望遠カメラと電磁波レーダーを連動させて追尾するほかなかった。

画面の一つが黄色い爆発に呑まれると、黒煙の中からビショップが姿を現す。

アニメって見る？　いつだったか彼はそう訊いてきた。首を横に振ると、好きな日本のアニメのことを話してくれた。アニメが動く原理や、その原作となった小説、漫画について。果てはキャラクターの外見を模倣するコスプレという文化のことまで、詳しく教えてくれた。思えばナクサが日本語を学ぼうと思ったのも、彼がきっかけかもしれない。

彼の体が青みがかり、うっすらと透過し始めたのはいつ頃だったろう。

彼が奥義を身につけ、自分の元へ真っ先に自慢しに来たことを、ナクサは覚えている。

「常態テレポート」

思い出に耽《ふけ》っていたナクサに、キングの冷たい声が降る。

彼の言葉を借りれば――〈衣《ころも》〉。

「テレポートの消滅現象は、理論上は無限小の時間に限られる。だが意識の研鑽は彼に、同じく無限小の予備時間によるテレポートの反復を可能にさせた。前頭葉を常時活性状態に置くことで、縮入と膨出を絶え間なく繰り返す。そこにいて、そこにいない。〈N7号戦略〉において彼はある事実を果敢に示した」

「〝異世界〟は実在する……」

ナクサはポツリと言った。

「そうでなくては、彼の肉体が透過する理由がない」

「つまりそれが、〈空《クウ》〉なのね」

キングはおもむろにうなずく。

「理論上は無限小。だが無《ゼロ》ではない。我々が宇宙を引くときにのみアクセスできる〈空《クウ》〉に、知的生命体が数秒でも意識を留めることができれば――あるいは世界を救えたのかも知れない」

ナクサは、宙を漂うキングの右の袖に目をやる。かつて頭を優しく撫でてくれた右手。かつて本当の親のように、ナクサを抱きしめてくれた右腕。今、彼の右袖に実体がないのは、〈空〉がキングを拒んだから……？

キングは己の存在しない右手を見下ろし、悔いるように言う。

「〈N系列戦略〉は頭打ちになった。ビショップ、すまない。君が拓いた道を、私はふいにしてしまった」


爆風。真に恐ろしいものは熱だ。自分の体すれすれを、自認というパイ生地で包むイメージ。それでも皮膚に伝わった熱はそう簡単には剝がれない。着水。まとわりついた炎が、炭になったシャツと一緒に海に溶ける。

そこへ、少年の椅子が落下してくる。マフラーの予想は正しかった。彼は恐るべき速度で縮入と膨出を繰り返し、コマ撮りのように空間に張りつきながら移動しているのだ。ゆえに水中では全身が水を押し出し続け、水流のベールを作る。

——オマエの業では及ばない。姫と釣り合うべくもない。

音は水流に呑まれて伝わらない。だが、彼の唇がそう動くのを感じた。

勇虎は上空に向かって翔んだ。そして視覚の及ぶ最遠位置まで移動距離を伸ばし〈舵〉を使ってさらに加速させる。今や勇虎の肉体は——彼の認識の及ぶ一秒あたり五十メートルの移動に、〈舵〉で横方向に流した重力加速度も加えた速度——事実上、秒速六十メートルで洋上を飛翔していた。

双六の駒を進めるような〝移動〟。空気抵抗はほぼ意味をなさない。

しかし勇虎の背後には、少年がピタリとついている。

少年はまさに飛翔するブルドーザーだった。少年の滑らかな〝移動〟は全て〝膨出〟の軌跡であり、どんな物質でも遮ることはできない。

ITAの給湯室でナクサが一歩も動けなかった理由が今ならわかる。もしあの時少年の懐に飛び込んでいたなら、極めて高い確率で勇虎の体は無数に反復される膨出によって破壊されていた。

ならばこちらも、反復回数を上げるのみ。

意識を研ぎ澄ます。

一秒に一度移り変わる景色。その都度奥行きを認識し、五十メートル先の空間を照準してノックする。この一連の行程をより早く、より正確に。大丈夫だ。この胸にはロードピープルから受け取った〝前進する遺伝子〟がある。視野を広く持ってどうする？　視野は銃口のように狭く、意識は切っ先のように鋭く。

倍速。コンマ五秒の世界。独立していた行程が、一つの動作へと融合しはじめる。

三倍速。コンマ三三《さんさん》秒の世界。常時自認、常時空間把握。前頭葉が熱を持ち、急激な搾汁疲労がなだれ込む。

そして五倍速、コンマ二秒の世界。移動速度はついに秒速三百メートル――音速に比肩する。

背後を気にしている余裕などなかった。しかし確かに追いつかれている確信があった。

声はぶつ切りになり、その上二重になって聞こえたが、確かに少年の声だった。

勇虎は、もはや逃げられないと悟った。


「今日がなんの日かわかるか、ナクサ」

キングはマサーラー・チャイを手渡した。

地上の季節は不明だが、ルタ基地の洞窟部は息が白む程度には冷え込んでいる。白い湯気から豊かに香るカルダモンとジンジャー。彼の得意料理の一つで、昔からよく作ってもらっていたことを思い出す。

「作戦決行の日」

「我々にとってはな」

手元のグラスにチャイを注いで一口飲んだキングは、モニターの一つをロイターの国際ニュースに替えた。

「今日は『人間座行進の日』」

ロンドンのセントパンクラス駅跡が映し出された。

電飾を施されたWBに向けて、光るプラカードを掲げた人々が行進していく。

『私たちは人間座』『今こそEU再生』『分断の世紀に終わりを』……それぞれの言語で、世界の繋がりを訴える人々が、特例で解放されたニューヨーク、東京、モスクワ、北京、世界の主要都市をテレポートで巡る、国家ぐるみのチャリティー企画。

「暗黒に輝く星座のように、猜疑心によって分断された国家をテレポートで再び結び、地球に大きな『人間座』を作る……人類の繋がりを確かめる日」

息を吸い込んだキングは、吐き捨てるように言った。

「なんて、みっともない」

その時、タブレットを片手に持った研究員がテントの入り口を潜ってきた。

「テレポート・ミサイルの月面削撃試射、始めます」

「翔撃兵との交戦記録は撮れていたか？」

キングは、研究員が手渡したタブレット上でいくつかの動画ファイルを確認すると、満足げにうなずき、

「編集は任せる。私は試射に立ち会う」

その間にも望遠カメラが、ビショップに追尾される勇虎の後ろ姿を一瞬だけ捉える。その姿に向かって伸ばしたナクサの手を、キングが強く摑んだ。

「今日だから意味があるんだ。ナクサ。世界が虚構の希望に浸るまさに今日。人類は取り返しのつかない間違いに気づく」

キングはナクサを水槽の前へと連れ出した。

「君は、一人で正しい場所に行けるという『夢』を見た。しかしそれは、こんにち人類が空想しているのと同じ、麻薬のような希望だ。君に希望を植えたのが私のこの右手なら、その壊死した虚像を摘出せねばならない」

三つの水槽、それぞれに有線で繋いだコンピューターの、打鍵音が響く。

「私は君の生誕を、望んではいなかった」

漆黒のモニターには薄ぼんやりとした緑色の文字のコードがびっしりと並んでいる。その文字列が理解できないのと同じように、キングの言葉もまたナクサの頭には入ってこなかった。

「君に両親がいないのは、君が優秀なテレポーター遺伝子のサラブレッドだから。マーターという代理母を使った。妊娠がわかるとすぐ幹細胞を採取し、卵細胞に分化させ、また新たな花婿と人工授精を行う。幾度も繰り返されたこのプロセスの果てに君は存在する」

文字列が処理され、プログラムが実行され、頭蓋に挿入されたプラグから、三人の少女たちの前頭葉へと指令が直接伝達される。

「君はかつて、小さな小さな桑実胚《そうじつはい》だった。君が人の形を持つ前に胚性幹細胞を採取し、次の花婿の精子と番《つが》うはずだった。だがマーターを密かに愛していた〈騎士《ナイト》〉、つまりラジがそれを阻んだのだ。彼は母体とともに施設内に立て籠もり、その間に君は幹細胞を失うほどにまで育ってしまった」

キングはしゃがみ込むとナクサの背中に腕を回し、力強く圧をかけた。

「だから不要《ナクサ》と名付けた。しかし君は今、再び必要となった」

スクリーニングされるバイタルを見たあと、研究員のマオがナクサを一瞥して歓喜の声をあげる。

「やっぱり〈旦那〉がいると違いますね、キング」

五秒のカウントダウンが開始された。少女たちが四肢を痙攣させ始める。その様を見て、研究員たちは満足げにうなずく。数字が順調に減っていく。内側からガラスを殴りつける鈍い音。それがきっと、彼女たちが最初に味わった感情だった。

三つの水槽の中身が同時に消え、ガラスにヒビが入る。景色板が作り出した立体モニターには、月面の三ヵ所、ちょうど正三角形を描くように巻き起こった爆発が、ハイビジョンで映し出されていた。

「豊かの海、命中！　誤差は……六・七センチ！」

誰かが読み上げると、ざわめきが消え去った。皆、手を合わせて、祈るように俯いていた。

「雨の海、命中！　誤差は……八・二センチ！」

またしても読み上げられると、今度は少し喧騒が戻った。しかし中には、両手で耳を塞いで、目をがっちりと閉じている者もいる。

「ティ、ティコ！　命中！　誤差は……九・二センチ！　許容範囲です！」

歓声が湧き上がった。

「この歴史的瞬間に立ち会えることが、光栄でたまりません」

思わずそう口にしたプラファガウ――ポリネシア系の女性防衛学研究者――は、この結果に心から満足し、涙していた。彼女の夢は世界平和。だが性善説に加担しても結果が得られないことに、アメリカ留学の経験から気づいていた。テレポート・ミサイルには弾道がなく、推進機関もない。防衛手段も皆無。積み込む弾頭にも拡張性があり、その上、生産コストは大陸間弾道ミサイルの百分の一にも満たない。プラファガウの見立てでは、この兵器は核ミサイル以上の抑止力を有する。被験体のデータをより深く研究すれば、教育手順次第で量産できるのも魅力だ。テレポート・ミサイルの相互確証破壊が実装されれば、大国と小国が対等に接する未来も遠くない。

またマオ――中国系の男性宇宙工学研究者――も、この結果に概ね満足していた。マオはこの研究所にスカウトされたとき命の危険を感じたが、それ以上に彼の熱意が勝った。彼は幼少の頃読んだSF小説に感銘を受け、大学では航空宇宙学とテラフォーミングを学んだ。その過程で宇宙開発を最も遅延させているのは技術的ハードルではなく資金的ハードル、つまり大規模な打ち上げを連発できないことだと確信していた。テレポートによる大気圏の突破は、極論、宇宙研究を個人のレベルにまで安価にする。彼は希望に燃えていた。

あるいはジェイコブス――白人の男性心理学研究者――は、純粋にドラゴンの成功を願っていた。彼はテレポートによる社会変化と精神疾患について研究しており、『ジェイコブス症』を世界保健機関《WHO》の指定疾患に推挙した過去があった。ジェイコブスはテレポータリゼーションが確立すればするほどに、人々が感じる精神的な閉塞感も増大していくという研究結果を導き出していた。〈炭なる月〉の目的の達成は、彼自身が研究テーマを失うということを意味する。望むところだった。全世界で潜在罹病数三億二千万件のジェイコブス症患者が救われるなら、彼は他に何も望まない。

研究者たちはナクサを椅子に座らせ、絶賛の声を漏らしながらメジャーや体重計を取り出してその体軀を測りはじめた。着弾地点の誤差は、クローン体とナクサ本体の質量や身長の微弱な違いに起因すると考えられるからだ。

メジャーで太腿を測るプラファガウが嬉々として言った。

「覚えてるナクサちゃん。昔もこんなふうに測ったね」

ナクサは、笑えているつもりだった。自分は最初から人形だったのだ。今まで通りにする。それだけだ。

「やっと私たち、ここまで来たわね」

プラファガウの微笑みを、視界の端へと追いやる。聞こえないふりをする。見ないふりをする。ナクサにできることは、それだけ――。

ふと研究員たちの顔を見る。全員同じ顔だった。皮膚の色も身長も年齢も異なるはずの彼らは、皆一様に真っ白な人形だった。

叫んでいた。

「あの子たちが何したっていうの？　こんなことをしてなぜ耐えられるの？　おかしいわ、あなたたち、おかしい！」

研究者たちは突然錯乱して膝から崩れ落ちたナクサを案じ、何とか立たせようとした。だが彼らが気にかければかけるほどに、ナクサの心臓はギリギリと痛んだ。

「いや！　私に触らないで！　私のせいよ、私が殺したも同じでしょ！」

白衣の群れの隙間から、遠ざかっていくキングの後ろ姿が見える。もう戻ってこないという確信がある。彼は『何』と決別したのだろう。私を突き放すことで、自分の『何』を突き放したのだろう。焼き切れそうな思考で、圧迫された肺とねじれた横隔膜で、閉じたまぶたの裏側で、腐りゆく希望の最後の切れ端を——ナクサ・クータスタ・アーナンダは『音』にした。

「た、すけ、て」


——パシャン！


水気を含んだ音とともに、静寂が降りた。

何かが変わった。けれど目を開ける勇気がない。

彼女はもう、全ての希望を使い切っていた。

だが使い切った希望は、届いていた。確かに繫がっていた。背中から伝わる体温と鼓動。

懐かしいデオドラントと、少し早い呼吸。

「待たせてごめん」

沈黙を裂いて、耳元に声が降る。耳慣れた声のはずが、もう何十年と聞いていないような気がした。

「助けに来た」

＊

二分二十一秒前。

勇虎は逃げ切ることができないと悟る。

同時に、たった一つの打開策を実行に移した。

ブラインド・サマー作戦にあたり、太陽公司は『三つの兵器』の使用権を赤川勇虎に与えていた。一つは沖縄基地に配備された大陸間弾道ミサイル。一つは青島《チンタオ》基地に配備された酵素ガス兵器。そして一つはマレーシア基地に配備されたガンマ線爆弾だ。

勇虎が少年の挑発に乗ったのは、敗走と見せかけるため。実際に向かっていたのはマレーシア基地だった。

マフラーはまさに今、タイランに自分の推理を説明していた。

ある一つの疑問——あらゆるものを透過するなら、どうして少年の姿は目に映るのか——が出発点だった。あらゆるマクロが通じないとしても、光は粒子《ミクロ》だ。見えるのだから、少なくとも可視光は彼に当たっているはずだ。ところが電波を利用するレーダーは彼を捉えられなかった。可視光も電波も同じ電磁波なのに、その違いは何か。

可視光は電波より波長が短く、エネルギーが大きい。

『超高速で空間を出入りする少年を捉えるには、波長が短く、高エネルギーの電磁波でなければならない』

この仮説が、思いのほかうまくハマった。

そうであれば、彼が青みがかっていることの説明がついた。つまり、可視光の中でもっともエネルギーの小さい赤い光だけが彼を通過してしまう。

その結果、彼の姿は青に近づく。

タイランはすぐさま、基地のガンマ線爆弾を起動し軍人たちを退避させるよう、党本部に話をつけた。中国軍とマレーシア軍は直ちに合同軍事演習を終え、鉛のシェルターへと避難。その数秒後、もぬけの殻となった飛行ユニットの格納庫に勇虎が突っ込んだ。

勇虎は、自らが下方に移動したことを悟らせるため、空気を巻き込んで屋根を大破してみせた。

少年は勇虎が視認を誤ったのだと思い、追撃した。

そのわずかの間に勇虎はガンマ線爆弾を起爆し、離脱。

臨界状態に達した爆弾から放出された千グレイのガンマ線は、マクロの領域では触れることさえ叶わなかった少年の中枢神経を一瞬にして焼き切った。

4

まるで専用の衣装のように、うずくまったナクサにぴたりと覆い被さる形で、勇虎は膨出を果たした。

頭部を破壊されたプラファガウに続き、両肺をくり貫かれたマオが死んだ。他にもナクサの近くにいた数名の研究員が体の一部を失い、死傷していた。

静寂は絶え、絶叫とともに白衣たちが四散する。

勇虎は体を起こした。パシャン！　と切断された誰かの肝臓らしきものが血溜まりに転がる。

そんな彼のことをナクサは、少し苦しそうに首をもたげて目で追った。

「イサトラ、なの……?」

ゆっくりとうなずく勇虎。

その立ち振る舞いが彼のものとわかると、それまで眼中になかった周囲の壮絶な光景に戦慄する。

「大事な人だったか?」

ナクサにとって白衣たちの顔は皆同じ。皆同じく、ナクサに様々な実験をし、その結果次第で一喜一憂する無邪気な人間たち。彼らは皆、一様の目と一様の声をしていた。だから名前だって覚えていないのだ。

もしそうだったら謝るよ、と勇虎が言うので、ナクサは首を横に振った。

「そうか、よかった」

勇虎は柔らかな笑みを作る。

ドラゴン・サンクスギバーは、しばし息をすることも忘れたように勇虎の姿を眺めていた。

(なぜここに?)

彼はこの場所の風景も、座標も、名前さえも知らないはずだ。

ドラゴンはナクサを一瞥した。彼女の一挙手一投足を部下に監視させていたが、外部と通信した可能性はない。

しかし彼女しかいない。勇虎とこのルタ基地を結びつけるものは、ナクサ・クータスタ・アーナンダ以外にありえない。

もしも『ある仮定』を支持しないなら、世界に新たな変数を加えなければならないだろう。しかし『ある仮定』を――つまり赤川勇虎が秒単位で『異世界』に留まったという仮定を支持するなら――ドラゴンが組んだ方程式の範疇で、認知でも記憶でもない『全く見聞きもしない場所』へのテレポーテーションは、確かに可能なはずだ。

「やっと会えたな」

勇虎は百メートルほど離れた位置に立つその男の立ち姿を両目に捉える。ぺしゃんこに潰れた右袖が風に揺れていること以外、拍子抜けなほど普通な男に思えた。

男は短く、そうだ、と返す。

「確認したいんだ。ナクサの親代わりで、こいつに辛い生き方を強いたのはあんたか。テレポート社会をぶっ壊すためにナクサを利用しようとしているのはあんたか。バンパーやラジ、罪のない大勢を殺すよう命じたのはあんたか」

問いを重ねるたびに、積層する想いに押しつぶされそうになりながら、勇虎は続けた。

「奥義者の親玉で〈炭なる月〉のボス。キング、いや、ドラゴン・サンクスギバーってのは、あんたか」

ドラゴンはゆっくりとうなずいた。

「あんたを殺せば最後だな」

ドラゴンは異様に落ち着いていた。脱力し、戦うという姿勢ではない。遠目にもそれはわかった。

「赤川勇虎君」

静寂の中に響き渡る、声と足音。ドラゴンは表情が見えるまで近づいてくると、躊躇なく血溜まりに踏み込み、言った。

「君に見せたいものがある」

そして踵《きびす》を返し、真っ赤な絨毯を出た。呆気なく舞い込んだ無防備。待ち望んだチャンス。だが、不気味だった。こちらが生命の危機を感じるほどの不穏さ。今仕掛けては殺《や》られる。そう直感が知らせる。

それだけではない。

気になるのはこちらの右手を弱々しく引くナクサの表情だ。その瞳にかつての意志の炎はない。

戸惑い迷っている少女の瞳に、何か言いたくても決して言い出せない機能を失った唇が垂れ下がっている。

澱《おり》のごとき、情。

それはどんな攻撃よりも、勇虎の心を抉《えぐ》った。

「さあ、こっちへ」

歩きながらナクサから、ルタ基地という名前を初めて聞く。この巨大洞窟全体が基地なのか。壁から突き出た戦艦のようなものは一体なんなのか。まったく理解が追いつかない。

いや、理解などしなくていい。

殺すだけ。

もうどこへも戻れなくていい。ここが旅の終着点なのだから。

デッキを縦断し、暗く細長いトンネルへと入っていく。

「ここは、核シェルター同士を繋ぐ地下鉄道が通るはずだった場所だが、今はサイロとして再利用している」

ドラゴンの声が反響した。やがて暗さに目が慣れはじめ足元灯も点くと、通路の全貌が露わになった。

「なっ……」

通路左右の壁際に五段ずつ、隙間なく積み重ねられた円筒形の水槽。夥《おびただ》しい数の水槽の一つ一つに、長い銀の髪の少女が一糸纏わぬ姿で浮かんでいる。世相の苦悩と一切関わりを持たないような表情は、涅槃《ネハン》に至った修行僧のそれだ。

勇虎は視線を持ち上げた。アクアブルーの溶液は、通路全体を真っ青に染め、水槽の一つ一つから伸びた管が足元で一本の太いパイプへと繋がっている。その青白い光が通路の奥のどこまでも途切れることなく、肉眼の解像度で捉えられる限界まで続いている。

勇虎はとっさにナクサと少女を見比べ、啞然とした。

「これは、一体、なんだ……」

「兵器だ」

「これが……人のすることか!」

勇虎は、平然と立つドラゴンを睥睨《へいげい》した。

「テレポート・ミサイル。弾道もなければ、発射台も必要としない。この完全兵器がなぜ必要か、君はわかるか」

通路は先が見えないほど続いているが、勇虎の視力では、真っ青な光が途絶える位置を確認できない。

勇虎は答えなかった。答える必要さえなかった。

「やはり伝わっていないのか」

ドラゴンは憐れむような顔をする。

「近い将来、相対崩壊が起こる。見せよう」

ドラゴンは素粒子震度計の前まで来ると、ディスプレイの減り続ける数値を見せた。ちょうどブザーが鳴り、『0.0691867』と末尾の位の数値が、1減った。

ブザーは立て続けに鳴る。勇虎が眺めている間に『0.0691864』まで減り、ナクサが呟いた。

「減数速度が早くなっているわ……」

ドラゴンの口から、相対崩壊について説明を聞いた。その大部分は難解で理解し難かったが、結論だけわかれば十分だった。

「近い将来と言ったが、甘く見積もっても十三年と五ヵ月後だ。私が言ったことを信じるか」

「信じるさ」

信じても疑っても、宿命は変わらない。それにこの男を疑うことは、これまでの自分が失ってきたものを軽視することと同義だ。そんなことは絶対に許されない。

「それでも私を止めたいか」

「もちろんだ」

勇虎は断じた。

ドラゴンの瞳がほんの少し見開かれる。

「世界が滅ぶ。なるほど。でも世界なんてどうだっていい。本当にどうだっていい。ここにいるナクサをこれ以上苦しませないためなら、なんだってする。俺が来たのは、呼ばれたからだ」

勇虎がドラゴンの言葉を信じたように、ドラゴンもまた勇虎の言葉に懐疑を挟まなかった。その意志を事実として受け止めたうえで、ドラゴンは訊ねた。

「それは君のまごころか。それとも復讐心か」

勇虎の瞳が、切っ先の殺意を帯びる。叫ばず、身構えもしない。ただ静かな怒りだけが表情に宿る。

ドラゴンはまたしても勇虎に背を向け、震度計のケージに左手で触れる。

「世界を愛している。だから壊したくない。これまで天体が、生命が、人類が、作り上げてきたこの現実を守りたい。世界に比べたら自分など語るに値しないちっぽけなものだ。だからこそ私にできることを果たしたい」

「どうだっていいよ、あんたの考えなんて」

勇虎はそう言い捨てると、デッキの中央に向けて指をさした。

「決着をつけよう」

勇虎の声が洞窟に響き渡る。挑発ではなく、それは宿命の明示だった。

「いいだろう。ナクサ、離れていなさい」

ややあってドラゴンが宣言する。

ナクサがこちらに一瞥をくれたのち遠ざかると、勇虎はドラゴンを視界の中央に据え、右腕を槍のように伸ばしてノックのスレスレに手を掛けた。五十メートル先の人間は指先程度の大きさだ。視界の二パーセントを正確に射抜くには、集中力を要する。

だが、この距離なら必中。それ以外の選択肢はない。

ドラゴンが軸足を右にずらし、わずかに右によれる。勇虎も左足を半歩、踏み出す。わずかな姿勢の変化で、急所の位置が変わる。

勇虎はこの場に身を置いて初めて理解する。高度なテレポーターの立ち合いは、侍の真剣勝負に似ている。彼らは、間合いを常に計算しながら相手の呼吸を読むという。抜刀は一度きり。確実に殺せるタイミングでなければならない。もし、一太刀で致命傷を与えられなければ、反撃を許すことを意味するからだ。

テレポーターも同じだ。膨殺というのはこの世で最も素早く、最も確実な殺害方法である。物体が光の速度で膨張し、肉体は有無を言わさず引き裂かれる。もし第一撃で確実に相手の前頭葉を破壊できなければ、いかに肉体を損壊させようと反撃は避けられない。そして肉薄している分、反撃の精度の方が高い。

起こるべくして起こった膠着。

深まる鼓動。すでにそれ以外の音は消えている。

顔面を伝う汗の一滴一滴が、勇虎を急かす。

「ああ、そういえば椅子の子供は殺しておいたよ」

足りなかった豚肉を買っておいたよ。そんなトーンで勇虎が言った。

「そうか。彼も、旅立ったか」

ドラゴンの右目から涙が伝った。彼はそれを右袖で拭った。

袖が怪物の視界を覆う、その刹那。

抜刀。勇虎はノックした。龍にも心はあった。だがその心を見せたのが命取りだ。これで詰みだ——。

勇虎は膨出後すぐ、周囲に散らばっているはずの肉片を探した。

だが、姿は見えない。

ちょうど突き出した右拳が前頭葉を砕くように膨出したはず。誤差があっても頭蓋を割るか、顔面から鼻を抉るぐらいはできたはずだ。

が、やはりドラゴンの姿はない。

敵の姿を見失い、なおかつ見られているなら、それは次の瞬間こちらの命が風前の灯となることを意味する。

「ノックの姿勢を解きなさい」

聴覚にだけフォーカスし、少しの意識も漏らさない。

無為な移動をせず、ただ感じろ。

「姿勢を解きなさい」

呼吸。乱れる。心臓が、もはや肉体を留めておけないほどの振動を放つ。

勇虎の目が、上空を捉えた。

その時、ドラゴンは真横に立っていた。体には触れていない。しかし彼はすでに、左腕を振り上げていた。そして右の脇腹に、激しい衝撃が走った。

「ぐッ！」

何をされたのかわからなかった。痛みはあるが、致死の一撃ではない。流血もない。ただ肋骨が震え、内臓が揺すられた。

『殴られた』のだと気づく。

「まだ解いていない」

今度は右だった。すでに振り上げられた足の爪先が、ちょうど胴の高さに来ていた。

脇腹にめり込み、苦痛が駆け上った。重心が揺らぎ、逸したバランスを〈舵〉によって無理やり立て直す。が、直後に背後から蹴りが飛び、勇虎は今度こそ前のめりに倒れ込んだ。

「解いていない」

声。しかしどれほど周囲を見渡せど、視認できず。

だが勇虎は、ふと気づく。

い、い、いい、見なくていいのだ。

理由は不明だが、相手にはこちらを殺す気がない。ならば、膨出を身構える必要はない。だが相手は殴りにくる。目的がどうあれ蹴りにくる。ならば……待てばいい。

振動を感じることだけに代謝の全てを割く。

右だった。

勇虎は皮膚から自認を五十センチ伸ばした。分厚い着ぐるみを着るイメージである。そして、そのまま上空に翔ぶ。

だが、ドラゴンの手足が切断された気配はなかった。それどころか勇虎の目の前に膨出し、肉薄した。死ぬ気かこいつ！　動揺が反応速度を削いだ。その隙にドラゴンは勇虎の腕を掴み、空中で背負い投げをした。足場がないのにどうやって⁉　それは〈舵〉の奇妙な利用法だった。勇虎は落ちた。地面スレスレで立て直したが、そこにはまたやはり、ドラゴンが待ち構えている。

「私に協力しなさい、勇虎君」

声。すぐに来る蹴り。

勇虎は片足を地面に沈め、砕けた鉄片を自認に抱いて、反転。鉄片を弾丸の速度で発射する。

奥義者の動体視力は鉄片を捉える。その結果、焦点は近くに結ばれ、勇虎の立ち位置にピントが合わないはずだった。ところがドラゴンははなから鉄片など眼中になかった。飛来する鉄片を勘だけで避けた彼の焦点は、変わらず勇虎の懐へと一直線に届いていた。

ドラゴンが一気に勇虎の背後まで翔び抜けた。迂《う》闊《かつ》。勇虎が思った直後にはもう、背中に強烈な左ストレートが入っている。

「あんたが俺に殺されろ！」

「殺して世界を救えるなら、やりたまえ」

勇虎は地面を削り取ることで破片を量産し、〈舵〉で飛ばすことで弾幕を張り続けた。

言うなれば攻撃法〈櫓《やぐら》〉。だが所詮は付け焼き刃。

声。すぐに殴打。連鎖を抜け出すべく、勇虎は自認を十メートルにまで引き延ばす。

「世界を救う？　ナクサは尊い犠牲？　クローン兵器!?　言うこと為《な》すこと全部が気持ち悪いんだよ！」

周囲に円形の穴。そこに〈櫂〉を加える。言うなれば攻撃法〈錨《いかり》〉。掘削機のごとく音と振動をかき鳴らし、太いノミで削ったような跡がデッキに刻まれる。このとき、勇虎の反復周期はコンマ一秒以下に迫った。

だが彼の頬に、左ストレートが命中した。

「クソ！」

勇虎が怯《ひる》んだその一瞬で、低い姿勢のドラゴンが浮いた彼の右足を掴む。

〈舵〉。

肉体はジャンクション。力学は血液のように巡っている。

ドラゴンはハンマー投げのように振りかぶると、『何か』の力を、左腕から勇虎の体へと流した。直後、勇虎の肉体は弾丸となり、吹き飛んだ。

その『何か』は明らかに、位置エネルギーや速度の変換とは一線を画している。

勇虎は遅れてその仕組みを理解する。

　まさか自転のみならず公転まで舵に回してるのか！

　二百メートルほど打ち上がり、空洞の天井に激突する寸前で、七十七回に分けてテレポートを行い速度を殺す。

　休む暇もなく、立て続けに三ヵ所、岩盤が抉れた。下方、おそらくは加速された空気の弾。逆さに打つ雨のように、不可視の弾丸が飛来した。人体が常時被る地球の公転速度を〈舵〉によって周囲の物質に移す——そんなことは、天体の物理運動を全て把握していなければ不可能なはず。

　止まっていてはだめだ。

　勇虎は自由落下した。古典力学に身を任せ速度で体を包む時、心は感覚遮断《アイソレーション》タンクに入ったような平穏を得る。そして、

〈櫂〉。

　龍の如き速度で天を駆ける。再び、地上から砲火が襲った。今度は不可視の弾丸ではなかった。ドラゴンが打ち上げたのは、小型の地対空ミサイルであった。本来の推進機構とは無関係の、地球の自転速度を無理やり与えられ、乱回転して飛翔体としての体《てい》を成さな

くなったミサイルが、自壊しながら向かってくる。

爆熱。

焼けつく風の中、勇虎はミサイルの破片に小指で触れ、その速度だけを奪った。肉体はジャンクション。上空へ膨出。天井の一部を自認に包み、縮入。ミサイルの速度が、抉り取った岩石の巨塊へと込められる。

位置エネルギーによる加速。まだ足りない。〈舵〉。こっちも自転を載せろ。〈櫂〉。空気抵抗で肌が焼ける寸前の肉体はドラゴンの目前へと膨出し、自認から切り離した岩石塊を放った。

その時、ドラゴンもまた投擲《とうてき》の体勢にあった。振りかぶられたのは右腕。風に遊ぶ右袖が噛みつく龍の口のごとく大きく膨らむ。不可視の空気が塵を巻き込み、目視できるほど圧縮、加速され、放たれた。

どちらも秒速四十一キロ。

それは速度上では、惑星同士の衝突を意味していた。

音が消し飛び、光で目の前が眩んだ。

やがて勇虎の、振動する意識の中に、横倒しになった世界が出現した。勇虎は倒されていた。デッキは抉れ、鉱物質の岩盤が剝き出しになっていた。生き残った照明器具は三つ。

地面に転がった勇虎は麻痺した視聴覚で、尊大に立つ男を睨み上げる。

男の体は、右袖が血に染まっている以外は、まったくの無傷だった。

「この世界が消えてしまう。滅亡ではない。消滅だ。この違いがわかるか」

そんなこと、わかってたまるか。

荒い思考と呼吸が、言葉になることを拒んでいる。

「相対崩壊は素粒子そのものの存在を否定する。場の宇宙そのものを、物理そのものを否定する。人間だけではない。歴史が。星々が。あまねく生命が消えるのだ。それを知りながら本気で見過ごせると言うなら――」

ドラゴンに怒りはなかった。あるのは哀しさだけ。

「君の方がよほど勇敢だ」

「……」

奇妙な感覚だった。敵に諭されているのに、反感が生まれない。感情がパーティションされているみたいだった。この男は正しい。だが正しさがなんだというのだ。

「あんた、その右側」

血を吸って重くなった右袖が、首を吊った死体のように揺れている。胴体は無傷。彼は勇虎の攻撃で一切傷ついていない。とするなら、その右袖を血に染めたものは、ドラゴン自身のテレポートに他ならない。

右側だけ。

右手だけ。

ああ、そうか。

「置き去り現象か……そうだろ？　あんた、テレポートするたびに少しずつ、右腕を失っていってるんだ」

でも、どうして？

置き去り現象とは、自己像が肉体の内側へと食い込む現象である。自認領域を御する奥義者には、起こり得ないはずだ。ましてドラゴンほどの緻密なテレポーターなら、なおさら。

違う……。最初から想定が間違っている。

彼は人だ。化け物じゃない。いや……。たとえ化け物なのだとしても、元々は——人だったのだ。

「まさか……ナクサのことを本当に愛しているのか？」

傍らに立つナクサがハッと顔を上げるのが、横目に入る。

同時に、ドラゴンの眉も歪《ゆが》んだ。今にも溢れ出そうな言葉を押し殺すように、ドラゴンは口をつぐんだ。ドラゴンほどの男であっても処理できなかった感情。無謬《むびゅう》の指導者が抱えていた内なる爆弾。

その一点の綻びに、勇虎は嚙みついた。

「それがあんたの枷《かせ》なんだな？　道具として生みだしたが、育てるうちに愛着が湧いてしまった。だから……突き放すしかない。あんたは宿願を果たすために、化け物になるために、ナクサとの甘い関係を断ち切らなきゃならない」

ドラゴンはあくまで表情を変えない。怒鳴りも反論もしない。だが冷徹無比な異形の怪物は、今や勇虎の目には確かに、人間の貌《かたち》をしていた。

「哀れなやつだ」

冷徹な化け物への羽化の代償は、良心と肉体を少しずつすり減らすこと。

だが、哀しいかな。化け物は、闇に潜んでいるからこそ恐ろしい。その正体を見破られてしまったその時、化け物は化け物らしさを失う。

今なら殺せる——。

確信を得て、ノックの姿勢を取った勇虎の手を、再び、駆け寄ってきたナクサが引いた。

だが勇虎はその手を振り払った。追いすがる声を意識から排除した。

しかし、

「勇虎さぁん！」

間延びした中性的な声が空洞に響き渡る。それはタイムアップのゴングだった。一瞬のうちに迫られる選択。今なら殺すことができる。声が聞こえなかったと言えばいい。相手がすでに攻撃の姿勢にあり、これは正当防衛だったのだと。

それだけで済む。

「勇虎さぁん、大丈夫ですか！」

そして勇虎は、ノックした。

5

「ドラゴン・サンクスギバーを包囲完了！」

丸腰のその男の前頭葉へ、照準器からの十三本のレーザー光が当たっている。同様に丸腰の勇虎が突き出した拳も、男の額へと突きつけられたままだった。

殺さなかった。いや、殺せなかった。

「五十メートルを確保しろ！　いいか、サイトの数値で射程範囲外を保て！」

五十メートルは、古典テレポーターが目視による一度のテレポートで正確無比に移動できるとされる距離。

だがそんなものは気休めだと、誰もが薄々気付いている。

ビニールハウスやテントの中から兵士たちが現れ、怯える研究員たちを威圧しながら、クリア、と叫ぶ声。わずかに遅れて、戦艦を背にして左右の壁面の通路からも、研究員たちを引き連れて翔撃兵が現れる。

「ペネトレーター確保！」

勇虎に向けて飛び出そうとするナクサを兵士が阻み、半ば地面に押さえつけるように拘束した。

本当の意味の『包囲』が完了すると、石像のように動きをやめた二人に向けて、近づく人影があった。

「ファー会長、危険です」

勇虎とドラゴンを中心とした半径五十メートルの円に、ファーはガンマ線銃さえ持たずに踏み込んだのだ。

「私には殺す価値などないでしょう。そうですよね、サンクスギバー君」

ファーの言葉で、翔撃兵たちは二、三歩後ずさった。

「そうか、なるほど。君こそが陽動だったのか。赤川勇虎」

ドラゴンにあったのは、賞賛だった。皮肉などではなく、それが彼の本心だとわかるから余計に気味が悪い。

やがてドラゴンの視線は、勇虎の左腕の時計に降りる。

「小エネルギーで短波信号を生み出す送信機か」

天空時計《アストログラフ》は勇虎が視覚以外による古典テレポートをおこなった時、その脳波を汲み取り、二秒後に位置情報を発信するよう設定されていた。

「そちらにも位置座標だけで翔べる古典テレポーターがいたか」

ドラゴンはレーシングスーツ姿の女性を一瞥し、そう告げる。

「よくやってくれましたね。作戦通りです」

と肩に置かれたファーの労いの手を、勇虎は払い落とした。向き直った彼の目には、猜疑心を通り越した敵意が宿っている。

「なぜ言わなかった。相対崩壊、知っていたんだろ」

「なんのことですか」

ファーは目尻にしわを溜め、揺らぎもない声でそう返した。

翔撃隊の中からふつふつと、相対崩壊、という語を復唱する声が聞こえてくる。

その不穏な雰囲気を切り裂くように、ドラゴンが告げる。

「フレヤ。あなたは昔からそうだ。ためらいなく隠しごとをする」

ドラゴンは目を細め、静かに続けた。

「ほんの些細なことだ。ＩＴＡが創立された日、あなたは絶滅危惧種のオオゴマシジミを見つけたと言って、私を橋本研の生物実験室に誘った。私は窓から忍び込む方法を考え、期待に胸膨らませ侵入してみると、蝶は剝製だった。あなたは私を利用して実験室に入り、高精度の電子顕微鏡を手に入れたかっただけだった」

「四半世紀越しの同窓会を行うにしては、場所が陰気すぎる気もしますがね」

ラジコンカーのような車椅子の駆動音。翔撃隊の背後から声を投げたのは白木である。待ち合わせに遅れてきた友人のように、ひらりひらりと手を振る。

ファーが勇虎の耳元に唇を寄せ、ささやいた。

「九十九％起こるはずのない災厄を恐れるより、確実に起こる知識寡占を防ぐべく舵を切った。それだけです。ご理解いただけていると思っていましたが、勇虎さん」

勇虎は五十メートル圏外に立つナクサを見やった。

「勝手にしろ。だが、見張らせてもらうぞ。やつはその気になれば、この場にいる全員を殺すのに一秒とかからない」

ドラゴンを視界に残したまま、勇虎は彼とファーの間から抜け出す。

すぐに兵士たちがドラゴンに手錠をかけ、VRゴーグルのようなものを頭から被せて壁際に立たせた。十人の兵士と五人の翔撃兵にガンマ線銃で狙わせた。

鉄壁とはとても言えないが、ITAにできる最大限の『拘束』だった。

そこへタイランCEOのせっかちな足音と、興奮した声が飛び込む。

「ファー小姐《シャオジェ》！　こっちに来て見てください。一体どれほどの執念があったら、あんなもんが作れるんでしょうね」

彼が指す方には、青い光を漏らすサイロがある。

そうだ。ここにいるほとんどは——マフラーも含め——知らないのだ。

「折角だ。見学するといい。だがその前に——」

VRゴーグルのような、テレポート能を抑制する拘束具《ノイザー》を取りつけられたドラゴンは、静かに告げた。

「ローズ。任せられるな？」

「はい」

テントから踏み出した小柄なドイツ系の女性研究員、ローズ・ホルムヘルツは、兵士に銃を突きつけられながらも、両手に抱えた携帯景色板を足元に敷き、電源を入れた。

「我々を取り締まる前に……みなさんに知っていただきたいことがあります」

ガラスケースに格納されている黒球について、ローズは説明を始めた。

テレポートの本質と宇宙の振動。相対崩壊。そして、待ち受ける物理宇宙の死滅。

話している間にもブザーが鳴り、数字が減少する。

「信じられないでしょうけど、これが現実です」

訴えかけるローズのこめかみに、容赦無く銃口が押し当てられる。兵士たちは顔色をほとんど変えていない。説明があまりに荒唐無稽すぎて、敵組織の苦し紛れの言い訳に映ったためだった。

せめて突きつけられた事実に対して、あと少し考える時間があったなら——。

全ての説明が済み、失笑にも似た静寂が訪れた後、壁に向かって立つドラゴンが話を引き取った。

「全ては十年前からフレヤに伝えていたことだ。ＩＴＡに使者を送った。会員を拉致したこともあった。メディアにも発信した。だが伝わっていない」

「白々しい。そんな知らせを聞いた覚えはありません。それに、相対崩壊の再現性だって、まだ証明もできていないのに……。我々は百年後も生きていかねばならないのです」

フレヤの反駁に、ドラゴンはきつい視線を返す。

「物理を失った宇宙に次の百年が訪れるとでも？　関係が悪くとも、〈空〉の共同研究に応じることぐらいはできたはずだ」

「我々だって何度交渉の場を持とうとしたか。それをあなたたちが――」

水掛け論じみた会話は、悲鳴によって断たれた。

サイロの方からだった。乗り込んだ翔撃兵の一人が、ついに、くだんの光景を目の当たりにしたのである。

膨大な数の水槽内に浮かぶクローンたち。

その光景を見た人間は、概ね次の三種に分類された。言葉を失う者。吐き気を催す者。そして、見惚れていることを隠す者。それでも多くの人々は水族館のようなサイロに足を踏み入れて、しばらく戻ろうとしなかった。

マフラーだけがナクサの前に立ち塞がり、オリジナルである彼女を誰のものとも知れない無数の視線から庇《かば》い、全員が今すぐサイロから出るべきだと主張した。

「ラオシー。そうは言っても、あれは敵の主力兵器です」

「それは、そうですけど……。せめて、視察は女性だけにしてください。だってそうじゃないと……」

あれは武器であるのと同時に、生きているのだ。ナクサの生き写しの体なのだ。そして何より、女の子の裸体なのだ。

マフラーとて、出過ぎた真似であることは承知していた。だが誰かが言わねばならなかったし、言わねば自身の気が収まらなかった。

それでも兵士たちは動いた。まるで巨大な流れに搦《から》めとられるように。むしろ自ら濁流に身を委ね、少女の裸体などという些細な問題は頭から消しているみたいだった。

自分の言葉は――なんと懦弱《だじゃく》か。マフラーは年季の入った万年筆を強く握りしめた。

「勇虎さんも、どうして言ってやらないんですか」

勇虎も無論、この状況を歓迎しているはずがなかった。けれど勇虎にとってナクサのクローンは、ナクサではなかった。その事実だけが彼にとって大事だった。

「二十万人だ。どう収容する？　助けたところであいつらに未来があるか？　俺が守りたいのは一人《ナクサ》だ。未来がない人間に構う余裕はない」

かくいうマフラーも解《わか》っていた。水槽に継ぎ目はなく、『節電』と『清掃』という二つのボタンしかなかったことを。水槽ははなから、中のものを『取り出す』構造にはなっていないのだ。

「どこに行く？」

ちょうど視界を車椅子で横切った白木を、勇虎は呼び止めた。ただでさえドラゴンの監視に神経を割いている今、自衛できない人間にはなるべく動いてもらいたくなかった。

「私には私の仕事がありますから」

「護衛は？」

「ご安心を。自分の身くらい、自分で守れます」

そう言って白木は、アームレストをスライドして見せる。中には、組み立て式と思しきライフル銃が仕込まれていた。

「しかし世界が一瞬で消える、とは」

そう言って白木は、くくく、と押し殺すように笑った。

「なぜ笑う？」

「ふと思ったんですよ。誰もが平等に孤独もなく、苦痛もなく一瞬で死ねる。それはまるで、人類全員で挑む、集団片道ブラリのような──ね？」

もう、言わずともわかるでしょう。と、白木が口笛を吹くように告げる。

『母《マザー》から子《チルドレン》らへ』

その時であった。館内スピーカーから、雑音混じりの女性の声が流れたのだ。

『シミュレート施行回数が安全ラインを突破しました』

「こいつめ！　何かスイッチの操作を！」

アナウンスに重なるように、兵士の声が上がる。翔撃兵が男性研究員をビニールハウスから引きずり出した。

「違う！　私はただ放送を流しただけだ！」

反論する研究員を突き倒し、兵士はコンピューターを銃撃で破壊した。その一連の音が、壁を向いて立つドラゴンに襟を正させる。

勇虎は嫌な感じを覚え、ノックの姿勢を取る。

だが次の瞬間には、兵士全員の銃が、薬室からへし折られていた。

ドラゴンの姿もない。交錯する兵士たちの視線。経過時間一秒。デッキ中央にできたクレーターに佇むドラゴンの姿が衆目に映る。勇虎は自認領域で兵士たちのナイフを抱くと、〈舵〉を使って地球の自転速度でナイフを投擲した。

ドラゴンは避けなかった。

彼の眼前四十センチの位置でナイフは停止し、身代わりになったように周囲の地面に亀裂が走った。ナイフの速度だけを、自認領域内の塵か何かに移したのであった。

「ドラゴンが包囲を破った！」

勇虎の舌打ちと同時、兵士の声が飛んだ。

異様な静寂が支配する空間に、ドラゴンの声が響いた。

「可視光だけが灯火《ともしび》ではない。音や匂いも、距離と空間を把握する有益な情報になる」

ドラゴンの目には、ノイザーがない。手錠も見当たらない。置き去り現象を利用し脱縄したのだった。そして真空圧波によって舞い上げられたそれらの拘束具が、ようやく今壁際の地面へと落ちた所だった。

勇虎は自らの過失を呪った。

「フレヤ。先ほど君は、相対崩壊を証明できないと言ったな。その通りだ。だがそれは、己の肉体の死を人が観測できないことに似ている。宇宙の死である相対崩壊もまた、数字だけが静かに忍び寄る。人が終わりの瞬間を知覚することはついぞない」

解き放たれた龍は、次の瞬間にはどこからか出現した木椅子へと、腰を下ろした。その一秒後。手元には紅茶のカップがあった。さらに一秒後にはそのカップを、どこからか出現したテーブルの上へと置いた。

「テレポート・ミサイルは時限発射態勢にあった。お前たちが来るずっと前からな」

「あんたこそ陽動だったたってわけか」

勇虎が苦笑とともにつぶやいた。

すると、ドラゴンもまた苦笑を返す。

「二十万一千五百二十三人。余りはない。あれらは水槽から出し、両手両足を拘束しても、翔ぶことをやめはしない。もし止めたければ前頭葉を壊すしかない。だが、君たちにその覚悟があるのかな」

　事実。ＩＴＡ側に、動こうとする者はいなかった。その覚悟を持つ者はとうの昔にすでに〈炭なる月〉側に回っていたからだ。

　突如ビニールハウスを飛び出したファーが、兵士のガンマ線銃を奪うと、そのまま一直線に駆け出した。彼女の向かう先がサイロなのは誰の目にも明らかだった。

「ダメです！」

　横からマフラーが飛び出し彼女の肩を摑んだ。まるで、彼女の行動を先読みしていたかのようなタイミングだった。自棄になったファーは射程外と知りながらトリガーを引いた。しかし彼女が引いた衝突機構は、実弾が未発射の段階では起動しない。

　マフラーは銃を蹴り上げると、逮捕術でファーの腕を背中に回し、地面に抑え込んだ。

「それは違います！　それは最後の手段だ！」

　マフラーの声と、ファーの激しい呼吸音が空洞に響いた。

　そしてマフラーはファーを抑えながら、その場にいる全員に聞こえるように声を張り上げて告げる。

「テレポート史を調べました！　いいですか。今は午前十一時三十二分。今日は人間座行進の日です。テレポート移動量がピークに達するのは、バチカン教皇が預言者イザヤの歩いた神の道を辿りエルサレムへ至る午後三時ちょうど。二〇万一千五百二十三機を破壊するとしたら、そのときだ！」

そしてマフラーは、百メートルほど離れたドラゴンを見つめて告げる。

「そうですよね。あなただったら、一番人の記憶に残りやすい瞬間を選ぶはずです」

「聡い子だ」

ドラゴンの賞賛を光栄に思ったが、頭を下げるわけにはいかなかった。大切な兄と仲間を殺した仇にそのような感情を抱くわけにはいかなかった。恨んで、憎んで、蔑んで。それが真っ当な人の心というもの。

しかしマフラーは、憎しみを振り翳さない。

彼女が最も憎む相手はドラゴンではなく、納得なき決断そのもの。

「まだ時間があります。なので、」

今ならマフラーにもわかった。心に浮かぶ、青色の啓示というものが。バンパーも最期の瞬間に、この「いけ」という静かなる囁きを聞いたのだろうか？

この囁きのみが、人を真の目的地へと連れて行く。

「インタビューをさせていただけませんか」

それがマフラーの戦いだった。

6

全員の言葉がさらわれたように静まり返り、誰も口を開かない。そのいっとき、ドラゴンとマフラーは二人きりだった。衆目と同様にドラゴンさえ、驚いていた。よもや自分が勇虎以外の誰かと、『真の言葉』を交わすことになるとは。

ドラゴンは思った。その女性には、蔑ろにできない何かがある。

物言わぬ対話ののち、ドラゴンはうなずいた。

「あいつらしい。な、そう思わないか」

木箱を背に座り込んだ勇虎は、黄金色の瞳を輝かせてメモを取り出すマフラーを一瞥し、魔女に声を奪われたように黙るナクサに向けて言った。

クレーターの中心部。折れ曲がり、毛玉のように丸まったナイフがビスのように打ち込まれた、剥き出しの岩盤。血と火薬の匂いで溢れていた戦場の景色を、薄汚れた椅子とメモ帳とペンが対話の場へと塗り替えた。

「僕はマフラー・グッドスピード・パーキングヒルです。この度は、よろしく――」

「前置きは省こう」

そう言われると予想していたのだろう、マフラーに動揺はなかった。指先はもとより震えていた。が、一度万年筆の先を紙に降ろすと、その震えは止まった。それ以後彼女は柔らかな笑顔を――インタビュアーという武装を纏った。

「あなたは相対崩壊の事実を知って、何を想いましたか」

「美しいと感じた。すべての終着点である、梵我一如の思想そのものだと」

素粒子と宇宙の共鳴。電子の消滅。物理そのものの廃棄。

それは惑星直列のような、人智を超えた神秘である。広く知られれば、礼賛するものさえ現れかねないだろう。

わずかに一瞬ドラゴンの瞳に灯った光が、すぐに薄暗い洞窟内に霧散した。

「だが、強く惹かれたこの世界の美しさに比べたら――、些細なことだと気づいた。そして私は恐怖した」

「夜空に浮かぶ星のような？」

そう訊ねるマフラーの目が、鋭い輝きを放った。

「ああ。ヒトの手には到底及ばぬものだ。故に、私は立ち向かうことを放棄した。この世には私より優秀な人間が大勢いる。『他の誰か』が止めてくれると思った」

それは、誰もが予想し得ない答えだった。

ファーや勇虎が露骨に意外という表情をつくる中、マフラーは驚きを殺し、一個の客観装置としてペンを動かした。

「だが……私だけではなかった。師である橋本博士もまた、減っていく数字を見て闘志をお捨てになり、ご自身の世界に閉じこもられてしまった。私の友人は組織を見限り、実利的な人生を歩んだ。あの数字が全てを変えた。そして『他の誰か』などいないのだと知った」

「具体的には、どうしましたか」

「私はかつて、理想を抱いていた。全人類が安全に古典テレポートを行う、希望の未来だ。その頃、装置に頼らない最適な自我の固定方法を毎夜のように考えた。辿り着いたのはインド哲学の聖典《ヴェーダ》や、奥義書《ウパニシャッド》だった。私はこれを『精神の力学的技術』と位置づけ、〈度〉という修行として一般化した。それでも力を得るものは、素質のある人間に限られる」

「それで、アハンガルラのような人を探したと……？」

「ああ。だがそういう人間を探し出すより、造ってしまう方が遥かにコストが安いと判断した。そして、強靭な耐震遺伝子のサラブレッドを造った」

マフラーはちらりとナクサを見やる。

「その後は、どうされたんですか」

「古典テレポートの研究は、〈空《クウ》〉という理論値に突き当たった」

その言葉は、勇虎の意識をさらった。

「〈空〉とは、なんですか」

「テレポートが経由する地点。縮入と膨出の狭間の空間。既存の物理法則を俯瞰する、異世界と呼ぶほかない場所。テレポートを行う誰もが無意識のうちに通る場所だ」

「そこに行くと、何が起こりますか」

「わからない」

その呆気ない返答に、マフラーは感情の手綱を強く握った。

決して失望するな。

ドラゴン一人が全てを背負うべきという前提など、あるはずがないのだ。彼を人間の領域から突き放し、化け物にしてしまうことほど、安易で愚かな解決策はないのだ。

「わからないが、我々は確かに〈空〉を通るその一瞬、宇宙を自在に引き寄せる。一瞬でさえそうなら、いわんや長時間意識を留めればどれほどの自在が与えられるか——。これは仮説だ。願いでさえあるだろう。私は幾度も試した。しかし浮力が逆さにした桶を水中から水面へと圧し上げるように、私には〇・九一三秒の滞在が限界だった」

　マフラーは決して前屈みにならず、膝の上のメモ帳を時折持ち上げて書き足しては、背中を背もたれにぴたりと添わせている。その愚直な態度には、相手から本音を引き出す力があった。

「〈空〉に拒まれた私は〈N系列戦略〉を始動した。〈N5号戦略〉においては異世界という言葉を社会に流布し、人々に『どこでもない場所』を目指させることで〈空〉の間接的な観測を試みた。〈N7号戦略〉においては奥義者による直接的なアプローチを目指した。だが、いずれも成果は限定的だった。この時点で我々には信号衛星を破壊する〈F系列戦略〉しか残されていなかった」

　マフラーは一礼すると、ページをめくる。

「次の質問です。なぜ、被動部隊《ツーックワンク》を我々と戦わせたのですか」

「ローズ、頼む」

　ドラゴンが声を張ると、ローズが再び景色板を操作し、上空に、花弁のような放射状の立体画面を映し出した。一つ一つの画面に映るのは様々な角度から撮影した沖ノ鳥島近辺の戦闘の映像だった。

　動画は、交戦の瞬間から翔撃兵が被動部隊《ツーックワンク》を全滅させるまでが撮られていた。

「このデータは、すでに月面のサーバーにアップロードされていて、四十一時間後に拡散されることが決定しています。ごめんなさい。これももう止められません」ローズが申し訳なさそうに言う。

「しかし、一体どうして」

こめかみを指で押しながらタイランが訊ねる。

「それはもちろん……テレポート協会の信用を失墜させるため、です。二日後、おそらく私たちは、史上最悪のホロコースト組織として、国際指名手配……されています。怖いです。でも、検挙されることは……ありません。この基地はいずれ、岩盤ごと月面基地に翔びます。私たちは星間テレポート技術を独占しているので、誰も来られません。キングがあなた方を招いたのは、あなた方の中から基地に残る人を……つまり月面へ行く人を、募るため……。けれどキングが私たちを月面へ運んだら……彼は死んでしまう。だからもう、戻ることはできません」

ローズはポロポロと落ちる涙を拭うと、しゃがみこんで装置を操作し、動画をフォルダごとに並べた。

「この映像が無加工であることは……真贋装置《バージンチェッカー》で簡単にわかることとです。そして、あなた方の素晴らしい技術は、この映像では、生身の人間が古典テレポートしているように見えます。協会がテレポートを武力として行使したとなれば、安全神話は瓦解します」

「翔撃兵の技術を公式発表すれば、どうとでもなります！」

兵士に見守られながら、タオルケットを背中に敷いて横になっていたファーが、弱々しく立ち上がって声を上げる。

「いいえ、なりません」

ローズの反駁は澱《よど》みなかった。

ドラゴンの視線は哀れみを伴って、片膝をつくファーへと降りる。

「フレヤ君は、自己矛盾に気づけなかった。知識寡占を防ぐために奔走したＩＴＡという組織自身が、知識寡占を犯したということに」

ファーは動かなかった。反論が喉を伝って迫り上がり、口の中で泡になって消える。頬に、細い涙の轍《わだち》ができた。

「自己矛盾は組織を蝕む。揺さぶりはあの映像で十分だ。〈Ｆ１５号戦略〉が提起するテレポート社会への不信を、確実なものとする詰めの一手。人類は、歴史の進路修正を迫られる。〈炭なる月〉とは世界を再生する焼灌《しょうかん》の祝詞《のりと》が一節。我々は月面からそれを監視し、そして二度と地球へは帰らない」

テレポートインフラが崩壊したのちに待つのは、今よりずっとのろまで、偏りに満ちた社会だ。だが地球人類が完全かつ永遠にテレポートという技術を忘れ、テレポートが錬金術や魔術と同列に語られるようになるまでには、恐ろしく長い時間を要するだろう。

　誰かが面倒を見なくてはならない。

「その覚悟が、我々にはある」

　ドラゴンの言葉を聞いて、ビニールハウスから研究員たちが続々と姿を現す。中には銃をこめかみに押しつけられながら、這い出してくる者もいた。そして皆、首を縦に振った。そこには後悔の欠片も感じられなかった。

　すべてを書きつけたメモ帳は、驚異的な速度で埋まっていった。右手の指先が痺れてくる。マフラーはテレポートが消えた世界を想像した。高速道路は再整備され、住居ではなくなるだろう。ロードピープルは〈下の世界〉に降り、きっと何ごともなかったかのように生きるのだろう。

「最後の質問です」

「言いなさい」

「これは少し、難題かもしれません。それに、気分を害してしまうかも」

「私は無駄が嫌いだ。進めなさい」

マフラーは深呼吸をして、再び姿勢を正す。踏み込めば命の危険がある。しかし踏み込まなければ、最後のピースが欠けたままだ。両足の震えをなんとか抑えていた。胸と首元が汗でいっぱいになった。喉元を出たがらない言葉を、腹圧でなんとか押し出した。

納得なしには死ねない。

「ナクサさんの存在は、あなたにとって何ですか」

「……」

表情に変化はなかった。しかしそれがより一層、マフラーを恐れさせた。

「彼女は、兵器を作るための触媒だ」

「何か、別の言い方はありませんか」

「交配実験が作り出した優等種」

「ですから、もっと別の何か」

「生み出されるべきではなかった、顔と声と涙を持つべきではなかった子」

「あくまで、そう答えるんですね」

踏み込んだ。

勇虎でさえ立ち入ることができなかったドラゴンの内面へ、〝ノック〟をした。

マフラーはその代償に、自分の体が四散することを覚悟し目を瞑った。

だが、

「――せめて未来だけは」

咳をするようにドラゴンが、そう告げる。その視線は確かにナクサを見つめていた。彼の心はそのひととき、ナクサの隣に座り彼女の髪を撫でていた。


その様を勇虎も見ていた。その言葉を勇虎も聞いていた。ドラゴンの意志は、未来というたった一言に全て収まっていた。見たくもなかったよ、そんな素顔《かお》を。聞きたくもなかったよ、そんな本音《こえ》を。

マフラーがうなずく間に、勇虎は立ち上がって二人の元へと歩き出す。

ナクサは、呆然と離れていくそんな勇虎の背中を見つめている。追ってはならないと彼女の直感が告げている。

マフラーはインクを吸って少し膨らんだメモ帳を閉じると、

「歴史的大罪人の言葉ですから。きっとスクープになります。ちゃんと伝えますから」

ドラゴンは苦笑した。

マフラーはメモ帳を固く抱き、踵を返して歩き出した。バトンタッチするように、勇虎がやって来る。二人はすれ違った。おそらくはそれが最後の交点なのだと、お互いどこかで気付いていた。すれ違いざまに、勇虎が言った。

「ありがとう、マフラー。お前はやっぱり頼りになる」

「本当にごめんなさい。あなたに全部背負わせて」

それ以外に、マフラーはかける言葉を持たなかった。

「いいんだよマフ。俺ができないことをしてくれて、怪物を人間にしてくれて……ありがとう」

マフラーは歩き続けた。おそらくこれから起こるであろうことを想像し、身が裂かれるような想いを抱いて。

「イサトラ……？」

ナクサは、勇虎を呼び止めて、何かを言うつもりなんかなかった。ただ一度、振り返って欲しかったのだ。

けれど勇虎は、立ち止まりはしなかった。首だけちょっとナクサの方に向けると、軽い笑みを作った。勇虎はその時の彼女の泣きそうな笑顔を、きっと一生忘れることはないだろうなと思った。

「なあドラゴン、取引なんだろ、これは」

問うと、ドラゴンは椅子から立ち上がって勇虎を注視する。

「最初から、こうするつもりだったんだろ」

「君の宿命だ」

あまりにもあっさりとドラゴンが認めたので、勇虎は拍子抜けしてしまった。

随分と諦めがいいんだな、と勇虎は思った。本当はきっと、自分でやれないことを、悔いているはずなのに。それを少しも見せず、ただ送り出すものの顔である。

勇虎は額に手を当てて前髪をかきむしった。

「くそっ。俺はただ、社会の歯車でいられたらよかったんだ。いかに小乗《しょうじょう》と罵倒されようと、あの狭っ苦しい百四十九階で死ねたら、それでよかったんだ」

小乗派とは仏教において、他者の救済を旨とする上座部派が、自己の救済を旨とする者たちを呼んだ貶称《へんしょう》である。いつだって勇虎にとって救うべきは自分自身だった。絶対的なものは自分の命ただ一つ。だからそう呼ばれた時も、苛立ちは起こらなかった。

何か大きく、考えが変わったわけではない。

ただ、少しだけ、

「いや、だからこそ」

額にあった手を、胸元へ下ろす。握りしめる。振動はない。軸足は地球に通じている。

地球は列島に通じ、列島は東京に通じている。完全な他者などいない。無関係などない。人類が経験する全ては粒子の振る舞いであり、人が流す全ての涙は粒子の表情なのだ。繋がっている——だからこそ勇虎は、相対《ナクサ》と出会った。

「世界がなくなるのは、困る」

言い終えるが早いか、勇虎はふらりと前に出て、ドラゴンの耳に言葉を送った。いいだろう、という答えを聞くために、待つ必要はなかった。当たり前だ、と勇虎は苦笑する。

そしてファーやタイランが威嚇射撃を命ずる前に離れると、勇虎はその足を素粒子震度計へと向けた。足取りは軽かった。

ドラゴンが一度呼び止めた。

「赤川勇虎。君に一つ言葉《きぼう》を授けよう」

彼は翔撃隊に撃たれることも顧みず、にじり出た。

「世界は、相対性によって成り立っている。私も、ナクサを通してそれを学んだ。彼女に不要《ナクサ》という名をつけたことを後悔しながら、今は、誇りにも思っている。いいか、相対性だ。その言葉はきっと、暗澹《あんたん》の旅路を照らす灯火《ともしび》になる」

勇虎は、震度計へと行き着いた。

震度計を前にすればいやでも決心がつくと思っていた。だけど最後に一度だけ、ナクサの方を振り返った。もうそれを最後の一度とすることを決めていた。

ナクサは今度こそ、走り出した。今走らない両足なら切り落とされてもいいと思った。

しかし勇虎は、ナクサの手が彼の頬に届いてしまう前に言った。高らかに宣言したのでなく、明日駅で三時に待ち合わせ、とでもいうように。

「ナクサ、ちょっと行ってくる」

「待っ――」

枯葉が一枚地面に落ちるように、音もなく赤川勇虎は世界から姿を消した。

7

ガタン、ゴトン。

振動を感じて目を覚ます。勇虎の体は何かひんやりしたものに寄りかかっている。振動は壁全体から伝わっている。春の陽気のような眠気と、砂漠のような口の渇きがある。

その部屋には窓がある。外は恐ろしく暗くてほとんど何も見えない。部屋全体を包む速度を感じる。窓枠には溝がある。そこに肘をついて体をもたれさせると具合がよい。座席は中央の通路を挟んで左右に二列ずつある。それが前後に長く続く。前の座席は折り畳み式のテーブルを背負っている。格納用のネットもある。

ガタン、ゴトン。

振動と同調するリズミカルな音が聞こえている。どこかへと運ばれている感覚がある。この振動はヘリコプターのそれとは決定的に違っている。地面に接しながら移動しているのだろう。何か、長い箱状のものが連なった乗り物なのだろうと、勇虎は予測を立てる。

——ここが〈空《クウ》〉？

座席も窓枠も確かに手で触れることができる。かび臭く、息を止めれば息苦しさがある。それらは少なくとも、物理の振る舞いである。これは夢でも、幻覚でもない。だがいずれにせよ、勇虎の記憶には存在しない場所だ。

立ち上がろうと膝に力を入れる。気づいた時には勇虎の体はすでに立ち上がっている。今まさに立ち上がろうとする自分自身の姿を、傍目《はため》に眺めている。その残像とも呼ぶべき中腰姿の自分は、勇虎が視線を外すと、霞のように消えている。大きな揺れが起こる。座席の肘置きに手をつかねば、と思う。その時にはすでに手は、肘置きに触れている。

ガタン、ゴトン。

勇虎は通路を歩き出す。すると、まただ。歩き出したばかりの自分を、すでに歩き終わった位置から眺めている。奇妙なのはそれを奇妙と思わないことである。

部屋と部屋の間は金属の留め具で繋がれている。移動するには二つの扉を開ける必要がある。連結部からは熱が漏れている。額に汗が浮く。汗はまだ眉の上にある。勇虎は扉に手をかける。汗はすでに足元の木製デッキのしみとして存在している。そして、体は次の部屋に移動している。

新たな部屋はレストランのような場所である。そこは広いテーブルと椅子、そしてバーカウンターを備えている。勇虎は、カウンターに座ろうと考える。すると、すでに体は座っている。そして席についた勇虎が、座ろうとしている自分自身の姿を眺めている。

喉を潤したい、という思いが湧く。次の瞬間には、炭酸水を口に含む男を横目に見ながら、食道が冷える感覚を味わっている。喉はすでに潤っている。

　ふと顔を上げる。空中を漂う異物を見つける。呆然と観察する。

　それは一定の速度で通気口から通気口へと移動している。まるでこの世の通気口すべてが、入り口であり、出口でもあるように、終わらない運動を繰り返している。

　それは、切断された人間の指先だとわかる。滑らかな断面である。切断されたばかりのようである。まるで無重力空間を進むように、速度を乱さず通気口の間を彷徨《さまよ》っている。

　ここは一体なんのための場所なのかを知りたいと願う。すると勇虎はこの場所がなんのための場所かを知っている。あまりの情報量に頭がパンクしそうになる。少し横になりたいと思うと、勇虎の体はすでに寝台に寝そべっている。

　脳が膨らんでいる気がして後頭部を押さえてみるが、異常はないとわかる。

　理解が体に馴染む。確信を摑む。

　ここは確かに〈空〉――。

　この部屋は長い車体の一部で、目的地を持たないので止まることがない。永遠に『過程』が続く世界。どこにも辿り着かない場所。だから、原因は結果との関係性を失う。描《こと》写《ば》は文章《ことば》との接続を失う。空間が行為から過程だけを奪い取り、見本のように陳列してしまう。

ただ意識だけは別だった。意識とは動作ではなかった。結果だった。意識は、認識と判断の轍《わだち》だった。

ゆえに意識だけは、この世界を自由に飛び歩くことができた。

眠いと感じる。

目覚ましをかけなければ、と思う。

サイドテーブルには、黒い板状のデジタル時計が置かれている。だが、きっと壊れている。液晶画面には0.0691861と表示されている。目覚まし時計にしては少し数が多い気もする。

ガタンゴトン。腰から脊椎にかけて心地よい振動を感じる。

やはり時計は壊れている。チクタクとも鳴らず、数字は突然0.2を示したのだから。

8

ナクサの体を受け止めたのは、錆びた鉄の床であった。滑り込み、鼻先を擦りむき、頬が切れて紅い血が落ちる。ナクサは黒い球体を見上げた。球体を包むガラスが、ビン、と揺れている。真空圧波だった。

赤川勇虎が消えた。

その事実は様々な形で受け止められた。

フレヤ・ファーには少なくとも、勇虎のおこなったそれは、逃亡以外の何ものでもなかった。だが、勇虎が何から逃亡したにせよ彼女にとって重要なのは、ＩＴＡがドラゴンに対する抑止力の大部分を失ったという事実だった。グエンは対蹠者であり、古典テレポーターでもあるが、ドラゴンと渡り合うほどの戦闘経験はない。ファーは目眩《めまい》を感じその場にへたりこんだ。

タイランもほとんど同様の心地だったが、彼の関心事はもっぱら、勇虎に貸与した三兵器、特に酵素ガス兵器の悪用ないし、持ち去りについてだった。職権濫用、その上不祥事を起こしたとなれば、党の粛清対象にも挙がり得る。それはつまり、遥《ヤオ》一族の命が風前の灯であることを意味する。

「一体、彼はどこへ」

「わかりません、私には何も」

「小姐、それでは困るんだ。このままじゃ私の命が危ない」

「命が危ういのはあなた一人だと？　この場にいる全員が漏れなく、いつ処刑台へ送られるやも知れない死刑囚になったのです。今、この瞬間に！」

不安に思おうとすれば、いくらでもそうすることができる。その場にいる誰もが、ドラゴンを恐れようとすれば、簡単にそうすることができる。

だが、それではＩＴＡと橋本研究所の分断の二の舞なんじゃないか。

そう気付くものが、ＩＴＡの中にも現れ始めていた。

そしてその流れを産んだのは、まぎれもなくマフラーだった。

「勇虎さんはそう遠くへ行ってないと思います。そうですすよね」

マフラーの問いに、ドラゴンが応じた。

「〈空〉に、位置という概念は存在しない。だから君の言っていることは正しくもあるし、間違ってもいる」

「……あの一瞬で、〈空〉へ入ったと言うのですか」

震える唇で訊ねたファーを見下ろしながら、ドラゴンはゆっくりとうなずいた。

「そんなことは不可能なはず」

「可能だ。彼はすでに〈空〉の感覚に気づいていた。そうでなくては、ナクサの呼び声のみを頼りにルタ基地に到達することなど、そもそもできなかった」

「どうしてわかるんですか！　彼はただ……逃げただけかもしれないのに」

「フレヤ、君はいつも難しく考える。あの日、君がやりたかった生化学の実験は、電子顕微鏡など使わずとも、リトマス試験紙とフラスコがあれば可能だったんだ」

　ファーは髪を繰り返しかきあげ、細い口元からひゅう、ひゅうと息を漏らす。

「彼は仲間だろう。なぜ信じてやれないのか」

「あなたがそんなことを言うの!?」

　兵士の静止を振り切り、ドラゴンの元に一直線に向かっていったファーは、そのピンと立てられた襟元に摑みかかった。兵士の誰もが目を塞いだ。もう間に合わないし、誰もこれ以上、人の体が飛び散るところなんか見たくなかった。

　グエンだけが血走った目でノックの姿勢を取る。

「大罪人のあなたが！　私たちを捨てて、こんな犯罪組織に肩入れしたあなたが〝仲間〟を語るの!?」

　だがドラゴンの胸に頭を押しつけ、その肩を殴るファーの上半身は、下半身と繋がったままだ。

その時誰もが、勇虎に遅れること数分で——化け物《ドラゴン》に人間を見た。

彼は、化け物ではなかった。申し訳なさそうに眉根を寄せる彼は、非情の仮面を失っていた。

「なぜ橋本研に残ったのよ……なぜここまですれ違ってしまったの……あなたさえ、来てくれたなら……。何があなたを変えてしまったの……」

ファーは、綿菓子のような強度しか持たない拳を、ドラゴンの胸板に繰り返し振り下ろした。

「彼は〈空〉に入った。今にわかる」

ファーの背中にまわされた左腕は、彼女の今にも崩れ落ちそうな体を支えた。

『0.0691861』

素粒子震度計の前に集まった皆は固唾を呑んで見守った。

『0.0691860』

映し出されているのは、世界崩壊のカウントダウン。

『0.0691859』

十三年余りというドラゴンの楽観的試算は、人の希望に成り得るだろうか？

『0.0691858』

翔撃兵の若手、シルビー・ボーアは考えていた。『0.0691857』彼は二週間後に二十歳を迎える。翔撃兵計画は魅力的だが、同僚のほとんどが自分よりも上手くやれるということに気づき始めている。転職も頭にある。フィアンセにはまだ言い出せていない。『0.0691857』そのフィアンセは子供を切望している。『0.0691857』だが十三年後に終わるかもしれない世界で妊娠するということは、正しい選択だろうか。

先輩のグレイスは、真逆の考えだった。『0.0691857』この世界が十三年も続くとしたらそれは長すぎる。『0.0691857』大学在学中に発症した偏頭痛が彼の人生を苦痛の消化試合に変えた。『0.0691856』かといって〝片道ブラリ〟を行う勇気もない。『0.0691856』十三年という時間をどう潰すか。『0.0691858』明日からその計画を立てなければ、と彼は思った。

『0.2000092』

最初に声を上げたのは誰だったか。ほとんど皆、同時だったのだ。口々に漏れたのは言葉未満の感嘆。意味として紡がれない、ぶつ切りの音。

「お……おお、うおお！」

研究員たちは顔を見合わせ、歓喜してよいのか互いに確認しあった。だが阻むものはなかった。波打つ歓喜が押し寄せる。それらが幾重にも重なり合い、唄《うた》になった。ある者らは抱き合い、ある者らはその場に崩れ落ちて涙し、ある者はただ呆然と立ち尽くして己の存在を実感した。

「キング、そう考えていいんですよね」

ローズが震える声で訊ねる。

「私たちの流す涙は、決してぬか喜びではないんですよね！」

訊ねておいて、返答を聞く前に彼女は落涙し『0.201』髪を振り乱して叫ぶ。

ドラゴン自身、黒球を前に、全身が痺れて動くことができなかった。0.2は、およそ二年前の数値だった。そして『0.229』なおも上がり続ける。

「〈空〉は、彼を受け入れたのか……」

ドラゴンは咳をするようにそうこぼすと『0.244』直ちにテレポート・ミサイルの発射停止を命じた。きっと明日には、想像もつかない罪悪感が彼を自殺にさえ追いやるだろう。

だが、数値が少なくとも0.34に回復するまでは、見届ける義務がある。

チラリと、青白いサイロを見やる。そしてナクサに視線を移した。彼女は『0.262』この場の流れに逆らっていた。世界崩壊の足音が遠ざかっていくというのに、彼女の顔には明るさがなかった。

未来がなかった。

蛇のような罪悪感が忍び寄り、王でもなく、化け物でもなく、ただの人となった男の首を締め上げはじめる。

ナクサは走り出した。もはや、彼女をこの場に留めておくものはないはずなのに、サイロの右手の研究者寮に繋がる通路へと走っていく。追わねばならないと、ドラゴンは思った。だがそんな彼の右袖を、マフラーが引いた。

「あなたは、ここにいなくちゃならないはずです」

驕《おご》りでも虚栄でもなく、彼女にとってそれは至ってフェアな判断だった。

「僕に行かせてください」

ドラゴンは考えるまでもなくうなずいた。よろしく頼む。そういう意図で何かハンドサインを送ろうとしたが、持ち上げた右手の袖は宙をたゆたうばかりだった。

9

ナクサは迷路のようなルタ基地の居住区画を、整備用レーンに沿って走っていた。安い白熱灯に照らされた廊下は、執拗なまでに古典力学に支配されている。ナクサの体では、走り続けることはままならない。時折壁にもたれ、荒い呼吸音を響かせる。息が浅い。肺がまるごと水に浸かってしまったようでさえある。それでも、彼女は走った。

勇虎が消えてしまった。

勇虎が消えてしまった。

彼が最後に言った「ちょっと行ってくる」とは、どういう意味？　「待って」と言ったのに、彼は待たなかった。〈空〉に入った人間がどうなるのか、ドラゴンは語らない。ナクサが訊いたことすべてに辞書よりも正確に答えてきた男が、教えなかった唯一のことだ。

彼が消えたあの場に残るのは、彼の喪失を強く感じることのようで堪《た》え難かった。だからといってこの体はどこへ行けるわけでもない。一人とは本来、こんなに心許なかったのか。

誰かに頼ることを知ってしまったナクサは、己の変化を呪った。

不意に、蛇口をひねる音が聞こえて、ナクサは振り返った。研究員は一人残らず兵士たちが連れ出したはずである。だが、さらに、夏の颪のようなモーター音が続いた。

ナクサは錆びた鉄の壁の前で立ち止まった。その周囲の壁面だけ、通路のモルタルと違う色合いがあった。診療室と書かれたその部屋は、以前は立ち入り禁止だった。

蝶番のひとつが外れた扉は僅かに開いていた。

吸い込まれるように扉に手をかける。

薄暗い室内。青白く光るいくつかのモニターをバックに、蠢《うごめ》く輪郭があった。

「お姫様じゃあ、ありませんか」

意外なほど低い位置から、その声は届いた。

電動車椅子のモーター音とともに、白木天馬はぬらりと光の中から姿を現す。

「睨まないでください。ここは私の部屋だったんですよ」

車椅子の男はぐるりと部屋を見回して、カラカラと笑った。

「この区画もあの男が律儀にパト・ブランコから運んできたらしい。彼は意外と感傷的だ。私はかつての主治医でしたからね、ここでよく彼の話を聞いてやりました。浮き沈みの激しい彼の気持ちを、じっくりと、見守っていましたよ」

やがて男はシェルフに目をやると、腕を目一杯伸ばして上段からアタッシェケースを摑み、膝の上へと引き下ろした。

「あなた、キングに何をしたの……？」

男は慣れた様子でケースを開けた。

そこには、長年ナクサの脳波を監視し続けた髪飾り《ティッカ》と同じものが入っていた。

「このティッカはもともと、彼の頭を診るために作ったものだ」

そう言って白木は、少し錆びた髪飾りを掲げる。

パソコンのメイン画面は彼の体に隠されて見えない。彼の表情も、逆光に呑まれて朧げだ。髪飾りだけがブラウザの光を受けて妖《あや》しく輝いている。

漏れ出す光が緑に変わると、明度の落ちた画面には『初期化完了』の文字が出る。白木は足元のコンピューター本体からマイクロチップを抜き取り、舌の上に載せてゴクリと飲み込む。

「あなた、このためにここへ来たのね。キングの診療記録を消すために。あなたが変えたのね。彼を……！」

白木はご冗談を、という顔で肩を竦めると、電動車椅子を操作して五十センチほど前進した。

「あるべき姿に、正したまでです」

ナクサはハッとした。心底くだらない見落としに胃の腑がねじ切れそうになる。

ＩＴＡのグリッドハウスは電磁的中立を保っていた。発信機を外から持ち込まれた可能性はあり得ない。ならばその電動車椅子は？　異様に大きなアクチュエーターは何のため？　車椅子に仕込んだ発信機、いや、その車椅子そのものが発信機の役目を帯びるのであれば、誰も持ち込みを拒めない。

「白木天馬、あなたはどうしてこんな――」

「私はね、持っていたんですよ。電子顕微鏡を。ヒタチ製の、最高のやつを。でも、あの人は私のところへは来なかった」

何を言っているのかわからなかった。

だが、わかろうとする姿勢を崩すわけにはいかなかった。

「私は移動を拒まれた人間です。だからこそ、テレポートに希望を感じてやみません。だから、歴史から消すなんて許さない。でも同時に、自由も欲しいのですよ。テレポートがヒトを真に解放するためには、あとちょっと『足りない』のです」

ナクサは、この男が己の手に余る何かを溜め込んでいるとわかりながら、一歩を踏み出した。勇虎がそうしたように。彼女の頭に浮かぶのは伸ばしても届かなかった彼の背中。

「何が足りないっていうの……」

「何って、そりゃ決まってるでしょ？」

だがナクサの踏み出した爪先が、真っ暗な床に横たわる『何か』に触れた。

重たくて弾力のある物体が、そこにあった。ナクサの嗅覚は、あまりに血の匂いを嗅ぎすぎたために狂っていた。そうでなければすぐに、鉄臭い臭気で分かったはずだ。足元に痩せた男性研究員の死体が転がっているということに。

顔を上げる。

白木は膝の上で何かを組み立てていた。細長い筒状の何かだ。そして今ちょうど、白木がそれをナクサへと向けた。向けられて初めて、それが何かようやくわかった。

「〝怒り〟ですよ」

乾いた銃声が響き渡った。


ガタン、ゴトン。

ベッドの中にいる。背中と車体がひとつになってしまうくらい、体は布団と溶け合っている。まぶたが眼球に重くのしかかっている。

説明できない怒りが腹の中で蠢いている。重たい布団のように体を押さえつける怒りである。しかしそれも、渦のような眠気に搦めとられている。

知ろうと思ったことはすでに知っている。
この世界は膜である。ミクロとマクロの中間にあるフィルターである。宇宙の振動と素粒子の振動の間に分け入り、二つを俯瞰している。意識が存在しさえすれば、膜は二つの対極の振動数を繋ぐことができる。宇宙の振動を、素粒子の振動に加算することができる。だから相対的に、二つの振動は元あった『差』を取り戻す。

チカ、チカ。
頭上のライトが消えてはまた点る。電球の替えどきなのかもしれない、と思う。勇虎は、ドラゴンと交わした取引について、無言の談合で、目と目のうちに交わされた契約について考える。狂おしいほどに欲する未来、それはすべてナクサのためなのだと、ドラゴンはそう伝えたかったのだと思う。割りを食わされたのは彼か、自分か。

時計が示す数値はぐんぐん回復している。だが、その分意識も加速度的に摩耗していく。自分の記憶が疑わしくなり、もう何十年もここにいるように思える。数字が『0.3』を超える。勇虎が思考するたび、数字が増える。意識の存在が、宇宙と粒子を繋ぐ。思えばあの、ちょっと行ってくるという別れは、葬儀だったのだと思う。ドラゴンにしてみれば、『現世に未練のある誰か』を〈空〉に送ればよかったのだから。

寄せては返す波のように、強烈な眠気が周期的に襲ってくる。体から他のあらゆる欲求が消えていく。ただ一つ、眠りたいという強い願望だけが残る。この世界には程よい雑音がある。全身で速度を感じることができる。どこかへ向かっているという安心感が、精神の輪郭を滑らかにしていく。

チカ、チカ、チカ。ライトの明滅の頻度が増す。

光は、消えかかっている。

10

昂ぶった鳥の声に似ている、とマフラーは思った。音の余韻を頼りに、アリの巣のように入り組んだ通路を探索し、『診療室』を見つけるまでには時間を要した。

扉は開かれていて、中に二人、倒れている。男性はすでに息がなかった。だがその横の者は、まだ微かに胸を上下させていた。

「……ナクサさんっ！」

ペンライトで照らす。右胸部に銃創。ショック症状だった。

肺、縦隔、横隔膜の損傷も疑われる。首元からは血液がべったり糸を引き、幸いにも弾は貫通しているようだった。

「落ち着いてゆっくりと呼吸して。僕が処置する。大丈夫、慣れてるから」

マフラーは室内に救急箱を探したが、見当たらない。消毒すらままならない。風船から空気が抜けるように萎んでいく、ナクサの体。ヒュ、ヒュ、と亀裂の入ったポンプのような音。

必要なのは血と酸素だ。

シェルフからダクトテープをとり、モニターの保護フィルムを剝がして穴の空いた鎖骨下へ貼り、周りをテープで固定する。震える手を制御する。このままじゃ失血死は避けられない。――それは考えるな。心に楔《くさび》を打ち、背中にも同様の処置を施す。

最後のダクトテープをちぎったマフラーの手を、ナクサが弱々しく摑んだ。

「お願い……が、ある……」

「喋らないで！　僕が必ず助けるから。絶対、大丈夫だから！」

「私は死ぬ。でも死ねない」

それはぶつ切りにされた、祈りだった。どこからそんな力が湧くのか、ナクサの握力はマフラーの腕を強く摑んだ。確固たる意志の力が、生命の灯火が、紅蓮の瞳に宿る。

マフラーはナクサの首を抱き、震える唇に耳を寄せる。

「私を、サイロへ」

マフラーは一度うなずくと、ナクサの腕を自分の首にかけて、腰を支えてやる。

デッキを通ろうとしたマフラーを、ナクサが止めた。居住区にできた横穴から、一直線で向かうルートがあるのだと、ナクサは掠れる声で伝えた。

二人が歩いた後には、血の道ができた。

「死ね、ない」

マフラーは喋るなと忠告したが、次第に、彼女がもはや意志を言葉にしなければ、生命の灯火を消しかねない状態なのだと理解した。

「イサトラが、頑張ってる」

マフラーは、彼女の表情を見ずともわかった。彼女は向かうべき先を心得ている。

運命の停止線。覚悟を決めた人間が至る場所。

「私は、ここに、いなくちゃ。イサトラ、帰る場所が、わからなくなる」

「でも、治療を受けないと……」

「〝地図〟さえ、残るなら、体はこれじゃなくて、いい」

細い連絡通路の先に鉄扉が現れる。ナクサを壁に預けマフラーは回転式のハンドルに力をこめる。だが、錆びていて容易には開かない。

この連絡通路だけやけに古いのは、核シェルター時代の名残だからか。

マフラーは助走をつけて、肩からぶつかった。

「いいわ、もう……」

腕をだらんと垂らし、かろうじて座位を保つナクサは、霞む声でそう吐いた。

「よくない！　なにか考えがあるんでしょ！　僕は信じるよ！」

右肩が痛む。それならば左肩だ。リアに教えられ、バンパーに鍛えられた。前進する遺伝子。今前に進まずして、この先、どこへ行けると言うのか。

マフラーはぶつかり続ける。すると次第に扉は、ぎし、みし、と音を出しはじめる。

「あと、ちょっと！」

マフラーが渾身の蹴りを放つと扉は開け放たれ、冷たい風と青白い光が漏れ出した。

整列する水槽に、安らかに眠る少女たち。

ナクサはマフラーの襟を引き、耳たぶに唇を当てた。

（〝地図〟を移して）

マフラーの両の瞳から伝った涙が、指先をすり抜け地面に落ちた。口を押さえ、嗚咽を呑み込むと、立ち上がり、すぐに作業に取り掛かる。

マフラーはすぐさま通路を戻り、診療室のパソコンとティッカを持ち出した。

（やっぱり！　このコンピューターは水槽と互換性がある！）

エビナ国。あの閉ざされた世界で、使うことのできたのはスタンドアロンのノートパソコンだけだった。マフラーは遊び半分でいじっていたコンピューターの知識を総動員する。

水槽のコンソールを繋ぐと、パソコン側が自ずと認識してアップローダーを起動した。

別の端子をナクサのティッカに有線で繋ぐ。アップロード先に指定されている、M-No.10232と名付けられたドライブ――マフラーは水槽に浮かぶ少女を見つめる。

ダウンロード先を外部ドライブに指定。マフラーはダウンローダーを起動し、外部ドライブの読み取りを開始する。

片手でティッカを押さえつけ、片手で脇腹を覆うナクサは、立ち上がった。

「聞こえているんでしょ」

ナクサの小さな拳が、ガラスを打つ。しかし振動は、浮かぶ少女の体には伝わらない。

ナクサは再度、訴えかけた。

「恐ろしくて目を閉じているだけ。あなたには自我がある。そうね……？」

水槽の少女は身悶えすると、やがて恐る恐る瞳を露わにした。

意味は伝わるべくもない。だが呼びかけは、今しがた発射命令を取りやめられた少女の意識を浮上させた。

「ごめんなさい。あなたの体が必要。イサトラが頑張ってるのに『私』が消えるわけにはいかない。『私』は……この世界に立っていなきゃ、いけない。そうじゃないと、彼がこっちに帰れない！」

ダウンロードが完了し、ナクサの自我データが圧縮された。アップローダーはすでに、M-No. 10232をアップロード先に指定している。マフラーの指がエンターキーの上に添えられる。

キーを押せば自我データはクローンに上書きされ、『ナクサ』は保存される。

だが、同時にそれは、死刑執行の合図でもあった。

マフラーごめんね。そんな役目を、あなたにやらせて。

『私』が、今、死ぬわけには、いかない！　だ、から――」

バックライトの青い光が、微かに揺らぐ。

そしてもう一人の私、ごめんね。

「あなたの未来を、私にください」

その生命が宿す最後の震えは、距離三十二センチのガラスと水の隔たりを超えた。

11

ガタン、ゴトン。

眠る手前まで目を閉じる。目を開ける。目が乾く気がして片目だけにしてみる。蠅のようなものが頭上を飛んでいる。手で払う。だがそれは握手でもするみたいに、払った手に絡みついてくる。両目を開く。

頭上を回っていたのは骨張った指である。まるで鳥が地震を知らせるみたいに、指は等速円運動をおこなっている。目障りで眠れたものではない。だから手を伸ばす。伸ばすのは左手である。その時、人差し指の継ぎ目がはたと目に入る。

指を捕まえて、握りしめる。

手を開くと、そこには真紅のストールがあった。

ガタン、ゴトン。

体を包んでいた眠気が殻を割るように崩れ、まるで孵化するように立ち上がる。ストールを広げ、そっと胸に寄せる。ハマヒルガオの匂いがほのかに香っている。勇虎は雷撃に打たれたように通路の壁にもたれかかる。ストールを凝視する。

そこには油性インクの達筆で、赤川優子《ゆうこ》とある。

チカ、チカ――。

完全に消灯する。

＊

忘れもしない晩秋の雨の日。真っ赤なストールを巻き、藤フイルムのデジタルカメラを持った母が、出発の支度を終えて俺の眠る寝室へやってきた。母からはいい香りがした。瀬戸内海の諸島に群生する、ハマヒルガオの香水だった。

「どこへ行くの」

体を少し起こして、俺はそう訊ねた。

母親がどこかに行ってしまう気がして怖かった。

「ここではない世界《とこ》《ろ》よ」


子供ながらにそれは、寂しいことだと思った。

けれど母の表情は今までになく晴れやかだった。

「人生、行くところに行く」

いつものようにその口癖をつぶやく。

その意味を俺は、ずっと誤解していたのかもしれない。

「一人で行くの？」

「危ないかもしれないから、私だけで見てくるのよ」

「ちゃんと戻ってくる？」

「大丈夫。ほら、サーフィンをしている時だって、そうだったでしょ？　海の上でも二人だったら、お互いがどこにいるかがわかる。私は、あなたがいるところに戻ってこられる」

母はこの世界の全てがたった今完成したかのように、無謬の笑顔を作った。

俺は起き上がって、こっそり母のあとをつけた。疑っていたわけじゃないんだ。ただ、寂しかったのだ。

集会所にいた人々は、希望に満ち溢れていた。車椅子に座った一人の男が、全体に呼びかけた。これから行く場所は、未来そのものだと。本当に自由になるのだと。

八十人前後いる信者はそれぞれ頭に王冠のような装置をはめ、手を繋いで輪になった。今思えば王冠はティッカと似ていた。あれはなんらかの、八十人の統合意識を作り出す装置だったのかもしれない。信者は一つの巨大なテレポート機関となり、旅立とうとしていた。

俺は、左手を伸ばした。

気づいた時には俺の人差し指ごと、母は消えていた。

＊

そして今、手の中の光を、俺は空へと放った。光を宿したストールはふらふらと宙を漂い、円運動をはじめる。それはまるで真っ赤な蝶が舞っているみたいだった。

「ここに来たんだね、母さんは」

俺は歯を食いしばった。

いつも、いつだって、遅すぎた。

――今より素晴らしい場所を目指して戦っている。未来とか、夢とか、呼び名はなんだっていい。


ナクサの言葉が脳裏に浮かび、俺はやっと理解する。

人間の交流がこれまであり得なかったレベルで凝縮されることで、自律神経に異常をきたす状態。ジェイコブス症。テレポート世界の閉塞感がもたらした原因不明の精神疾患を克服するためには、地球が巨大な棺桶ではないと証明し、この世界の広がりを俺に信じさせる必要があった。

だから母は異世界という場所に、一つの願いを託したのだ。

あの藤フイルムのカメラは俺にこの世界の広がりを、地球という狭い棺桶の外を、無限の可能性を――見せるためだった。

母はここを通ったのではない。ここへ来た。この場所こそが赤川優子の目的地だった。

自殺したのではない。

移動していたのだ。

俺を置いていったのではなく、俺を、助けようとしていた。

「母さん、ごめん」

ストールは円運動を止め、くしゃくしゃの光を包んだまま空中で静止する。

「この場所は、永遠に移動を続けるものだと思っていた。そうすることで世界の振動差が回復していくものだと。でも勘違いだ。いつだって移動には目的地がある」

ストールは解け、やがて大きなメビウスの帯を作る。

「そんなに心配、しなくていい。確かに、だいぶ迷ったけど、もう大丈夫だ。人は行くところへ行く。そうなんだろ？　その本当の意味は――」

メビウスの帯が頭上から降り、目隠しみたいに頭に巻きついた。

光が目の奥に染み込み、精神の領域を眩く照らす。

進むべき道は、すでに定まっている。やるべきことは、息の吸い方のように知っている。

俺は光《きぼう》を胸にやり、目を閉じる。

肉体はジャンクション。速度は血液のように巡っている。心音はまるでエンジンのように嘶《いなな》き、視線は今、記憶の航路へと真っ直ぐ伸びている。

ロードピープルが遺した〈前進する遺伝子〉が胸を張れと命じている。

大丈夫だ、俺には〝地図〟がある。あいつと共に刻んだこの記憶の地図が。

だから、戻ることができるはずだ。


——揺らせ。


テレポートが栄えれば相対崩壊が起こり、衰えれば知識寡占が起こる。両面宿儺《すくな》のバッドエンド。どうすればいい？

揺らせ。

物理の行いはすべて、素粒子の振る舞い。そして素粒子の振動とは、静止した宇宙から見た相対的な挙動。〝現実〟とは、マクロとミクロの差に生じた〝現象〟に過ぎない。絶対的なものなどどこにもない。世界は相対性の上に成り立っている。

揺らせ。

勇虎は深呼吸をした。口を噤《つぐ》み頬を引き締める。ノックの姿勢。鼓動を速め前頭葉に血液を集める。そこは、名も知れない寝台列車の通路。決して十分な広さがあるとは言えない。しかし、勇虎は意識を凝縮させる。

揺らせ。

〈空〉という世界には掟がある。行為は全て、過程が切り抜かれて保存される。保存されるから〈空〉の外には持ち出せない。現実世界には、干渉できない。

『行為』ではダメだ。

それなら他に『何』がある？

揺らせ。

訴えかける。確かにこれは暗澹《あんたん》の旅路である。人類史はおろか、物質宇宙の全史に背を向けるということであり、神でさえ裁けない究極の冒瀆行為なのだから。

しかし、赤川勇虎はためらわない。イメージしたのは自宅。あいつが汚したベッドと、壁に弾痕のある百四十九階。ノックの姿勢を取り、縮入、そして膨出。左手に窓、右足は寝室の境界線を踏んでいる。立ち位置は微塵も変わっていない。

やっぱり。結果は持ち出せない。テレポートによって現実世界へ翔ぶことはできない。

けれど——列車が揺れる。〈空〉という世界の仕組みが、勇虎を恐れている。〈空〉を通過点とみなす一般的なテレポートに対し、〈空〉を目的地とみなして辿り着いた人間は誰でも、浮力に押し上げられる桶のように現実へ放逐される——そのプロセスがもし無作為に行われるなら、地球へ帰還を果たす可能性は限りなくゼロである。しかしその浮力に抗い、これほど長くここで意識を保った人間は、未だかつていない。

列車が再び、唸り声を上げるように揺れる。

理《ことわり》が揺れている。

そして黒いデジタル時計の数値は、急激な減少を始める。

やっぱり。

『結果』は持ち出せないが、『過程』はその限りではない。

この場所でのテレポートは、その過程だけが保存され、瞬く間に宇宙を何万、何億回と揺さぶった。

しかし、それでもまだ足りない。

揺らせ！

時間の流れから切り離された〈空〉で、勇虎はテレポートを繰り返す。一緒に逃げた新宿セイブ・アス。漫画喫茶。海藻まみれの東京湾。国土交通省に追われた首都高。エビナ国。砂埃を浴びて走ったトウメイ高速。友達を殺してしまった愛静工業地帯。結局どこにあるかわからないテレポート協会。そして終着点のルタ基地。

記憶の地図が、彼を導く。

揺らせ！

宇宙を揺らせ！


素粒子震度計の前に佇む人々は、かけがえのない安堵に抱かれていた。

世界は救われた、と誰もが思った。

ところがヤオ・タイランが欠伸《あくび》をする間に、フレヤ・ファーが重心を右足から左足に移す間に、研究員ローズが不注意でばら撒いてしまった資料を整頓する間に、恐るべきことが起こった。

「数値が急激に下がっています！　今までに、見たことのないスピードです！」

ローズがそう叫ばずとも黒球は誰が見てもわかる変化を起こしていた。『0.41』まで回復していた数値が『0.0001』を割るのに、一分とかからなかった。

ドラゴン・サンクスギバーは数値を見ながら、勇虎の気持ちを察した。

そして一言、次のようにつぶやく。

「適任だった」

やがて宇宙は素粒子と完全に同一の振動数を迎えた。

アートマンとブラフマンは合一し、梵我一如を果たした。

結局、素粒子震度計の数値がゼロを示すことはなかった。

ゼロを示すよりほんの僅か先に、相対崩壊が起こったからだ。


その後の世界について記述することは、世の理に反するに違いない。

仮にドラゴンの言説が正しいなら、相対崩壊はカンバスから色彩が消えることを指す。

宇宙というカンバスの色と、素粒子それぞれの持つ色が合一した時、絵は消える。空っぽのカンバスだけが残る。相対崩壊とはそういうことだ。


虚無。

説明の意味なし。

また何かのはちきれんばかりの奇跡でビッグバンが起こるまで、カンバスは白いまま。

いや、正確にはいくつもの絵の具が存在しながらも、その絵の具が全て白になっている状態。理想的な安定状態ともいえる、静かなる世界の終焉である。

ところがどういうわけか、勇虎はかろうじて意識を保っていた。

だが意識は、感覚から切り離され、閉じ込め状態に陥っていた。

何も感じず、何も発することができない思考に手足が生え、想像力の大地を歩いていた。その闇のような光の中で彼は〈空〉にいた時より遥かに早く、神経が衰弱していくのを感じた。ぼんやりとした蠟燭の灯火、その揺らぎのような儚《はかな》い自我。

相対崩壊が起こり電子の存在が否定されると、原子を構成する条件が崩れ、剝き出しの原子核が残った。この時点ですでに、世界からマクロな物質は全て取り除かれてしまった。意識など存在すべくもないが恐るべき幸運が働き、つまり消滅と同時あるいはごく僅かな時差の範囲内でテレポートをしたことで〈空〉に保存されたままの意識もあった。しかしその両指で数えられる程の幸運も、意識としての恒常性を保てずに、均されていった。

次に玉突き事故のように光子が消滅すると、電磁気力が消え、原子核が消え去った。グルーオン、W・Z・ボソン、重力子、まるでパソコンがフォーマットされていくように、段階的に、この世界の仕組みが一層ずつ、用をなさなくなる。

全ての相互作用が消えると、宇宙はまるっきりすっからかんになった。そこはビッグバンが起こる前の、更地の宇宙だった。

梵我一如たる、完成された静寂が訪れた。

――はずだった。

そこには辛くも、粒子の一粒が残されていた。全宇宙を探しても、あらゆる次元を辿っても、たったの一つ。それは――勇虎の肉体を構成していたであろう、粒子の一粒。全ての振動が消え去ったこの世界で、波としての特性を切り捨てることで崩壊を免れた、たった一つ。物理世界最後の、名もなき粒子。

そして彼の意識とは、その粒子一粒が辿った軌跡のパターン。心電図を三次元的にしたような複雑な立体グラフそのものだった。

彼は、世界に残された最後の意識になった。

彼以外の全てが消え、彼もまた消えかかっていた。

感覚が失われた世界で、頼れるものは記憶だけだった。記憶だけがひっそりと、水面に浮かんでいた。波風ひとつ立たない、ほとんど鏡面に近い水面で、一枚の桜の葉に載った磁石のようにゆっくりと回転を続けている。

記憶はずっと〝地図〟を探している。

意識が至るべき目的地を探している。

――私を助けるな。

声が聞こえた気がした。奇妙だった。言葉も、音も、それを聞く耳もないはずなのに、耳障りなツンケンした声が確かに聞こえた気がしたのだ。

直後、パシャン！　と虚無の暗闇が砕け散り、視野が生まれた。

前方は青みがかっていて、逆に後方は赤い。

自分以外、この世界には光子の一粒さえ存在しないのに、何かが見えるということはありえない。

しかし彼は、見ることを拒めなかった。粒子一粒になった彼には、まぶたもなければ目を塞ぐ掌もないからだ。

やがて視界は、まるで光の滝に打たれてでもいるかのように、変わる。

——私を助けるな。

彼は、恐るべき速度で加速していることに気づく。次第に後方から前方に向かって、何も見えない空間が広がっていく。やがて長いトンネルを抜ける瞬間のようなただ一点の光の中に、意識ははっきりと、女の後ろ姿を捉えた。

そうか。これは、追いかけているのだ。彼は気づいた。意識は光の速さになって、彼女の後ろ姿を追いかけている。だとすれば恐ろしく逃げ足の速い女だ。この更地の宇宙で、無限に続く追いかけっこに興じようというのか。

——私を助けるな。

女は釘を刺すように言う。宇宙の絶対零度より冷たく、強情で覚悟のある声だった。

けれど彼は今や、その裏に隠された本音を知っている。

今にも影に塗り潰されそうなその女。

彼は知っている。琥珀色の肌と、雪のような髪を持つ女だ。

彼は知っている。そいつは愛らしさというより、凄まじい反骨心と執念を持っている。

その紅蓮に輝く瞳はいつだって、彼の心を射抜くということを。

——蓋を閉めて消えて。私に会ったことは忘れて日常に戻れ。

あの時、言いそびれた言葉。

——戻る？

知ることで、近づく。いや近づいてきた。あまりに遠かったその核心へ、少しずつ、一歩ずつ、にじり寄ってきた。肉体が旅したのと同等か、それ以上に長い道のりだった。常に揺らいでいた彼女との距離感、あるいは精神の亀裂。世界は相対性で出来ている。ナクサ・クータスタ・アーナンダがいたから、今の赤川勇虎がいる。

もし、もう一度やり直せるなら、勇虎はきっと、このように言うだろう。

——戻ることは選択肢にない、ただ進むことだけが許されている。

胸を張って、誇りを持って、ゴミ箱の中から彼女を引きずり出す。彼女がどこへ消えようと、何度でも見つけ出す。彼女の声が、その空気の振動が、勇虎を導く精神の灯火となる。震える。心が震えている。波としての性質を失ったたった一つの孤独な粒子が、振動で満ちていく。揺らせ。心震えるままに。

そして粒子は今再び、激しく存在《スピン》を始める。

終章　パシャン！

雑踏の流れに逆らって、金髪の女性が階段を降りて来ていた。

女性はビジネススーツに身を包み、パンプスの底を段差に引っ掛けそうになりながら歩いている。そのたびに腰に巻いたポーチがジャラリと鳴り、首から提《さ》げた一眼レフが振り子のように揺れた。

女性は新宿御苑の黒塗りビルへと入っていく。ペーパーオフィスばかりが目立つビルの三階まで階段で上り、メメントス通信のオフィスの玄関をカードキーで叩く。

「今日も早いね」

先輩の佐藤の声だった。佐藤は、白髪痩せ型のベテラン男性記者だ。

ちょうどコーヒーを淹れていた佐藤が一杯余分に注ぐと、女性は受け取ってお礼を言った。金髪の不機嫌そうな顔に、佐藤はぎくりとして考えを巡らせた。

「あっ、そうか！　今日は取材の日だったか」

「それもですけどね」

女性は少しむくれて、どすんと荷物を置く。今日が何の日であるか、多くの人に知られていないことが悔しかった。紛れもなく、今日行われることは人類史上二番目に偉大なプロジェクトなのに。

椅子を引く。机には救急箱、姉との写真、そして赤いチェックのマフラー。春風という同僚がジョーク半分でプレゼントしたものだが、受け取った当時、彼女はその布切れの使い道を知らなかった。そして今でもその細長い布を折り畳んで、座布団よろしく尻の下に敷いてしまう。

「取材のほう、本当に一人で大丈夫？　三年前の事件の首謀者なんでしょ。大量殺人犯とか言われてるけど」

佐藤は背もたれに肘を載っけて、椅子をぐるりと回し金髪女性と向かい合う。

「未遂ですけどね」

女性はデスクトップパソコンを操作しながら言う。

佐藤はたとえデスクに頼まれようと、そんなおっかない取材に行くのはごめんだった。

「それにしてもあんたすごいよ。スクープをひっ提げて入社して、今も特ダネを追ってる。有料記事の売上もガジェット部門トップ。若いのにさ」

「お国柄、足で稼ぐことに慣れてるだけですよ」

女性は時計に目を落とすと、コーヒーを飲み干して立ち上がる。

「え、もう行っちゃうの？　春風さんのお土産の白い恋人、まだあるのに」

「資料を取りに寄っただけです。それと、もし僕に何かあったときのために記録のバックアップを、と思いまして」

「ひえ、やっぱり命の危険あるじゃん。私、マフラーちゃんがいなくなってしまったら寂しいよ」

「嘘です、大丈夫です。ちゃんと戻ってきます。じゃあ、行ってきます」

ビルを出ると、マフラーは西新宿の公共玄関へ歩いて向かった。かつてこの付近には、両面を桜が埋め尽くす美しい街道が広がっていたらしい。その景色が、匂いが、戻りつつある。

今、この瞬間にも、ソメイヨシノの植林作業が行われていて、そばを通ると、たまに挨拶されることがある。「あの姉にしてこの妹か」というような具合で、屈強な男たちにフレンドリーに挨拶をされるのは他でもない、マフラーの姉でソウルメイトでもあるリアが、大手ゼネコンの現場総監督を務めているからだ。

逆に消えつつある景色もある。空を見上げると解体途中の高速道路が東西に広がっている。

ロードネイティブにとっては、故郷の喪失だ。けれど空の道が消えた代わりに、彼らを必要とする地域はいくらでもあった。今やロードピープルの多くは、線動文明の伝道師として地方に出向し、建設業の現場に携わっていると聞く。

肩まで降りる黄金色の髪が翻る。マフラーのすぐ隣を自動車が猛スピードで駆け抜けていったのだ。すると案の定、ＯＶｉＳが一機駆け寄ってきて、車を路肩に乗り上げさせた。

今東京では、車道の再開発が行われている。フレキシブル政策によってテレポートと線動インフラの融和政策が進められているのだ。ところが、半世紀ちかく自動車文明から離れていた都心の人々は交通ルールを知らず、街中をサーキットと思う人間が続出していた。

ロードピープルの形で車文明を保存させた遠崎隔蔵《とおさきかくぞう》の判断は正しかったと言わざるを得ない。……ちょっと癪《しゃく》な話だけど。

マフラーは西新宿の広場まで辿り着くと、ビルに貼りつけられた巨大なモニターを見上げた。連日のようにテレポート協会の解体とノウハウの分割所有についての協議が放送されている。

フレヤ・ファーとヤオ・タイランの談合が暴かれたことで、テレポート協会の知識寡占が浮き彫りになった。皮肉にも、知識寡占を食い止めるべく働いていたはずの組織の不正が、むしろ知識寡占を世に知らしめる結果になったのだ。

これからの社会は、テレポートのシステムの均一化ではなく、他交通との競争と融和が予想される。長距離移動に振り切ったテレポートと、導線を意識した街づくりの両立。人は生活の中に移動を受け入れ、歓楽街には看板と呼び込みの声が戻るだろう。

少しだけのろまになり、そして少しだけ賑やかになる世界に、神経質になる人間は意外なほど少なかった。

「世界は変わりましたね」

マフラーが視線を下ろすと、広場の中心には巨大なガラスのドームが見え、中には人体よりずっと大きい黒球が安置されていた。

全世界八百近くの都市に存在する、素粒子震度計のレプリカである。

ほとんどの人間は、そこに表示されている数字の正確な意味を知らない。ただもし広場で遊ぶ子供に意味を訊ねられたなら、親は何か勇ましい言葉を使ってお茶を濁すはずだ。

その数字は人類を、宇宙を、物理を——救った数字だからだ。

「あなたは今、どこにいるんですか」

マフラーは黒球に近づき、かすかに振動するガラスに触れてみる。数字はまるで拍動するように、黒球のモニター上でビリビリと震えている。

「早く、帰ってきてください」

マフラーは『マイナス1』と表示されたその黒球を見つめた。


マフラーが〈ロケーションゼロ〉に到着したのは、東京時間で午後二時半頃だった。テレポーター用の特殊監獄であるロケーションゼロは、面会者が辿り着くのに剛力《ゴウリキ》の特殊便を七回も乗り継ぐ必要があり、入国審査も必要だった。

この三年で、ずいぶんWB《ワープボックス》の利用に慣れてきたマフラーだったが、さすがに連続七度の乗り継ぎはこたえる。

準大型のWBを出ると、看守の男に出迎えられる。身長が二メートル近くあり、中国系の顔と不健康なほど白い肌を持った男は、長い体をゆったりと倒してお辞儀をした。

すでにニューヨークのホテルで全ての準備は済ませている。

あとは監房へ向かうだけだった。

「ミス・グッドスピード。すでにご存じの通りと思いますが、ここは刑法の最後の砦。人類が唯一持つ、どんなテレポーターでも収監できる鉄壁の檻です」

「存じております」

長い通路を歩く間、看守は緊張気味に言った。

「当刑務所は三つのレベルに分かれています。『ダウン』は、ロケーションゼロの地理的特性だけで十分に抑え込み可能と判断された受刑者が収監されております。管理も比較的軽微です。『ディープ』は、サングラス型ノイザーの装着が義務づけられた受刑者が収監されております。ノイザーにより、ノック姿勢に入ることが難しくなります。効果実証済みなのでご安心ください。そして『アビス』は、最も警戒レベルの高い領域。奥義者級のテレポーターが記憶の地図を使って脱獄しないように、記憶に対するノイザーも打ち込んでであります。見た目は……少し驚かれるかもしれませんが……、いえ、決して、健康状態を害するものではありませんし、本人の同意のもとで装着しております」

看守は念を押すように言った。マフラーが記者だということは、面会の申し込み時には割れている。看守のいやに丁寧な態度には、アジア圏の十一カ国で翻訳されているメメントス通信に、ロケーションゼロを悪く書かれたくないという思惑が透けている。

マフラーは歩きながら、胸ポケットからメモ帳を出してペンを握った。横目に盗み見る看守の目が、ゾッと震える。

「なぁんて、嘘ですよ。ここについての記事を書いたりはしません。もともと、入れてもらえること自体が幸運なのですから」

マフラーがイタズラっぽく笑って言うと、看守の顔に露骨な安堵が降りる。

アビスの面会自体、内閣を経由した特別な許可が必要であり、記録電子媒体は一切持ち込み不可だったが、マフラーには紙とペンがあれば十分だった。

やがて通路の中に、鳥居のようなゲートが現れる。

ゲート付近の壁面は全面が景色板になっており、マフラーが通過しようとすると免責事項の長い文章が出現した。速読して一番下までスクロールすると、ゲートが緑色に変わる。

「ミス・グッドスピード。あなたにも、このノイザーを装着させていただきます。これは特定の語彙の発声を未然に察知し、阻害するノイザーです。こうして、チョーカーのように首に巻いて使います」

看守は首に巻くジェスチャーをしたあと、厚さ一センチほどのベルトを手渡した。

ベルトの盛り上がった部分はほのかに青色の光を放っている。

「まんまるお月様」

試しに口に出してみる。看守がぎくりと肩を震わす。

「これは大丈夫なんですね」

「お、驚かさないでください。面会室に入ったときに起動します。それに、この場所の地理的特性を話そうとしなければ何事もなく会話できますよ。ではそろそろ、面会時間です」

マフラーはエレベーターに乗り、もう一つゲートを抜け面会室に入った。

扉を開けた瞬間に目に入ってくるのは、壁一面に描かれた、ねじれた市松模様のような反DADペイント。二年半前に発明された、人の空間認識を阻害する特殊な紋様だ。

（なんだか『耳なし芳一』みたいだ……）

そんなことを思っていると、受刑者側の扉が開く。これまた二メートル近い身長、日本人風の看守に車椅子を引かれて現れた、ひどく痩せてやつれた男。案内役の看守が言っていた通り、おでこに一円玉大の黒みがかったボタンのようなものが見える。侵襲型のノイザーということらしい。

「お久しぶりです。随分と変わられましたね。レディーになられたようだ」

「こちらこそお久しぶりです。白木天馬《てんま》さん」

車椅子のストッパーが下ろされるのと同時に、景色板が組み込まれた仕切りガラスに、二十分という制限時間が表示される。

「面会許可、ありがとうございます」

お辞儀するマフラーへ白木は早速、挨拶がわりのニヒルな笑みを送る。

「それで私に訊きたいことがあるんだとか？　いくらでもお話ししますよ。ただその前に……どうして今この世界が存在していて、私が生きているのか。それをどうかひとつ、教えてはいただけませんかね。こいつのせいで、イマイチ記憶がぼんやりしている」

白木は額のボタンをコツコツと爪で小突くので、マフラーはうなずくと、首のベルトに手を当てて咳払いをした。

「あの時、勇虎さんが〈空〉に入ってから十二分と二十六秒後。確かに、素粒子震度計はゼロを迎えました。僕は……、ナクサさんと一緒に、見ていましたから。けれどそのちょうど一秒後、素粒子震度計は『マイナス1』を示しました。僕たちはすぐに現状分析をはじめました。数時間の協議ののち、研究員とドラゴンが出した結論は、『全てが逆転した』ということです」

「げにけったいな話だ」

無精髭の生えた顎をぐにゃりと歪《ゆが》ませ、白木は興味深そうに微笑んだ。

マフラーは、眉間に血の筋が浮き上がるのを抑えて続けた。

「勇虎さんがどうやったのかはわかりません。ただ物理の全ての定数が逆転した、ということらしいです。宇宙の振動数が、素粒子の振動数と合一するまでは、想定された負のシナリオ通りでした。でもそこから、さらに振動数が増大。宇宙の振動数が、素粒子の振動数を追い越してしまった」

つまり現在、素粒子は……マイナス振動をおこなっている。

マフラーは自分の舌が放った言葉の響きの奇妙さに、苦笑いを浮かべる。

「じゃあ、こういうことですかね？　全てが逆さになったから、相対的に見たら、何も変わらないのと一緒、という。まるでトンチの世界だ」

感嘆のあまりため息をつく白木。だがこの話には当然続きがある。

そしてそれこそが、最も重要な部分なのだ。

「この先は、白木さん。あなたの方が詳しいはずだ」

マフラーは、革のケースのメモ帳と感熱式万年筆を取る。

三年待った。いよいよだ。

目の前に座す闇と——今世紀最大の虐殺者と——向き合わなければならない。

それが友の願いのために一人を殺し、その結果として偶然にも世界を救った数奇な女、マフラー・グッドスピードにできる最良の弔いだった。

「白木天馬さん。あなたはＩＴＡと〈炭なる月〉の交流を妨害していたのですよね。十年以上も」

「それについては供述書に書いてあると思いますが。私は確かにいくつかのメールや文書を処分しましたが、ディスコミュニケーションの原因を私だけに押し付けるのはやめていただきたい」

表向きはそうなっている。だがドラゴンの心理を誘導したこの男ならば、フレヤ・ファーの心理をも誘導しなかったはずがない。

重要なのはここからだ。この男にペースを握られてなるものか。マフラーは深呼吸をして、訊ねた。

「なぜ〝あんなこと〟をしたんですか」

今でも鮮明に思い出せる。

マフラーは何者かに撃たれたナクサの意識を、クローン体の一人にアップロードした。友達を救うために、殺人を犯したのだ。

目を開けた少女は、すでにナクサの人格を宿していた。

マフラーは水槽を叩き割って救出し、すでに事切れていた元の体から血染めの服を脱がせ、着せ替えた。そしてデッキへと戻った。

その時にはすでに素粒子震度計の数値は急減を始めており、ビニールハウス周辺は騒然としていた。

およそ三十秒後。マフラーとナクサは数値が『マイナス1』を迎えるところをその目に捉える。のちにそれが、宇宙の開闢《かいびゃく》を経た世界だと聞かされても、意識が断絶した感覚など湧かなかった。

誰もが救われたことを実感し、代償として世界から消えた勇虎へ感謝を並べ立てる頃、白木天馬が寮の方面から現れた。

硬直するナクサ。けれどマフラーはその時、彼女の反応の真意に気づけなかった。まして電動車椅子の滑らかな移動音など、騒音に吞まれて少しも聞こえなかった。

――私は人間の解放を諦めない。

突如として言い放たれた言葉。だが、誰も彼の言葉など聞いていない。

だからこそ、それは起こった。

――異世界万歳。

その雄叫びの後に、ドラゴンの制止の声が続いた。一瞬の出来事だった。凄まじい爆発音がサイロの方から響き、青白い光を放つ横穴へと暴風が吹き込んだ。

その瞬間、二十万ものナクサのクローン体が、前頭葉に刻まれた照準に従って大気圏外への片道テレポートをおこなった。誤差は最大で七センチだったという。

二十万機以上の信号衛星がことごとく破壊され、地球は灰色の鉄屑の雲で覆われた。

その鉄の海の中を夥《おびただ》しい数の、一糸纏わぬ姿の褐色肌の少女が漂っていた。

膨出と同時に、搾汁疲労によってショック死できた個体はまだ幸せな方だった。

彼女らのほとんどは片道切符のテレポートで真空に投げ出されてから約二十五秒の間、酸素を求めてもがきつづけ、血液が沸騰して絶命するまで、誰にも聴かれることのない悲鳴を上げ続けたのだから。

生涯で、彼女たちが感じたただ一つの感情は苦しみで、彼女たちが抱いたただ一つの願いは呼吸をしたいということだったろう。彼女たちは発射されて初めて、お互いの顔を知った。数を知った。表情というものを知った。

自分自身が何者なのかを知った。

知ってすぐに、死んでいったのだ。

たった一つの幸福は、地上の人類が誰一人として、その悲惨な光景を見ずに済んだということだった。


「あんなこと？」

仕切りの向こうで、白木は心底不思議そうに首を傾げる。

「私のアイデアは素晴らしかったと思いますよ。誰かさんがミサイルを一つ不発にしたせいで、計画に穴を空けたりしなければね」

数奇なことに、マフラーがナクサを救うためクローンの一体に彼女の記憶を移植したことで、その個体によって照準されていたフランス・ポワンカレ社の衛星一機だけが生き残り、統一信号網《コンスタレーション》全体に緊急停止命令を送信することができた。サーバー一斉攻撃による、テレポート翔突での直接的な死者を、ゼロに抑えることに成功したのである。

この悪魔のような男がマフラーの所業を知ってか知らずかは、どうでも良かった。ただマフラーは、二十万人を殺し二十万機の通信衛星を破壊した史上最大規模の犯罪の動機を、知らねばならなかった。

「もう一度お訊きします。なぜあんなことを？」

「システムを作ったのはサンクスギバーだ。私ではありません」

「しかしあなたは現に、二十万人を殺しているじゃありませんか」

白木はゆっくりとかぶりを振った。

「私の罪状は五十三カ国に対する国家反逆罪と、百二十七社に対する民事的損害責任、そして七十八カ国での交通犯罪です。殺人罪では不起訴だ」

「だけどあなたは、人殺しだ！」

声を張り上げた途端、景色板のガラスが朱く光り、音声レベル超過のアラートが出現する。

マフラーとてわかっている。いまだかつて、組織的にヒトクローンを製造し、有罪となった判例は存在しない。犯罪史を一足飛びに進んだような事例だ。司法がテレポート・ミサイルを人間と認める日は、向こう百年は訪れないだろう。

それでも、

「あんたは、ロードピープルの出身と言っていましたね。ロードピープルというのは、移動に神性を見出すそうじゃありませんか。それなら、あんたには一生わかるまい。私は、人の魂を解放したかっただけです。テレポートは人類の希望だ」

「心にもないことを」

「一つも嘘など言ってはいませんよ」

ヌッと、白木の目に暗い闇が宿り、両手がテーブルの縁を摑む。

「生まれつき歩くことのできなかったこの体。移動を否定されたこの体。無意味に尻から延びている肉の塊を、引きずって生きることを強いられたこの体」

白木はまるで上半身だけで歩き出そうとしているみたいに、車椅子から身を乗りだした。

「脳連結による集団テレポート実験。民間人に〈空〉を探させる〈N系列戦略〉のアンダー・キャンペーン。いろいろ試してきました。だから確信があるのですよ。テレポートは救いだ。動く両足があるというのは、いつだって位置エネルギーを味方にできるということだ。言ってる意味がわかりますか？　この世に、寝たきりで身動きの取れない人がどれだけいるとお思いで？　死にたくても死ねない人が、どれだけいるとお思いで？」

マフラーは、ついに対峙した。

これが彼の本当の姿。

シニカルで理知的な表情は、カムフラージュだった。真にあったのは、小枝のような体躯からはちきれんほどに溢れる、世界への憎しみ。

移動に見捨てられた〝怒り〟。

「テレポートには苦痛を解放する力がある。あんたらは卑怯にも、古典テレポートを行うことができるという事実を、これからも隠し続けていくのでしょうけど……。人々は心の底では知っています。やろうと思えばできるってことを。どれほど暗示をかけて抑え込んでも、いずれ溢れ出る。私が伝えずとも、人々はきっと気づく」

白木の体が揺れ、ガラスの壁が震える。

マフラーは目を閉じることを忘れ、記録した。

指先一本の動きから、声色のニュアンスに至るまで、つぶさに。

「だからね、テレポートは希望なのですよ。異世界は避難所なのですよ。私はね、すべての人に死ねと言っているのではない。ただ、片道ブラリという愛に満ちた自殺手段が、この世界に残っていて欲しいと願っているだけだ。あんたにはわかるまい。健常なあんたには、この先永劫、わかるめえよ！」

ガクン――。

スピーカーの接続が切れ、透明だったガラスはブラックミラーへと戻った。

（……だからサンクスギバーさんの心をゆっくり蝕み、テレポート協会の牙城を崩そうとしたんですね。サンクスギバーさんはそれを知っていて、でもどうにもできず、あなたの思い通り戦うことに逃げた。白木さん、あなたの望んだものは……テレポートを根絶することでも、管理体制を完成させることでもなく、テレポートが周知のまま適度に恐れられ、適度に軽視される世界だった）

看守が面会時間の終了を言い渡した。それは果たして二十分が経過したからか、白木の状態が急変したからか、画面の数字を途中から見ていなかったマフラーには確かめようのないことだった。

一つ確かなことがあるとすれば、それは――。

「白木天馬の願いは、たぶん、成就した」

人間座行進の日。全世界のWBが停止したことで、テレポートへの信頼は、安全性というよりもむしろ利便性の面で失墜したと言える。これまで一貫したシステム統一信号網《コンスタレーション》で管理されていたテレポートインフラは今や競争にさらされ、線動文明は世界的に復権を果たした。

国々が参画の度合いを自己決定できる、新たなテレポート社会。そこには橋本モデルという巨大な嘘も必要なく、〈脱輪〉の存在が隠匿されることもない。誰もが事実としてテレポートの瑕疵《かし》を認め、その上で、それを乗り越え、新たな倫理が築かれつつある。たとえ法的には人でなかろうと、二十万もの命の喪失の上に築かれた一つの安定点を、人類はそうやすやすと手放すことはできないだろう。

白木天馬は、彼自身の戦いに勝利したのだ。

ゲートを出てチョーカー型ノイザーを外されると、預けたクラッチバッグを受け取り、マフラーはエレベーターで面会者用の飲食コテージへと出た。

全方位ガラス張りのドーム状空間からは、凹凸のある灰色の大地と漆黒の空が見渡せた。遠近感がよくわからなくなるその空間には、無数のかまぼこ状の機械が見える。WBで地上と連結した宇宙船が従事するのは、破壊された人工衛星と、遺体の回収作業だった。

白木の残した傷痕は、月からの景色さえも変えてしまった。

マフラーは闇を切り裂くように浮かぶ青と白の惑星を見据え、観覧用に置かれた電子望遠鏡を覗き込んだ。

この時間だとちょうど、日本列島のほっそりした輪郭を捉えることができる。

「それでも、希望はある。今日、彼女はそれを地球《あのほし》に持ち帰る」

ちょうどその時フォンが鳴る。

マフラーは電波が月面まで届くことを意外にも思わなかった。

着信相手は、発信番号を見ずともわかっている。

通話ボタンを押す。その男と話すのは半年ぶりになる。

「お久しぶりです。ええ。はい……見てますよ。地球。そうですか。いや、忘れてなんていませんよ、今日がその日ですよね。……ええ。とか言って、あなたは娘の晴れ舞台を祝いたいだけでしょう？　はい。……やっぱり？　ですよね」

望遠鏡から頭を上げると、マフラーは最愛の友人の顔を思い出す。そして地球のどこかにいる通話相手の体調を思い遣る。

「身長？　確かに凄い伸びましたからね。もう僕なんてとっくの昔に越えられちゃって。はい。え、娘を取られるのが嫌だ？　知りませんよそんなの。あなた賞金首ですよね？　出頭したらどうですか。はい。嫌だ？　この電話番号警察に突き出しますよ？」

男はマフラーのジョークに渋く笑う。

「……ええ。はい。彼に会ったら？　もちろん、伝えておきます。ずっと見張っているって。はい。それだけで相当プレッシャーだと思いますよ」

男は、次に使う電話番号を予め伝えて来た。じゃあ、また半年後に。マフラーはそう言って電話を切ると、初期化ソフトを使って履歴を削除した。

バスケットボールコートほどの大きさの庫内が、熱い照明によって炙るように照らされている。そこへ、だるまのような輪郭の何者かが入場する。

金魚鉢のようなヘルメットを小脇に抱え、我が物顔で闊歩《かっぽ》すると庫内の中心で立ち止まった。そして眩しそうに目を細めながら、ヘルメットの中から取り出したいちご味のボルテックス・リキッドを一気に飲み干した。

照明が上向きになった。

庫内を俯瞰する管制室からも、そのシルエットがはっきりと見えた。

シルエットの丸みは、宇宙服の膨らみだった。この二年間で急激に伸びた身長に合わせるように、実に十七回も新調するはめになった特注品。

装着者の身長は今や百六十八センチ程度。

その琥珀色の肌にビビッドな白銀のロングヘアを持つ女性は、ヘルメットをすっぽりとかぶると、インカムの音声を切り替えた。

「こちら管制室。準備は」

「エニタイム《いつでも》オーケーよ」

ぶかぶかのグローブで親指を突き立てると、ヘルメットの中で女性は笑った。

やがて庫内の壁を埋める景色板に、巨大なDADコードが表示される。

目標物の出現予測地点である。

「出現から、救出可能時間は十五秒ほどです。こちらはスーツを着用していますが、相手は生身ですから。それにあなたも地球の重力圏外でのEVAは初めてのはず。目標物は人類にとってとても貴重な研究対象であり、失ってはならない存在ですが、くれぐれもご自身を案じてください、ムーン・タッチャー」

「ダサいから二度とその名で呼ばないで」

この時の様子を、NASAから転職した宇宙航空エンジニアのマフェットは次のように語る。

――彼女は華奢《きゃしゃ》で温和そうな女性だが、WBに立つと雰囲気が変わるんだ。今度の打ち上げ――えっと、テレポートによる大気圏脱出のことを、僕たちは〈打ち上げ〉と呼んでいるよ――は、これまでと違って歴史的に重大な意味を持っていた。けれど彼女の纏う雰囲気、もとい領域は、いつもと変わらなかった。いつもと同じでワクワクしている、っていうか。とにかく、彼女はこの時を、生まれた時からずっと待ち侘びてきたみたいだった。

ついに〈打ち上げ〉の秒読みが始まる。

目標物の出現場所と時刻が割り出されたのは二年前。これはいいニュースであり、同時に悪いニュースでもあった。

まず、出現場所は運よくと言うべきか必然と言うべきか、太陽系の内部だった。それはこの広い宇宙をベースに考えれば、何かに引き寄せられたとしか言いようのない奇跡であり、間違いなくいいニュースに入る。

そして悪いニュースは、予想される未来の地球の位置を鑑みると、出現地点は太陽を挟んだちょうど反対側――距離にして二億九千九百二十万キロの彼方だということ。

二年の月日を研鑽に費やした少女は、今や立派な宇宙テレポーターとなり、太陽系内の各惑星を繋ぐテレポート・ネットワークの構築と、テラフォーミングマシンの輸送に尽力している。

異星へ渡る術を得た人類は、まさに黄金時代を築こうとしていた。

彼女がいなければ人類の宇宙開発は五百年遅れていたと言わしめるほどに、地球にとって不可欠な存在。

ムーン・タッチャー。

カウントをゼロに迎えた今、彼女は空前の闇に向けて翔び立った。


パシャン！

男は、裸のまま現れた。

闇の海で目を覚ますと、眼前には光り輝く巨球があった。それはプロミネンスを飛ばしながら猛り狂う太陽だった。

出会ったことのない静寂があった。

一糸纏わぬ男はすぐに絶対零度に凍え、呼吸困難で死ぬことを覚悟した。

その時、ふと右を向くと、豆粒ほどの小さなものが向かってくるのが見えた。闇の海でゆっくりと船でも漕ぐように、それは次第に大きくなり、最後には意外なほどの大きさになって彼の元へ流れ着く。

白いかさのある衣を纏っていて、サッカーボール大のヘルメットに日光が反射してギラリと輝いている。

男は死を自覚していた。それが彼を、とても満足させていた。死は物理の振る舞いだ。この世界に死があるのなら、それはつまり、彼の思惑が成就したことを示すからだ。

それにしても奇妙な天使だと思った。

だが、天使はヘルメットを脱ぎ去った。

中に収まっていた少女の、いや、大人びた彼女の銀の髪が無重力に広がり、喜怒哀楽の全てを含んだ表情が露わになる。

男の涙腺から弾き出された涙は、すぐに霜となって目尻に張りついた。

音さえ存在しない世界で、ほとんど同じ背丈になった二人は、聞こえもしない言葉でお互いの名を呼び合った。空気が抜け切り空っぽになった体に栓をするように、宇宙服の女性は男を引き寄せてキスをした。

二人の背後では太陽と、その光を浴びた金星が煌めいていた。

十五秒経つまで、二人は地球に戻らなかった。

あとがき

大学四年の休学中の、ちょうどコロナ禍真っ盛りという頃だった。当時は、まとまりのいいロマンスにばかり挑戦していたので、一度本心から書きたいものを書いてみよう、と思った。パッと浮かんだのは、小学生の頃考えていたエイリアン。超スゴいチカラを持ってるけど超ものぐさなので、自分が移動するのではなく宇宙を引っ張ることで場所を転移する生態を持つ。画用紙の上でペンを滑らせるのではなく、画用紙そのものを引っ張って絵を描くみたいな、そういう感じだった。この転移方法って、見方によればテレポートだな、と思った。そしてその「画用紙自体をズラす」という行為は「振動」のようにも取れるので、そこから「素粒子と宇宙の合一」という破滅を思いついた。

どう世界が破滅するのかがわかれば、ひとまず話は書き始められる。

テレポート小説を書くにあたって、僕は有名なあの作品を思い出した。そう。ベスターの『虎よ、虎よ！』だ。ただ、実は最後までちゃんと読めていない。なので題名から「勇虎」という名前と、科学人のネタから「ロードピープル」のアイデアだけ借りてきた。どちらかと言えば『とある魔術の禁書目録《インデックス》』の「白井黒子」とか映画『ジャンパー』の方がイメージ構築の助けにはなったと思う。いや、助けになったというより、乗り越えるべき目標を与えてくれた、と言う方がしっくりくるかも。

僕は異能バトルが好きだけど、昔からずっと、ずっと納得がいっていないことがあった。それはテレポーターが戦う時、なぜ自分の体を相手と重ねるように出現しないのか、ということ。敵の体を引き裂いて出現するだけで、どんな相手でも瞬殺なのに。

それで思った。先行作品はテレポートをあくまで「移動手段」と捉えている。でも、それはご都合主義なんじゃないか？　その考えを強化してくれたのが、自動車学校で感じた自動車社会への印象だった。自動車に免許が必要なのは、当たり前だけど、危ないから。なぜ危ないかというと、すごく重たいものがすごい速度で移動しているから。移動していなければ何の問題もない。移動とはそれ自体が大きな力を持つ。免許はその力を制御するために必要なのだ。

思えばチェスも将棋も、戦場から「移動」だけを抽出したゲームだよなぁ。

テレポーター同士の戦いは一瞬で決着がついてしまう。これでは面白くない。……いや、違う。それなら、それが面白くなるような演出に持っていこう。と、このような経緯で敵との距離感を見極め、敵の体を砕いて瞬殺する異能バトルを描くことに決めた。

八ヵ月かかった。

書き上げた時には、もうこんなの二度と書くか！　と思った。

初稿ページ数六六六枚。応募できるところがハヤカワＳＦコンテストぐらいしかなかった。大学の指導教官に初稿を持っていったらボロカスに言われて、心が折れて、出すのをやめようかと思った。でも父が――「スター・ウォーズ」はＳＦじゃないと言い張る思想強めのＳＦおじさんが――どうせだから出したら？　と言ってくれたので、出すことにした。実際にモノを投函したのは実家にいる母だったが。もちろん期待なんて全くしていない。

結論から言うとハヤカワＳＦコンテストは狂っている。普通の賞だったら、一番大事なのは「完成度」だと思う。でもハヤカワＳＦコンは「ＳＦとしての飛躍」というものを一番大事にしている。マジでイカれた賞です。

間違いなく、この作品はこの賞以外ではデビューできなかった。

要するにハヤカワに見出されたわけです。

ところで僕は大学に入学時、さも大学生らしいことをしてやろうと思って軽音部に入ったのだけど、ぬるいビールと塩を振っただけのキャベツしか出てこない飲み会がクソすぎて、ビールというものが嫌いになった。ビールが風評を喰ったのはいいとして、それ以上にタバコをポイ捨てする程度の悪をロックだと思っている先輩がおり、というかそういう人ばかりだったので一年で辞めた。しかしその一年は僕にとってかけがえのない時間になった。人間的にリスペクトできない相手の下につくことがどれほど苦痛なのかを教えてくれたからだ。社会がまともかどうかは横に置くとして、まともな社会人になれないだろうな、ということが早い段階でわかってよかった。

そういうわけで、就職は絶望的だなと思っていた矢先の受賞。

ありがとよハヤカワ！

そんな『スター・シェイカー』にも文庫化の話が来るなんてね。感慨深い。

シナリオにはほとんど手を加えていないけれど、文章の方はかなりやっている。

単行本版を出していただいた時は読みにくいという評が多くて、僕はこれを重く受け止めた。それこそ優秀賞の安野貴博さんの方が面白くね？　なんでこっちが大賞なん？　みたいな話も結構出ていて、僕も、そうなんだよなぁなんで僕が大賞なんだろう、と思ったりもしていた。でもまあ、そういう「正の理不尽」も込みで新人賞だし、受け止めていかなきゃいけない。

僕の見えている範囲の話をすると、ＳＦ業界は頭がいい人ばかりだ。この頭がいいというのはいろんな意味合いがあるけど「知識がある人」が多い気がする。どこと比べるってわけでもないけど。だから関わっていて楽しいし、ワクワクするし、飽きない。この条件は、僕にとって脅威であるのと同じくらいチャンスであるとも思う。知識がある人は知識に引っ張られるから、僕はそれ以外のもっと非常識な方法で、ＳＦに関与していきたいなぁ、と思っている。

デビューから今日まで、だいたい二年。

ノベライズの仕事をしたり、ＳＦプロトタイピングをやりまくったり、『小説すばる』に読み切りを載せていただいたり、漫画原作もやらせていただいたりと、色々あった。これはハヤカワＳＦコンテストと同時に電撃小説大賞メディアワークス文庫賞を取ったことで、しっかりめのＳＦもライトなＳＦも書ける人という認知をしてもらっているからではないか、と自己分析している。僕としても色々やりたいのでありがたい。

それで最近思うのは、僕は実は小説を書くのがだいぶ好きなんだな、ということ。全てを自分一人で決められる小説って、責任も高揚感も絶望も全部自分のものだから、どこにも逃げられない。自分とガチファイトできる。しかも誰にも迷惑をかけずに。これが最高なんだよ。

文章を書いて、ゲームをして、たまに後輩に飯を作ったりして、それを無限に繰り返す日々。全然筋肉を使わない。客観的に見たら寂しいやつかもしれない。だけど僕はいつも、『ここではない何処か』を翔び回っている。僕が作家になりたかったのは、自分の人生でこれからずっと続けていくべきことを一つに選べなかったからなんじゃないかな、と思う。一番何もしてなくて、一番なんでもできる作家だから、これからも続けていけそうな気がする。

いろんな人生をつまみ食いしながら、これからも人間ぶっていきたいと思う。

解説

書評家
香月祥宏

「この小説の中に、普通の小説六冊分ものすばらしいアイデアを持ち込んだ」——テレポートを扱ったSFの古典であり、本書では主人公の名前でオマージュを捧げられているアルフレッド・ベスター『虎よ、虎よ！』を評した、デーモン・ナイトの言葉だ。

　これは本作にも当てはまる評言だろう。惜しげもなく投入されたアイデアの数々が、やがて大きな流れとなり、宇宙規模の壮大な物語を形づくってゆく。読み終えた方は、そんな荒削りだが奔放な魅力を存分に堪能されたと思う。

　本書は、柴田勝家、小川哲、樋口恭介らを輩出したハヤカワSFコンテスト、その第九回（二〇二一年）大賞受賞作の文庫化である。第六～八回で大賞が出ていない中、満を持しての授賞だったが、すんなり決まったわけではなかったようだ。

最終選考委員選評（〈SFマガジン〉二〇二一年十二月号及び本作単行本版巻末に収録）を読むと「文体も構成もガタガタで欠陥が多い」（東浩紀）、「読み通すのに苦労した」（神林長平）、「構成の甘さは許せなかった」（塩澤快浩）など厳しい意見が散見される。しかし一方で「ネタひとつひとつが輝いていた」（東）、「圧倒的な熱量とパースペクティブがある」（小川一水）、「物語の終盤で開陳される宇宙像のアイデアが圧巻」（神林）とさまざまな長所が評価され、「とにかくスケールが大きな作家を送り出したい」（東）という賞の方向性とも一致して、大賞受賞が決定した。もちろんこれらは応募原稿に対しての評価であり、出版～文庫化のブラッシュアップを経た本書には、必ずしもそのまま当てはまらないことを付言しておく。しかしとにかく、数々の弱点を抱えながらも、それらを上回る圧倒的な魅力を持つ作品だったことは伝わるはずだ。

物語の舞台は、二十一世紀前半の近未来。人類は、本来身体に備わっていたテレポート能力に〝気づいた〟。しかし、移動時に臓器の一部を〈置き去り〉にしてしまう肉体欠損、出現先にいた人間を破裂させてしまう〈翔突〉などの事故が多発。これを解決するために免許制度とテレポート専用の街角WB《ワープボックス》が整備され、本格的な〈テレポータリゼーション〉社会が到来する。乗り物による移動は過去のものとなり、街から道路は消えた。

　主人公の赤川勇虎は、運送業務中に翔突事故を起こし、後遺症でテレポート能力を失った青年だ。あるときゴミ箱に隠れていた少女ナクサを助けたことから〈炭なる月〉という組織に追われ始める。ナクサは世界的にも珍しい垂直方向への長距離テレポート能力者で、力を悪用しようとする者たちから逃げてきたというのだが……。

　ここまでが話の発端だが、まずテレポータリゼーションによって変貌を遂げた街の描写がいい。移動コストの低減に伴い、人が密集していることに価値があった東京は今や空洞に。ペーパーオフィスや〈国土廃棄物〉となった首都高が寒々しく残っている。かつての鉄道や自家用車の普及がそうだったように、移動手段の変化は街の姿をがらりと変えてしまうのだ。

　しかし急激な変化は、同時に歪みも生む。勇虎とナクサは追っ手から逃れて高速道路へ向かうが、そこには国を棄て、国に棄てられた〈ロードピープル〉が棲みついていた。彼らは車移動にこだわり、高速道路上のSAを国家領土《ステイツ・エリア》として独自の精神性を持った暮らしを営んでいる。この荒廃した道路を舞台に繰り広げられるカーアクションは、前半最大の見せ場だろう。

　中盤の見事なアクセントになっているロードピープルをめぐる物語は、勇虎に同行する記者志望の少年マフラーを通じて、その後もメインストーリーに関わり続ける。怒濤のアイデア連発の影に隠れがちだが、時代の〝普通〟から外れた人々へ向ける視線は、人間六度作品の重要な要素のひとつだ。例えば、本作単行本版の約半年後に刊行された『永遠《とわ》のあなたと、死ぬ私の10の掟』（メディアワークス文庫）はタイトル通り永遠に生きる不死者と普通の人間との恋を描いた恋愛小説だが、不死者たちが人間社会と折り合いをつけてゆくために積み重ねてきた悲しく過酷な歴史が全体の背景になっている。

そして本書の後半では、最大の読みどころであるテレポート能力者同士の戦いが本格化する。異能バトルではおなじみのテレポート能力だが、それ自体は武器というよりも補助的な役割を担うことの方が多い。ところが本作では、移動先の相手を裂殺するという（前半ではマイナスだった）設定を生かし、一撃必殺の達人技になっている。WBを使わずに心のみで自在にテレポート（古典テレポート）できる者は〈奥義者〉と呼ばれ、手練れ同士の戦いは相手の出現位置を見極める駆け引きにさまざまな体術を絡めた、究極の高密度戦闘になるのだ。

さらに〈奥義者〉の能力に関わる〈旦那〉という設定も興味深い。本作に限らず、人間六度作品ではさまざまな特殊能力・体質を持つ人々が描かれるが、孤高の存在がほとんど出てこない。〈旦那〉を必要とする〈奥義者〉のように、みんなが誰かとつながろうとしていて、その切実な想いが荒唐無稽な設定や派手なバトルに奥行きを与えているのだ。

さて、そんなカー&異能アクションだけでもお腹いっぱいだが、後半では各組織の思惑やテレポート能力をめぐる謎も二転三転。具体的な展開には触れないが、章が変わるごとに物語の雰囲気もどんどん変化し、最後には宇宙全体の運命に関わるスケールにまで突き抜けてゆく。その間〝移動〟というテーマに力を与え、疾走感を生み出す勢いはずっと衰えない。

力の源は、数々のアイデアを投入しながらも、要所で〝テレポート×振動〟の一点突破を貫いているところにある。〝テレポート能力者も登場する〟超能力SFはいくつも思いつくが、テレポート一点張りで、それがインフラであり、武器であり、恋愛や親子関係の核にもなり、宇宙存亡の鍵にまでなってしまうような作品となると、ちょっと他に思いつかない。そのぶん多少強引なところもあるが、そんな力技も含めて、SFならではの醍醐味が存分に味わえる一冊だ。

ちなみに、ハヤカワSFコンテストにおいて本作と争い優秀賞を受賞した安野貴博『サーキット・スイッチャー』は対照的にスマートなテクノスリラーで、二〇二九年（奇しくも本作で人類初のテレポートが確認されたのと同じ年）、自動運転が一般化した時代の首都高が舞台になっている。

移動することの意味や価値が改めて問われていたコロナ禍真っ只中の二〇二一年に、交通インフラが激変した近未来を描いた二作がそろって受賞したというのも象徴的だ。それでいて、紡がれた物語の読み味がまったく異なっているのもおもしろい。

著者・人間六度はSNSやブログでも積極的に情報を発信しているが、単著ではこれが本文庫初登場となるので、本作以外の作品についてもざっと触れておこう。

まず、SFコンテスト出身者としては柴田勝家に次いで（？）気になる不思議なペンネームは、病を患った経験から「人間、三十六度の平熱で、健康でいるのが一番だよね」という思いでつけた、とのこと。

闘病中の二〇一六年に自費出版した現代版かぐや姫『BAMBOO GIRL』が二〇二〇年に文芸社文庫NEOに収録されたのを皮切りに、本作とほぼ同時期に『きみは雪をみることができない』で第二十八回電撃小説大賞〈メディアワークス文庫賞〉を受賞。こちらは現代の眠り姫物語で、英訳版も *You Can't See the Snow*（Yen Press）として『ダンジョン飯』などの翻訳を手がけたTaylor Engelの訳で刊行予定となっている。

自身の物語原体験はフラッシュ動画やボカロ曲のMVだそうだが（日本SF作家クラブ「新入会員自己紹介」より）、近年は『過去を喰らう（I am here）beyond you.』（一迅社）、『トンデモワンダーズ』（メディアワークス文庫）など、ネットで人気の楽曲のノベライズも執筆している。カンザキイオリ、花譜、プロセカ、sasakure.UK……と言われてもいまいちピンと来ない人もいるかもしれないが、前者はAI漫画家とその人格モデルになった少女、後者は謎の生物が棲息する世界で奮闘する少年少女を描いており、SF読者にもおすすめだ。

その他、本文庫から出た日本SF作家クラブ編のアンソロジー『2084年のSF』には「星の恋バナ」、『AIとSF』には「AIになったさやか」でそれぞれ参加。さらに〈小説すばる〉への短篇寄稿、SFプロトタイピング案件、漫画原作も担当するなど、受賞から三年足らずだが活動は幅広い。

本書で初めて著者の作品に接した読者には意外かもしれないが、恋愛小説では登場人物の心の動きを丁寧に追い、ノベライズでは元楽曲から巧みに要素を抽出し、不死者やAIといったSF的な設定を採用しつつバランスの取れた作品をいくつも書いている。作家として経験を積んだ部分はもちろんあるにせよ、やはり本作は、作者にとってもある種のリミッター解除で書いた作品なのだろう。

豊富なアイデアを攪拌《シェイク》しながら一点突破を試みた、人間六度の貴重な全力SF。ぜひ新鮮なうちに、味わって欲しい。

本書は、二〇二二年一月に早川書房より単行本
として刊行された作品を文庫化したものです。

裏世界ピクニック
ふたりの怪異探検ファイル

宮澤伊織

仁科鳥子《にしなとりこ》と出逢ったのは〈裏側〉で〝あれ〟を目にして死にかけていたときだった――。その日を境にくたびれた女子大生・紙越空魚《かみこしそらを》の人生は一変する。実話怪談として語られる危険な存在が出現する、この現実と隣合わせで謎だらけの裏世界。研究とお金稼ぎ、そして大切な人を捜すため、鳥子と空魚は非日常へと足を踏み入れる――気鋭のエンタメ作家が贈る、女子ふたり怪異探検サバイバル！

ツインスター・サイクロン・ランナウェイ

小川一水

人類が宇宙へ広がってから六千年。辺境の巨大ガス惑星では都市型宇宙船に住む周回者《サークス》たちが、大気を泳ぐ昏魚《ベッシュ》を捕えて暮らしていた。男女の夫婦者が漁をすると定められた社会で振られてばかりだった漁師のテラは、謎の家出少女ダイオードと出逢い、異例の女性ペアで強力な礎柱船《ピラーボート》に乗り組んで成果をあげていく——

ハヤカワ文庫

著者略歴　1995年愛知県生，日本大学芸術学部文芸学科在籍，作家『スター・シェイカー』で第９回ハヤカワＳＦコンテスト大賞受賞　著書『BAMBOO GIRL』『きみは雪をみることができない』『永遠のあなたと、死ぬ私の10の掟』『過去を喰らう（I am here）beyond you.』『トンデモワンダーズ』他

HM=Hayakawa Mystery
SF=Science Fiction
JA=Japanese Author
NV=Novel
NF=Nonfiction
FT=Fantasy

スター・シェイカー

〈JA1568〉

二〇二四年三月二十日　印刷
二〇二四年三月二十五日　発行
（定価はカバーに表示してあります）

著者　人《にん》間《げん》六《ろく》度《ど》
発行者　早川　浩
印刷者　矢部真太郎
発行所　株式会社　早川書房
郵便番号　一〇一 - 〇〇四六
東京都千代田区神田多町二ノ二
電話　〇三 - 三二五二 - 三一一一
振替　〇〇一六〇 - 三 - 四七七九九
https://www.hayakawa-online.co.jp

乱丁・落丁本は小社制作部宛お送り下さい。
送料小社負担にてお取りかえいたします。

印刷・三松堂株式会社　製本・株式会社明光社

ISBN978-4-15-031568-9 C0193

本書は活字が大きく読みやすい〈トールサイズ〉です。